在时间的荒野上

青衫落拓 著

北京长江新世纪文化传媒有限公司
www.cjxinshiji.com
出品

楔　子

黎明前的黑暗永远幽深而浓重。

最初，她的眼前只是一片单纯的漆黑，没有层次，没有尽头。

她怔怔站着，屏住呼吸，生怕略一移动，会触碰到某些不可知的东西，会撞入某个不可知的处所，再也找不到归路。

慢慢她的眼睛开始适应，轮廓在她眼前一一显现。

她发现自己置身于一个天台边缘，穿的曳地婚纱随风拂动，低头看去，楼房并不算高，脚下是狭窄弯曲的长巷，有晒衣杆杂乱伸出，上面挂着的衣服和床单在扑啦啦晃动着，对面是隔得很近的灰色楼房，一扇扇窗子紧闭着，没有人活动的迹象，一切仿佛仍在沉睡之中。

风迎面而来。

突然，她听到轻轻一笑，转过身来，只见眼前的水泥天台突然变成了一片旷野，莽莽苍苍，天色晦暗笼罩之下，似乎大得无边无际，没有穷尽。

光线以一个几乎无法觉察的速度变得明亮起来，一个穿着芭蕾舞白裙的女孩正在她的视线尽头起舞，伴随某个只有她自己能够听见的神秘音乐节奏，手臂扬起，跳跃，单足站立，旋转，一圈又一圈，裙摆张扬开来，带着美丽的弧度，如一朵盛开的白莲，与这个荒凉的背景格格不入。

仿佛电影镜头缓缓拉近，她们之间距离在缩小，四面天地聚合，圈成一个如同拳击台的方寸之地，她与女孩之间突然只隔了不足三米的距离，风卷起她的婚纱飘向女孩那边，她挽住婚纱，深恐惊扰到女孩。她们越来越近，她可以清晰看到女孩绾起的小小发髻上插了一朵白色茶花，下面毛茸茸的细碎头发散开，颈项修长，肩背纤细，以一个优美的曲线延伸到白色蕾丝之下。

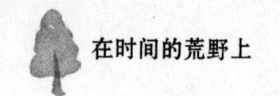

她屏住呼吸等待着。

女孩转过身来，宛如谢幕一般屈膝优雅行礼。

然而那张正对着她仰起的面孔却是一片空白。

程嘉璎猛然坐起，发现那只是一场梦，而自己正处于黎明前的黑暗之中。

她喘息着，摸索着按了床头灯开关。

她额上有细碎汗珠，睡衣背上已经被冷汗濡湿，蹿过一阵凉意，花了一点时间，才弄清楚身在哪里。

这是尼泊尔加德满都的一间家庭旅馆，狭小，简陋，家具实用，格局紧凑，没有什么多余空间与装饰，唯有床对面衣橱上挂着一袭白色婚纱，正是她梦中穿的那件，此刻被风吹拂得飘荡起来，华美得与整个房间格格不入。

床头放着一个电子时钟，上面显示着5月21日，屏幕幽光刺痛了她的眼睛。

按照计划，5月18日本来应该是她举行婚礼的日子，而今天她应该已经与丈夫抵达巴黎开始蜜月之旅。

然而一切都已经改变，无法逆转。

她下床走到窗前，风裹着雨水扑面而来。五月底的尼泊尔正值雨季，雨淅淅沥沥下了整晚，空气潮湿得仿佛可以拧出水分。

她回头看那件婚纱，突然意识到，所有的梦都是一样的：哪怕具备再丰富逼真的细节，也有着没法回避的非现实感。梦的世界终将归于消解，只是梦得足够投入之后，似乎总会残留下一点东西：与王子忘情跳舞的灰姑娘赶在午夜匆匆逃离时落下一只水晶鞋，和书生缠绵的精灵鬼魅在晨钟敲响前丢下一只发簪再消失。

而她的梦，遗落下来的是那件婚纱。

第一章

1

出租车司机抱歉地说:"这里就是站北村,但你说的这个临塘三路我真的没听说过。里面的路都很窄,跟迷宫一样,车子进去也不好掉头。"

"那我就在这里下吧。"

程嘉璎付了车费,提了背包,挽着旅行袋下来。马路对面是一排排高楼,而这边是所谓的城中村,一大片望不到边际的私宅密密麻麻,毫无规划可言,一条狭窄长巷在她面前弯曲地向内延伸着。

她向里走,带着一点恍惚感。

汉江市是她长大的地方,但她一直居住在长江南岸一个大型企业规划工整的宿舍区内,接受着严厉到近乎苛刻的家教,从初中开始住校,出了学校立刻回家,活动范围十分有限。这种城中村是她从未涉足的地方,可是眼前一切都似曾见过,如同某个含糊得将要忘记的梦境突然出现在眼前,逼真得让她疑惑不安。

这里看上去完全不像一个大型省会城市的市区,倒有些像是中部地区那些小小的县城。沿街全是小小的门面,卖着各式蔬菜、水果、日常用品,发廊橱窗摆着一颗颗戴假发的人头模型,服装店陈列着样式俗丽的衣服,打出全场三折、跳楼价大处理的字样,同时播放着喧闹的音乐。

再往里走一段,商店渐渐减少,两边全是高高低低的楼房,各式瓷砖贴的外墙面,深蓝深绿色塑钢窗,还在滴水的衣服晾晒在头顶上方。

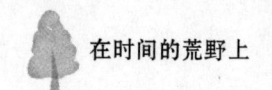

她拿出写着地址的纸条问路,朝别人指点的方向走去,但正如司机所说,这里跟迷宫一样,大而繁杂。她好不容易转到临塘二路,已经累得不行,想当然地认为,下一条街肯定就是临塘三路,可是没多远一个转折,门牌上标的却是临塘四路。

她迷惑不解地再往回走,却没能返回原路,而是走上一条岔道,门牌路标神秘地消失,横在她面前的是一个小小的工地,脚手架上建筑工人正忙碌地砌墙,没有任何防护措施,泥浆流淌得遍地都是。

她一片茫然,不得不拦住刚好路过的一个年轻男人:"对不起,请问临塘三路该往哪边走?"

他看上去心不在焉,随手撕着香烟盒外包装,一边说:"很近了,转弯就是。走吧,我也正好去那里。"

"这个地址你知道吗?"

那人先看她手里的纸条,再看向她,表情有些奇怪:"当然知道,临塘三路 27 号是我家。你找哪位?"

轮到程嘉璎惊讶,她打量他,他看上去十分年轻,大概最多二十三四岁的样子,可以说还是大男孩,高高的个子,有一张漂亮的面孔,剑眉朗目,肤色健康,穿紧身白色 T 恤,带破洞的松垮牛仔裤,美好而阳刚的倒三角身段显露无遗,头发挑染成深棕夹金色,时髦得几乎像刚从时尚杂志里走出来一样,与这个狭窄零乱的街道形成对比,十分惹人注目。

"我找租住在那里的王嘉珞。"

"你大概弄错地址了,我家没有叫这个名字的租客。"

他礼貌地点头,正要离开,她叫住他:"请等一下。"她拿出皮夹,取出一张合照的大头贴照片,指着左边的人:"我要找的人是她,你有没有在这一带见过她?"

他盯着照片,面色大变,过了好一会儿,目光从照片移到她的脸上:"她住我家没错,但她叫李洛,洛阳的洛。"

程嘉璎怔住,随即苦笑:"李洛吗?嗯,叫什么都无所谓了,麻烦你带我去见她。"

"你跟她是什么关系?"

"我叫程嘉璎,是她姐姐。"

第一章

"我认识她有两年多了,从来没听她提过有姐姐。"

程嘉璎无奈地说:"如果她对你说她叫李洛,那她没对你提起的事情肯定不止这一件。能带我去见她吗?"

他没动,仍然审视着她,眼神锐利:"就算她叫你说的那个名字,你们也并不同姓,你真是她姐姐?"

"我看不出冒充她姐姐有什么好处。"

他盯着她手里的照片,再看她,张张嘴,却又紧紧闭上,她被这奇特的表情弄得茫然,正要发问,只听他突然说:"洛洛在一个月之前突然离开了。"

"一个月前?"程嘉璎重复,脸上骤然失去血色变得苍白,"哪一天?她有没有说她去哪里?"

"5月21日那天,她什么也没说,没跟任何人打招呼,一声不响消失了。"他被她的脸色吓到,"你怎么了?"

"我没事。她再没出现,也没打电话?"

"没有。"他反问她,"你既然是她姐姐,她难道没有给你打电话?"

她只能摇头,他疑惑地看着她,仿佛在思忖着什么。

"我跟她是同事,在同一家健身会所工作,我是健身教练,她教跳舞。她租住我家四楼已经两年多,以前偶尔也会翘班,不过总会打电话来找人代替她上课。这一次她突然消失,丢下工作不管,手机关机,老板气得发疯,我觉得不对,不得不开了她的房门,她所有衣物用品都在,没拿走任何东西。接下来我到处找她,但是没一点头绪,也没有她家人的联系方式。你来得正好,能不能告诉我,她有可能去哪里?"

这仍然是她无法回答的问题。

"麻烦你带我去她的房间看一下。"

临塘三路上对向而立的房子多数都有四五层楼之高,一条仅容车辆单向通行的街道被夹在其中,显得越发狭长幽深,看不到尽头。不少人家门前坐着做完家务之后嗑瓜子喝茶闲聊的中老年人,或者干脆支一张麻将桌,四人鏖战,再加上数人围观,兴致都一般高昂,偶然一辆车开进来,大家便好脾气地起身,搬桌子挪椅子让路,等车子驶过,再坐回原处继续。

门牌号仍旧时有时无,好容易走到27号,那是一幢四层楼的房子,整个

在时间的荒野上

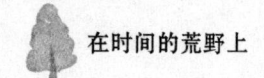

一楼拉着卷闸门,看上去根本没有居家风格。那男孩子看出程嘉璎的疑惑,解释说:"一楼是车库,二楼是我爸公司的仓库,三楼住着我父母和我,四楼住着你妹妹。现在我爸还没下班,我妈出门打牌了。"

他打开门,带着她从侧边楼梯上去,一直到了四楼,拿了钥匙,打开靠右侧的一个房间,侧身让程嘉璎进去。眼前是一个超过三十平方米的大房间,一架巨大的木制屏风将内外分隔开来,外面靠墙摆放一个老式衣柜,衣柜顶叠放着两只旅行箱,旁边是一个开放式鞋架,摆着几双运动鞋、高跟鞋和长短不一的靴子。

绕过屏风,里面是一张复古式样的木架床,床上铺着素色床罩,床边放着一个立式的穿衣镜,床尾扔了两件外套:一件是牛仔短上衣,另一件是黑色长衬衫,仿佛主人临出门时拿不定主意要穿哪件,对着穿衣镜做了选择之后,还来不及挂起。

靠窗的一张长条书桌上放着几本杂志和一个化妆箱,一只刷子搁在外面,还沾着蜜粉没有清理。

总体来说,眼前的房间没什么个人风格,有少许零乱,十分简朴,完全不同于她以前见过的王嘉珞的另一个住处,但还算秩序井然,完全没有任何主人一去不归的迹象。

程嘉璎的目光落在屏风上,这是一个三折木制雕花屏风,已经十分老旧,不少地方残损脱漆,但细看之下,发现上面雕绘着夏日荷塘的图案,荷叶田田,既有盛开的荷花,也有小小的花苞,蜻蜓轻盈地落在上面,花色堪称繁复精细。

她看得十分专注,男孩子不免略有点奇怪:"屏风是前面一户人家的,民国年间的老家具,有点年头了,但是材质普通,品相不好,也不值钱,他家装修时丢掉,洛洛下班回来看到后说她喜欢,非要我帮她洗干净搬上来。"

程嘉璎默然不语,过了好一会儿才说:"也许她只是临时决定离开。"

"就这样丢下所有东西不要?完全说不过去。"

"这并不奇怪,她一向神出鬼没,不是头一次甩手一走了之了,我见过她扔下更贵重的东西,消失时间更久。谢谢你。"

她转身要走,那男孩吃惊地拦住她:"等一下,你怎么能就这样走掉?"

"她是不是欠了房租?多少?我可以给你。"

第一章

他看上去有些焦躁："恰恰相反,她在消失前的半个月刚向我妈妈预交了一个季度的房租。"

"要不我再付几个月房租给你,你替她保管一段时间。"

"这不是钱的问题。"他目光锐利地看向她,再次冷冷地追问,"你真是她姐姐吗?为什么看上去你一点也不担心她?"

程嘉璎气馁,她想,她若不担心,也不会仅仅凭着噩梦带来的惊吓,便千里迢迢跑回来,可是她并不打算跟这个陌生男孩解释,转身准备离开,突然又站住,回身去书桌那里,拉开抽屉,上面一只抽屉浅浅的,散放着一些票据,她随手扒拉一下,没有细看,再拉开下面深一些的抽屉,顿时呆住。

里面放着一个长方形的木制首饰盒。

那一股让她从噩梦中惊醒坐起,长久攫住她,令她无法安神的寒意陡然再次升起,一瞬间她如同被冻结在那里,不能移动,不能思考。她听得到自己心跳的声音、耳鸣的声音,甚至听得到楼下有几个男人在大声用一种听不懂的方言热烈交谈着,唯独听不清面前这个男孩在讲些什么。

她盯着他开合的嘴唇,有短暂的失神,等她恢复知觉,发现自己已经坐在床的边沿,那个男孩子端来一杯水,焦急地看着她。

"喂,你没事吧?"

"没事。"她的声音干涩,顺手拿过水一饮而尽,"请问公安局往哪边走,我必须去报案。"

他吓了一跳,疑惑地盯着她:"报什么案?"

"我妹妹失踪了,也许……是出了意外。"

"喂,我刚说你反应冷漠,你别一下子跳跃到反应过度好不好。"

她不想解释,站起来向外走,他拦住她:"你有多久没跟你妹妹联络?"

"这跟你没关系。"

"我只是想知道你凭什么能断定洛洛出了事。"他补充道,"就算报案,也得把这一点讲清楚吧。"

她瞪着他,他挡在门口,没有丝毫让步的意思,停了一会儿,她只得妥协,恼怒地说:"下面抽屉里放的那个首饰盒,是她妈妈给她的,她什么都可以眼都不眨地丢下,唯独这个,她肯定走到哪里都带着。"

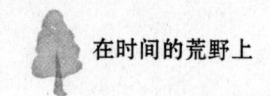

他将信将疑看看敞开的抽屉里放着的那个磨损得厉害,毫不起眼的小小首饰盒:"但是,你既然是她姐姐,她的妈妈不也是你的妈妈吗?你们不同姓,照说应该是同母不同父啊。"

她的脸一下沉了下来,仿佛最后一点耐心用尽了,一字一字地说:"我们是亲姐妹。请你马上让开。"

这一次他妥协了:"我开车送你去公安局。"

2

到了市公安局,那男孩子安排程嘉璎坐下:"等着,我打电话叫人出来。"

他一通电话进去,一个穿便装的高个子年轻男人很快出来,皱眉一脸不耐烦地看着他:"你又惹什么事了?"

他苦笑。"你这人怎么这样,无罪推定你懂不懂?亏你还是警察,没一点证据,马上就怀疑我惹事了。"然后转向程嘉璎,"这是我哥哥陆晋,对了,我还没做自我介绍,我叫周知扬。不用怀疑,我们确实是兄弟,只不过同母异父而已,你应该能理解吧。他……"

程嘉璎打断他:"我只想报案,没兴趣知道这些。请你不要干扰我,不然我会怀疑你跟我妹妹的失踪有关系。"

他吓了一跳。"你别乱扣帽子啊,我一直在找洛洛。我哥是如假包换的警察,公安大学刑侦专业毕业的,破过好多案子。"他捅一下那个叫陆晋的男人,"喂,把你的警官证亮出来给她看一下。"

陆晋横他一眼,没理会他,客气地对程嘉璎说:"小姐,如果你要报案,请去那边办理,有专人负责接待登记。"

"哎,你别一推了事,她是我那天跟你说过的洛洛的姐姐,你不是告诉我,没有证据表明洛洛处于危险之中,要找人的话,得由她的直系亲属出面吗?"

陆晋打量一下程嘉璎:"你妹妹一直没跟你联络?"

她摇头。

"你能讲出她失踪前有什么异常情况吗?"

她迟疑一下,自知妹妹没有带走一个首饰盒,在她看来是十分重要的信

第一章

号,但周知扬已经明确表示不以为然,警察大概也不会放在眼里。

周知扬先急了:"我不是都跟你说了吗?她失踪的那一天下午五点,我晚上在另一个会所有课,她没课了,说要去一趟国贸中心办点事,我就先送她到了国贸楼下,那是我最后一次看到她,第二天我才发现她没回家,手机也关机了。这难道不是线索吗?"

"但国贸中心是一座60层的超高写字楼,旁边还有几座辅楼。你又根本不知道她去见什么人或者办什么事,这种线索有什么用?"陆晋注意到程嘉璎原本苍白的面色此时已经变得近乎灰败,问她,"你知道她去国贸做什么吗?"

她抿紧嘴唇摇摇头。

"你妹妹是成年人,目前看来,并没有明显证据证明她处于危险之中或者有涉案可能。常规情况下报失踪的话,你得先到所在地的派出所讲清情况,做一个登记,满一个月后,她仍然没有音信,你再来向分局刑警队报案。"

程嘉璎怔住:"还必须再等一个月?"

"从程序来讲是这样的,她毕竟是成年人,随时都可能会出现。"

"但她已经消失了一个月,有可能被拐卖了,怎么能拖那么久再立案?"

陆晋还没说话,周知扬先失声笑出来了:"洛洛被拐卖?别逗了,她不拐人去卖,大家就要偷笑了。"

程嘉璎的脸再度沉了下来,转身向外走去。陆晋拦住了她,诚恳地说:"别介意知扬说的话,他一向口无遮拦。我理解你作为家人的心情,建议你先去辖区派出所做登记,如果发现任何意外情况,证实她并非自愿隐匿行踪,那可以随时跟我们这边联系。"

他看上去不过二十七八岁,跟周知扬差不多高,但与漂亮时尚到耀眼程度的弟弟不同,他留着板寸,毫无修饰,衣着精干简朴,态度沉稳镇定,自然带有一种令人信服的力量,她点点头:"好的,谢谢。"

程嘉璎出来,站在路边想拦出租车,连续过去几辆都载了客,正烦躁之际,周知扬开了那辆载她过来的白色福特越野车停到她的面前,降下车窗招呼她上车:"上车吧。"

她冷冷地说:"不必。"

"你这人可真是小心眼,我不过是随口开句玩笑而已。上来吧,这条路不

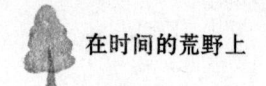

能随便停车的,我可是冒着被罚款扣分的危险。我哥万一出来看到,又会把我大骂一通了。"

这时后面有被拦住的司机不耐烦地鸣笛,她只得拉开车门坐上去。

"我送你去我们那边的派出所。"

"我现在不去派出所,方便的话,请送我去国贸中心。"

周知扬一怔,先发动车子才问:"刚才我哥问你知不知道洛洛那天为什么去国贸中心,你为什么不说?"

"我确实不知道她去那里的原因。"

周知扬觉得这话说得让人生疑,可又无从反驳,一边开车,一边瞟她一眼,只见她正襟危坐,直直看着前方,嘴唇紧抿,显然完全不想再跟他说什么,他有无数问题,也只好知趣地闭上嘴。

国贸中心位于市中心最繁华的地段,是本地最高的写字楼,周围写字楼、酒店和高档公寓林立,周知扬将车停在国贸中心一侧:"我只能停这里了,你……"

他话还没说完,程嘉璎已经拉开车门跳了下去,疾步向前走去。周知扬好不恼火:"这人可真是又古怪又没礼貌。"他嘀咕着,正要发动车子,突然看到程嘉璎的皮包仍放在副驾驶座上,只得下车对她的背影叫:"喂,你的包没拿。"

程嘉璎听而不闻,直奔对面几个西装笔挺的人而去,一把抓住其中一个穿合体灰色西装的修长男人,急切地说着什么,周知扬拿了包追过来,恰好看到那人猛然甩开她的手,冷冷地低声说:"你这样突然跑到公司来当着我的老板客户闹算什么?"

"她要是有什么事,我肯定不会放过你。"

"她做的事跟你一样,不过就是突然消失而已。你如果真这么爱你妹妹,就不必绝口不提你跟她的关系。现在才来表现你的姐妹情深未免晚了一点。"

他话音未落,程嘉璎抬手一记耳光挥了过去,只听低而清脆的一响,周知扬愕然止步,旁边的人更是呆住,全都现出尴尬之色。那男人被打得头一偏,看向程嘉璎的眼神冰冷,周知扬马上也走过去,警告地说:"喂喂,男人不能打女人的啊。"

第一章

但那男人英俊的脸上甚至没有愤怒的表情，也不理睬周知扬，只是侧头对一个中年人说："罗总，对不起，我有点私事需要处理。"

罗总点点头，与其他人一起上车。等他们走了，他淡淡对程嘉瓔说："你的情绪还是来得这么迟缓，这一记耳光明明早就想打，居然忍到现在才发作。"

程嘉瓔似乎爆发完毕，一声不响地转身要走，他拉住她。"你妹妹到底怎么了？"她用力甩他的手，但他握紧不放，"你打也打了，我的丑也出过了，我们总该坐下来好好谈谈了吧。"

周知扬只见程嘉瓔咬得下唇泛白不吭声，过去抬手拍拍那男人的肩："喂，她不想理你，你最好放手。"

那男人回头看他，不屑地说："小朋友，你想护花也得搞清楚状况，她大概没告诉你她是我太太吧？"

周知扬知道他们关系非同一般，但没想到居然会是夫妻，不免有些讪讪，只得将皮包递给程嘉瓔："你的旅行袋还在我家里，想去拿的话，叫我妈妈给你开门。"

周知扬到 10 点下班，朋友约他出去消夜，他心事重重，便谢绝了，径直回家，赫然发现程嘉瓔坐在三楼客厅，神情木然，仿佛魂游天外，而他母亲张翠霞正在说："别说，你跟你妹妹脸型不同，但细看起来有一个部位还是挺像的，你们两个都是丹凤眼，那个演员，叫什么来着……"

他打断母亲："这么晚了还拉着人唠叨啥呢。我不是电话告诉你，程小姐来了就把门打开，让她把东西拿走吗？"

张翠霞无可奈何地说："我是叫她拿东西，可她跟我说她打算接着租这个房子。"

周知扬吓一跳，看向程嘉瓔："你先生在国贸上班，穿全套名牌西装，看那气派架势，职位收入都不低，你干吗要跑这里来住？"

程嘉瓔总算将空茫的眼神收了回来："我需要在这里等我妹妹的消息。"

"那也不用住这里，你留个电话，有消息我会通知你。"

"我打算住这里等，房租我会照付。"

张翠霞显然有些不情愿："我根本不出租房子的，小扬带同事来住，我是碍不过人情。你妹妹招呼也不打就走掉，我可不想再惹上麻烦。"

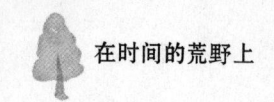

"放心，我不会给您添麻烦的。"

周知扬瞪一眼还要反对的母亲，问程嘉璎："你确定你真要住这里？"

"我确定。"

"好，我拿钥匙给你。"

3

站北村最开始是一个自然村，村子范围里散布着两个面积较大的湖泊，再加上若干小片湖泊，村民原本以种菜养鱼为生。随着城市规模扩大，市中心不断扩大，到上个世纪八十年代初期，这里的村民突然发现，自己竟然已经处于靠近城市二环的繁华地带，种菜远不如将房子租出去赚钱，当然更比不上抓住扑面而来的商机做生意。

村内的菜地一点点被放弃、蚕食，湖泊被一个接一个悄然填平，房子越建越密集，并且争先恐后地往上竖立，原住的村民纷纷成为房东或者商人，外来流动人口大量聚集进来。

周知扬家算是其中的典型。

张翠霞出生于此，在丧夫之后，改嫁给中学同学周明，生下了小儿子周知扬，早期他们也招揽房客，后来周明开始做建材配件生意，开了家小公司，买下几处门面，全家过着算得上宽裕的生活。周知扬大学学的是国际贸易专业，但一直热衷健身，毕业之后便做健身教练，从出生就没见过菜地，对于蔬菜的认识仅限于饭桌。而那个自称叫李洛的女孩正是他家唯一的房客。

第二天下午陆晋正好轮休，陪接到程嘉璎反应情况后进行调查的派出所管段民警老王一起过来，这还是他多年来头一次正式走进母亲家，张翠霞惊讶之下，几乎有些激动，然而陆晋神色平静，仿佛到访的是与他没任何私人关系的地方。

老王问起房客情况，周知扬语焉不详，陆晋皱眉："你连她什么来历都不知道，就把她带回家，租房子给她？"

周知扬根本不觉得这是问题，理直气壮地说："她来我工作的健身会所应

第一章

聘教跳舞，大家成了同事，很聊得来，她说起当时的房东在赶租户，她要在交通方便、房租低的地方找住处，我说我家里现成就有空房间，一拍即合，她提行李搬了过来。这不是很正常吗？你才是警察，我又不是，我干吗要查她户口？"

老王笑道："话可不是这么说。按照租赁房屋治安管理规定，她来租房子，你身为房东应该查验她的身份证，签正式租赁合同，然后向派出所报备，并且将身份证复印件上交一份备查。"

"哪有这么麻烦……"

张翠霞一把拦住了小儿子。周知扬向来不管琐事，但她在站北村生活多年，当然是知道这项规定的。不过这一带的房东一向都只是在派出所做治安检查时象征性地登记报备几个，平时没有严格执行。她不缺钱用，本不屑于招揽房客，儿子带个同事回来住到一直空着的顶楼，她甚至根本没打算收房租，只是那女孩十分机灵，坚持要付，她也就随手接下，懒得多问其他。这时她看到大儿子陆晋面色已经不豫，只得赔笑："是是是，是我疏忽了，以后绝对不会这样。"

"程嘉璎报案时报了她妹妹的籍贯与出生日期，我上网查对身份信息，确定应该是这名叫王嘉珞的女子。"老王出示一张身份证打印件给他们看，"你们确定租房子的是她吧？"

张翠霞辨认一下，连忙点头："咦，洛洛的老家居然在西北这么偏远的农村，这个地名我听都没听说过。她那么洋气，可完全看不出来是乡下女孩子。"

周知扬瞪着身份证，神情变幻不定，张一张嘴，却没有吭声。

老王说："这张身份证最近几个月并没有购买机票火车票登记入住宾馆的记录，从理论上讲，身份证主人应该还在本市。还有一个问题，程小姐是本地人，跟王嘉珞两人不同姓，她解释说她从母姓，妹妹随父亲姓，但两人身份证登记在不同省份，无法证实她们像她说的那样具有亲缘关系。她作为报案人的资格还需要证实。"

周知扬还是一副欲言又止的表情，陆晋横他一眼："有话就说。"

他对这位年长他五岁的兄长一直存着敬畏之心，只好照实说："昨天我留了个心眼，去健身会所人事部那里查洛洛的入职资料，附的身份证复印件名叫李洛，填写的紧急联系人是程小姐的名字，我想她们应该是亲姐妹。"

陆晋沉着脸说："你也敢说你留了心眼，我都怀疑你究竟有没心眼。把一

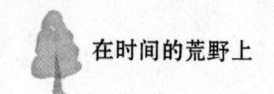

个同事带回家住着,到她不明不白消失了,要不是她姐姐找过来,你可以说一点也不清楚人家的情况。"

周知扬急了:"哥,你少用警察思维来衡量正常人际交往好不好。洛洛是我朋友,我们彼此信任,我尊重她的隐私,她不提的事,我当然不会去打听。"

"胡说。正常人谁会弄个假身份证,顶着个假名字生活?"陆晋严厉地说,"尊重隐私与对人进行合理判断并不矛盾,建立在相互了解基础上的信任才有价值。"

周知扬向来对陆晋讲大道理很不服气,张翠霞悄悄从身后推一下他,他知道母亲是示意自己不要惹哥哥生气,只得闭嘴。

老王呵呵一笑:"这位王小姐到底是不是失踪,情况还不明朗。不是我们民警推托,你们也知道,整个站北村这一带全是流动租客,少说也有上万人,实在不好管理。他们来来去去,无声无息离开的情况简直天天都会发生,不过多半都是欠着房租,像这个女孩子刚预交了三个月的房租,所有东西都在,确实有点蹊跷。她没有前科,光报个假名字租房的话,眼前看还是够不上立案的标准。"

陆晋皱眉:"她姐姐坚持报案,肯定知道更多事情。"

周知扬又忍不住插言道:"我倒没觉得有她姐姐讲的这么严重。"

陆晋瞪他一眼:"那你何必天天缠着我要找她。"

"我当然是想找到洛洛,可我觉得她姐姐有点神经质,危言耸听。"

老王点点头:"这样吧,我先回所里去把这些情况做好登记。如果真要立案,你哥哥是我们市局最年轻有为的刑警,总能查得出来她的下落。"

老王走后,陆晋看一眼周知扬,周知扬自动赔笑:"哥,我们上天台去说吧。"

他们走上去,周知扬抢先说:"我知道的全都说了,人民警察可不能动用私刑。"

陆晋被他气乐了:"你少跟我犯贫。给我坐下,把你知道的情况全讲出来。"

周知扬怏怏地说:"还要我讲什么啊,我连她有个假身份证的事都招了,她知道了非骂死我不可。"

"你以为你不说,我就查不出来吗?听你的口气,好像根本不相信她会出事。"

"应该不会,她一向很聪明,又十分谨慎,绝对不可能像她姐姐异想天开说的那样被人拐走。她……最多就是在躲着谁。"

"不是躲你吧?"

他又有些急了:"干吗要躲我,我们是好朋友,我又没骚扰她。你要搞搞清楚啊大哥,我一向是别人骚扰的对象,没有骚扰别人的必要。像我这样……"

陆晋只能跟平常一样,顺手敲一下他的脑袋让他打住:"以你的观察,她生活中有没有什么需要躲开的麻烦?"

"比如……"

"最常见的是债务。"

"应该不至于。我们是高档连锁健身会所,她在总店和三个分店健身房教舞蹈和形体课,课程排得满满的,很受学员欢迎,收入还可以,平时生活也挺简朴。我都要她随便住,不必交房租,她还是坚持要交,而且很准时。女孩子只要不养小白脸,不迷奢侈品,哪会惹上多大经济问题。"

"感情纠纷呢?"

周知扬迟疑了一下:"你记不记得那次我跟人打架,闹到派出所?"

陆晋当然记得。差不多两个月前,他接到母亲打来的求助电话,但他正忙于一项重要工作,同时又恼恨弟弟惹是生非,存心给他一个教训,到第二天才过去。事情不算大,挨打的那一方表示不再追究,周知扬被放了出来,被他好一顿训斥。

"我打的那个人,那几天一直纠缠着洛洛,洛洛好像很烦他,为了躲开他,还从后门走楼梯出去,那天被他堵住,他动手拉扯她,样子很狂躁。"

"所以你马上去扮演英雄救美了。他叫什么名字?"

"刘什么的吧,我忘了,派出所应该有记录。"

"她有没有跟你解释她和那个人之间的关系?"

"没有。明摆着是讨厌的追求者之一嘛。"

"也就是说还有其他人追求她。"

周知扬想了想,不大情愿地说:"那段时间她一直有点心神不宁的样子,我问过她是不是有什么事,她都摇头。有一天下班后,我从会所出来,在地下车库远远看到她和一个男人讲话,然后上了一辆黑色奥迪,那男人伸手摸她的头发,但她闪开了——"他马上补充:"他们之间没什么的。"

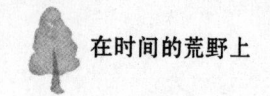

陆晋好笑："请问你是怎么推断出这结论的？"

"我不用推断，第二天我问洛洛那男人是谁，她冷笑，说谁也不是，根本不值一提。"

"所以你就断定他们之间确实没什么。"

周知扬看出陆晋在嘲笑他，多少有些沮丧："我相信她，她没必要骗我。"

"好吧，再说说那男人什么样。"

"中等身高，穿西装，身材维持得不错。喂，你不会拉我去公安局描述他的特征画像吧，车库太暗，隔得太远，我可没看清他长什么样。"

"你美剧看太多了，案都没立，画什么像？"

"还有就是，她没去上班的第三天，有一个模样挺斯文、穿格子衬衫戴眼镜的男人去会所找她，我问他和洛洛什么关系，干吗来找她。他看上去很紧张，掉头就走了。后来妈妈告诉我，也有这么个人来家里打听洛洛，妈妈说洛洛几天没回，她很担心，问他是不是洛洛朋友，他也是支吾着马上走掉了。"

"也就是说，跟你打架的小男生，再加上开奥迪的西装男人，去会所和家里找她的格子衬衫男人，你所知道的近期与她有往来的男性有三名。"

周知扬又来了一个迟疑的表情："她还告诉我，她觉得又有人跟踪她。"

陆晋摇头叹气："不相干的废话说了一堆，这么重要的线索你倒留到现在才说，你脑子怎么长的。"

"没你想的那么重要，一年多前就有一个暗恋她的客人跟踪她回家，被我警告后就没再出现了。这一次她说感觉似乎是有人盯着她，后来我就跟她约好，把课调到差不多的时间，下班了一起回来，没看到有什么，她还好笑，说她也许是看错了。"

"听起来她的生活很复杂啊。"

"喂喂，你可不要想歪，拿她当成时下那种爱慕虚荣，一心只想坐在宝马车上哭的女人。她真的是没有一点虚荣心。"

"这个优秀品质你又是从哪里看出来的？"

"你知道《缤纷周末秀》这个节目吧？"

陆晋尽管没什么时间坐下来看电视，但也知道这是本省卫视的一档综艺节目，拥有不低的收视率。

"那个节目的制片人是我们会所的客人，从前年开始就一直游说洛洛去当

第一章

固定班底，说她又有舞蹈功底又上镜，肯定能红，她都拒绝了。后来你也知道里面出来了好几个有知名度的助理主持人。"

"她说了为什么拒绝吗？"

"她说她不喜欢去蹦蹦跳跳秀身材。"

陆晋冷不丁说："可是她在会所教健身也是蹦蹦跳跳秀身材啊。"

"那不一样。"

"当然不一样。"陆晋没好气，"你就没好好想一想，她之所以拒绝，很可能是因为她拿着一个假身份证，有不足为人道的过去，并不想因为上电视就被人认出来。"

周知扬显然完全没想过有这种可能性，一下呆住，好一会儿才生气地说："你你有职业病，爱以最大的恶意对人下判断。"

"我总结你讲的事实而已，什么判断也没下。"陆晋话锋一转，"跟我说实话，小扬，你是不是喜欢这个女孩子？"

周知扬并不否认："是啊，不过看出这点可不算你眼光狠，妈也看出来了，还拐弯抹角敲打她：我家知扬眼光很高，我们也不可能让他找比他大的女孩子当女朋友的。结果她哈哈大笑，说：阿姨，你想得太多了。"

听到母亲吃瘪，陆晋也禁不住哈哈大笑出来："人家根本没看上你吧。"

周知扬眼光一黯，嘴上却不肯服软："我没正式追求她好不好。不是我吹牛，我要认真追，没有到不了手的。"

"你这口气够了啊。年少轻狂一点没人会介意，一路轻狂下去就是轻佻不负责任了。"

"又要给我上课了不成，"周知扬怪叫，"饶了我吧。"

"你既然喜欢她，为什么没追求她？这么含蓄，不像你会干的事。"

"她一开始就把我们的关系界定成了好朋友，好哥们，还说对谈恋爱这件事毫无兴趣。弄得我根本不好意思下手。"

陆晋微觉好笑，拍拍弟弟的肩膀："看来她确实比你聪明得多。"

周知扬无法否认这一点，记起两人相处的点滴片段，心头泛起惆怅："我实在搞不懂，她看起来好好的，就算有什么麻烦，也完全可以来跟我说，我一定会帮她的。为什么她会一声不响就走了。"

"跟我说说，她是什么样的人。"

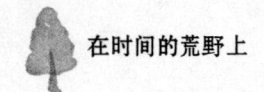

"她长得很美,这一点我完全没夸张,你知道我见过的美女实在太多了,但她不一样,她整个人就显得……"

周知扬似乎一时找不到形容词,陆晋带点好笑的表情看着他,他好不气馁。

"你不要当我是发花痴。你见过她姐姐了,也算长得秀气吧,但跟她没法比……"

"没人能跟她比,一向如此。"

一个略带沙哑的标准普通话女声在他们身后响起,兄弟两人一齐回头,程嘉璎站在天台入口处。

周知扬顿时大为尴尬,讪讪地说:"我不是这意思。"

"没关系,我并不是想来偷听。"程嘉璎显然毫不介意,"去了趟公司刚回来,张阿姨说你哥哥在这里,大概还有些情况想问我。"

周知扬搔头:"那你们谈吧,我到时间要去上班了。"

他一溜烟般跑了下去。程嘉璎坐下:"陆警官有什么要问的,请讲。"

陆晋目测一下,她大约有166公分,身材偏瘦,四肢修长,脖子纤细,以至于看上去比实际身高更高一些,五官清秀,顺直的长发及肩,皮肤白得近乎不健康,穿一件灰蓝色衬衫,灰色斜纹布的裤子,一双平底鞋,没戴任何首饰,十分简洁利落打扮。她没有化妆,但洒了香水,略带柠檬味,淡而清雅,不易捕捉。

他受过专门训练,可以以一个不经意的姿态迅速而全面地观察别人,但她显然对别人的观察高度敏感,马上留意到了,眼睛掠过一丝不自在,同时又控制着自己不做闪避,保持镇定。

"程小姐,我希望你明白,你妹妹还没有被认定为失踪,也没有立案,所以这不算正式调查。"

她微微点头:"我知道。"

"我弟弟很关心你妹妹,在你出现之前就曾经几次找我谈起她的突然消失。如果你愿意,可以把你认定妹妹失踪的理由讲出来,我来判断一下你的怀疑是否合理。"

她迟疑一下,苦笑了:"讲出来你恐怕会笑。除了她没带走那个一直随身带着的首饰盒以外,我怀疑她失踪的唯一理由是差不多一个月前,我开始做一

第一章

个噩梦，之后那个梦反复出现，越来越可怕。从那以后，我就有不祥的预感，没法安心。"

他没有表示大惊小怪，只是静静听着。他的镇定多少感染了她。

"她有什么理由要顶着一个假名字生活？"

她摇头："我甚至不知道她自称李洛。"

"你们在本地有没有其他亲人。"

"有一个舅舅，还有一个姨妈，但嘉珞这么多年一直拒绝与他们有任何来往，也不允许我把她的下落告诉他们。"

"在这之前，她曾经不打招呼消失过吗？"

这个问题似乎切中要害，程嘉璎垂下眼睛："有过。但是她虽然不跟我打招呼，不联络，没带走随身衣物，可并没有留下首饰盒。"

"什么时候的事？"

"五年前的夏天。当时我刚读完大三，她……突然消失。"她脸上那个笑更加苦涩，"差不多半年之后，又突然若无其事重新出现了。"

"上次她消失的原因是什么？"

她再度迟疑，停了一会儿才说："我不太清楚。"

陆晋当然不相信，但他也并没说什么。短暂沉默之后，她苦笑："你跟你弟弟看上去关系很好，大概没法理解居然会有亲姐妹之间竟然会这样吧。"

"恰恰相反，我能理解。"

他回答简洁，没有附加上任何理由，她却愿意相信他确实理解了，而不是随口让她宽心。

"差不多一个月前，我们……吵架了。"

"这段时间你们完全没有联络？"

"我出国旅行，临上飞机时，她给我打过电话，我对她讲的最后一句话是：我永远也不要再看到你了。"

随着这句话讲出来，她的脸蓦然变得惨白，一下闭紧了嘴唇。陆晋没有去问是什么样的争端使得姐妹两人反目至此。他之所以过来，一大半是因为周知扬这些天焦灼异常，差不多天天在他耳边念叨，而这个人又毕竟是母亲家的房客。不过还没有立案，他能做的只是评估一下她执意报案究竟是神经质，还是另有隐情。

在时间的荒野上

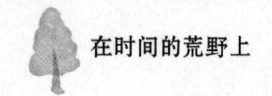

"你去哪里旅行了?"

"我在尼泊尔待了将近一个月,昨天刚回来。"

陆晋有些意外。他知道尼泊尔近几年俨然成了那些理想丰满,但口袋并不丰满的文艺青年们热爱的旅游圣地,也见过女孩子们从那里回来之后披异域风情的大围巾,编满头小辫子,戴叮当作响的银制首饰,口口声声谈的是灵魂栖息宁静归依之类。而程嘉璎看上去丝毫没有感染这类旅行后遗症,从第一次见面就完全像是一个普通办公室白领下班归来。

"我很想相信她也许只是又在跟谁赌气,或者是单纯地厌倦了这个环境,一走了之。可是我实在没法说服自己,也完全不知道该上哪里去找她。除了报案,然后在这里等她,我想不出还能有什么其他的办法。"

"她会不会回了老家?"

这次她迟疑的时间更长了。陆晋耐心等待,终于她说:"她跟我说过,她永远不会再回那里,而且我跟那边也一直没有任何联系。"

"也许你可以试着跟家里打个电话,看他们是否知道什么情况。"

程嘉璎不置可否,陆晋觉得奇怪,正要说话,一个男人的声音冷冷地在他们身后响起:"到现在你还这样吞吞吐吐,可无助于找到你妹妹。"

陆晋回头,只见刚才程嘉璎站的位置,不知什么时候站着一个年轻男人,还不到三十岁,有着挺拔的身材,轮廓深邃的英俊面孔,样式最简单的白色衬衫穿在他身上,带着不经意的妥帖,正神情冷漠地看着他们。

陆晋不禁暗自好笑,这个天台素日应该只是周家人浇花、晾晒衣物时才会上来,今天居然不时有客人造访,而且不约而同选择了老实不客气地旁听上一段,再突然现身。

只听程嘉璎问:"你来干什么?"

他冷冷地说:"你可以冲去我公司,当着我大老板、同事还有客户的面大闹,我当然也能过来找你。我们之间的事情终究要做一个了结,再拖下去没有任何意义。"

程嘉璎面色苍白,对陆晋说:"不好意思,我和他有点私事要谈。"

陆晋听周知扬讲过头天发生的事情,约略猜出来者身份,他站了起来:"程小姐如果再想起什么事,可以给我打电话。我先失陪。"

第一章

4

意义。

程嘉璎在心内重复这个词。世间万物看上去都需要一个意义，才能得以存在、延续，而她的婚姻尚未真正开始，却似乎已经丧失了意义。

理论上说，站在她面前这个名叫徐子桓的男人是她的丈夫，他们已经于4月中旬的一天去民政局领取了结婚证书，成为法律意义上的夫妻。

但是他来自一个大家族，依照他家的观点，他们需要办上一个盛大的婚礼，昭告亲朋好友，才算正式结婚。

他们将日期定在5月18日，然后开始挑选婚纱，确定蜜月要去的地方，决定婚礼的场地、形式、宾客名单，寄出请柬，安排外地亲友的行程……一切进行得十分顺利，但到了5月10日，徐子桓面无表情地宣布取消婚礼，亲朋好友为之大哗，却得不到任何解释，一时之间各种流言不胫而走。

没有婚礼，自然也没有接下来的蜜月旅行。

5月18日，程嘉璎独自起程去了尼泊尔，这是一个近乎逃避现实的孤独旅程。一回到汉江市，等着她的不仅仅是妹妹失踪，还有徐子桓毫不通融的决裂。他们已经有一个月时间没有见面，而昨天显然不算是愉快的重逢。

"你怎么会来这里？"

"我送你妹妹回来过一次。她真的失踪了？"

"她的房东、同事都不知道她去了哪里。不然我何必那么冲过去找你。"

徐子桓皱眉，却又冷笑一下："也许她只是和你一样，有一声不响消失再突然出现的爱好，不必过于担心。"

"你并不了解她。"

"那是当然，我甚至连你都谈不上了解，更何况她。"

她被堵得无言以对，停了一会儿问："她那天跟你说了些什么？"

"她闯入办公室，问我知不知道你去了哪里，我说你的事已经与我无关了，我根本不在意你去哪里。她就突然抓狂，大吵大闹，我只能告诉她，你走

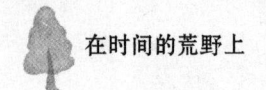

之前跟我打过电话,但我在开会没有接听,再打过去,你就关机了。"

她确实在登机时就关了手机,直到回国后才重新打开。

"她最后对我说了差不多跟你昨天一样的话:万一你有什么事,她会跟我没完。你们真是一对离奇的姐妹,外人实在无法理解你们之间表达感情的方式。"

她默然。

"那天送她回来,我还有点惊讶,没想到她会住这种地方。"

她理解这句话的意思,没来站北村前,她也完全想象不到王嘉珞会在这里一住两年多时间。他走到天台边,凭栏向下看去,眉头不易察觉地微微一皱。她清楚知道,就像她觉得站北村处处陌生一样,他对这样的环境同样是不熟悉的。

他们在德国开始热恋,彼此来自同一个城市,跟别的恋人一样,不可避免会讲起小时候的生活。徐子桓出生于一个环境优越的知识分子家庭,从小生活在学府密集、文化气息浓郁的区域,出国读研、工作,又游历了不少国家;而程嘉璎对于这个城市的印象就是她外祖父母和舅舅工作生活的那个数万人大厂区,路名就叫化工厂:灰扑扑的厂房,高耸的烟囱,一个接着一个的生活区,整齐划一的红砖外墙宿舍楼,邮局、医院、学校、幼儿园一应俱全,甚至还有公园、商场和电影院,几乎是一个独立于城市之外的小社会……当然不可能像徐子桓站在国贸中心俯瞰下去的繁华闹市,更不像他们此刻身处的站北村。

果然,他转过身,看着她:"一个城市会有不同面貌,我能够理解,可一个人会有多少面貌,什么才是最真实的一面,实在让我费解。"

她艰难地说:"子桓,过去的事,我实在没办法给出一个合理解释……"

"那么你妹妹后来跟我说的那些事呢?"

"关于什么?"

他牢牢盯着她,欲言又止,过一会儿,摇摇头:"算了,你们姐妹两个,大概一样都有编故事的天赋。我何必要去当一个彻头彻尾无可救药的傻子,到现在还来找你问为什么。"

"你指责我也就算了,不必拉扯上嘉珞。"

"好吧。平心静气一想,一个人撒点小谎很平常,但要在所有的事上撒谎,进而虚构出一整套的身世,相处几年时间滴水不漏,甚至表现相应让人信服的人格,难度还真的相当高。尽管有伤自尊,我也不得不承认,你确实有撒谎的天分,我没必要再生气。"

第一章

他面无表情,然而她清楚这份平静下面蕴藏着什么。她只能勉力扯着嘴角,露出一个干涩的笑:"我想说的正是,有些气不值得一直生下去。既然你这么想,我就不费事再为自己辩解了。"

"这段时间你去了哪里?"

"我去了尼泊尔。"

"尼泊尔?"他盯着她,"你说过你不喜欢任何荒凉的地方,只喜欢走在城市马路上的感觉。"

这的确是他们讨论蜜月地点时她说的话,徐子桓本意是想去非洲,后来还是迁就她预订了法国的行程。尼泊尔虽然不比非洲那样遥远原始,但显然也不可能处处都提供标准的马路。不过程嘉璎并不打算解释。

"就近转了转而已。"

"转了转?说得真轻松。我说到离婚,你就不声不响消失,让我背负悔婚逼走你的恶名;现在你妹妹不知去向,你又当众大闹,让所有人觉得是我的责任。你还想要怎么样?"

我想要一切都没有发生。她苦涩地想,但一切都以最坏的方式发生了:"对不起,我昨天回来,听到嘉珞失踪,一时心急才去找你。既然你说跟你没关系,我相信。我会另想办法找她。"

"那么说回我们之间的事。拖下去没有任何意义,开个条件,让我们了结这一切,各自保留最后一点自尊吧。"

"条件?"

他不耐烦地皱眉:"别摆出这么无辜的表情,程嘉璎,更不要跟我说你除了婚姻什么也不想要。事已至此,再来打感情牌,未免太有伤你的心机了。我对你向来没什么隐瞒,你应该很清楚我的能力范围,开出离婚的条件来,只要不过分,我都能答应,我愿意为自己的轻信愚蠢付出代价。"

她定定看着他,过了好一会儿,惨淡一笑:"你这么想摆脱这段婚姻,都不惜跟我讲条件了?"

"你根本不可能明白这件事给我带来的感受。我们之间已经完全没有继续下去的可能了。"

她想,她又怎么可能不明白。

"我同意离婚。"

在时间的荒野上

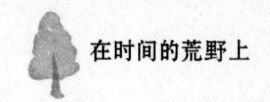

徐子桓怔住。

"别担心,我们没什么共同财产,不过既然你提到条件,我不打算为了表现一下气节,在你心里再种一根刺。请让你的律师把条款尽管开过来好了,我相信你会给我一个足够最后鄙视一下我,再彻底忘记这件事的条件。然后我们可以约好时间去办手续,听说协议离婚甚至比结婚更简单。"

自从徐子桓在 5 月 10 日那天宣布取消婚礼之后,有差不多一周的时间,程嘉璎曾反复找他,从苦苦哀求到落泪解释,试图复合,迹近于纠缠不放,现在突然如此平静,表现得似乎已经放弃一切努力。他当然有不能置信之感,两人默然相对一会儿,他说:"你如此笃定掌握了我全部心理活动,倒让我起了一点好奇。是什么让你突然改变了主意,放弃你处心积虑要得到并且不肯放手的一切,跟你妹妹有关吗?"

"我只是明白了一些事情:从来没有什么是我真正拥有的。"

这显然并不是徐子桓想要的答案,他冷冷地说:"既然你不想坦白讲原因,我也不打算再问了。我会让律师给你发邮件。"

徐子桓走了。天台只剩程嘉璎一人,风吹得一侧晾晒的床单"呼啦啦"作响,夕阳残照把远远近近的民居染上一点暧昧的橙黄,暮色以几乎无法察觉的速度缓缓降临,她茫然四顾,突然有一个奇怪的感觉。

这一切都似曾相识。

要么她堕入了某段已经遗忘的回忆,要么她穿越时间重新经历了一次过往。她不知道这样站立了多久,张翠霞的声音将她带回现实之中。

"小程,你怎么了?"

她努力集中精神强迫自己回答说:"没事。"

张翠霞去收床单,一条条折叠好,挟在臂弯准备下楼,又不大放心地回头看她:"小程,有什么问题就及时跟陆晋说,不要见外。"

她点点头:"我知道。"

她要面对的问题实在太多。那样缠绕不去的噩梦,那些幽深沉重的回忆。

相比之下,破裂的婚姻几乎不再是一个问题了,程嘉璎这样想着,转头凝视远方,高高低低、起伏得毫无规律的房屋远方已经笼罩在渐渐暗下来的天际

第一章

之下，一片苍茫。

从小到大，她一再对自己说：你需要向前看，将过去的生活永远抛开。

很长一段时间，她似乎做到了。

而此时，过去的生活如同画卷般展开，一一在她面前回放。

她想：有些东西，如同体内的基因、血管内流的血液、背上那枚胎记一般，与生俱来，永远不会彻底消逝，不必再做徒劳的挣扎了。

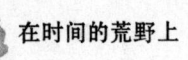

第二章

1

程嘉璎住进站北村临塘三路 27 号这所民宅的四楼已经有将近一周。

她作息十分规律，早上七点半准时出门上班，晚上不加班的话七点左右回家，按她的本意，希望与房东的交道维持在出入碰面时打个招呼就够了，但张翠霞颇为热情健谈，往往都会跟她闲扯几句，她只得尽可能地应和。

张翠霞见她带盒饭回家，善意提醒她可以借用厨房："天气慢慢转凉，吃冷的对胃不好，去热热再吃，想自己做饭也可以，你妹妹以前也时不时在那里做饭煲汤的，你只管去用。"

她称谢，不过不打算与这家人有过多交集，第二天干脆在外面吃完饭再回家，并没有踏足厨房。

这个原本属于王嘉珞的房间面积远比她过去住的单身公寓要大，而且内空极高，通风采光俱佳。但她向来很难适应陌生环境，阔大空间并不能带给她舒畅释放的感觉，而站北村对她而言，也远不是一个宜居的地方。

这个城中村内居住人口高度密集，白天固然人来人往，哪怕入夜也难以安静下来，各家窗子传出电视里播放的肥皂剧和综艺节目声音，麻将"哗哗"作响，不时还有摩托车、电动车呼啸而过，直到深夜，仍有结伴晚归的人谈笑风生，门被重重打开关上……

她回复完邮件，在房内踱来踱去，没有睡意，又静不下心来看书，决定上天台去透透气，却意外地看到周知扬正坐在那里喝着啤酒。

第二章

他做健身教练，上班时间与她完全不同，通常上午睡懒觉，中午去上班，到深夜才回家，两人住在同一所房子里，几乎没有打照面，这个时间碰上，她不免一怔。周知扬招呼她："来坐坐吧。"

她在旁边一张椅子坐下，他递啤酒给她，她摇头谢绝。

"我和洛洛下班之后常常坐在这里聊天喝酒。"

她需要想一想，才能把他说的"洛洛"与自己的妹妹嘉珞联系起来。

"我真的很担心她。"

我也是。可是不对，你的担心怎么可能与我一样。她默然。

"她会去哪里？"周知扬知道她也给不出答案，只是满心困惑，喃喃地说，"我想来想去，完全没有头绪。"

"她走之前有没有跟你说什么？"

周知扬回想一下："没有。倒是她走的前一天正好轮休，我下班回来的时候，看到她在天台上喝红酒。"

"然后呢？"

"我也坐下，我们一起喝酒，闲扯，没说什么特别的事。"

"她心情看上去怎么样？"

"她的话比平常少，我问她怎么了，她说没什么。你也知道，她一向直率，不会隐藏心事。所以我也没太在意。红酒的后劲比较大，喝到后来，我们都有点儿醉了——"他打住，她探询地看着他，他略为尴尬，但还是说，"我吻了她。"

她并不觉得意外，"哦"了一声。他被她这个平淡的反应刺痛了："你不好奇接下来发生了什么吗？"

"我猜什么也没发生。"

周知扬生气，却又无可奈何，喟然长叹一口气："没错。她明明并不反感，而且是有回应的，可后来还是推开我，说太晚，该休息了。我一直在猜测，她应该不会因为逃避我接近而选择消失吧。"

程嘉璎淡淡地说："一个吻而已，不要想多了。想接近甚至纠缠她的人很多，她从来不用逃避就可以应付。"

"你怎么用这种口气说你妹妹。"

"抱歉，我只是客观陈述罢了。"

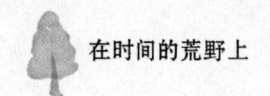

见她站起来准备下楼,他说:"等一下,我想起有一件事也许与你有关。"
她回头看着他。

"那天我们喝酒,不知怎么谈到我哥哥。洛洛问我:如果有一天你哥哥真生你的气,再也不愿意理你了,你会怎么做。我大笑,说:不会的,他对人对己要求都高,从小到大,经常生我的气,但绝对不会气到断绝关系那一步。洛洛再没说什么,她从来没提过她有姐姐,我没想到她说的其实也是你们之间的关系。"

她的喉头如同被哽住一般,连呼吸都变得有些艰难:"你理解的手足情感,跟她说的是两回事。"

"不管她对你做了什么,能放下的就放下吧。我想她是很在乎你的。"

"是吗?"她终于能开口了,声音变得沙哑,"可是你之前甚至并不知道我的存在,连她的真实姓名都不知道,对她的生活又能了解多少?做这种推断未免太天真了。"

周知扬无话可说,只得举起啤酒罐喝了一大口,停了好一会儿才自我解嘲地笑笑:"我哥哥也这么说,当然你们都没讲错。她有很多事没有告诉我,可是没关系,人与人之间的感觉,只有当事人才最清楚。我相信她所做的一切都是有理由的。"

程嘉璎看着他,昏暗光线下,这男孩子牙齿雪白,笑容明朗,犹带一点稚气,整个人仿佛可以发出光来。她蓦然警觉,自己心底已经累积太多怨恨与绝望,在如此单纯的信任面前,几乎自惭形秽。浓重的疲惫一层层包围住她,她涩然一笑,再没说什么,回了房间。

房间依旧大得近乎空旷,程嘉璎靠门而立,恍惚之间,似乎看到一个身影在眼前翩翩舞动,而幻象转眼即逝。她走到书桌前,拉开第二个抽屉,取出那个首饰盒。

这是一个用黑檀木制作的长方形盒子,年代久远之下,边角有些磨损,盒身右侧有一道明显的裂纹,她的手指从那里划过,黑檀的质地摸上去紧密而坚硬。她注视着盒盖,上面是细密的雕花,需要仔细辨认才看得出是百鸟朝凤图案,一只凤凰张开翅膀,长而华丽的尾羽铺陈着,占据了大半个盒面,下方是云朵与牡丹,四周各色不同的鸟类环绕,一只仙鹤在右上角飞翔。

第二章

自从住进来后，她不止一次摩挲首饰盒，这一次终于下了决心，打开黯淡发黄的铜制锁扣，里面不出意料是空的。

而从前，盒子里除了几枚银元之外，还放着两个缠了红线的老式金戒指，一个绞丝银镯，全都做工简单，样式朴素。

那些东西连同盒子属于她的曾祖母，她们从未谋面，她想象不到老人戴着它们是什么样子，但外祖母把盒子交给母亲时，她是在场的。后来她也见过母亲打开盒子，戴上戒指，然后长久静默。

她合上首饰盒，将它放回抽屉，躺到床上，把面孔埋入枕中。

这个房间布置简单随意，衣物数量也不多。除了执意捡回别人丢弃的那个大屏风，王嘉珞并没有费心弄一点个人色彩的装饰，但床上铺的却是价格不菲的高支棉床单、被套与饱满的羽绒枕头，而且都是必须经常清洗更换的纯白色。程嘉璎突然意识到，那个看似与她性格截然不同的妹妹，在床品挑选上与她品味几乎是完全相同的：她们的童年过得太简陋困顿，待到成年有了经济能力以后，仿佛都下意识选择了同一个方面来对自己做弥补。

没能摆脱过去的人，并不止她一个。

2

张翠霞从厨房窗口回应程嘉璎与她打的招呼："上班去啊。"看她下楼，感叹道，"奇怪，亲姐妹性子一点也不像。洛洛那孩子又直率又随和，这个当姐姐的礼貌归礼貌，可真是冷漠得很。"

周明仍旧翻看着报纸，但笑不答，张翠霞这时才想起自己同样有两个性格完全相反的儿子，不免有些讪讪，一边继续做早餐，一边岔开话题："不过程小姐一看就是在大公司上班的白领，举止斯文，生活有规律，要是我们小扬肯像她一样去找一份正经工作就好了。这熊孩子，越大越不听话，我先还真怕他和洛洛搞出什么事来。"

"我早说你是瞎操心。洛洛那女孩子表面嘻嘻哈哈，一团热闹，看似没有城府，可眉眼之间都写着阅历，看不上你家傻小子的。"

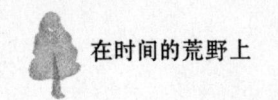

张翠霞颇不服气:"她长得是美,小扬也不差啊,哪点配不上她了。"

"好了好了,人家都不知道跑哪里去了,偏偏走之前又住在我们家,你不操心这件事,还去计较什么配不配的,真是有闲心。"

"我怎么不操心了,一想这事我就犯嘀咕。小扬这段时间成天魂不守舍的,居然还抽起烟来,他练健身以后可再没碰过香烟了。不会是对她动了真感情吧。"

周明早已经习惯了妻子的发散性思维,提出一个比较实际的问题:"程小姐要在这里住多久?"

张翠霞摊手:"谁知道呢,我只但愿洛洛玩够了早点回来就好。倒不是想赶程小姐走,她教养好,出入有规律,安静得好像不存在一样,根本没给我添麻烦。我是怕小扬会急出个好歹来。你看他昨天晚上一回来就跑天台上喝酒……"

话音未落,有人在楼下拍门,同时大声叫她名字,她走到窗前探头往下看,只见一个邻居急急地说:"快来快来,租你家房子的那个女孩子晕倒了。"

张翠霞与周明急急冲下楼出门,跟着邻居过去,看到程嘉璎委顿在转角的地方靠墙坐着,其实并没失去知觉,但面色煞白,两眼直直看着某个地方,张翠霞过去扶她,紧张地问:"小程,你怎么了?"

她的牙关咬得紧紧的,没有回答,张翠霞一摸她额头,满手都是冷汗,她转头对周明说:"快把小扬叫起来,我们送她上医院。"

周明答应着往家里跑,她纳闷地说:"出门还跟我打了个招呼,看起来好好的啊。"

那邻居说:"我出来买菜,看她读墙上贴的启事,然后就倒了下来,我就赶紧跑去叫你了。"

她们一齐看墙上,那里新贴了一份由公安局发出的认尸启事。张翠霞已经略为老花,眯起眼睛费力地看着,只见上面写着:

2012年6月17日,区公安局在临塘湖发现一具无名女尸,死亡时间距发现时间五日左右,死者年龄在20—30岁之间,身高168公分,体型匀称,发长约60公分,染棕色,着白色针织上衣和牛仔裤,如有熟悉上述特征及所附图片中物品的群众,请速与我单位联系。欢迎市民提供线索,对提供情况帮助查清死者身份的,将给予奖励。

张翠霞也曾在买菜时听人议论湖中发现尸体,她还没读完启事,只听身后

第二章

周知扬叫了出来:"这不可能。"

她回头一看,只见周知扬蹲下去,急切地摇程嘉璎:"你凭什么断定她是洛洛。"

张翠霞这才恍然,再凑近看启事,上面附了两张照片,一张是尸体,一张是随身衣物。那个严重浮肿的面孔让她吓了一跳,马上移开视线:"是啊,根本看不清长相,从哪里看出是你妹妹。"

程嘉璎声音如游丝一般低而飘忽。"不,我只是低血糖犯了,头晕。"她扶着墙壁,勉强站了起来,"张阿姨,麻烦您帮我买杯豆浆,多放一点糖。"

张翠霞心里七上八下,仍马上去不远处早点摊买回豆浆递给她,她喝下去,似乎恢复了一点精神,低声说:"谢谢,我去上班了。"

盯着启事看的周知扬马上拦住了她:"我们现在就去公安局把这件事弄清楚。"

"没有必要,那不是嘉珞。"

周知扬一把抓住她的胳膊:"不行,你不能就这么走了。"

程嘉璎试图甩脱他的手,但他抓得很紧,她面孔扭曲,声音嘶哑地说:"放开我。"

周明赶忙用力拉儿子的手:"别胡闹,快松手。"

周知扬只得放手,脸色铁青地看着程嘉璎匆忙走出巷子。

张翠霞惊愕之余,责骂儿子:"小扬,你是不是疯了。她本来就瘦弱,现在看上去又病恹恹的,你怎么能这么动粗?"

周知扬不作声,重新盯着那张认尸启事。周明与张翠霞面面相觑,正要说话,周知扬拔腿就走,张翠霞急得直叫:"哎,祖宗,你可不能追过去强拉人家上公安局。"

他闷声回答:"我去找我哥。"头也不回地回家,开启卷闸门,发动车子驶出来直奔公安局。

陆晋在开会,过了差不多一个小时才出来,听周知扬讲早上发生的事,皱紧了眉头,开电脑找到那份认尸启事:"你觉得符合王嘉珞的特征?"

"我给你看过照片啊,不像。你觉得像吗?"

那张面孔严重肿胀变形,已经很难辨认。而陆晋过去完全不去母亲的家,

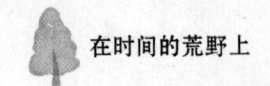

与王嘉珞只是一年多前在站北村边消夜大排档那里有一面之缘，当时周知扬给他们做介绍，那女孩坐在暗处对他点点头，并没有开口，以他那样锐利的眼神，也没看清她的长相。等他去隔壁小商店拿来冰冻啤酒，她已经离开，周知扬说她累了先回去休息。现在想来，周知扬一直很爱炫耀自己的警察哥哥，从中学时代就带历任女朋友或者好友来见过他，弄得他不胜其烦。而她住在周家，与周知扬又是同事兼朋友的关系，后来竟完全再没与陆晋碰过面，联系到那个假身份证，很可能她是因为陆晋的警察身份而刻意回避。

仅凭周知扬手机里她的照片，陆晋实在无法判断："只能说身高与年龄是基本相符的……"

"本市符合这个条件的女人太多，再说洛洛是会游泳的，怎么可能淹死。她姐姐纯粹是疑神疑鬼。"

"她看上去略有点神经质，但并不像无端起疑心自己吓自己的女人。"

"那就应该来公安局验个DNA排除怀疑嘛。可她一口拒绝，态度实在很奇怪。哥，你能不能出面要求她配合调查？"

陆晋瞪他一眼，他早已熟知哥哥的各种眼神肢体语言，清楚哥哥在无声斥责他"胡扯"，可他没像平时那样自动退下："怎么？你们公安局发的启事讲得清清楚楚：欢迎市民提供线索。我提供了，你可不能不理。这件事要不弄清楚，我会急疯的。"

"这件案子是区局处理的，我先去了解情况再说。"

"我跟你一起去。"

陆晋本想斥他"别胡闹"，但看弟弟的神情坚定得异乎寻常，只得说："你不许乱说乱动，不要跟我问这问那，能告诉你的情况，我自然会说，不能讲的，问也白搭。"

周知扬随陆晋到了区公安分局，按他的吩咐，老实坐在外面等候，越等越是心焦，总算等到陆晋出来，满腹疑问几乎要冲口而出，但还是被陆晋眼神制止。两人上车之后，陆晋发动车子，依旧一言不发，周知扬再也忍不住了："哥——"

"分局这边也希望尽快确定死者身份。我现在去程嘉璎公司找她，看看能否说服她来配合调查。"

第二章

程嘉璎在一家规模颇大、有国资背景的信托投资管理公司工作,办公地址位于金融区一个堂皇气派的写字楼内。前台小姐听到他们报出要找的人,"哎呀"了一声:"一个小时前,程嘉璎在办公室晕倒,被送去医院了。"

周知扬嘀咕:"这些女人,全靠过度节食瘦身,完全不运动,身体素质差得要命,动不动就闹晕倒又能怪得了谁。"

前台小姐颇有意与眼前这位帅气的来访者搭腔,马上说:"那倒不是。唉,被悔婚的打击还真是挺大的。"

"悔婚?"

"你不知道吗?她本来跟一个高大英俊、事业有成、家境优越的男人订婚,连结婚证都拿了,还筹备了盛大婚礼,可就在婚礼前几天,那男的突然单方面宣布取消婚礼,要求离婚。"

周知扬愕然,迅速联想到那天程嘉璎抽丈夫的一耳光,喃喃自语:"难怪。"

"是啊,后来她一个人出去休假,一走一个月。我们都还嘀咕呢,没人跟着,万一她想不开……那可怎么办。也不是咒她啦,这种事搁谁都受不了。"

"她不是好好的回来了吗?"

前台小姐耸肩:"哪里谈得上好好的。她回来上班以后状态也很差,面色苍白得像个鬼一样,成天独来独往,眼神飘忽。老板不敢安排工作给她,我们都不知道该怎么安慰她才好,真不知道她要怎么熬过来。"

"那男的为什么悔婚?"

"移情别恋呗,男人悔婚还能有什么原因?这年头……"

陆晋打断她:"程小姐被送去哪家医院?"

"市中心医院。"

在驶往医院的路上,周知扬心神不宁:"她被悔婚不会跟洛洛有关吧?不然两姐妹何至于反目成仇?"

陆晋稳稳开车,没有说话,他只得自问自答:"不对,以我对洛洛的了解,她根本不可能做出这种事来,她对谈恋爱一点兴趣都没有,追求她的人又那么多,何必盯上姐姐的丈夫。"

"你也听到程小姐的同事用的那一连串形容词了,那男人条件很好。"

"那又怎么样?洛洛又不是没见过世面,她性格高傲,为人坦荡,绝对不会见到好条件就不择手段要据为己有。"

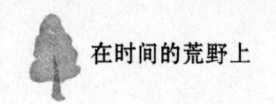

陆晋瞥他一眼："我不管你认定她为人如何，等会儿见了程小姐，不许拿这个问题去问她。"

"可是这跟洛洛的失踪绝对有关系啊。"

"有没有关系由我确定。"

周知扬满心不服气，但看看陆晋脸色，不敢再说什么。

程嘉璎住一个单间病房，他们到达门口时，她躺在病床上，旁边坐着一位女性访客，穿合体的黑色真丝套装，皮肤白皙，体态匀称，戴着玳瑁框架眼镜，看上去五十岁左右，正略为激动地提高了声音："这种事你不跟我说也算了，怎么能瞒着他？"

程嘉璎声音微弱地说："请不要跟他提这件事。"

"那怎么行？"

"已经过去了，没必要再生枝节。"

那女人哑然，隔了一会儿说："有什么事你们不能沟通解决，偏要选择一个人跑出去旅行。身体是你自己的，如果你都不爱惜那怎么行？"

"我明白。"程嘉璎看着天花板，平淡地说，"谢谢您来看我。"

她语气十分礼貌，但逐客之意也显而易见，那女人怔住，再一回头，看到病房门口的陆晋和周知扬，扫他们一眼，站起身来说："你有客人，我明天煲汤带过来。"

"不用麻烦了，阿姨。"

那女人看看她，神情复杂，没再说什么，径直走了出去。

"你们怎么知道我在这里？"

"我们去了你公司。"陆晋说，"刚才那位女士是你姨妈？"

程嘉璎摇摇头，毫无血色的嘴唇向上一弯，眼神里却没任何笑意："你们既然去过我公司，想必一定知道我婚变的事。她是我婆婆，不过她儿子要跟我离婚，我不好再叫她妈妈，只能称阿姨。"

她这个意外的坦白弄得他们有些尴尬。周知扬不知所措地看着陆晋，他问："你的身体怎么样？"

"没什么，只是贫血。"

陆晋看到她正在接受输液，知道肯定不是普通贫血那样轻描淡写，决定直

第二章

接进入正题:"程小姐,你报案称你妹妹失踪,虽然公安局还没有正式立案,但想必你也明白,只是时间问题。现在又涉及到这个案子,我们需要你提供DNA,方便我们进行比对。"

"那不会是嘉珞。"

"可你也是怀疑的,不如讲讲你的疑点。"

她望向天花板,眼神空茫,过了很长时间才说:"年龄,身高,还有认尸启事上拍的随身衣物,那条牛仔裤……是嘉珞一直爱穿的牌子,她现在衣柜里还有两条。"

周知扬的心蓦地一沉,正要说话,陆晋拦住他,不紧不慢地说:"程小姐,我明白你希望妹妹平安,但一味回避,恐惧并不会自动消失。就算你不配合,知扬也决定以朋友和房东的身份去进行指认,我们可以进你妹妹住的房间,从牙刷衣物上提取DNA做比对。我还是觉得,你应该与我们合作,主动提供尽可能多的线索。"

程嘉璎收回目光,头一次正视着陆晋,苍白的面孔写满惨淡:"好吧。"

陆晋做刑警数年,与不少失踪者家属打过交道,他们大多固执地相信奇迹,像程嘉璎这样尚未接到多少不好的消息,却似乎早已经不抱希望,他还是头一次遇到,不免有些奇怪,可她憔悴单薄,看上去已经被心事压垮,放弃挣扎,又让他心下不忍。他轻声说:"我通知法医尽快过来取样,你好好休息。"

他与周知扬出来,一名穿白色衬衫的中年男子恰好往里走,两人同时侧身闪开通道,那人礼貌地道声"谢谢",走了进去。他们走出几步,一回头,只见那人立在病床边,背向他们,正伸手摸程嘉璎的额头。

周知扬悄声说:"考验你的时候到了,你觉得这人和程小姐是什么关系?"

陆晋拉着他一直走到电梯边,才说:"程小姐说她有两个亲戚在本市,这个也许是她舅舅。"

周知扬再回一下头:"他舅舅挺气派啊,戴的手表是劳力士。"

"你一天到晚净关心这些物质层面的东西。"

他笑:"哎你老把我看得这么肤浅,这是我们做健身教练的必修功课好不好?扫一眼客人衣着举止,就能大致知道要推销什么价位的课程给他们。"

陆晋不语,他对奢侈品没那么敏感,但一瞥之间,当然也注意到那人衣着熨帖合体,风度举止都颇轩昂。

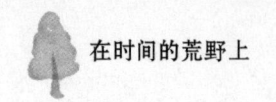

3

隔了一天，陆晋再度来访时，程嘉璎病床边坐着一个头发斑白、略为发胖的男人，看上去五十岁上下，穿着带褶皱的蓝色衬衫，蒙着灰的旧皮鞋，看上去风尘仆仆。她介绍说："这位是陆警官。陆警官，这是我舅舅程军。"

陆晋与程军握手，心想如果周知扬也来了，肯定会借机笑话他的误判。他直接切入正题："程小姐，DNA 检测结果出来了，湖中那具女尸与你没有血缘关系，而且我们初步确定了她的身份，肯定不是你妹妹。"

程军顿时喜形于色："太好了，我早说过你是自己吓自己。"

而程嘉璎却没说话。经过几天治疗，她的脸色不再那么苍白得可怕，可表情丝毫没有放松，紧紧盯着陆晋，陆晋同样看着她，两人似乎都在等对方先开口。程军替她掠开额头散乱的头发，安慰她："璎璎，别担心，嘉珞不会有事的。"

然而程嘉璎没有任何得到宽慰的表情，甚至眼神更加黯淡，她垂下眼帘，看上去精疲力尽。他也不打算再说什么，告辞出来，不想没走出多远，程军从后面赶上来叫他："陆警官。"

他停住脚步，程军说："我在报纸上读到过打拐 DNA 数据库的报道，所以想请教一下，像嘉珞这样失踪的女孩子，如果你们正式立案，能否将她的基因资料输进去进行查找。"

"您说的这个打拐 DNA 数据库目前主要是在全国范围内采集丢失孩子报案的家长 DNA 样本，也就是说主要针对未成年人。"

"可是成年女性一样有可能被拐卖啊。"

陆晋不免有些疑惑："程小姐第一次来公安局时，也提到她妹妹被拐卖的可能。一定是有什么特别的征兆，你们才会这样怀疑吧？"

程军一下闭紧了嘴巴。

"像您的外甥女这样已经成年，生活在城市，有正当职业，有一定阅历的女孩子，除非有确凿的证据，否则失踪需要考虑的主要原因通常不是被拐卖。在认定失踪立案之后，我们会把她的资料上传，通过公安机关信息系统进行联网比对，尽力查找她的下落，也希望家属与我们积极配合。"

第二章

程军看上去心事重重，完全没有在病房内的乐观，勉强一笑："嘉珞这孩子……怎么说呢？她从小就很有性格，不像璎璎这样温和。这些年我没能照顾到她和她妈妈，她对我，还有她姨妈都心怀怨恨，不要说来往，甚至从来不肯跟我们打照面，也不许嘉璎跟我们提起她，所以我根本不知道她也在这个城市。我只记得她五六岁时候的样子，如果不是嘉璎给我看照片，我都不知道她现在长什么样，这些年我又都在外地工作，昨天才赶回来，实在提供不了有用的线索。"

"您可以试着先联系一下您妹妹。"

他摇头："她住很偏僻的山村，多年没联系，就算现在有了电话，我和嘉璎也没有号码。白天我试着回忆地址写了一封信寄过去，不知道她什么时候能收到。"

"明白。您好好照顾程小姐，我先走了。"

陆晋回去继续工作，一直加班到深夜，出来时意外看到周知扬正等在外面。
"你在这里干什么？"

周知扬不满地说："我打你电话，没说两句你就挂了，短信你也不回，当然只能在这里等你。"

"我手头一大堆工作要做，你朋友的事还没正式立案，哪有空陪你谈心聊天扯闲篇。"

"谁要跟你聊天了。你不是要线索吗？我可是辛辛苦苦找来了好多线索。"

陆晋深表怀疑："一周以前你连人家真实姓名都不知道，现在突然来扮演名侦探柯南，根本没有说服力。"

周知扬一脸要吐血的郁闷表情："我费了这么大劲配合你的工作，你都不说鼓励鼓励我。"

"走吧，我们去吃消夜，边吃边说。"

他们开车到站北村附近那家常去的大排档，叫了几个菜。周知扬开始说他了解到的情况。

"程嘉璎的同事讲，她是一名孤女，她的人事档案上写着父母双亡，没有兄弟姐妹。这一点不是很奇怪吗？她明明是有个妹妹的。"

"我今天在医院碰到她舅舅，她应该是随舅舅、姨妈一起长大的，她妹妹

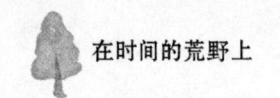

也许被别人家收养了。"

"真搞不懂这家人的思路，为什么不把失去父母的两姐妹一起养大，倒把她们拆开。洛洛的身世原来这么可怜，难怪她从来不提起自己的亲人。"

"别急着下判断。这就是你弄来的线索？"

"程嘉璎的先生叫徐子桓，今年29岁，父亲徐益方是本地一家出版社的副社长，母亲林曦是《汉江日报》总编，祖父母都是知名学者，家世非常不错。徐子桓留学德国，然后工作，半年前刚接受一份高薪聘请回来。程嘉璎在四年前大学毕业后参加一个交换计划，也去德国读硕士，两人在那边恋爱、订婚，本来是回国结婚的，没想到拿了结婚证之后突然婚变了。"

"你的线索是牺牲色相从程小姐公司前台那里打听来的吧？"

周知扬差点跳起来，陆晋按住他，哈哈大笑。他气馁："算你狠。什么牺牲色相，讲得真难听。前台小姐叫莎莎，我送了她一节健身体验课，她已经立志要练出性感腹肌和马甲线。成了我学生，当然对教练无话不谈。据她透露，他们公司里传说程嘉璎是有来头的。"

"怎么讲？"

"他们这家公司规模大，待遇高，一向出了名地难进，程嘉璎是总经理亲自给资料让人事部门审核招聘的。虽然她名校毕业又是海归，但现在具备这些条件的也不算稀奇。而且她婚变之后请了长假，回来上班也不在状态，部门领导都挺宽容。所以同事都猜她肯定有人罩着，而且来头不小，有传闻说她的一个亲戚是集团公司的二号人物，不过并没有证实。"

"好吧，除了这些花边八卦，还有什么？"

"还有就是——"

周知扬突然有些踌躇，陆晋看着他："怎么了？"

他苦笑："恐怕她的婚变真的是洛洛造成的。莎莎和另一个未婚女同事接受程嘉璎邀请当伴娘，她们在试衣服的时候亲耳听到徐子桓跟程嘉璎大吵，中间反复提到王嘉珞这个名字。"

先是失去婚姻，然后再失去妹妹的消息，而妹妹也许又是破坏她婚姻的人，陆晋想，难怪她如此郁郁寡欢。

"我怎么也不能相信洛洛会做出这种事来。"

"你对她又了解多少，能为她的人格打包票。"

这一次周知扬没法嘴硬了，想了想，颓然说："我还在程嘉璎面前说过，我相信洛洛做的一切都是有理由的，难怪当时她笑得那么古怪。可是，我了解的洛洛真不是那种人啊。"

"那她是哪种人？"

"她很率真，洒脱，有性格，不物质主义，不在意别人对她的看法。"

"别的都算了，小扬，你要知道，那些不在意别人看法的人，对于自我的重视远远超过其他人，通常也不会在意破坏世俗伦常。"

"但她是善良的，不可能故意去伤害她姐姐。也许她消失就是想退出成全姐姐。"

陆晋险些将一口啤酒喷出来："你是不是开始陪妈妈看韩剧了，居然想得出这种桥段。"

周知扬脸红了："不然你怎么解释整件事？"

"我是警察，不是编剧，不会给不合理的行为编出一个合理的动机。如果她伤害了她姐姐，在伤害造成之后一走了之，是加倍不负责任的行为。"

"你对她有偏见。"

"我都不认识她，有什么可偏见的。你是不是爱上她了？"

这一次周知扬没有否认。

"爱情会让人盲目。"

"像你这样永远睁大双眼，怀疑一切，会有爱上一个女孩子的时候吗？"

"我只是从来不相信盲目的爱而已。"

"你没真正爱过谁，才能说出这种话。"

陆晋很少像这样无从反驳弟弟讲的话，想了想，自我解嘲地笑："我并不怀疑一切，理性与爱并不矛盾，需要盲目才能陷入的热情，不要也罢。"

4

程嘉璎出院回家，正靠在床上休息，张翠霞敲门进来，给她端来了一碗热腾腾的猪肝菠菜粉丝汤："小扬说你是贫血，这个汤是补血的，趁热吃。"

她十分不安："阿姨，这怎么好意思。"

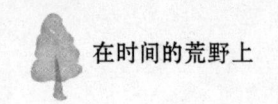

"不必客气，顺手的事。"

她一向并不喜欢猪肝的味道，但没有拂别人好意的习惯，只得在张翠霞的注视下努力吃起来，张翠霞叹气："你妹妹还没找到，你可得在我家把身体养好别出事，不然这责任太大了。"

"对不起，阿姨，给您添麻烦了。"

"没事没事，我就是随口一说，可没往外赶你的意思，住进我家都是客。"

张翠霞的热情已经令程嘉璎难以招架，而周知扬的表现更让她吃惊。他突然改变每天至少睡到十一点才起床的习惯，早早起来等在门口，见她过来便拉开车门，说要开车送她上班。

她退后一步："不必，我坐公交很方便。"

他打着哈欠说："我都已经等了半天，你就赏脸坐上来吧。"

车子将门口的路占了大半，来往的人只能贴墙而行。她无可奈何坐上去，问他："你和你妈妈想用这种办法逼我搬走吗？"

"我妈怎么了？"

"她做汤给我喝，还坚持要我跟你们家一起吃饭。"

"你怎么想我都算了，可别误解她，她嘴碎心软，一向看不得别人受苦，不会有别的用意。"

她暗自惭愧，但还是说："好吧，阿姨的好意我心领，但你不必也掺和着非要关心我，我们最好还是按正常房东与房客来相处。"

"我从来没把洛洛当成房客……"

"我不是嘉珞。"

"你是她姐姐，如果她有对不起你的地方，我希望我能多少替她做一些弥补。"

她生硬地说："不关你的事。"

周知扬叹气："对，我知道，可我咸吃萝卜淡操心，实在很难过。"

她简直无话可说，只得一路沉默，到了公司楼下，他停车，她解开安全带，才重新开口："嘉珞是我妹妹，我和她之间无论发生了什么，都不需要任何外人来弥补。别再送我了，知扬，让我能安心等她回来。"

第二章

正值上班高峰时间，程嘉璎一下车便看到几名同事不约而同看着她。

她知道，一个如此打眼的男孩子开车送她，只会使他们对她的议论又添上新的材料。

半年前，她以没有实际工作经验的海归身份顺利入职这家要求颇高的大公司，同事已经纷纷在猜测她的来历。

她与一个家世优越且学业有成、事业处于上升阶段的英俊男人订婚，筹备婚礼，他们年轻、相爱，一时之间更成为公司众多女同事羡慕的对象。

然而紧接着婚礼取消，她告长假出去旅行，回来后又在办公室昏倒被送往医院，如此戏剧性的情节在不长的时间里一个接一个上演，想让同事渐渐淡漠发生在她身上的事都已经不可能了。

她努力表现得若无其事，与同事打招呼，同事们回应着，声调都过于热情，而目光中满怀猜测，与她视线交接便迅速闪开，努力掩饰着好奇。

进了公司，前台莎莎直接绕出来，递给她一杯热咖啡，悄声说："需要我陪你只管说话，一起看电影、吃饭都没问题。"

她们之前只是普通同事关系，并无私交，可是她没有合适的伴娘人选，开口邀请了莎莎。她清楚知道，莎莎现在摆出准闺密姿态，当然是一种好意，不过里面含着的好奇与怜悯一样多——这也是她必须咽下的另一种猪肝汤。

从小到大，她都极力避免成为众人视线焦点，然而现在由不得她了。在新的绯闻、丑闻出来之前，她必须充当一个活动靶子，任人评说。恐怕公司很难有一件事比一个女同事将要在艳羡目光下风光出嫁时却被悔婚更惊悚——她实事求是地想。没错，她必须在舆论旋涡中心待很长一段时间，甚至有可能永远摆脱不掉别人的议论。

如果她具有嘉珞那样完全不在乎他人看法的本领就好了，她不由自主地想。

这名字一浮上脑海，她的掌心又沁出冷汗，心跳变得不规则。

开会时同事循例依次汇报着手头的工作，轮到程嘉璎，大家再度不约而同看向她，而她休假连着病假，甚至连这个大投资项目的基本资料都没能拿到，当然无从说起。分管投资的张总干笑一下："回头马涛再跟小程沟通一下进度，让小程负责数据汇总。"

张总对所有下属要求都很严格，对她却一直亲切体恤有加，甚至特批给她

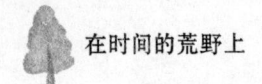

一个超长的带薪假期。她能清楚感受到同事目光中的各种复杂情绪，更觉压力巨大。

她连续几天加班，整理繁杂的项目资料，进行汇总分析，写出报告。马涛劝她："你身体还没完全恢复，不必这么拼命，反正张总肯定也不会说你什么。"

她知道马涛与其他同事一样，虽然带几分调侃，也并无恶意，但她的婚姻已经破裂，再将一份大好工作搞砸的话，就真的一无所有了，她哪里承担得起这样彻底的沉没，于是只能笑着说声"谢谢"，然后继续工作。

待最终完成报告，她已经有体力透支的感觉。总算第二天是周末，她服下安眠药，睡得人事不知，重新睁开眼睛时，周围一切都是陌生的：高高的天花板，空旷的房间，残破的木制荷花屏风，简易衣柜……她有一阵大脑空白，思维停顿一般，想不起来自己身在何处。

她并不惊慌，静静躺着，想，前事浑忘，大概也好。

可是没过多长时间，窗外传来小孩子追逐打闹的声音，楼下张翠霞在大声叮嘱已经走出去的老公带一袋盐回来。而她想忘记的那些事也一样样重新浮现，如同拼图碎片，被空气中一只看不见的手飞速拨弄着，拼凑在一起，完完整整，没留一处缺口。

只是一个借助药物实现的久违睡眠，一个不需要跳起来调整出平静面孔面对猜测目光的周末。

现实世界依旧存在，需要她起床去应付。

5

临塘湖位于站北村西侧，是这一带昔日众多湖泊所剩不多的一个，面积颇大，但并没像市区其他湖泊那样规划成公园，反而保持着近乎原始的风貌，只是湖水因为排污的原因变得污染严重。这与站北村作为城中村土地权属复杂，改造一直滞后于周边地区有着直接关系。

此时湖边就有一个面积巨大却空无一人的建筑工地，里面蒿草灌木丛生，院墙内有生锈的桩机设备，没有任何施工迹象，明显处于停工荒芜已久的状态。

第二章

　　站北村那边的热闹喧嚣以一条尘土飞扬的窄窄马路为节点戛然而止，中断得十分突兀，与这边荒凉的工地并列，简直有几分魔幻色彩。

　　陆晋穿过工地，到了湖边，沿湖岸走着。

　　湖边杂乱生长着柳树与密密麻麻的芦苇，天气阴沉，风带着淡淡水腥气息迎面吹来，暗碧色的湖面泛着细细涟漪，两只残破不堪的小木船泊在岸边，随波起伏。几只小小的褐色水鸟在不远处悠闲浮游，有时扇起短短的翅膀贴着水面"扑棱棱"向前飞行，有时又潜入水中，留下一串水泡。

　　没什么风景可言。当然，他也不是为看风景而来。

　　如此静谧的湖边曾发生命案，尽管死者被发现时距离死亡时间有将近一周，当时已经做了全面勘查，现在很难再找到有价值的痕迹线索。但他接手案件之后，还是决定再过来走一圈，顺便理清思路。

　　他顺着遍布瓦砾的小路向前走着，突然站定。前方是一个延伸到湖面十多米的简易木质栈桥，栈桥尽头站着一个人，看身形是名纤瘦女子，穿着深色外套，双手撑着栏杆，对着湖面，一动不动，风将她一头浓密长发吹得向后飞扬。

　　陆晋自小生长在这里，知道那座栈桥建于二十多年前，早已年久失修，有不少地方朽坏不堪，摇摇欲坠，村委会认为栈桥并无实际用途，而且征地之后不属于自己的责任范围，不肯拿出资金维修，只拉了几道铁丝，上面再绑一个木牌，用油漆草草写着"危险，请勿靠近"了事。去年夏天曾有两个顽皮孩子跑上去玩耍，结果双双落水，幸好被路人救了上来，没有大碍。一个成年人居然无视警告，让他觉得费解。

　　他走近一点，扬声说："女士，请回到岸上来。"

　　她闻声回头，风一下将她的头发吹得遮住大半面孔，但他马上认出，她是程嘉璎，而她却似乎陷于一种茫然状态，缓慢抬手拢住凌乱的头发，眼睛无法聚焦般定定看着他，像看一个陌生人。

　　陆晋微微一怔，一边走近，一边说："程小姐，那边危险，请慢慢往回走。"

　　等他来到栈桥边缘，她才像被人拖回现实一样，回过神来，明显露出惊慌之色，匆忙低头往回走，陆晋还来不及阻止，只听"喀嚓"一声，她右脚踏穿一块早已腐坏的木板，足踝被卡住，身子一歪跌倒，她大惊，用力抽着右脚，桥面发出一连串危险的断折声音，桥下木桩也开始摇晃。陆晋三步并作两

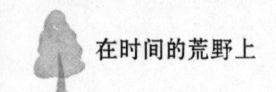

步冲过来，一把按住她，沉声说："别动，让我来。"

程嘉璎马上依言一动不动。他观察左右，迅速找准相对牢固的落脚点，移动位置在她身边蹲下，伸手用力将破洞边木板再掰开一些，握住她的小腿将她的脚抽出来，再一手拉她起来，几个动作干净利落，一气呵成，然后拉住她的手："跟我走，动作放慢一点。"

她随着他小心翼翼迈步，走出"吱吱呀呀"作响的栈桥，回到岸上。陆晋放开她的手，将松垂的铁丝重新缠好，再把掉到地上的那块木牌挂起来。

她看着他做这一切，轻声说："谢谢你。"

他发现她在这一场惊吓之后，反倒迅速恢复了镇定，虽然面孔有些涨红，但却丝毫没有刚才的茫然和惊慌之色。

"万一落水，就算会游泳，大概也是件狼狈的事情。"

"对不起。刚才散步过来，没留意到警告牌，一时好奇就走了上去。"

他想他母亲家在站北村另一侧，从那里走过来至少要大半个小时，而临塘湖完全不是一个适合散步的地方，她看上去也不是充满肤浅好奇心的那类女孩子。不过她身上总有点东西，让他捉摸不定。她显然知道他在审视她，避开他的目光，低声说："我先走了。再见，陆警官。"

她往回走，他注意到她努力控制，想表现得步履正常，但右脚落地显然有个停顿，身体重心放到了左脚上。

"请等一下。"

她站住，他走过去："你右脚是不是伤到了？"

"没事。"

"坐在那边让我看看，万一伤到骨头，硬撑会加重伤势。"

他声音平和，但有一种自然让人服从的力量，她迟疑一下，依言在路边坐下，他蹲下来，卷起她的长裤，发现右足足踝有一圈红肿瘀青，有些地方擦破渗出血丝。他托住她的脚活动一下，判断说："还好，应该只是软组织损伤。最好冰敷一下。"

她局促地将裤腿放下来："嗯，我回去就冰敷。"

"等一下，我打电话叫知扬开车过来接你。"

"不要。"她见他拿出手机，情急之下抓住他的手，仰头看着他，"我住你家，已经添了不少麻烦……"

第二章

他打断她:"那不是我家。"

她尴尬地放开他:"我是说我给张阿姨和知扬添了麻烦。请不要叫他过来,我坐一会儿,慢慢走回去。你去忙你的,我没事。"

他皱眉:"临塘湖边比较荒凉偏僻,女孩子最好不要一个人在这边逗留。"

"我没想到站北村这么热闹的地方,旁边竟然会有如此大片闲置的土地。"

"这里本来是城中村改造的第一步,两年前开发商拿下地来,雄心勃勃地打算推一个叫'湖岸世家'的高档楼盘,一期开工,二期同时继续征地拆迁,可是房地产市场突然转冷,项目刚进入打桩阶段便因资金问题而停工,之后开发权几经转让,始终没能复工。"

"我听张阿姨说,湖中那个……女尸已经确定了身份,是房东报案,一个25岁的女孩子,才搬来几个月,不过一直没有她的亲人来认领。陆警官,是这样吗?"

陆晋知道站北村这种地方小道消息流传速度十分惊人,他委婉地说:"我不方便谈论正在侦办中的案件。"

"哦,明白。我只是想,她竟然没人牵挂,没人寻找,未免太可怜了。"

他想她大约是由此想到她那个没有音讯的妹妹,所以才会来湖边,不免有些怜悯:"流动人口确定身份、联系亲人需要的时间相对比较长,一般到最后都能够联系上的。"

"流动人口——嘉珞她其实也是流动人口。她从十五岁起就四处漂泊,我没能尽到责任让她安定下来。她在你家……张阿姨这里住了快两年,都让我很意外。为什么会这样一走了之?我实在想不明白,所以没法不害怕。"

"不要过于悲观。"

"对不起,我一直不是一个乐观的人,总觉得怀抱期望,注定就要经历另一场失望。"

"那也不能因此放弃希望,不然活着还有什么意义?"

她短促地一笑:"其实我不太明白活着是不是一定要有意义。"

陆晋觉得这想法未免过于灰暗,可是毕竟和她算不上熟识,而且她又确实处于人生低谷之中,这个时候板起面孔给她励志固然空洞,出言安慰也显得不着边际,一时不知道说什么才好。

"陆警官,请别介意,我并不是想跟你辩论,不过,最近好像没办法让自

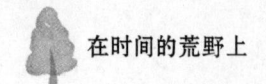

己过得积极一些。"她似乎再也忍不住，眼睛里浮起泪光，迅速低下头去，将脸贴在膝盖上，良久不动。

陆晋坐在一边，静静等她情绪平复下来，才说："你稍等一会儿，我回家骑自行车过来载你回去。"见她疑惑，简单解释说："我自己家也住站北村，不远。"

他大步离开，过十来分钟后骑了一辆老式28自行车过来，程嘉璎看上去已经完全恢复了平静，除了眼睛略微泛红，再没什么异样。

"坐上来，我送你回去。"

陆晋载着程嘉璎穿过工地，从一条条小巷穿行，很快回到站北村临塘三路27号楼下，他一条腿支住自行车停下，让程嘉璎下来。张翠霞正站在门前跟人说话，看到他们倒是一怔，目光迅速在两人身上来回打一个转，随即急急地对程嘉璎说："小程，你回得正好，这个大姐来找你妹妹，又不肯说是谁；我说你马上回来，让她进来等等，她又急着要走。"

背对他们站着的是一个瘦小枯干、头发花白的半老太太，穿一件空荡荡的半旧蓝色运动服外套，背着一个褪色的花布包，整个身姿都是畏缩的，一看就带着浓浓的农村气息。陆晋正要说话，却看到程嘉璎盯着那个老太太，一下子面无人色，他几乎疑心她的贫血并没彻底痊愈，大概又要发作晕倒了。而那个老太太并不看任何人，低着头便走，一瘸一拐，一条腿似有残疾。

张翠霞好不诧异，正要说话，只听程嘉璎轻声叫道："妈妈。"

已经走出几步开外的那名老太太停住脚步，却没有回头，他们只能看到她孱弱的身体在微微发抖。

不要说周知扬、张翠霞一齐大吃一惊，连陆晋也怔住了。

6

程嘉璎带着那个老太太上了楼，两个人一前一后，都脚步无声，随着门合上，再没什么声音传下来。

第二章

周知扬怒气冲冲："真没见过这种人，母亲明明健在，居然咒她死了冒充孤儿。"

张翠霞推他一把："小点声，人家在楼上会听到。"

"听到又怎么样？做都做了，怕人说吗？洛洛可从来没说自己是孤女，以前跟我提到妈妈，总说她过得太可怜太辛苦。"

陆晋平静地说："那是别人的家事，不必妄加评论。"

周知扬转向他："亏我还觉得洛洛大概亏欠了她，对她感到抱歉。现在看来，洛洛就算真做了什么，也是有原因的。一定是她嫌弃老家亲人，嫌弃自己的妈妈……"

话犹未了，张翠霞用力推他，他回头，只见程嘉璎出现在门口，显然听到了他说的话，但脸上没有表情，用和平常一样的语速说："张阿姨，我知道承租这房子的时候你说过，只让我暂住，不可以带人回来。但目前我母亲从外地过来找我妹妹，我觉得她留在这里比较方便，我可以回公司宿舍住。"

张翠霞笑道："我没这么不通人情，楼上房间很大，你跟你妈妈一起住没有问题的啊。"

周知扬冷冷插言："程小姐肯承认那位阿姨是母亲吗？"

程嘉璎放空一般没有任何反应，过一会儿突然聚拢思绪，仍旧对着张翠霞说："谢谢张阿姨，我还是回去住比较方便。"

她转身要走，周知扬惊诧："你打算就把你妈这样丢在这里？"

"我先去超市买点东西就回来。"

她缓慢下楼而去，剩下母子三人相互对视，张翠霞压低声音说："怎么办？"

陆晋好笑："这是你自己家，用得着这样吗？既然答应让人家住下，以礼相待就是了。那个老太太看样子是初次进城，人生地不熟，又碰上女儿失踪这种事，多关照一下她吧。"

张翠霞点头："她应该没吃饭，我马上去加点菜。小晋，你也留下来一起吃吧。"

"不用，我回去和爷爷一起吃。"

张翠霞叹口气，上楼去了厨房。陆晋转头对周知扬说："你也放礼貌一点，别正义感爆棚甩脸色给程小姐看，再讲什么冒充孤儿这种蠢话。"

周知扬不服气："我说错了不成？她成天摆出一副楚楚可怜的样子，不过

047

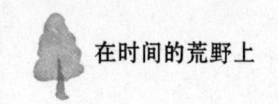

就是想扮身世可怜博人同情。"

"胡扯。"陆晋沉下脸来,"我并不了解她,不知道她有什么苦衷。但谁不想父母双全家人俱在,对任何人来讲,他人再大的同情都不值得冒充孤儿来获取。"

周知扬还想说什么,但接触到他的眼神,马上记起哥哥的父亲早逝,顿时闭紧了嘴巴。

这时天色已经暗下来,周明也回家了,一样要留陆晋吃饭,他照例面无表情地回绝,他们熟知他的性格,也不多说什么。他不想走原路,索性骑了车出来,打算沿外围转回去,经过站北新村北边,一眼看到程嘉璎坐在超市门口花坛边缘,正凝神看着手里一张纸,苍黄色的路灯光将她的身形照得异样孤单。偌大一个站北新村,绕了一大圈,居然一再遇上她,让他有些哭笑不得。他停下来,支好自行车走过去。

"脚还痛吗?"

跟在栈桥上一样,她像再一次被人猛然从另一个时空硬生生拉扯了回来,仓促收回空茫的眼神,将纸匆匆一折塞进口袋:"不不,还好。"

陆晋指下她脚边放着的两个满满的大购物袋:"东西太重的话,我帮你拎回去。"

"都是些日用品,我拎得动。我……不过是歇一歇。"

他皱眉看着她:"你不想回去见你母亲吧?"

她神情飘忽,没有说话,这种魂游天外的样子终于把他也弄得有点不耐烦了。

"不管怎么说,她是你妈妈,一个农村老太太独自来到城市很不容易,再不想见她,也不应该把她一个人丢在陌生人家里。至少回家去把她安顿好再说。"

她大睁着眼睛,嘴角突然浮起一个惨淡的笑:"她看上去完全是个老太太了,对吗?其实她今年才44岁。"

陆晋一向并不大惊小怪,也不禁吃了一惊。

"而且她也不是农村妇女。她出生于汉江市,直到18岁之前都生活在这里。"

他向来对自己看人的眼光有自信,一眼过去,从对方外形、身姿、言谈举止以及衣着之中,能够将对方基本信息做出一个大致判断,不会跟事实有太大出入，现在不得不再度回忆那个老妇人的样子。

他实在无法相信她竟然是城市女性，而且比他母亲张翠霞还小8岁之多。

"她过去的生活一定很艰辛。"

"那是她自己的选择。"

这句冰冷的话让他顿时心生反感，而她似乎看出来他在想什么，眼神黯淡，张张嘴，却什么也没说，提起那两只购物袋走开了。

陆晋耸耸肩，准备转身回自行车那里，但又站定，花坛边缘有一张揉皱的纸，显然是从程嘉璎的口袋中滑落出来的。他捡起来展平，那是一张旧的《汉江日报》头版，已经发黄变脆，看看日期，竟然发行于1992年11月22日，上面刊登着这样一则报道：

我市公安民警千里之外成功解救一名
被拐卖近七年的女大学生

本报讯（记者林曦）　我市一向高度重视打击拐卖儿童妇女工作，近日，公安干警接到线索，紧急奔赴千里以外，从××省理洛县清水乡王家洼村解救出一名被拐卖七年之久的女大学生，让她与家人团聚。

据了解，1985年8月17日，被拐女青年程某年仅17岁，刚刚高中毕业，高考成绩优异，接到汉江大学录取通知书，与姐姐以及同学结伴去西安游玩，不慎走散，在长途车站结识犯罪嫌疑人，一人自称姓胡（女），另一人自称姓王（男），被对方要求帮忙照顾生病的婴儿，陪他们去医院，涉世不深的程某受骗，随他们出城之后，才知道上当，但是被他们以暴力手段胁迫，无法脱逃。两名犯罪嫌疑人将她带到地处偏僻的西北深山，以3000元价格卖到王家洼村一名王姓村民，此后的7年时间内，王家人对被拐女青年严加约束看管，控制经济来源，限制她的人身自由，禁止其与外界交流，使其被迫生下孩子。今年10月下旬，程某的家人突然接到一封神秘来信，才知道失踪多年、苦寻无果的女儿的下落，马上向我市公安局报案。

我市公安局接到程某家人报案后，高度重视，立刻开展案件初查工作，并通过公安专网，查找被拐女青年的相关线索，与××省公安局联

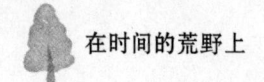

系，通报简要案情，请求给予帮助协查。1992年11月13日，我市公安局派出3名精干警力，与被拐女青年的父亲和哥哥一起火速赶往理洛县，展开解救行动。在当地公安局和村干部的帮助支持下，20日将被拐卖女青年和她的两名孩子成功解救回家。

　　目前，案件正在进一步审理中。

这是典型的日报风格报道，从那时一直延续至今，客观简洁，没有任何渲染，叙述了全部经过，省略了所有细节。

但对于陆晋来讲，也透露了足够多的信息。

程嘉璎没有理由随身携带一张与她毫无关系的旧报纸，并对着它出神。联系她刚才说过的话，陆晋几乎可以肯定，被拐卖的女青年就是她的母亲。

而写这篇报道的记者叫林曦，竟然是程嘉璎的婆婆。

可是一个被成功解救回来与家人团聚的女性怎么会在多年之后毫无城市生活气息，反倒变成地道的农妇模样；她的两个女儿为什么分别姓不同姓氏，没有生活在一起？

陆晋抬头看去，程嘉璎已经走入站北村巷口，身影隐没在川流不息的人群之中。

7

陆晋还在上班的路上就接到队长电话："赶紧去站北派出所帮忙。"紧接着站北派出所的老王也打电话过来，叫苦不迭。

原来程嘉璎的母亲来派出所确认报案之后，连续几天坐在那里不肯离开。

"我们上班她进来，我们下班她才离开。我们跟她解释立案的程序，让她回去等消息，她好像也听不大懂，不哭不闹，反正就是不走。我们都挺同情她，毕竟人家女儿失踪了，着急也可以理解，每天中午还给她买盒饭。好容易今天早上没看到她，我们还想，老太太总算想通了，没想到她刚才把报社记者弄来了，来头还挺大的，把我们于所长堵在办公室里采访，声称要报道为什么

第二章

公安机关接到女性有可能被拐卖的报案却一直不作为，市局领导也打来电话过问。她一个农村老太太还会玩这一手，实在太厉害了。"

陆晋明白，从程序来讲，站北派出所接到报案后及时跟进，并无任何拖延推托之处，是否立案还在评估之中，可是媒体在此时介入，带来的舆论压力别说是基层派出所，市局有时也承担不起。

"这样吧，我去找她大女儿过来，让她来劝劝她妈。"

陆晋去程嘉璎公司找到她，她也吃了一惊，马上答应跟他一起去派出所。

两人到了之后，老王将他们带到所长办公室，里面除了程嘉璎的母亲程虹，于所长对面还坐着一位中年女士，陆晋立刻认出是在程嘉璎病房里见过的她的婆婆林曦，作为本地发行量最大的汉江日报社总编，当然比一般跑政法线的普通记者来头要大得多，难怪于所长已经满头是汗。程虹看一眼女儿，低下头去。林曦看到程嘉璎时怔住，牢牢盯着她，而程嘉璎看上去却毫无表情。

"妈妈，陆警官和王警官上次都解释过，并不是不立案，他们只是需要核实一些情况。"

于所长正无可奈何之际，马上说："林总编，情况就是这样。程虹女士来报案，但没法提供她女儿任何工作、人际交往方面的信息，相反倒证实王嘉珞平时除了汇钱回去，基本不跟家里联系，很少打电话。说到拐卖，当然是很严重的犯罪行为，可是有阅历有工作的城市成年女性被拐卖极其少见，我们需要相关证据啊。"

"一个年轻女孩子无缘无故消失达一个月之久，本身就是一件极其反常的事情。公安机关有责任找到她的下落。"

"是是是，局领导也表态了，一定会抓紧时间调查立案，给出一个明确答复。"

林曦点点头。"好的，于所长，我们报社也会继续关注跟进这件事的。"然后柔声对程虹说，"你放心，我一定会陪你找到女儿的，别放弃。"

程虹神情木然地点点头。

林曦这才看向程嘉璎："这么说，你是程虹的大女儿小英子。"

程嘉璎多年没听到有人叫自己的小名，而程虹似乎也震动了一下，抬起头来茫然看看她们，又垂下头去。

"是的，阿姨。"

"子桓带你来见我们的时候,你认出我了吗?"

"我对您印象很深,这么多年您并没多少变化。"

"可是你什么也不打算说。"

"好多事情过去了就是过去了,我觉得没必要再提。"

林曦神情怔忡不定,眉头皱得更紧:"好吧,不提往事也就算了,可是你跟子桓和我们说你父母都不在了,没有兄弟姐妹。一个人连亲人关系都可以全盘否定,我该怎么理解?"

程嘉璎默然无语。

"唉,你们这些孩子……"林曦摇摇头,转身对程虹说,"走吧,我送你回去。"

程虹似乎根本没把她与程嘉璎之间的对话听进去,始终低着头谁也不看,直到林曦拍拍她,她才回过神站起身来。

于所长送他们出去,程嘉璎立在窗前,一直注视着林曦开车而去,这才回头,正碰上陆晋的眼神:"如果你也想评判我的行为,请只管说。"

陆晋摇摇头,拿出皮夹,取出那份旧报纸交还给她:"那天我在超市门口捡到的,你随身带着,对你来讲应该很重要。"

她接过来,看了看,似乎一口气泄掉,再也支撑不住,走到椅子前坐下,一片茫然看着前方。

"抱歉,我并不是有意要窥探你的隐私。"

"我确实没对任何人讲过,但这也不算什么隐私。嘉珞失踪报案,我家所有事情大概都会摊到警察面前,你知道也只是迟早而已。"

"你明白这一点就好,既然立案,接下来我们会问很多问题,你必须配合。"

她微微点头。

"你和你母亲,还有你舅舅,就是因为这个原因,才一致害怕王嘉珞是被人拐卖了?"

"没错,这是我们全家的噩梦。我妈妈因此失去大好前程,从即将就读重点大学的学生,变成背井离乡的一名农村妇女,你也看到了,她苍老得那么厉害,与人打交道有困难,对外界一切都战战兢兢,我完全没想到她居然会独自一人过来,仅凭当年一个名字去报社找到林曦阿姨帮忙。"

第二章

"听周知扬说,你每天晚上过去看看,只待五分钟就走,为什么不留下来多陪陪她?起码也能让她不至于焦虑惊恐到要去找记者。"

"陆警官,我以为你最不必问我这个问题。"

陆晋扬眉:"这话怎么说?"

"前天我离开,你弟弟刚好回来,对我讲了差不多同样的话。张阿姨拦住了他,送我出去时说,她身为母亲最大的痛苦是你一直疏远她,早几年甚至拒绝见她,后来关系缓和,也从不登门,因为我报案,你才头一次去她家,虽然还是不愿意留下来吃饭,可她并不怪你,同样也觉得我肯定有我的理由。"

陆晋没料到她失魂落魄之余,突然讲出这一番话,不免一怔:"那是两回事。我只是觉得你母亲的遭遇很可怜,这个时候尤其需要有人陪伴。"

"没错,她是我母亲,她有痛苦不堪的经历,非常值得同情。但是,她选了她要走的路,我选了我的。我们从来没培养出亲密感情,又分别太久。就像你不愿意跟你母亲待在同一个餐桌上一样,我没法忍受和我妈妈待在同一个屋檐下,哪怕我们都为嘉珞焦虑,彼此还是无话可说,无法安慰对方。我们再见面后,她没问过我任何问题,我问她问题,她都含含糊糊,或者干脆不回答。每天一起待五分钟,可能对她来说都是多余的。所以,请不要继续指责我了。"

她口气平淡,不像自我辩护,更像陈述一个简单的事实。陆晋点点头:"我没有批评的意思。请把你在本地所有亲属的名字和联络方式列出来。"

"你碰到过我舅舅,他长期在外地工作,从来没和嘉珞联系,完全不知道她的下落。"

"你一直没有提到你的姨妈。"

"她……我跟她都很少联络,嘉珞就更不用说,和她根本没有任何往来。"

"所以她甚至不知道你母亲来汉江市找女儿了。"

"陆警官,我并不是这个家里唯一一个不肯和亲人共处一室的人。我母亲和她的哥哥、姐姐……也早已经说好永远不再见面了。"她还是拿起陆晋推过来的纸笔,写下她姨妈的姓名、地址和电话,"姨妈不可能知道嘉珞的事,不过到了这一步,我会先跟她说一声,总比让她突然接到警察电话要好得多。"

"你对刘铮这个人有印象吗?"

"我表弟,也就是姨妈的儿子叫这个名字,我不知道你说的是不是他。他并不认识嘉珞啊,他们只在很小的时候见过,应该对彼此毫无印象。"

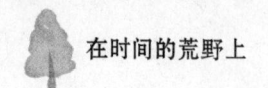

"今年4月17日那天，周知扬目睹刘铮在会所舞蹈教室纠缠王嘉珞，两人发生激烈争执，周知扬上前解围，结果和刘铮动手，闹到了派出所。"

程嘉璎呆住："这不可能。刘铮读中学的时候，我在假期去给他补习过功课，后来除了过年时大家一起吃个年饭，再没见面，嘉珞就更不会与他有什么瓜葛，也许是同名同姓的两个人。"

"我去查过派出所当时做的笔录，刘铮留的家庭地址和你刚才写的你姨妈的地址是一样的。"

她怔怔看着他，面色变得更加惨白。

"接下来请提供你先生的联络方式。你在得知妹妹失踪之后，第一个去找的人是他，应该不是没有原因的吧？"

"我已经问过他了。那天他送嘉珞回了站北村，并不知道她后来的去向。"

"我们还是需要当面做一个询问。"

她沉默片刻，拿起笔写下了名字和电话，突然站了起来："对不起，我还有点事要先走一步。"

一直坐在一边的老王完全摸不着头脑："这一家人可都透着古怪。"

古怪之处确实不少。可是想想那桩陈年拐卖案，对他们一家人的伤害一定非常严重——陆晋正思忖间，于所长进来拍拍他的肩："总算替我们解围了。"

"肯定得马上立案了。"

于所长苦笑："那是自然。市局已经打来电话立案，我推荐你接手，领导也点头了。兄弟，不是我让你替我们扛雷，报社关注的案子，必须有个结论，你从一开始就跟进了，我们基层派出所肯定全力配合你工作，再排查一下管段里有没有异常情况。"

陆晋已经跟领导做过汇报，当然心中有数。

"我先去走访一下相关亲属和她工作的地方再说，有情况及时通气。"

8

徐子桓让陆晋在公司接待区等了差不多半个小时才出现，态度极其冷淡：

第二章

"我跟程嘉璎正要找时间办理离婚手续，完全不知道她妹妹去了哪里，能告诉你的就这两句话。现在我还有个重要的会要开，希望你们以后不要再为这件事找我，打扰我的工作。"

他转身便走，陆晋见惯各种不配合的态度，倒也并不在意，转而给林曦打电话，她表现得十分友善："我也有很多疑惑需要理清楚，晚上七点，你来我家吧。"

林曦的家位于市区一个环境颇为幽静的小区，陆晋准时到达，她开门请他进去落座。这是一套面积颇大的公寓，客厅宽敞整洁，没有摆放通常可见的大屏幕电视机，而是单纯的会客区，墙角有一人多高、枝叶繁茂的绿植，半围合式米色沙发中间铺着厚实的羊毛地毯，茶几上一只青花瓷花瓶插着大束白色马蹄莲和百合，陈设雅致低调，十分适合主人的知识分子身份。林曦换了素色家居服，相比白天在派出所时的职业套装打扮更显得年轻。她请陆晋坐下，问他要喝红茶、绿茶还是咖啡，他平时喝白开水，从来没在这上面花心思，不免打了个顿，她微微一笑："刚好朋友送了新龙井，可以试试。"

她沏好茶，在陆晋对面坐下："你大概已经知道，我跟程虹还有她女儿嘉璎是有渊源的，只是多年没见。"

陆晋点点头："程嘉璎保留着您当年写的那篇报道，我看过了。"

"1992年那时候，我是跑政法线的记者，程虹的父母在那之前几年就因为女儿失踪报案，但一直都毫无线索。后来他们突然接到一封来信，口气是女儿的，讲到被拐卖的去向、对亲人的思念，内容很有条理，但字迹稚嫩又完全不符。公安机关十分重视，决定派干警和她的父亲、哥哥一起去实施解救，我知道后，也主动要求一起前往报道。"

"程虹既然被顺利解救回来，怎么会成为现在这个样子，而且两个女儿姓不同的姓，生活在不同的地方，跟亲人似乎都没有什么来往。"

林曦长叹："小陆，虽然你们队长跟我拍胸担保你是刑侦专业高才生，能力出众，破案无数，但我看你这个年龄，生活在大城市，应该没有接触过那种妇女被拐卖的案件。当年我已经跑了一段时间公安系统，自以为算得上见多识广，但真正到了程虹被拐卖的地方，还是惊呆了。"

陆晋保持着倾听的姿态。

"那还是绿皮火车的时代。我们坐火车到省城之后,换长途汽车颠簸七个小时到县城,联络当地公安机关,才知道那个村子在深山里,没有通公路,先要坐小巴到镇上,然后看能不能租当地人的车子开到村子里,步行的话至少要走上半天时间。好在当地警方很配合,第二天派了吉普车和干警送我们,车子开了近四个小时才到。那样偏远、荒凉,对我来说,几乎像是到了被外面世界遗忘的尽头,我想象不出一个城市女孩子流落在那里七年,过的是什么样的生活。"

陆晋当然也无从想象。

"程虹跟你我一样出生在本地,她父母都在化工厂工作,一个是车间主任,一个是仓库保管员,收入稳定,她又是家里最受宠的小女儿,她不满18岁那年被拐卖,我们去的时候她才25岁,比我还小七八岁,但憔悴不堪,头发花白,瘸了一条腿,穿土布衣服,一脸沧桑,除了皮肤还算白之外,其他都和当地女村民没什么两样,身体衰弱还是其次,更重要的是,长长的七年时间,她的精神早就垮了。报道写得很简单,但解救过程其实非常艰难。"

她停住,似乎陷入回忆之中。陆晋也并不催促,只是静静等待着。

"我的报道发出去以后,很多地方转载,在国内引起很大反响,各路记者不断过来要求采访。当时最有名的《焦点》杂志向我约稿,让我追踪下去,再写一篇有分量的报告文学来进行深度报道。我还跟杂志社那边争论了一下写作方式,我倾向于不用文学的形式来表现,要做成深度报道,进行新闻还原。现在不要说《焦点》杂志早已经停刊了,就连报告文学这种曾经盛极一时的文学体裁,也根本没市场了。"

陆晋对于文学没有什么兴趣,直接问:"程虹本人同意吗?"

林曦踌躇一下才说:"她和她的家人都十分抵触,抗拒采访,索性闭门谢客,不管来头多大的新闻单位都拒之门外。不过看在我曾经一起去参与解救的分上,对我还算客气。我隔几天就去一趟,做了好长时间的努力,后来程虹慢慢信任了我。"

陆晋想:对于受创极深的程虹以及家人来讲,当时最需要的可能是心理上的干预治疗,慢慢走出阴影重回社会,林曦这种带着个人目的的造访未必是他们所需要的;但那个时候可能还没有这方面的服务,而从林曦的角度看,她有她的职业追求,就算存有私心,也无可厚非。

"那您后来写的深度报道能不能给我看看,好更全面了解情况?"

第二章

她摇头："程虹情绪起伏很大，防备心理极强，每次多讲一点点情况就会后悔，要么大发脾气，要么就沉默很多天。再加上报社又安排我跑另一条线，经常要下乡镇做采访，所以采访进展缓慢。就在我加快进度的时候，程虹突然留张字条不告而别，带着两个女儿返回了被拐卖的村子。"

陆晋大吃一惊："什么时候的事？她为什么要这么做？"

"就在她被解救回来的第二年夏天。我猜她始终无法回到过去的生活之中，再加上化工厂是老国企，宿舍区是一个相对封闭的环境，她要承受太多邻居熟人的好奇跟议论。最主要的是，她非常想念她被迫留在小村子里的儿子。"

"她还有一个儿子？"陆晋更加惊诧，"但是报道里只提到了两个女儿。"

"因为男孩被留在了那边，她非常痛苦，她家人强烈要求我不再提起，领导考虑到社会影响，也同意在报道里略过这一条。"

"当时为什么不一起解救回来？"

林曦苦笑："我说过解救过程很艰难吧，没有亲历的人很难相信发生的事。王家洼村地处深山，当地民风彪悍，从人贩子手里买下程虹的那个男人自认为是她合法丈夫，把才几个月大的儿子藏起来拒不交出，全村村民都站在他那边，情绪激动，场面失控后动起手来，程虹的哥哥受伤，差一点送命，老程先生的心脏又有问题。最后双方只能妥协，先把程虹和两个女儿带走。"

然而在那样艰难返回家乡与亲人团聚之后，程虹又选择了离开。陆晋实在无法理解。

"我也是个母亲，只能做出这样的猜测。"

"可是程嘉璎的身份证是本地的，只有她的小女儿王嘉珞陪她一起留在那边。"

"后来发生的事，我就不清楚了。我确实动过到王家洼村做追踪报道的念头，但社里并不支持，说那是程虹的个人选择，没人胁迫她，警方已经尽力，再做进一步报道会有负面影响。我家人更是强烈反对，最终我也没有勇气丢下先生和儿子独自一人进山区采访。一晃过去了快二十年，白天你也看到了，我甚至不知道我的儿媳程嘉璎竟然是当年程虹那个面黄肌瘦、个子小小的大女儿王英。"

"您怎么又提起她？"一个怒气冲冲的声音从门廊那边传来，徐子桓不知

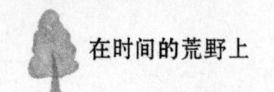

道什么时候进来了,怒视着陆晋,"还有你,白天我讲得很清楚了,你跑来我家干什么?"

"子桓,注意你的礼貌。陆警官是我请过来的。过来坐下,跟他好好谈谈。"

徐子桓气得额角青筋绷起,但他显然家教甚严,转向母亲时口气仍是礼貌的:"您打电话叫我回家就为这个?我已经跟您和爸爸说了,那桩婚姻是我不慎犯下的错误,我会纠正。程嘉璎既不是我妻子,也不是您的儿媳,她跟我们家没有任何关系,不要再提起她的名字。"

"现在她妹妹失踪了——"

"她家的一本烂帐跟我们有什么关系。她从头到尾工于心计满嘴谎话,我上了当,也带累全家一起出丑,您不要再插手任何关于她的事了。"

"越说越不像话了。子桓,你是成年男人,自由恋爱选择结婚,这样当着外人诋毁你的妻子有什么意义?"

徐子桓一下闭上了嘴,脸色铁青,停了一会儿:"我出去走走。"

他摔门而去,林曦叹气:"我对他还是太严厉了。请不要误会,他并不冷酷无情,只是太过苛求完美。取消婚礼这件事让我和他父亲都很震惊,亲友更是议论纷纷。可是他始终不肯细说原委,只说与程嘉璎有根本分歧,无法生活在一起,到现在我也不知道他们之间究竟发生了什么,只能猜测他也许不知道怎么了解到一些嘉璎的身世,认为她欺骗了他。"

"您问过程嘉璎没有?"

"我反复问过,可是她保持缄默,到后来居然一走了之,手机关机,人不知去向。那段时间,我们全家都承受了很大压力,没法给亲友一个交代,简直焦头烂额。听说她回来了,我马上打电话给她,结果她同事接听,说她昏倒被送去医院。我赶去看她,刚好碰到认识的医生才知道她⋯⋯"她打住,摇摇头,"唉,这些年轻人,实在是太任性了。"

陆晋早已从医生那里了解到程嘉璎是因为流产之后没有好好休息,严重失血导致急性贫血:"所以你们事前都不知道这件事。"

"当然,她完全没提。我如果知道,拼命也要拦住子桓。可问题是子桓也不知道啊,否则他决不可能那么冷血闹悔婚。嘉璎还嘱咐我什么也不必跟子桓提起,说反正都过去了。从头到尾,她表现得好像整件事都发生在别人身上一样,没流露出一点情绪来。"林曦怅然摇头,"这也不奇怪。毕竟她连自己是

第二章

程虹的女儿,多年之前就跟我认识这件事都完全略过不提。"

"也许她那个时候还太小,没什么印象了。"

"陆警官,换别的孩子,我也会想,六七岁的儿童不会太清楚意识到发生过什么事、见过什么人。但嘉璎不一样,她是我见过最聪明、最早熟的孩子。可笑的是,子桓把她作为未婚妻带回来见我们的时候,我私底下还跟先生说,这女孩子看上去未免太温婉平淡了,似乎没什么个性。现在想想,她大概既不想背负真实身份生活,也不想以真实面目示人,所以努力表现得普通。"

陆晋还有一个疑问:"林老师,就算程嘉璎没把身世如实告知您,您见到她舅舅程军应该能认出来啊。"

林曦叹一口气:"子桓和嘉璎决定领证之后,我提议两家家长见见面。嘉璎说她从小跟舅舅长大,但舅舅在外地一家民营化工公司打工,假期很少,会尽量在婚礼时赶回来。她打通电话,我们寒暄客套了几句,只听声音真没法认出来。"

"也就是说您没见过她的任何家人。"

"那也不是,随后嘉璎安排我们跟她姨父姨妈一起吃了个便饭。说起来她姨妈程莉我以前是见过的,但吃饭当天她并没出现,姨父解释说她身体欠佳,所以没能来,我也没多想。"

"您觉得是程嘉璎刻意安排姨妈不来吗?"

林曦摇头:"当年我多次出入程家,连程虹的嫂子都熟识了,但程莉似乎与家人关系相当疏远,我从来没遇到过他们夫妻,后来和程莉是在另一个场合见过一面,程嘉璎不可能知道这件事。我猜程莉大概实是生病了,她姨父叫刘亚威,是一个有国资背景的集团公司总经理,风度很好,亲切健谈,看得出非常关心爱护嘉璎,一直夸奖她从小就很懂事,好学上进,还主动要求负担孩子们度蜜月的费用。"

一时间,两人都沉默了。陆晋思索一下,开了口:"林老师,还有一件事。5月21日,也就是王嘉珞失踪那天傍晚,她去过徐子桓在国贸中心的办公室。"

林曦大吃一惊,手无意一挥,险些带翻面前茶杯:"子桓从来没跟我提起认识嘉璎的妹妹。你确定?"

"是的,按徐子桓对程嘉璎的说法是,王嘉珞去找过他,后来他送她回家了。但是我今天从他公司保洁阿姨那里了解到,那天下班后他的办公室里爆发

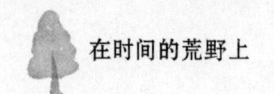

过激烈争吵，还砸了东西，事后阿姨看到他们一同离开，但并没有人看到他送她回站北村。"

"不，不，这中间一定有什么误会，子桓不会说谎，也绝对不可能跟这女孩子的失踪有什么关系。"

"林老师，我只是把我目前了解到的情况通报给您。您以前一直跑政法线，又关注王嘉珞的失踪，肯定能理解我们需要徐子桓的配合。"

林曦看上去心神不宁，勉强苦笑点点头："我会让他去跟你讲清楚的。"

陆晋从林曦家告辞出来，见时间还早，决定去程嘉璎的姨妈程莉家里看看，白天他反复拨打过程莉家里的电话，无人接听，她儿子刘铮的手机则处于关机状态，联络不上。

程莉住近郊一个叫南山居的别墅区，小区管理严格，到访者如无业主接引，都需要由值勤保安与业主通过门禁对讲系统联系，登记身份信息再放行。陆晋出示证件，保安队长正好驾电瓶车巡视过来："你要找的程莉女士确实住这里，但这些天她家里都没人。一个多小时前还有个女孩子来找程女士，说是她家亲戚。业主不在，我们按规定不能放她进去，她现在还在南侧大门那边站着。接到同事报告，我过去劝她离开，跟业主电话联系再说，可她就是不听。"

"带我过去看看。"

陆晋让保安队长上车，穿过小区到达南门，出来就看到程嘉璎在大门外侧靠墙站着，一辆归家的汽车驶向门卡，雪亮的车灯从她身上扫过，照得她身形单薄。他下车走过去，她抬眼看他，目光却没有焦点地游离开。

"我已经跟物业经理打了招呼，业主回家会通知他们跟我联络。别在这里傻等了。走吧，我送你去看你妈妈。"

程嘉璎无声地点点头，随他上车。他送她去了站北村，她上楼后，他仍坐在车里，张翠霞闻声下来，走到驾驶座这边问他："小晋，要不要进去喝点汤？"

他摇头，张翠霞对他的拒绝也习以为常，压低一点声音说："小程的舅舅过来一会儿了，看着挺和气的一个人，他妹妹也没啥话跟他说。唉，这一家人真是……"

他当然知道她在感叹什么，只是说："程小姐要上班，你帮忙照顾着点她妈妈。"

第二章

"不用你嘱咐,我知道的。就是她每天一大早就出门,很晚才回来,我问她去哪里,她也不吭声;问她会不会坐公汽,她倒是点了点头。我还真怕她走丢了,前天特地把家里电话号码和我的手机号码写在一张纸上给她,跟她说要是迷路了就在原地找公用电话打给我,我去接她。也不知道她听懂了没有。"

"别把人家当什么也不明白的农村老太太,她只是不习惯跟人交流罢了。"

说话之间,程嘉璎下来了,一脸疲惫地说:"舅舅说他再坐一会儿,我先走了。"

陆晋说:"还是我开车送你吧。"

他发动车子,驶出了站北村,在村外不远处停下,她疑惑地看四周,他说:"下车吧,我觉得你应该先去吃点东西。"

陆晋带着程嘉璎穿过热闹的夜市,径直走到中间的一家排档,老板夫妇都认识他,胖胖的老板娘马上过来招呼他们坐下:"小陆,回回都是你弟弟带各式漂亮女孩子来消夜,今天终于看到你带来一个。"

陆晋笑:"桂姐别乱说,这是我一个普通朋友。"

"好吧,普通朋友,想吃点什么?"

"我照旧,弄点清淡的给她吃。"

"瘦成这样,难道还要喝白粥。先喝点排骨藕汤再说。"

桂姐动作十分麻利,转眼便端了两碗热腾腾的汤上来。程嘉璎深深嗅一下:"好香。"

"嗯,桂姐的店开了至少二十年,我和知扬一直在这里消夜,汤是用煤炉瓦罐慢慢煨出来的,你吃了就知道这才是我们从小吃到的家常味道。"

她依言吃着:"七岁以前,我都没见过莲藕。姥爷姥姥都是东北人,也不怎么做这道菜。我好像还是在学校食堂里第一次喝到藕汤,跟这个没法比。"

她原本完全没有食欲,但藕汤香浓,排骨炖到将近脱骨,但又保持着皮相完整,没有肉渣,藕一块块绵软清甜,吃到胃里,只觉得有说不出的妥帖与安慰感。她埋头吃完,才问:"怎么不盘问我为什么要去找姨妈?"

他耸耸肩:"你想去确认一下刘铮为什么会认识王嘉珞,他们之间发生过什么事。"

她默认。

061

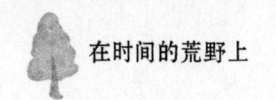

"有些事我不必问，自有判断。但有些事，我非问不可。"

"你想知道什么，问吧。"

"你对你妹妹的生活了解多少？"

"并不多。在我七岁之前，我们相依为命，从来没分开过一天。七岁之后……我有十几年没见嘉珞，对她几乎一无所知。在我读大三下学期的时候，她突然出现在我面前，不必说任何话，我马上知道，她是我妹妹。血缘真的是一种奇怪的联结。她对她的一切都守口如瓶，可是那种熟悉与亲密的感觉，是没法磨灭的。"

陆晋表示同意："你和你母亲看起来非常疏远，非常不同，可是你守在你姨妈小区外跟你母亲守在派出所不走几乎是完全一样的，除了证明你们对王嘉珞有同样的关心之外，也说明血缘的力量比你意识到的要强大得多。"

提到母亲，她黯然，"陆警官，你最早记得多大时候的事情？"

"你是指清楚的意识和记忆吗？"他皱眉想一想，"应该是四五岁吧。"

人的记忆始于什么时候，并没有定论。程嘉璎多年受往事困扰，一直十分留意这方面的研究，她曾看过一份资料，有人言之凿凿地声称记得身为胎儿在母亲子宫时的情景：有节律的心跳，温暖得像热带海洋般的包围，轻盈的水波起伏……不过通常的看法是，记忆是随着自我意识的建立才变得连贯而有意义，接受测试者最早记忆的平均年龄是 42 个月。

"我的最初记忆是我妹妹出生的那一天，1988 年 11 月 4 日，那时我不到三岁，姓王，所有人都叫我小英子。"

第三章

1

王家洼村，顾名思义，处于一个山洼中略为平坦的地带，村子不大，只有二百多户人家，绝大部分姓王。

1988年的初秋，英子的母亲程虹经历四小时阵痛后，给她生下了一个妹妹。

爷爷、奶奶极度失望，早已经出嫁的大姑妈头天特意赶回来，全然不管房内的弟媳妇会不会听到，干脆大声说："太没用了，又生了个赔钱货。"

而她爸爸王水生苦着脸没有吭声。

没人理会她，她坐在堂屋角落里，早就学会尽量不引起别人的注意。不过奶奶倒是打起了精神说："这个丫头长得真好看，白白嫩嫩，像她妈妈。不像小英子，生出来跟个小耗子一样难看。"

大姑妈再看一眼小婴儿，也点头同意："刚生下来的娃娃有这么又密又黑的头发倒是少见，小英子到现在头发还黄黄的没几根。"

大家总算鼓起了一点兴致，奶奶说："第三胎肯定会是儿子的，到时候两个姐姐正好帮着带弟弟。"

小英子就是她的小名，奶奶给她取的，大家顺口叫着，似乎根本没人想到要给她取个学名。

但是妹妹降生的第二天，程虹便给新生儿取了名字："叫王嘉珞吧。"

一直一声不响站在角落里的大女儿禁不住跟着重复这几个陌生而好听的音

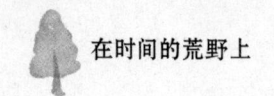

节:"王嘉珞。"

程虹这才瞄她一眼,她顿时向后一缩,这个动作让程虹既诧异又心生厌恶,挥手说:"出去,不要在这里惹人嫌。"

她早已学会了识眉高眼低,马上就跑了出去。

嘉珞,当然不是偏僻小山村里的母亲给女儿取名会用到的字眼,但程虹也根本不像是乡村农妇。

慢慢地,小英子开始模糊意识到妈妈与村子里所有孩子的妈妈都是不一样的。

程虹右脚略有些跛。这不算什么,王水生也因为小儿麻痹后遗症,左足内翻,只能用足背外侧走路。山村条件艰苦,各种残疾并不少见,村西燕燕的妈妈甚至得借助一只凳子才能一步步挪动着走路。

程虹神情阴郁,从无笑容,闲下来会盯着旧杂志、旧书看,根本不跟村民讲话。这也不算什么,村子里还有不少比她更为暴躁怪僻的女人。

程虹的口音与村民不一样。这仍旧不算什么,至少她讲的话大家都能听懂,村东王成家那个女人开口便是滔滔不绝,但根本没人能听明白她讲的是什么。

到底是什么让程虹显得与别人不同,与这个村子格格不入,小英子还太小,分析不出所以然来。她唯一能够清楚意识到的是,母亲不喜欢她。

从她生下来那天起,程虹就忽略她,拒绝照顾她,不喂奶更不抱她,甚至不正眼看她。村子里所有男人全都不负责照料孩子,于是她完全被丢给了奶奶,老太太拿羊奶加米汤喂大了她,但同时要干农活忙家务,为一家人做饭,能够给她的看护是潦草的。

按村民的评论,程虹根本不像一个当妈妈的人。但程虹却非常喜欢她的妹妹。

那小小的、白嫩的、柔软的小婴儿,一生下来就被程虹紧紧抱住,不肯离手,享受着小英子从来不曾有过的母乳、拥抱和呵护。

不过小英子并不妒忌,至少母亲对她的态度似乎多少柔和了一些,不再像过去那样根本不想看到她出现在眼前。

她受宠若惊,珍惜这个突然惠及她的一丝母爱。

第三章

到小英子再稍微长大一点，程虹为了打发时间，随手拿了一本旧的杂志，开始教她认字。

程虹的情绪阴晴不定，没有任何计划，识字、拼音、算术，甚至英语单词……想到哪里，教到哪里，心情好时算得上有耐心，可惜这样的时刻十分稀少，她几乎会毫无征兆转为烦躁，往往就是抓住她耳朵重重一拧，一记耳光挥过去，一巴掌没头没脑拍下去，用力推开她，不让她靠近，罚她跪下，骂她是个笨蛋、讨债鬼、烦人精，看着就恶心。

公平地讲，村里不少孩子被家长拿扫帚或者木棍没头没脑地责打，头破血流也不罕见。相比之下，程虹的体罚并不算狠，她讲着字正腔圆的普通话，与收音机里的播音员一样，骂人也不是别人的妈妈常用的那些与性和生殖有关的狰狞词汇——小英子在心里做着简单的判断，毫无反抗意识，也不懂哭叫讨饶。不管是挨了耳光，还是被踢被拧，都只会呆呆站着；叫她跪下，她会老实一直跪下去。

爷爷和爸爸通常都视而不见，奶奶看到，会悄悄拉她起来，同时感叹："姑娘家笨就笨点吧，发什么火。"

而实际上小英子不仅不笨，甚至有过人的聪颖。连程虹也不得不承认，她二女儿嘉珞漂亮打眼得与小小山村格格不入，性格开朗，几乎得到所有人的无条件喜爱，连外村都知道这里王水生家有个洋娃娃般的小姑娘，但要说到早慧和学习能力，嘉珞远远比不上大女儿。

到六岁时，小英子还没上小学，早已经认识了数千个汉字，并且学会了查字典，可以独自阅读，碰上不认识的字，即使程虹没耐心教她，她也会自己去翻那本破旧的字典弄清读音词义。她喜欢读书上的故事给妹妹听，这天她正在给嘉珞读一本破旧的连环画《哪吒闹海》，嘉珞对这个故事入了迷，缠着她不停问着问题。屋子里突然传来奶奶兴奋的声音："生了生了，是个儿子。"

隔了将近四年，程虹终于如全家人的愿，生下了儿子，这个时候计划生育早已经在全国范围内推开，哪怕偏远山村也管理得十分严格，王家被有关部门罚了一笔款，数目对于贫寒的农家来说可以压得他们几年喘不过气来，但没人计较，他们全都欢欣得如同凭空中了大奖一般。

等大人们各自去忙碌，嘉珞拖着姐姐的手溜进去，她好奇地拿一根手指戳

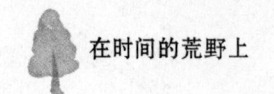

一下小婴儿的脸，程虹连忙嘱咐："轻点，别弄痛弟弟。"

王嘉珞不高兴地嘟起嘴说："我又没用力。"

程虹一向疼爱她，哄着她说："好好好，珞珞当了姐姐，以后要好好爱护小弟弟。"她并不看一直没说话的大女儿，只朝她略偏一下头补充道："你也是。"

小英子连忙点头。

"妈妈，哪里有荷花和莲藕？"

程虹怔住，好一会儿才回答："怎么突然问这个？"

"姐姐在给我讲《哪吒闹海》，我也想用荷花、荷叶、莲藕拼个哪吒出来。"

程虹看着嘉珞，神情苦涩："荷花莲藕只能长在湖泊池塘里面，妈妈的老家是有的。这里太干旱了，没法长出来。你带妹妹出去玩吧。"

小英子答应一声，带王嘉珞出去，走到门口站住，回头只见程虹呆呆看着屋顶，她壮着胆子问："妈妈，弟弟叫什么名字？"

程虹想了想。"叫王嘉明好了。"她声音低下去，几乎是对自己说，"但愿他有个美好明天。"

王嘉明的降生给全家带来了好心情，小英子被允许上学，登记的学名叫王英。

学校在十多里以外的另一个村子里，她每天和村里其他孩子一起，步行一个多小时的崎岖山路去上学。

她识字量惊人，拼音毫无障碍，简单的算术运算张口即来，乘法口诀背得烂熟，马上被老师视作奇迹，全体过来围观并且出题考试，她只在一年级待了几天，直接插班上了二年级，享受着在家里从来没有过的重视，丝毫也不觉得长途步行往返是件辛苦的事情。

家里一时之间喜气洋洋，唯一不快乐的人大概只有程虹。

她很疼爱儿子，比照顾小女儿更加细心，但她恍惚发呆的时候也比从前多了。有时候她会伏在床头写字，密密麻麻写了很长，然后撕掉，一边流泪。

小英子终于忍不住做了一件大胆的事，她悄悄将程虹扔掉的碎纸捡起来，跑到村外一棵大泡桐树下，那里十分僻静，是她通常看书发呆的地方。她努力拼凑着，但程虹撕得太过细碎，加上风吹拂不定，根本无法还原，只能勉强认

第三章

出一些零星的字词：

大山里，我看，大学，小村子，痛苦，我想念，家里，残废，从前……
唯一拼得完整的是开头的一个长句：亲爱的奶奶、爸爸、妈妈、哥哥、姐姐，你们都好吗？

小英子大吃一惊，乡村各种亲缘关系错综复杂，她已经到了足够理解这种关系的年龄，逢到年节，家里总有亲戚造访，当然全是父亲这边的亲人。她从来没想到一向孤孤单单、没有任何亲戚上门的妈妈其实有着这样一长串的家人，而痛苦、想念这些字眼让她小小的胸腔里涌动出无名的酸楚之意。

回到家里，她惴惴看向妈妈，但妈妈显然并没注意到她做了什么，一记耳光挥过来，烦躁地喝道："又来了，最讨厌你这个鬼鬼祟祟看人的样子，说一百遍了也不改，是不是想挨打。"

她当然马上垂下目光。

差不多一个月后，村子里来了邮递员，小英子看到程虹将一个已经封好的牛皮纸信封交到他手里，等邮递员跨上自行车，她却又追上去要了回去，匆匆返回屋子，连同信封撕作两半，再撕作四份，还要跟以前一样继续撕下去，摇篮里的王嘉明哭了起来，程虹顺手将碎信封塞到枕头下，去抱起儿子。

小英子耐心等到妈妈抱弟弟出去后，闪了进去，抓起枕头下的信封，向村子外面跑去，一口气跑到那棵泡桐树下，心"怦怦"狂跳，自知如果被妈妈抓到，绝对不止是打一个耳光就能过关，但她还是将信纸取出来展开，小心拼起来铺好。

她终于看到了全部内容，开头仍旧是那一句话。

亲爱的奶奶、爸爸、妈妈、哥哥、姐姐，你们都好吗？
你们还记得有我这个人吗？不，你们不会忘了我的，肯定不会。我无时无刻不在想念着你们，想念我们的家，想念过去的生活。可是我已经回不去了。
我现在生活在理洛县清风乡王家洼村里，你们大概从来也没听说过这个地方吧。是的，这里地处深山，十分偏远、贫穷，几乎与世隔绝。六年

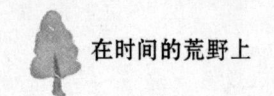

前的八月，我在西安游玩时，与姐姐他们一行人走散，后来受骗，被拐卖到这里。现在我已经成了三个孩子的妈妈，再也没脸回去见你们。

请别为我担心，我没事。他们对我还算可以，除了不让我走之外，并不曾苛待我。实际上我也无路可走了。拖着三个孩子，我哪里都不可能去。我只是实在太想念你们了，做梦时梦到的全是你们。醒来后问自己，难道我必须在这里生活一辈子？可是除了这里，我还能去哪里。过去种种，譬如昨日死。我恨我幼稚轻信，盲目天真以致铸成大错，也恨人贩子丧尽天良。

时间不能倒流，事已至此，再说什么都是枉然了。

奶奶的身体还好吧，她的高血压好点没有？有一次我梦到了她，她的头发全白了，跟银子一样闪着光，真好看。爸爸妈妈，你们呢？我算了算，妈妈应该前年就退休了，爸爸还有一年，对吗？哥哥跟小敏姐结婚了吗？姐姐肯定也已经大学毕业工作了。

我很想回家看看你们，可是再一想，你们还是忘了我这个给你们丢脸的女儿吧。回想过去，有那么多理想与计划，现在我才不到26岁，身心俱残，心如死灰，人生走上一条不归路，再也没有任何憧憬，只想为了孩子苟活着，就这样挨下去，挨到尽头一了百了。

我在这里祝你们生活愉快。

程 虹
1992年9月17日

信纸上有几处模糊不清，小英子知道，那是眼泪落在上面泅开的痕迹；个别字词她不认识，她记下来，打算回去查字典，但整个信的意思，她完全理解。

被拐卖来的女人在这个地方根本不是一个禁忌话题，村子里大人聚在一起，会肆无忌惮地谈论某家花多少钱买了个媳妇。而村子东头那个讲话从来没人听懂的女人，据说来自广西山区。

小英子只是从来没想过，她母亲也是被拐卖来的。

她将信封拼到一起，上面写着一个陌生的地址：

第三章

　　汉江市城南区化工厂前三路59号六宿舍三单元403室
　　程永和　收

　　秋风瑟瑟，树叶在她头上沙沙作响，她仰头，看着高高枝丫上的一个鸟窝，暮色渐渐降临，她呆呆坐着，一时忘了回家。

2

　　到了11月，深山进入初冬，气温骤降，天气异常寒冷，小英子放学回来，天色已经暗了下来。她一眼看到家门口围了好多人，她挤进去，听到大人在相互传递消息：

　　公安说今天要带她走呢。
　　那个老的是她爸爸，年轻的是她哥哥。
　　王家这次算是倒了大霉，人财两空。
　　儿子该不会让他们抢走吧？
　　会不会抓去坐牢？
　　没听说过。凭什么啊，买老婆的又不是他一家。
　　……　……

　　小英子悄悄站定，没人注意到她。只听一个穿着深色棉服的老年男人正大声用普通话说："她是我的女儿，我们全家到处找她，找了快七年，今天我一定要带她回家。"
　　这时一只冰凉的小手抓住她的手，嘉珞不知道什么时候钻了过来，悄声说："姐，他们要干什么？"
　　她摇摇头，只听她爸爸同样大声说："她是我老婆，我花钱买的，谁也休想带走她。"
　　接下来一片喧哗，穿着制服的警察、激动的老人、看热闹的村民互不相让，争相表达着自己的观点。

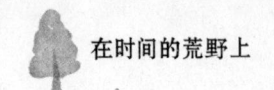

一个年轻女性提高了嗓门，字正腔圆的普通话压制住了其他声音："不管怎么说，买卖人口是犯法的，你们无权限制程虹的人身自由。"

一个村民冷笑："你又是什么人？"

"我是《汉江日报》的记者林曦，是陪他们过来采访的。"

村民不理解采访一词的含义，一时哑然。林曦追问："请问你们村子里这种买卖妇女的现象普遍吗？"

一名村干部慌忙回答："不普遍不普遍，这可不能瞎说。"

林曦不依不饶地继续问："那么请问你知道程虹是被拐卖来的吗？"

"人家的家事，我怎么可能知道？"

王水生愤怒地打断她："管你是什么记者，都不能冤枉人。她当时那个样子，我把她带回家，给她买杂志，买衣服，从来不打她骂她，更不逼她干农活，什么时候限制过她的自由？你问问她自己，上上个月她还去过镇上。"

那老人身边站着一个穿皮夹克的年轻男人，不能置信地看向程虹："既然这样，你为什么不早些跟我们联系？你知不知道这些年我们找你找得多辛苦？"

程虹显然无法回答这个问题，声音颤抖地问："爸爸，哥哥，你们怎么知道我在这里？"

那男人掏出一个信封："小虹，家里接到了这封信，完全是你的口气，讲了你的遭遇，你的下落，可不是你的笔迹，我和爸爸研究之后，断定这是找到你的唯一线索，马上去公安局报了案。"

程虹接过去，就着暗淡的光线辨认着，信纸是从作业本上撕下来的，铅笔写就，每个字都小小的，一笔一画十分工整。她面色大变，四下张望。小英子本能地甩脱王嘉珞的手，往人群里缩去，但妈妈已经看见了她，过来一把将她抓住："是你的字，对吧？"

小英子吓得讲不出话来。

程虹没有认错，笔迹确实是大女儿的。

她写过太多次信又撕碎随手丢掉，忙于照顾儿子，全然忘了还有一封未及完全撕毁，而英子拿去，放在书包里足足有将近一个月，揉得皱皱巴巴。

半个月前，英子终于撕下了作业本的一张纸，对照着被撕成四份的那封信一字一字认真抄写，折好之后去问最喜欢她的班主任张老师，寄信该怎么操

第三章

作。张老师恰好在教高年级同学给各地捐资助学的善心人士写感谢信，顺手便给了她一个贴好邮票的信封，让她将地址抄好，等乡村邮递员过来，将信收集齐让他一起带走。

她从来没有收到过信，到过最远的地方不过是镇上，信上的地址对她来讲没有任何意义，她不了解信到了邮递员手里会如何辗转到未知的远方，更不知道寄出去后会有什么反应、回音。

她只是想，如果妈妈想念某些亲人，就应该让他们知道她的想念。

小英子呆呆看着面目扭曲的母亲，等着熟悉的巴掌劈头盖脸落下来，但是程虹嘴唇哆嗦，仿佛不相信眼前的事实，将她的胳膊抓得生疼，却没有打她。

这时只听她爸爸王水生一声怒喝，一拐一拐冲过来抬起右手狠狠抽到她脸上。他下肢残疾，全凭双手劳动，力气极大，这一下又用尽全力，英子踉跄着，拖得紧紧抓住她的程虹一起跌倒。程虹放开她先站起来，她试图自己爬起来，可是眼前金星乱冒，疼痛从面部放射性伸展开来，耳朵里嗡嗡作响之中，听到王嘉珞的哭声似乎从很远的地方传来："姐姐，姐，血……"她下意识抹一把脸，果然是一手的血。

那名叫林曦的记者连忙拿出手帕替她擦拭，而穿着皮夹克的年轻男人大叫："畜生，这么小的孩子你也下得了手。"突然扑了上去，和她爸爸扭打到一起，这人年轻强壮，王水生身有残疾，根本不是对手，但是旁边早有村民涌上来帮手，场面顿时乱作一团。

等公安民警与村干部好不容易将他们扯开，小英子努力睁开肿起的眼睛，看到爸爸已经被打倒在地，林曦的相机被砸，程永和手捂胸口，呼吸艰难，一名同行的警察从他口袋里掏出速效救心丸让他吞下，嘱咐他："躺着别动，你要出事，女儿更没救了。"而那个年轻男人则看上去伤势更为严重，额头上破开，鲜血"汩汩"流淌得满脸都是，样子十分可怕，程虹慌乱地替他按着伤口，哭喊着："哥，哥，你没事吧。"

那年轻男人推开她的手："你马上跟我们走。"

"可是我有孩子，嘉珞才四岁，嘉明不到半岁，还在吃奶，我怎么走得了。"

小英子意识到，她妈妈甚至根本没有提到她。她的头如同裂开一般疼痛，眼前阵阵发黑，满嘴都是腥甜与苦涩交织的味道。这时，程虹记起儿子，慌忙

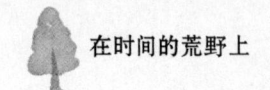

放开哥哥，冲进屋内，又马上冲了出来："嘉明不见了，谁把他抱走了？"

王水生也大惊失色，但马上有一个村民附在他耳边轻声说了一句什么，他点点头，平静下来，没有说话。

程虹顿时明白，一定是他的父母见势不妙，趁着混乱抱走了孙子。她又急又怒，抓住王水生："你叫他们把儿子还给我。"

王水生冷冷地说："除非你叫这些人马上离开。"

程虹回头看着众人，一脸仓皇，年轻男人气极："小虹，你疯了吗？你知不知道我们找你找得有多辛苦。"

"你们当我死了算了，都不要管我。"

年轻男人伸手抹去糊住眼睛的血迹，愤怒地吼道："你要真的死了也就算了，可你没死。奶奶在临死前……"

"奶奶死了？什么时候的事？"

"三年前。她当时已经讲不出话来，抓着爸爸的手，非要听到他说一定会找到你，才肯咽下最后一口气。爸爸这些年心脏有问题，还是每年请假出来苦苦找你，就是要对得住对奶奶的承诺。"

程虹扑倒在地上，号啕痛哭了出来。

面对警察的追问，村民全体缄默，拒绝讲出婴儿的去向。不管是程虹发了疯般揪住王水生撕扯，要他把儿子还回来也好，还是警察与村干部晓之以理温言相劝也好，一向老实寡言的王水生都铁青着脸不为所动，只是反复说："就算是抓我去坐牢，你也休想带走我儿子。"

大人都彻夜未眠地僵持着，闻讯从外村赶来的大姑妈吼小英子："带你妹妹去睡觉。"

她带着嘉珞回后面的房间上了她们的小床，嘉珞显然十分害怕，抱紧了姐姐，头贴到她的脸上，她痛得哼了一声，却也紧紧抱住妹妹，似乎要用疼痛镇住内心的恐惧。

"那些人要干什么？"

"我不知道。"

"他们为什么要打爸爸？"

"我不知道。"

第三章

"爷爷奶奶带弟弟去了哪里?"

…… ……

没有一个问题是她能够回答的。好在嘉珞已经倦极,枕着她的肩头睡着了。她抱着妹妹,听着前面传来的争吵声,瞪着眼睛看着黑暗的屋顶,不知道什么时候才睡着。

到了第二天,程虹的哥哥程军伤势不轻,需要到医院进一步处理,程永和的心脏也不胜负荷,又吃了一次速效救心丸,村干部表示对这种情况无能为力,当地警察需要请示上级才能决定下一步行动,但村子里没有电话,只能先返回镇上再说,远道而来的汉江市警察无计可施。在父亲含着眼泪的反复劝说与哀求下,程虹终于点头答应带着两个女儿跟着他们离开。

收拾了简单的衣服之后,他们出来,程虹牵着王嘉珞走在前面,小英子根本不敢上去牵母亲空着的另一只手,畏缩地落后几步。快走出村子时,她回头,只见身后站着村民,包括她的父亲、姑妈、邻居、小伙伴在内,全都冷漠注视着她,如同看一个陌生人。她不禁打了个寒噤,一下站住,突然觉得一切变故都似乎由她造成,前面固然去路茫茫,让她心生恐惧,而她也不可能再退后了。

这时,一只大手握住了她的手,她本能地一缩,但没能挣脱。她仰头,那个穿着深色棉服的老人注视着她,轻声说:"你叫什么名字?"

"王英。"

"那封信是你写的吗?"

她的脸肿胀疼痛,内心充满戒惧,但是老人弯下身子,目光带着悲哀与温和,没有任何威胁的意味。她迟疑地小声说:"妈妈写的,她撕掉,我偷偷拼好抄了下来。"

那名女记者林曦大吃一惊:"你读得懂那封信?"

她轻轻点一下头。

林曦不能置信:"你还不到七岁吧?怎么会认识这么多字?"

她没有吭声。

林曦的职业本能发作,追问道:"你理解信的意思吗?"

她看一眼牵着妹妹走在前面的母亲,依然沉默。

在时间的荒野上

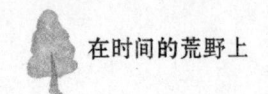

程永和对林曦摇摇头,示意她别再发问。

"你是个聪明的好孩子。我叫程永和,那封信是寄给我的。你妈妈是我女儿,我是你姥爷,跟我走吧,我们一起回家。"

他的声音沙哑、疲惫,手掌温暖,她默默点头,跟上了他的脚步,再没有回头。

这是年幼的小英子想象不到的一次漫长旅程。

她所知道的世界一直都是那个深山之中的村落,刚刚入读的小学,联结它们之间的陡峭山路,荒凉、安静,除了季节更替,再没其他变化。

乡村以外的世界突如其来地展现在她面前,陌生、喧嚣、混乱,好像大得无边无际,永远也不可能走到尽头。

她们先乘车出了山区,在县城找一家医院缝合处理了程军头部的伤,再继续上路。公路慢慢变得平坦,两旁房屋变得密集,进入市区之后,车流多到让她们眼花缭乱的程度。王嘉珞很快恢复了活泼天性,无限好奇地看着车窗外,不时问长问短,警察和林曦也都乐于回答这个漂亮小女孩子的天真问题。而程虹与她的父亲程永和、哥哥程军看上去都心事重重,几乎没怎么说话,小英子无法和妹妹一样迅速适应环境突如其来的转换,如同受惊小动物般瑟缩在一边,林曦注意到她的沉默,主动来跟她讲话,她都只以点头摇头来回答。

她们先到了省城,再从那里上了火车,经过十三个小时的旅程,回到汉江市。

火车抵达汉江的时间是清晨,天色朦胧而阴沉,空气中略带寒意。

程嘉璎永远记得她下了火车,首次踏足这个城市时,内心充满巨大的慌乱与不安。

程永和出生于辽宁一个小城,从部队转业后便到这个中部城市工作生活,和老家姑娘刘淑贞结婚,将父母接过来一起生活,生下三个孩子,他和他的孩子填写的籍贯是他出生的地方,平时他们也以北方人自居。

程嘉璎被问到是哪里人这个问题时,总是会迟疑。

外祖父的出生地、六岁之前居住的西北山村,还有母亲出生的江汉市,她不知道该回答是哪一个地方才好。

尽管后来大部分时间她都生活在汉江市，但她始终未曾融入这个城市，更没能摆脱异乡人的感觉。

3

化工厂宿舍区对于头次走出偏远山村的小姐妹来说，是如同迷宫一样的地方。

道路横平竖直，一栋栋楼房如同火柴盒般排列着，看上去一模一样。路边早点摊冒着热气，清洁工人手持扫帚打扫着落叶，骑着自行车的路人形成一个紧凑而有序的队伍。

程家是一个老旧但十分干净整洁的三房一厅宿舍，一间卧室住着程永和、刘淑贞夫妇，一间卧室住着程军与他的妻子涂小敏，还有一间房从前是奶奶和程虹与她姐姐程莉共用的卧室，奶奶已经过世，程莉也于四年前结婚。去年在涂小敏的坚持下，这间房改装成了他们4岁女儿的儿童房。程虹与两个女儿回来后，便重新腾出来给她们住了。

所有的房间都光线充足明亮，小英子习惯性地想找一个不引人注目的角落，却发现几乎不存在这样的地方，心里的惊恐顿时扩大，再加上落在她身上的目光太多，她几乎从来没被这么多人同时打量审视过，一下有喘不过气来的感觉。

程永和给她与王嘉珞做着介绍："这是你们的姥姥。"

姥姥刘淑贞是一名发福但举止利落的老妇，衣着整洁，头发花白，眼睛已经哭肿，目光与姥爷一样是和善的。

"这是你大舅妈。"

29岁的大舅妈涂小敏是漂亮的年青女子，衣着入时，头发烫得卷曲，口气亲热，目光审慎，带着并不掩饰的距离感。

"这是你们的妹妹程雪菡。"

4岁的表妹程雪菡比王嘉珞只小两个月，圆圆的脸，浓密的头发梳成复杂的辫子，系着蝴蝶结，娇小可爱，一看便知她一直是全家人宠爱注目的中心。她好奇地打量着突然冒出来的亲戚，乖乖按妈妈的要求叫："姐姐。"

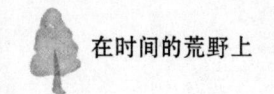

"这是你们的姨妈与姨父。"

27岁的姨妈程莉与相貌斯文的姨父刘亚威站在一起,刘亚威看上去神态颇为激动,程莉的表情却是复杂的,一直保持着沉默。他们有一个3岁大的儿子叫刘铮,十分顽皮,并不理会大人让他叫姐姐的要求,满屋乱跑着追一个电动遥控汽车,王嘉珞一下被这新鲜玩意吸引住了,也凑过去要玩,但刘铮并没什么分享精神,抓住汽车藏到背后,被爸爸厉声呵斥也不肯交出来。

回到阔别已久的家里,程虹一直沉默,而家人也似乎不知道该跟她说些什么才好。涂小敏看到丈夫头上的伤,十分心疼,嘀咕道:"真不知道是什么野蛮落后的地方,也难为你妹妹居然待了这么多年。"

程虹面色一变,转身便进了卧室,大家面面相觑,涂小敏好生不悦:"我一片好心,说错什么了?"

程军只得说:"以后别再提这件事了。"

全家团圆的聚会草草收场,程莉与刘亚威带着儿子很早便离开了。他们住在江对岸,后来程莉一直声称工作忙碌,再没回来,只偶尔打电话问问近况。

住在一起的一家人可以默契地不再提起,然而报纸上的报道却不是他们能阻止的。

程永和与刘淑贞读完那天的报纸,长久沉默。程虹突然出来将报纸拿了过去,刘淑贞慌忙劝女儿不要看,程虹干涩地说:"本市有几百万人会看到,我看或者不看又有什么区别?"

她无语,只得出去买菜,等她回来,看到小英子竟在看那份报纸,神情十分专注,不禁惊愕:"英子,你看得懂吗?"

小英子拘束地点点头。她有些不相信,拿起报纸另一版给她看:"来,把这一篇念给姥姥听听。"

她一字一字小声念着:"民生大道将进行道路刷黑,预计用时一个月,封闭施工期间,多条公交线路将改道行驶,请市民注意出行安排。""华中电网的改造项目取得进展,我市工业用电得到充分保证……"

刘淑贞好不惊讶,去拿了一本厚厚的《西游记》出来,随手翻开,她按着手指的地方读道:"……祖师道:我也不怪罪你,但只是你去罢。悟空闻此言,满眼堕泪道:师父,教我往哪里去?祖师道:你从那里来,便从那里去就

第三章

是了。悟空顿然醒悟道：我自东胜神洲傲来国花果山水帘洞来的。祖师道：你快回去，全你性命，若在此间，断然不可……"

这一段她读得似懂非懂，却突然有没来由的伤心，声音有点哽住，抬头一看，刘淑贞却已经露出笑意。"你姥爷说的时候我还不敢相信，宝贝儿，真了不起。"扬声对卧室里的程虹说，"英子比你小时候认得的字还多。"

然而程虹的回答是："我真后悔教她识字。"

英子垂下头不说话，程永和与老伴面面相觑。刚好有邻居敲门，他们只好强打精神去招呼。

程永和还有两年退休，他和已经退休的刘淑贞同在一家大型国营化工厂工作，儿媳涂小敏是他们同事的女儿，居住在厂里同一个宿舍区，邻居也全是同事。所有人都知道他们家小女儿在上大学前失踪的事情，当然同样关注程虹带着两个女儿突然归来。他们很难抵挡外人表现出混合着好奇的关心。

而报道登出来以后，程虹的经历与准名校大学生身份更是引起广泛关注，多家全国性媒体过来联系进一步采访报道，被拒之门外也不气馁，甚至直接找到程永和与程军的工作单位，让他们不胜其烦。

不管父母兄长如何劝慰，程虹始终拒绝讲她被拐的经历和这几年的生活，绝大部分时间她都将自己关在卧室里，甚至不愿意走出来与家人同桌进餐，刘淑贞体谅女儿，只能将饭菜盛好送进去让她单独吃。父母的同事、邻居和过去的同学来看望她，她通通不见，而且等他们一走，就情绪激动，说他们全都是来参观的，父母可以拿她卖门票收钱了。这样的话让程永和、刘淑贞既吃惊又觉得情何以堪。

与程虹同居一室的小英子理所当然是妈妈负面情绪的最佳出口。这天程虹又是重重一记耳光打向大女儿，小英子的脸顿时红肿起来，刘淑贞看到，大吃一惊："你怎么打她？"

"小讨债鬼，我看到就心烦。"

"她是你女儿，还不到7岁。你小时候我打过你没有？"

"没打过又怎么样，我不能打她吗？"

刘淑贞对程虹的记忆还停留在她不到18岁的时候，那时她是家里受宠爱的小女儿，父母忙于工作，由爷爷奶奶一手带大，爷爷去世后，她跟奶奶的感

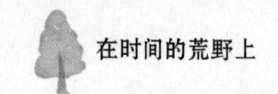

情特别好，喜欢跟父亲和哥哥撒娇，跟母亲和姐姐斗嘴。她天资聪颖，哪怕骄纵起来使点小性子，大家也乐于呵护她。而眼前这个女人看上去冷漠沧桑，对自己年幼的女儿使用暴力竟然毫无歉意。

她呆呆看着程虹，流下泪来，母亲的表情让程虹被针刺一样，嚷了出来："你们是不是后悔找我回来了？巴不得我死在外面，倒给你们省事了对不对？"

刘淑贞被惊呆了："没人会这么想。"

程虹呵呵一笑："我是这么想的，我要真死了倒好了。"

她转眼看到小英子站在原地不动，此举在狭小的房间内几乎如同示威，怒气更盛，抬手又是一巴掌挥了过去。王嘉珞惊叫着拦到中间，程虹才猛然收住了手。刘淑贞擦一下泪水，转身从卧室取出一个木制首饰盒："这是你奶奶留给你的。"

程虹当然认识这个一直摆在祖母床头的首饰盒，她一直与奶奶睡一张床，小时候还曾反复摩挲过这个盒子，她紧盯着，却并不接。

"里面有两个金戒指，一个银镯子，几个民国时候的银元，也不值什么钱，她最后一次住院，知道自己的时间不多了，收拾东西的时候就把这个给我，要我收好，一定要留给你。"

王嘉珞好奇地凑过来看首饰盒，然后摇程虹的肩膀："妈妈，你看这个盒子上面刻着花，多漂亮，给我好不好？"

程虹仍然不语。

"你们兄妹三个都是老太太的宝贝，你是最小的一个，她尤其疼你。你不见了，一直都找不到，她的身体和精神慢慢垮了，我们全家都是。你是从我身上掉下来的肉，怎么能说我们巴不得你死在外面这种话。"

刘淑贞说不下去了，将首饰盒塞到她手里，拉小英子走出来，拿毛巾替她敷脸："她再打你，你就跑到姥姥这里来，别呆站在那里。"

她没有吭声。刘淑贞联想到前几天她额头上的不明青紫，意识到这当然不会是她头次挨打，而且除了妹妹嘉珞，也从来没人庇护她，只得说："别怨恨你妈妈，她只是心里难受。"

小英子蓦地抬起眼睛看着她，她一惊，喃喃地说："姥姥不是这意思，她心里难受当然也不该拿你出气。她……"她想到程虹似乎只把难受发泄到了大女儿身上，盛怒之下也没有打小女儿，一时词穷，只得叹一口气："要不然，你搬到我和姥爷房里来睡,我再给你搁张小床。"

小英子垂下了眼帘:"不用了,姥姥,我还是跟珞珞睡。我去做作业了。"

刘淑贞唯一能安慰自己的是,小英子尽管没有做出这个年龄孩子应有的反应,但看上去似乎并没有什么怨恨。

林曦登门采访,程虹照例不肯接受。程永和可以拒绝别的记者,但她毕竟与他一起远赴山村参与解救回女儿,他做不到将她也拒之门外。他们在客厅聊着,谈到面临的种种现实问题,程永和说:"两个孩子需要上户口,不然将来升学工作都成问题,但派出所说很难办,没有先例,需要请示。"

林曦点头:"我可以在报道里着重提提,再帮着向有关部门呼吁一下。"

"程虹以前是收到了汉江大学录取通知的,我拿着你写的报道去学校问过,校领导说他们没遇到过这种情况,当年程虹没有去报到,所以没有她的学籍,他们要研究一下怎么处理。唉,要是能让她继续上学就好了,我们……"

"你们就可以甩掉我这个包袱了,对吧?"程虹突然冲出来打断他们的谈话。

林曦试图打圆场:"你父亲不是那个意思。我也是汉江大学毕业的,说起来还算是你的学姐。"

程虹却一下面目扭曲:"我连一天大学都没读过,哪里能当你的学妹。你是在提醒我失去的是什么吗?"

"不不,我没那个意思。我只是说,你考取的国际经济与贸易专业是汉江大学的王牌专业之一,在国内有相当不错的声誉,如果能去上学深造,将来可以重新融入社会,恢复正常的生活。"

"你看看我,我还怎么可能回学校读书?"

林曦看着她,她从头到脚都换了新衣服,但跟山村时比较,这只是她唯一的变化。她依旧头发蓬乱花白,面色憔悴,看上去是一个阴郁而萎靡的中年妇女,比实际年龄大了十多岁不止,确实很难想象就这样把她送回大学校园。

"写我被拐还不够吗?你还想知道什么?"

"如果做深度报道,我需要了解这几年你的经历。"

"要我把伤口展示给你看,最好还是血淋淋的,这样你写出来才能吸引更多眼球,对吧?"

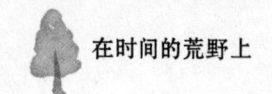

她言辞如此锐利,林曦简直觉得无从招架:"我没这种想法,只想如实复原你的经历,让拐卖妇女这种罪恶现象得到社会更多重视和关注,避免悲剧重演。"

"呵呵,能够避免的都不叫悲剧,至于我这个悲剧呢,已经定型,怎么演都没法拗回一个喜剧结尾了。对不起,我在家被人参观已经够了,绝对不会被你们牵出去做展览的。你们都放过我吧,我再也不可能有什么正常的生活,我认了。"

她反身回房,摔上了房门。程永和呆了一下,对林曦道歉,林曦倒并没生气,只说改天再来。程军想照过去的习惯教训妹妹的出言无状,但很快发现这个妹妹并不是当年那个恃着家人宠爱偶尔会不讲理的爱撒娇女孩子了。她目光冷漠,情绪始终在抑郁和暴躁的两极之间摇摆不定,说话尖刻,全然不体谅别人心情。无论他动之以情,讲述家人这几年对她的思念、苦苦寻找她的艰辛,还是晓之以理,提醒她作为女儿和母亲,有自己的责任,必须放开痛苦的回忆,开始新的生活,她都不为所动。

程永和和刘淑贞只能提醒儿子,也许程虹需要时间慢慢走出来,不能这样催逼她。

经过程永和奔走,没有本地户口的小英子上了离家不远的小学,不过学校只同意让她按年龄插班进入一年级,王嘉珞与程雪菡一起上了同一家幼儿园。

小英子按照在王家洼的老习惯,不管是在学校还是在家里,都努力将自己隐藏起来,不去引起别人注意,有人来问她什么,她都一副茫然不解的表情,不给予任何回应。

这个家里突然有了三个年龄相近的女孩,其中一个面黄肌瘦、不爱说话、不主动与人亲近的孩子很容易就被忽略了。

而她的妹妹王嘉珞则有着极强的适应能力,毫无乡下孩子的羞怯畏生,甚至讲的一口混杂乡音的普通话也显得格外有趣。她跟程雪菡一起在幼儿园里开始学跳舞,舞蹈教师夸奖她有节奏感,身体柔韧,协调能力极强,很适合学跳舞。程军马上在女儿的课外舞蹈班里给外甥女也报了名,周末时送两个孩子一起去青少年宫上课。程雪菡习惯了独占全家宠爱,并不愿意与王嘉珞分享,更何况这个小姐姐比她漂亮,比她引人注目。

小孩子固然直接醋意发作,涂小敏也有些酸溜溜的,跟丈夫嘀咕,却是从小英子说起："那姑娘灰不溜秋，成天跟个小耗子一样缩在一边。谢天谢地我们的女儿不是那个样子。"

程军满心烦躁："别这么说英子，她够可怜了。"

涂小敏撇嘴："我也没说她不可怜啊，不过她妹妹跟她生长在相同的环境，个性完全不一样，要强张扬得根本不像出生在乡下的女孩子。"

"只是活泼，也说不上张扬。小珞的性格像虹虹小的时候，至于英子——"程军面前浮现出那个跛足、皮肤黝黑的男人，顿时厌恶地摇头驱开，"她还是个孩子，我们需要给她空间。"

"我不想表现得小气，可是程军我得提醒你，我也需要空间。每天一回到家，到处都是一张张面孔在眼前晃，只能跟菡菡待在卧室里，还有你那个妹妹，她被拐是很可怜，可那能怪谁呢？这些年你们一家人耗尽家里所有钱财到处找她，我从来没有二话。是程莉和刘亚威把她弄丢的，他们都做了啥？最后还是你伤成那样把她接回来。你大妹妹两口子索性连门都不登了，躲得真远。我们都不欠她什么，凭什么要我处处小心翼翼看她脸色。再这样下去，我都快疯了。"

每天早上，程永和、程军与涂小敏匆忙分头出去上班，已经退休的刘淑贞先送小英子去学校，再送王嘉珞和程雪菡去幼儿园，然后买菜回家。表面上看，除了一直将自己关在家里的程虹以外，每个人生活都似乎重回正轨。但是三代八口人一起居住在一个不足 60 平方米的三室一厅内，意味着挤迫逼仄，每个人的平均空间都被压缩到最低，更重要的是家里突然失去了过去一团和气的气氛。

在程虹失踪的长长七年多时间里，家人无时无刻不想找到她；然而她回到家里，最初的狂喜过后，面对这个全然陌生的她，所有人都有一个隐约的念头：他们并没有能够真正找回她。

4

没有后续报道的新闻就算曾吸引再多注意力，最终也归于沉寂，被人遗

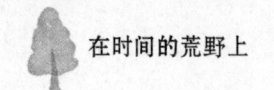

忘。除了林曦隔十天半月过来一次之外，渐渐再也没有其他记者找上门来。

除了想避开邻居的好奇，还有对小女儿的失踪存着无法消散的阴影，程家对三个年龄相近的小女孩管教同样严格，没有大人陪伴，绝对不能出门。程雪菡早已经习惯这条家规，她妈妈对她宠爱有加，经常带她出去，不会感到什么束缚；英子甚至不需要大人提要求，就知道严格遵守所有规矩，从家里往返学校都牵着姥姥的手目不斜视，对陌生的城市似乎没有任何好奇。只有自由散漫习惯了的嘉珞很不开心，在王家洼村时，她受到家人和邻居的一致宠爱，一向拥有畅行无阻的特权，不要说自己家，就算是别人家，她也可以随意出入。而现在来到一个大城市，在幼儿园里不能随便乱跑，放学之后更是只能被迫待在家里，她要不在所有房间进进出出，要不从一个窗子跑到另一个窗子，趴在窗台向外张望，时不时带倒椅子打翻东西，活像一个小小的困兽。跟处处小心翼翼的姐姐相比，她举止显得莽撞而毫不在意别人想法。可是她实在太漂亮太可爱，不管做了什么，似乎都没什么大不了，就算说不上喜欢她的舅妈，在她惹祸时也只无可奈何摇摇头，最多笑着呵斥她，要她有点女孩子的样子。

除此之外，英子和妹妹也慢慢适应了在汉江市的生活，在孩子的眼里，好像与过去并没有什么了不起的差别。

程家的生活在城市中要算清贫节俭，但比偏僻乡村则好得太多。

从王嘉珞一岁多起，便开始与姐姐英子睡在一张床上。

王家洼村偏屋角落的那张简陋的小木床，一个床脚磨损，王嘉珞有时会调皮地故意摇晃，弄出吱吱声响；到了汉江市后，她们合睡城南区化工宿舍朝北卧室里临时支起的行军床，纲丝松懈，两人睡着后会不由自主地滚在一起。

姐妹俩依偎着，有时是英子给妹妹讲她读到的故事，有时是王嘉珞对姐姐讲她的异想天开，不知不觉中入睡，度过一个个长夜，第二天讲起某个梦，她们甚至会觉得彼此的梦境也是相通的，可以自由出入。

冬去春来，日子一天天过去。英子一直是喜欢学校的，在那里她可以混迹于众多孩子之中，学习很快跟上进度，表现出的识字水平和学习能力遥遥领先，学会说一口普通话，从不招惹同学，不给老师添麻烦。孩子的世界永远存在新鲜乐趣，慢慢再也没有人嘲笑她的奇怪口音，或者谈论她的身世。

嘉珞的舞蹈水平提高很快，已经可以参与登台表演，在一大群小朋友里，

第三章

她始终是最漂亮最显眼的一个。

涂小敏努力保持着对小姑子和两个外甥女的容忍，不过还是会时不时流露出烦躁不满，隔十天半月，与程军一语不和便关在房内争吵，然后带着女儿摔门而去回娘家。过几天后，程军会在父母的催逼下去登门求和，接他们回来，过上一段安静的日子。

程莉只在过年时带着丈夫和孩子回来看望父母，放下礼物，坐了一会儿便匆匆告辞。

程虹依旧过着幽居的生活，林曦锲而不舍坚持来访，她态度略微松动，开始有了交谈，不过她们总是关在卧室内长谈，几乎每次谈完之后她都会情绪强烈起伏，格外尖刻暴躁。父母不免左右为难，几度想开口请林曦不再登门采访，以免刺激她，但又觉得这是自我封闭的女儿唯一与外界交流的机会，不该就此切断。程永和的老同事说可以替她介绍一份后勤工厂的工作，薪水微薄，但还算轻松稳定，她想也不想就拒绝了。她没有踏出家门一步，哪怕是本地最难熬的夏天到来之际。

英子和嘉珞则被从来没有经历过的高温天气惊呆了。

那个时候空调尚未普及，只能全凭吊扇搅起热风带来空气流通的感觉，刘淑贞从舞蹈班接嘉珞回来，她一进门便趴在电扇下直嚷热，汗水将碎发零乱粘在额角，衬得小小面孔粉白晶莹。刘淑贞怜爱地替她擦拭："你这孩子，跟你妈小时候一样怕热，看你姐姐，安安静静待着，哪会出这么多汗。"

"姥姥，这还要热多久啊？"

"等你们开学了，天气就会慢慢凉快下来。"

"我也想去学游泳，多好玩啊。"

程雪菡已经拒绝再和嘉珞一起上舞蹈班，涂小敏转而将她送去学游泳，王嘉珞对一切没尝试过的东西都有着天然好奇，刘淑贞只得苦笑，正要说话，在一边写作业的英子突然说："你先把跳舞学好再说。"

嘉珞得意地炫耀："我已经学好了啊，今天老师又夸奖我了。"她站起来，脚尖绷直，手臂伸展，随手摆个姿势："她还教了几个芭蕾舞动作给我，说我将来可以去学。"

卧室里的程虹突然开口："学芭蕾很贵，被人养着要知趣，你舅妈已经为

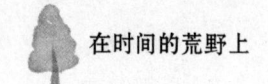

舅舅额外给你交学费不开心了。"

刘淑贞不悦:"你跟孩子说这些干什么?我已经说过了,以后学什么,都拿我的退休金交学费,姥姥姥爷供得起。"

嘉珞对"钱"与"知趣"这两样东西都毫无概念,英子却是明白的,学校要报各式兴趣班,她甚至没将通知拿回来。她轻声对妹妹说:"学什么都要专心才能学好,不能什么都想要。"

嘉珞对英子的话十分听得进去,点点头:"姐,今天姥姥带我看荷花了,就在青少年宫后面一个大池子里面,是真的荷花,有白的有红的,和连环画上画的一模一样。姥姥说底下泥巴里长的就是藕,我们还去菜市场买了回来,快看快看。"

姐妹两人盯着从购物袋里拿出的两节还带着灰扑扑塘泥的藕,实在难以将它和太乙真人用来造出哪吒身体的那雪白藕节联系起来,正研究之间,涂小敏带着程雪菡回来,她买了一个西瓜,切开分给大家,还特意送一块进去给程虹,看上去情绪很不错。

晚上涂小敏对公婆和丈夫说起,白天她碰到某位前同事,辞职开了一间餐馆,生意不错,今年41岁,曾经在偏远农村插队,听她谈起小姑子的境遇,颇为同情。

"他没结过婚,人很不错,我实话实说,除了长相老气一点之外,真没什么可挑剔的。他愿意跟虹虹见面发展一下。"

程永和一言不发,刘淑贞一脸忐忑:"这合适吗?"

"有什么不合适的,虹虹和乡下那个男人根本没拿过结婚证,法律上他们之间也没关系了。"

"可是这男的比虹虹大太多了。"

"年纪大才懂得体谅好不好。年纪相当的要么结婚了,没结婚的也……"涂小敏耸耸肩,到底还是说了,"没耐心给人当后爹啊。"

"那他不嫌弃虹虹的两个孩子?"

"他说他喜欢女孩子,带一个过去没问题。虹虹可以把嘉珞带过去,她年纪小,长相又讨人喜欢,能够培养出感情来,英子嘛,还是留我们家,一个孩子我们尽义务帮着养也就是了。"

第三章

程军直摇头:"虹虹不会同意的。"

涂小敏冷笑:"大家都要面对现实。虹虹不可能这么一辈子关在家里吧,不可能一直独身过下去吧。我可不是想卸包袱,毕竟要为她的将来考虑。她又有残疾,又生过孩子,难得一个经济条件不错,人品可靠的男人对她有兴趣,见个面了解一下有什么不好?"

她的话让人无从反驳,一直沉默的程永和突然点了点头:"跟虹虹谈一下,见见再说吧。"

程虹的反应非常激烈,甚至说出"你们也想把我卖掉吗?"这种话来,涂小敏自然大是恼怒,丢下一句"不识好歹",拂袖而去。刘淑贞万般无奈之下,落泪说:"你不肯出去工作,那也算了。我和你爸可以养着你,可我们都老了,身体也说不上好,总有走的一天。你哥哥姐姐都是有家有口的人,不可能像父母这样待你,你嫂子放了话,帮着养一个孩子已经仁至义尽。你没有自己的家,将来和英子、珞珞无依无靠该怎么办?"

程虹毕竟扛不过母亲这样的苦苦劝说,再没说什么。

隔了一天,涂小敏邀请前同事来家里小坐喝茶,一家人都不得不承认,她说得没错,这男人个子矮小,相貌平平,发际线偏上,但衣着整洁,举止稳重,看上去确实体面可靠。谈及自己,他说作为知青下乡返城很晚,早几年家庭负担很重,耽误了结婚,现在工作还算稳定,才想到成家。说到将来,他态度很坦诚:"带过去的孩子我会视同亲生,决不亏待,不过还是希望再添一个自己的孩子,最好是男孩。"

等他走了,父母问一直一言不发的程虹的意见。她冷笑:"你们都忘了,我已经生了三个孩子,我没办法和你们一样,假装我儿子是不存在的。"

那个被迫留在山村的孩子是这个家里每个人都绝口不提的,他们自然知道程虹不可能遗忘,也清楚她的郁郁不乐与此有很大关系。此刻,所有人都无话可说了。

嘉珞对一场风波并无意识,英子却都看在眼里。她无法判断母亲会做什么样的选择,只是有莫名的恐慌感。

马上要开学了,这天她返校,却发现姥姥弄错了时间,应该是第二天再去,两人无功而返。刘淑贞要去医院拿药,把英子送回自家楼下,嘱咐她上

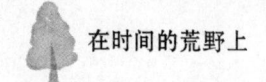

楼回家。

她拿钥匙开门，一下定住，只见程虹和嘉珞穿得整整齐齐，拎了一个大旅行包，显然正要出门。

"妈妈，你们要去哪里？"

嘉珞看到她十分开心："姐，你回了，太好了，妈妈说带我回家看弟弟去。"

英子看向程虹，程虹避开她的目光，简单地说："你就留在这里。"

她一下明白了，程虹决意回去，而她再一次不在母亲的计划之内。那种被父亲一掌打得眼冒金星的尖锐疼痛感涌了回来，让她只想抱住头蜷成一团。可是她什么也没做，只是呆呆站着。嘉珞拉她的手："妈妈说你不想去，为什么啊？姐姐，我们还是一起去吧。"

她回过神来，伸出另一只手，想拉程虹的手，但在几乎触到时缩了一下，改为扯住她的衣角："妈妈，带我一起走。"

程虹头一次正视她，明白这个大女儿足够敏锐，已经知道她不止是回去看看弟弟那么简单。

"你想清楚，他们应该是愿意养着你的。跟我走，就再也回不来了。"

"带我一起走。"她看着母亲，清晰地重复着。

母女三人踏上了去年返乡旅程的逆行方向，只是要拮据艰苦许多。程虹从刘淑贞钱包里偷拿的钱勉强够买硬座车票，一路上只能买最便宜简单的食品，喝自来水，甚至捡别人吃剩的东西。等到了理洛县城，程虹已经接近身无分文，步行到长途汽车站后，她带两个女儿到角落坐下，打开包，取出最下面的木制首饰盒，拿出一个戒指沉吟着，王嘉珞要那个盒子："妈妈，给我玩。"

她摇头，将首饰盒放回去。"这个不能玩，让姐姐给你讲故事，妈妈一会儿就带吃的回来。"一转眼，看到英子正疑惑地看着她，她素来不喜欢那种研究的目光，沉下脸来，几乎当场要发作，但还是忍住，只交代说，"守着妹妹，哪里也不许去，谁来跟你说话都不许理，给我记住了。我去去就来。"

王嘉珞一向是坐不住的，几分钟之后便想跑出去转转，英子听着周围熟悉的乡音，心里充满不安，只得哄她："我接着给你讲《西游记》。"

"我要听哪吒的故事，他后来怎么样了？"

《哪吒闹海》那本连环画被英子塞进书包从王家洼村带来了汉江市，她早

第三章

已经给妹妹讲了无数遍，王嘉珞时不时会追问哪吒后来在干什么。英子当然编不出来，但那年暑假，电视台循例重播电视剧《西游记》，两姐妹都看到入迷，取经路上各种妖魔鬼怪层出不穷，但王嘉珞始终念兹在兹的却还是戏份少得可怜的哪吒，在姐姐这里找不到答案，就去缠着问姥爷。程永和也讲不出个所以然来，只能哄王嘉珞说："你姐姐不是在看《西游记》那本书吗？书里都写着呢，等她看完了给你讲。"但英子努力把书读完，并没读到多少关于哪吒的独立描述。

"哪吒不是把骨头和肉还给他爸爸妈妈了吗？为什么又跟他爸爸和好了？"

这是王嘉珞最大的疑问，英子也曾困惑过，看完大闹天宫一节后，她壮着胆子去问姥爷，姥爷看上去心事重重，想了想才回答说："割肉剔骨只是哪吒小孩子的想法，亲骨肉是永远没办法切断干净的。"她被姥爷脸上的苦涩之意吓到，然而姥爷低头看她，摸了摸她的头发，苦笑一下："等你大了就明白了。"她并不明白，知道这样告诉妹妹，妹妹会问更多为什么，只能说："吵架也不能吵一辈子啊。"

"哦。那他为什么要一起去打孙悟空？"

"孙悟空偷吃了王母娘娘的蟠桃。"

"吃个桃子有什么大不了？"王嘉珞撇嘴，"真小气。"

英子瞪她一眼："珞珞，有些东西你可能不当回事，但别人也许会非常在意，最好不要去碰。"

"我后来没动菡菡的蜡笔了啊。"

"嗯，就是这个道理。"

"那谁打赢了？"

"没人赢。你看哪吒打赢了龙王，可跟他爸妈都闹翻了，如果没有师父救他，他就不存在了；孙悟空先是打赢了天兵天将，看着很威风，后来还是被如来佛压到了五指山下，五百年都不能出来。"

旁边不知何时坐过来的一个中年男子说："哟，女娃娃读过不少书啊，这么会说故事。"

她没有作声。那男子又对身边女人说："看，那个小女娃娃生得多标致。"

女人也附和着："是呢，真好看，简直像洋娃娃一样。你们是哪里人，没有大人带着吗？"

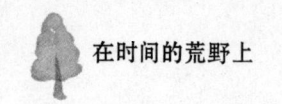

王嘉珞回答说:"妈妈去给我们买吃的去了。"

"我这里有饼干,来,吃一块。"

英子赶忙摇头说:"谢谢,我们不要。"但王嘉珞早已经饿了,手越过她的肩头就要去接饼干,她急忙按住妹妹的手:"妈妈会生气的。"

"这有什么好气的,我请你们吃。"

她还是摇头:"不,谢谢您。"

这时,程虹并没能找到变卖戒指的地方,匆匆走回来,重重一巴掌打在英子脸上,厉声说:"谁叫你跟人说话的!"

她的经验是分辩或者躲闪只会招来母亲更大的怒气,所以一动也不敢动,但旁边那一男一女都同时跳了起来:"你在干什么?""怎么下这种狠手打孩子,都出血了。"

她感觉有液体顺鼻孔流下来,伸手一抹,果然沾了一掌血。程虹倒是头一次打到见血,也一下怔住。旁边女人扯了卫生纸出来替她擦着,嘱咐说:"把头仰着就好了。"

程虹一把推开那女人:"别碰她。"

那女人勃然大怒:"你是人贩子吧,拐了别人家小孩子打成这样不让人管,还有没有王法。"

吵嚷之间,围观的人越来越多,一说到"人贩子",顿时群情激愤,有人挽袖子上来推推搡搡,程虹原本瘦弱,加上腿脚不便,根本无力招架,王嘉珞吓得大哭起来,英子抱住她,尖叫着反复解释:"她是我们的妈妈,不是人贩子。"然而一片嘈杂中根本没人听她说什么,直到警察接到车站工作人员电话赶来才给她们解了围。

他们被带到县公安局,一名中年警察曾参与去年的解救行动,马上认出了程虹和她的两个女儿,大为吃惊:"你们怎么会在这里?"

程虹无言以对,被追问下去,只说她想回家看望儿子。那名警察简直要顿足:"你知不知道回去再想出来就难了。"

"我不出来了。"

弄清原委,众人面面相觑。她去年被解救回家的新闻报道引起过全国范围的关注,事后还有数拨记者从各地过来采访当地山村妇女被拐卖的情况,上级机关也来进行调查,弄得这个国家级贫困县的政府部门一度颇为灰头土脸,现

第三章

在面对如此局面，公然任由一名被拐卖妇女重新回去，似乎说不过去，但程虹自己做出选择，他们也不能强行阻拦，不免左右为难。程虹看出这一点，平静地说："请放心，我不会再麻烦政府。"

她领着两个女儿出来，那名警察追上来，匆匆将两张钞票塞给她："给孩子买点吃的。"

5

程虹终于带着女儿返回了王家洼村。

王水生看到她们母女三人时的表情有意外、震惊与错愕，但并没有喜出望外。

除了王家人之外，整个王家洼村的人都以警惕的眼神看着她们。

上次警察陪程虹父兄来接她回家之后，隔了几天，县城公安局再度来人，一一登记村子里的所有外来人口。这个闭塞的地方，外来的当然只有和程虹一样被以各种方式拐卖的女人，村东王成那个平时讲话谁也听不懂的老婆突然冲出来，抓住警察的手，先是说了一连串方言，然后抓过纸笔，歪歪扭扭写下她的名字和家乡，原来她是来自贵州山区。警察带她和另外两名村民没得及送走又说不清来路的女子离开时，她们都神情木然，根本没有回头。

王水生的父母坚持认为程虹回来是想偷偷带走小儿子王嘉明，程虹惨淡地笑："用脑子想想就知道，我一个人孤身都很难逃走，怎么会企图带着女儿回来偷走儿子。"

他们相互看看，并不太理解她说的什么，她的大姑子冷笑："那可说不好，也许城里人也不想帮你养两个赔钱货，你想带回来甩给我们，再把嘉明带走。"

程虹一路已经疲惫不堪，哪有气力争论，只摆摆手："放心吧，我的父母兄姐都不可能再认我了，更不会来找我。以后我连门都不出，请把孩子让我抱抱。"

王嘉珞也扭住姑妈衣角跳着脚叫："我要看弟弟，我要看弟弟。"

大姑妈哼了一声，毕竟一向很喜欢这个漂亮侄女，捋捋她丰厚的头发："哟，头发长了，穿得这么洋气，肯回这个山沟吗？"

王嘉珞从来不怕这个牙尖嘴利的姑妈，笑嘻嘻说："姥姥还给我买了跳舞

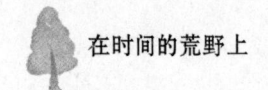

穿的花裙子,可好看啦。"

经她这么一闹,气氛多少缓和。王水生把熟睡的儿子抱出来,板着脸交到程虹手里。"只许抱一下,晚上还是跟我妈睡。你最好识相不要出门,不然那三户丢了老婆的人家得追着骂死你,王成那人尤其不好惹,躲他远点。还有你——"他的目光头一次扫到立在一边一声不吭的英子身上,"你更不能出去,哪里都不许去。"

"可是已经要开学了……"

"如果不是你把警察招来,哪里会惹出这么多事。上学?门都没有。"

英子想得很简单。从她生下来,王家洼村一直是她的家,她对外面世界既无认识,也无向往。在汉江市近一年的生活,她除了走上学那条路,被姥姥姥爷带去过一次公园,再没去其他地方。那个城市对她仍是完全陌生的,离开也没太多情感上的牵挂。她从来没想过离开嘉珞,如果妈妈和妹妹都要回王家洼村,那么她应该跟她们在一起,过回从前的生活,不可以被丢下。

然而,回来之后不能上学是她没有想到的。学校一向是她的避难所,每天翻山越岭去上学是她最快乐的时光。她不敢争辩,只能求救地看向程虹,但程虹只是紧紧抱着儿子,嘉明因为她离开而强行被断了奶,身体一直不好,看上去瘦小而脸色蜡黄,她将脸贴到儿子的小小面孔上,根本没有理会其他。

嘉珞趁父亲出门干活时,强拉英子陪她一起去玩,但英子发现,王水生说得没错,村子里的孩子对嘉珞仍是亲热的,但对她则非常一致地冷眼相对,不肯理她。有一次,她去叫嘉珞回家吃饭,王成家那个贵州女人留下的两个孩子将她堵在墙角,朝她吐唾沫,拿脏话骂她,用土块扔她,直到嘉珞跑来才解围。从那以后,她自觉禁足,再不肯出门,而待在家里的每一天都显得分外漫长。

她壮着胆子跟程虹开口:"妈妈,我想上学。"

程虹不看她,回答很简单:"今年就算了,等明年你爸爸气消一点再说。"

她没有争辩的余地,只能闭嘴,接下来她忍不住偷看王水生的脸色。但是在一个完全无视她存在的人脸上,她找不出任何消气的表情,挨过的那重重一掌倒是时不时提醒她,不要说过去开口,就算走近他身边都是不明智的。

整个王家除了嘉珞,几乎没人跟她讲话。虽然从一出生她就被人忽略,也

第三章

无法承受这种绝对被孤立的感觉,她好像被丢弃到了一片荒野,举目四顾,再也无法找到回家的路,也不会有人想到要去找她。

山区的冬天来得异样迅猛,到了十月下旬,空气中的寒意已经逼人,呼啸的风将枯叶吹落一地。嘉珞在院子里跳舞,她衣着臃肿,但姿势依旧是灵巧的,踩得落叶窸窣作响,有一种支离破碎的节奏感。程虹抱着儿子,站在屋檐下看着小女儿,但目光似乎穿过她,看到了不可知的远方。

英子没有看妹妹,而是站在院子一角悄悄看着程虹。这样窥视母亲,在过去是一种绝对犯忌的行为,程虹一旦察觉,几乎肯定要发火。然而回来的这段时间,程虹不像过去那么暴躁易怒,也不再动辄打她。但她知道,母亲并不是脾气变温和了,而是比过去更加阴郁。王水生大概也意识到了什么,特意托他姐夫去县城带回满满一口袋旧书报杂志,可是这个善意被程虹直接无视,她彻底放弃了过去埋头阅读打发时间的兴趣,除了偶尔抚摸那个首饰盒,最常做的事就是抱着儿子一动不动发呆。

丢在破旧偏房内那堆无人问津的旧报纸和杂志成了英子唯一的消遣。

"我省加强飞播造林和森林防火工作,责作到户,严防死守"

"少妇魂断出租屋,凶手是谁"

"卡特总统一家在白宫的艰难岁月"

"十一年守候,我的漫漫情路看不到终点"

"沼气在西北农村推广应用日益加强"

"昔日上海滩大亨秘闻"

"姑娘,你要警惕身边的危险"

新闻、猎奇、纪实、科普、明星轶事、外国政要……她一个字一个字读着。不少光怪陆离,甚至低俗趣味,既不适合小孩子阅读,也与她生活的小山村没有任何关联,然而,在走出去一次之后,她大致知道,远方还有城市,有着与王家洼村完全不同的生活,就像化工厂宿舍区外祖父那个平实的家是实实在在存在着一样,一切匪夷所思,也许都是有可能的。

偏房外有人站定,灰色的影子投了进来,她抬头,程虹正抱着儿子看着她,她顿时缩成一团。过去她偷偷翻看母亲的杂志,程虹的反应视心情而定,有时会教她生字,有时无视,有时则会突然暴怒,一边打她一边叱骂:"这些是你该看的吗?"然而这一次只是静静站在门外,面孔逆光看不清表情。英子

在时间的荒野上

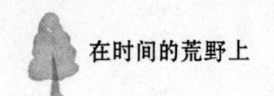

吓得一动也不敢动,等待落到头上的巴掌,但隔了一会儿,程虹一言不发走了。她呆呆坐在原处,只觉得冷汗已经浸湿腋下。

四岁那年,她曾啃过一个没成熟的柿子,现在时不时满口泛起跟那时一样无法消散的苦涩味道。她模糊地意识到,一切变故说到底都是她引发的,她根本不用盼望过年,过年也带不来任何转机,她再也没有上学的希望了。

入冬在即,串门的邻居越来越少。这天下午,大门被拍响,奶奶蹒跚走过去开门,一边不满地说程虹:"你抱娃站这风口干什么,小心他着凉了。"

程虹并不理会,掉头往里走,但只听王嘉珞在身后欢声叫道:"姥姥,舅舅。"

她怔住,停了一会儿才转过身来,门口站着三个人,除了她母亲刘淑贞、哥哥程军之外,还有姐姐程莉,他们全都风尘仆仆,面无表情地看着她。

奶奶一下回过神来,异常凶猛地扑过来,从程虹手里一把夺过孩子,一边向外跑,一边扯着嗓子叫:"快来人啊,快来人啊,帮忙把水生和老头子叫回来,出事了。"

邻居闻声而来,将小院围得严严实实,七嘴八舌议论着:"娘家人又来了。""就是想抢娃吧。""这回没公安跟着啊,胆子够大的。"

程莉被这阵势吓得脸色惨白,紧紧挽住母亲,尖声对程虹说:"你害死了爸爸还不够,现在又想害死我们吗?"

"你说什么?"四下安静下来,程虹提高声音再问,"你刚才说什么?爸爸怎么了?"

没人回答她,她一把抓住程军,正要再次问他,程军甩开了她的手:"爸爸去世了,就在你走的那天。"

她转向母亲,希望得到一个否定的说法,但刘淑贞形容枯槁的样子已经让她明白,程军和程莉说的都是事实,她一下瘫倒在地上。刘淑贞挣脱大女儿,伸手去拉她:"你爸是心脏病发作,倒在楼道里,走得很快,没受什么罪。"

她的声音哽住,程虹号啕痛哭出来,来看热闹的邻居多少听明白了,面面相觑,也不好意思再鼓噪。王水生和他父亲从地里回来,王水生冷冷地说:"这一次可是她自己回来的,没人拐没人卖,不信让她跟你们说。"

程军满心厌恶,不想理他,将母亲往后拉,交到程莉手里,这才对程虹

第三章

说:"你也不用哭了,爸爸不需要你哭他。现在给我听好:你留个字条就那么一走了之,害爸爸送了性命。如果不是妈妈坚持,甚至要一个人来找你,我和程莉是不会过来的。你当着妈妈的面说明白,是不是决定留下再也不回汉江市了?是的话我们马上带妈妈走,让她老人家死心,从此就当没有你这个女儿,以后永远不必再联系。"

程虹哭得全身抽动,讲不出话来。

王水生的父亲说:"我们也不会做那不通情理的事。她要走要留随她,走了就不要再回来,嘉明是不可能让她带走的。"

所有人都看着程虹,站在屋檐下的英子搂着嘉珞,心跳急剧加快。嘉珞似懂非懂看着,悄声问她:"舅舅在说什么?"

英子紧盯着院中,捏一下妹妹的手,示意她不要作声。

程虹终于抬起头来,哑声说:"妈妈,回去吧,就当我也死了。"

刘淑贞似乎丝毫没有意外,惨淡地看着她:"你放不下你的儿子,就该知道妈妈一样也是放不下你的。"

"我再也回不去了,妈妈。你们走吧。"

程莉说:"妈,她都这么说了,我们走吧。司机也说了,他不能等太久,拖晚了山路危险。"

村民让开一条路,程军和程莉挽着几乎迈不动步子的刘淑贞向外走,小英子突然放开妹妹的手,叫道:"姥姥,带我一起走。"

所有人的目光都一齐看向她,她恍如不觉,谁也不看,直直走过去,拉住刘淑贞的手,再看向程军:"姥姥,舅舅,我想跟你们走。"

院子里一片死寂。只有程虹好像并不吃惊,她说:"我原本就没打算带你回来。"然后看着母亲、哥哥和姐姐,凄然一笑:"这个孩子只好麻烦你们带走了,权当积德收留小猫小狗吧。"

第四章

1

"于是你姥姥他们带你回了汉江？"

程嘉璎点点头。

陆晋想象一下一个不受喜爱的七岁女孩子在那个情境下站出来需要付出的决断和勇气，多少理解了林曦对于程嘉璎的评价。

"嘉珞跑过来拉住我，叫我不要走。我叫她也一起走，回汉江可以继续上幼儿园，继续学跳舞，可她不听，只紧紧抓着我的衣服不放手。最后妈妈叫她松开，她瞪着我，像不认识我一样。我永远记得她那个眼神。"她扭头看向马路上连绵不绝的车流，过了好一会儿才继续说，"就这样，珞珞留下，我走了，去了我妈妈说她再也回不去的这个地方。到家之后，舅舅正式收养了我，给我上了户口，改名叫程嘉璎。"

"后来你妈妈跟你们再没联系？"

"姥姥在我 12 岁那年去世，我从读初中就开始住校，有一个周末回家比较早，听到舅妈在给我姨妈打电话，说：她不是早放话不再认我们了吗？现在又拿我们当银行开口要钱。路是她自己选的，我跟你哥哥讲清楚了，养着嘉璎，一路负担生活费教育费，我们这边该尽的义务都已经尽完，跟你说一声，你看着办吧。后来我悄悄去问舅舅，他告诉我，妈妈写信过来，说弟弟生一场大病送到县城治疗，家中积蓄花光，能卖的东西全卖了，希望舅舅借钱给她，数目还不算小。那个时候，化工厂已经开始严重亏损，很多人下岗，舅舅做技术工

第四章

作,收入很低,舅妈坚决不同意,姨妈也说她不会再管妈妈的事。但舅舅思前想后,放不下来,私下找几个同事借钱,凑一笔汇了过去。他的这点不忍,彻底断送了他的婚姻,舅妈知道后,跟他离婚,带着我表妹程雪菡离开了。所以你看,我妈妈让她的祖母和母亲都郁郁而终,直接害她父亲送了命;我赖着我舅舅,最终让他失去了他的家庭。这样的负罪感,就像一种遗传和原罪,再也不可能摆脱得了。"

"你不应该为这责怪自己。"

"我也很想认定自己无辜,可是,很难。"

她语调平淡,表情空茫,隔了一会儿,她叫住从旁边经过的老板娘:"桂姐,我还想再要一碗藕汤,多点藕少点肉。"

桂姐眉开眼笑:"我就喜欢你这样想吃放开吃的,那些吃不了几口就嚷嚷着要节食的女孩子看得我火大。"

她手脚麻利地再盛一碗送过来,程嘉璎低头小口小口吃着,脸埋在氤氲腾起的热气之中。但陆晋清楚看到,有一滴眼泪顺着她的眼角滑下去,落到了汤里。他扯出纸巾递给她。

"以前知扬逃学,我找到他,总会带他到这里来吃东西。他吃饱喝足之后会说,就算再多烦恼,喝这么一碗汤,又觉得活着毕竟还是好的。"

程嘉璎尽管愁肠百结,嘴角也勉强向上弯了一下:"没错,胃一满足,好像整个人都没那么空落落的。不过他看着无忧无虑的,能有什么了不起的烦恼。"

"他以前贪玩不爱读书,没少挨他爸爸揍,经常要跑我这里来逃难。"

"你们兄弟感情真好。"

陆晋微笑:"其实一开始我根本不理他的,后来他自动搭上来,赶都赶不走,慢慢就习惯有这个爱惹麻烦的弟弟了。"

"多好,可惜嘉珞恨我。"

"就因为你离开了?"

"这还不够?离开我妈妈,我不难过,毕竟她并不喜欢我,听到我要走,她看上去还松了一口气。可嘉珞是唯一一个爱我、依赖我的人,我……丢下她走了。"

陆晋大不以为然:"你想太多了,她当时只四五岁,长大了自然能理解,怎么可能因此就一直恨你。"

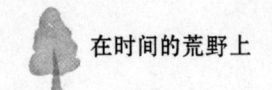

"我已经伤了她的心。"

"那个时候你并没有别的选择。"

"我一直没有给他们写信。后来我读到大学，拿着奖学金，业余时间打工，经济基本独立，算是有选择的能力了，但是……我也没回村子找她们。"她平静地说，"所以，她恨我是有理由的。"

"她因此就去破坏了你的婚姻？"

她迟疑一下，摇摇头："不怪她。在很多事情上，我确实没能对子桓做到坦诚。"

"那么是她去对徐子桓揭穿了你的身世？"

她默认。陆晋皱眉："你说自己父母双亡很不妥当，但也多少情有可原。徐子桓的母亲林曦当年采访过你母亲，你解释清楚，他们应该能谅解。"

"谅解？"她笑得凄凉，"陆警官，有些事情大概能够一笑而过，可有些事情，就是怎么样都绕不过的坎，我都没法谅解自己，更不敢要求别人无条件谅解，所以只能接受现实。"

陆晋看出她神态疲惫："我送你回去，早点休息。回头有什么消息，我们再联络。"

程嘉璎住在公司提供的单身公寓内，决定婚期之后，已经收拾好个人物品，并跟后勤部门打招呼要搬出去，但婚变发生，只得继续住下。公寓位于市区中心，交通便利，设施齐全，十分舒适，好多单身同事都表示住得根本不想成家搬走了。但对于经历一场婚变的程嘉璎来讲，这个安静的高层公寓和站前村那个处于喧闹中的民宅一样，都不过是她失眠的地方罢了。她淋浴之后，擦干身体，机械地抹着身体乳，一抬眼看到置物架上放着一瓶已经用去近三分之一的Chanel coco，这瓶香水原本放在王嘉珞的床头柜上，她安排母亲住下，收拾物品离开时，近乎下意识地拿了过来。

她打开，对着空气按一下喷头，然后闭上眼睛，深深吸气。

在她读大三那年，嘉珞重新出现在她面前时，就带着这个香水的味道。

那是一个残冬傍晚时分，室友进来："程嘉璎，楼下有人找你。"

她正要去食堂，顺口问："谁？"

第四章

"不认识,居然穿着貂,太夸张了。"在大学生的审美观念里,裘皮自然是既不环保又浮夸的服饰,不过室友接着摇一摇头,赞叹道,"可她长得那么美,穿什么都是有道理的。"

程嘉璎出来,只见宿舍前面樱花树下站着一个女孩子,丰盛乌黑的头发绾一个芭蕾演员般的发髻,穿一件短款的紫色裘皮外套,柔软皮毛衬得她面孔雪白,眉目如画,的确好看到近乎不真实的地步,她正一下没一下晃着裹在牛仔裤里的长腿,十足百无聊赖的样子,过往男生则偷偷打量,走过之后仍频频回首。

不知道为什么,程嘉璎一下站定,心跳加快。那女孩子回过头来,漫不经心瞟她一眼。

"樱花什么时候开?"

她口干舌燥,迟疑一下:"还要二十多天吧。"

"哦。"那女孩子仰头看樱花树仍旧光秃秃的树枝,"真有那么好看吗?"

她不知道该说什么。樱花盛开如绯红烟雾笼罩,又脆弱短暂,有梦幻般的美感,向来是这个学校闻名于世的一道景观,但届时会有大批游客涌入赏花,学生通常都不胜其烦。

"不认识我了吧?"

她笑,丹凤眼角向上吊起,既俏皮,又带着几分嘲弄。

"珞珞。"

程嘉璎的声音哽在口腔之中。没错,尽管十四年没见,她在看到她的第一眼,就已经认出了,这是她妹妹嘉珞没错。她们之间一直都有一种内在的联系,就像她知道自己身体里住着那个不被喜爱,畏缩,时刻谨慎,习惯站在角落旁观,必须鼓起勇气努力融入周围环境的小女孩一样,她一眼能够看到面前这个 168 分的挺拔身体里也住着一个她熟悉的孩子:活跃,莽撞,美丽,无畏。

王嘉珞却仿佛昨天才见过她,丝毫没有情绪激动的表现,打了一个哈欠:"难得还记得我叫什么。饿死了,走,吃饭去。"

她下意识带着她往食堂走,问她想吃什么,王嘉珞看看上方餐牌,咧一下嘴:"这么久没见,就请我吃这个?"

她惶然:"那我们出去吃。"

"逗你玩呢,我还没吃过大学食堂,就这里了。"

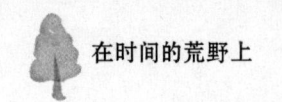

饭菜端来,王嘉珞吃得倒也不挑,程嘉璎却食不知味,终于小心地开口问:"嘉珞,你是怎么找到我的?"

她懒懒地说:"想找总能找到,逃也逃不掉的。"

我没有去找过,我逃了。程嘉璎像被劈面打了一巴掌,长久压在心底的罪恶感在这一刻轰地一下浮上来,清晰、明确,不容她扭头回避。她再也没法问其他问题——妈妈她好吗?弟弟怎么样了?家里其他人?

正心乱如麻之间,王嘉珞扔下筷子,拿纸巾擦嘴:"吃饱了,走吧。"

她似乎完全没有好奇心,并不像其他初来校园的人会问这问那,只信步而行,倒是程嘉璎本能地做着介绍:

"那边是图书馆。"

"这里是自习室,我晚上通常来这里看书。"

"从这条路转上去,有一个亭子,旁边有一棵大银杏树,秋天树叶金黄,很漂亮。"……

她不知道嘉珞有没有在听,但她不敢停下来,似乎一停就必须面对内心的恐惧自责。

终于走到了学校门口,王嘉珞拿出车钥匙,打开停在路边的一辆车,她慌乱地说:"你要走吗?你现在住哪里?我怎么找你?"

王嘉珞还是带点嘲弄地笑,拉开副驾那边的门,另一只手推她一下:"上车,我带你出去逛逛。"

王嘉珞在一个新开不久的高档购物中心停下,程嘉璎还是头一次到这里来。她戴400度近视眼镜,穿的T恤、牛仔裤和球鞋都在平价商店里搞定,身上的颜色一向只有黑白灰蓝,几乎没有任何非必要的开支,从不在商场流连,更不曾想过要来这种金碧辉煌、大牌云集的地方。一方面是经济拮据,另一方面她最大限度保留着童年留下的习惯,对陌生的地方既不向往,也没有好奇。

王嘉珞则显得熟门熟路,甚至她脸上那个对一切都提不起精神正眼打量的神态都与环境无比贴合。跟在学校一样,她看起来还是漫无目的,在 Chanel 专柜前驻足,专柜小姐马上开始殷勤介绍,她却转头问程嘉璎:"你喜欢哪种香水味道?"

她窘迫地回答:"我没用过香水。"

第四章

专柜小姐摆出善解人意的表情:"入门的话,可以先试试这种……"

王嘉珞打断专柜小姐,示意她拿起另外一只,涂一点到程嘉璎手腕上。

"这是 Chanel 的 coco 小姐。我很喜欢这种味道,闻起来有一点微苦,又有一点温暖明亮的感觉。"

专柜小姐笑道:"的确跟你很适合啊。不过你也可以试试新出的这款……"

那些滔滔不绝的前调柑橘中调玫瑰、铃兰之类复杂程式让程嘉璎听得茫然,她悄悄看价格,顿时心惊肉跳。但王嘉珞摇摇头,还是让专柜小姐帮她包起了一瓶 Chanel 的 coco,再去 Dolce&Gabbana 拿了一瓶香水,付钱之后,随手递给程嘉璎。

"这种 Light Blue 气味比较清淡,应该适合你。"

她继续逛着,碰到合意的马上买下,一会儿工夫手里已经添了好几个提袋,那个刷卡眼都不眨的架势让程嘉璎惊呆了,见她还要去下一个专柜,连忙拉住:"珞珞,我带你去见舅舅吧,他正好在家,看到你一定很高兴。"

她冷笑:"我为什么要见他?"

她呆住,嗫嚅说:"舅舅对我很好,他也是惦记你……还有妈妈的。"

"我不会去见他们的。你也不许告诉他们任何一个人我来这里了。"王嘉珞脸上表情狠戾而陌生,见程嘉璎一脸迟疑,她哼了一声,转身就走,"不要说他们,连你我都不想再见到了。"

她一阵风般往外走,不理会程嘉璎的呼唤,直奔停车场,开车扬长而去。

程嘉璎呆呆站在购物中心外面,如果不是手里仍拿着那瓶香水,她几乎会怀疑刚才发生的事只是一个幻觉而已。

回到学校之后,她将人生头一次拥有的香水放在枕边,失眠的那些夜晚,她会躲在被子里,摩挲着瓶子。偶尔,她会打开喷出一点,深深吸气,让 Light Blue 带着柠檬与海洋的气息充斥体内,再迅速拧上盖子。

她并不确定王嘉珞临走说的那句话是否当真。尽管她一眼认出了她,但妹妹已经彻底长成一个陌生人。

她既不敢细想王嘉珞是在什么时候用什么方法从那个偏远的山村走出来的,也不敢向舅舅和姨父提起这件事,倒不完全是被王嘉珞那个恶狠狠的警告吓到。程军现在是一个提前苍老的中年人,前妻改嫁,钟爱的女儿也与他疏

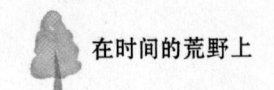

远,只偶有联系。化工厂不景气,他下岗之后辗转几家私营企业打工,收入微薄,拒绝别人给他介绍再婚对象,生活孤单潦草,脸上有一种深刻而挥之不去的忧心忡忡,仿佛总在等待一个坏消息的降临。程嘉璎不忍再给他增加任何负担。姨父刘亚威待她非常亲切,从她返回汉江市起,隔一段时间会过来看望她,给她零用钱,但冷漠的姨妈足以让她明白,保持距离才是明智的。她只能将这次重逢埋在心底,像其他所有她无法忘却的事情一样。

童年时枕在肩上那颗毛茸茸小脑袋散发的汗味与奶香,成年后coco香水的橙花、玫瑰、茉莉……混合而成的气息,通通都是那么单薄缥缈,不易捕捉,可是居然也能支撑起一份长久的记忆。

公寓门突然被重重敲响,程嘉璎看看时间,已经将近十一点钟,不免诧异,匆匆套上浴袍从浴室出来,从猫眼看出去,徐子桓站在外面,她打开了门。

"这么晚了,有什么事吗?"

他瞪着她,恶狠狠地说:"程嘉璎,你到底想干什么?"

这几层楼住的全是她公司同事,正在闹离婚的丈夫这个时间过来,如此语气不善地质问,无疑又给他们添了谈资,她也无法可想,只能说:"有什么话进来说吧。"

他进来,她关上门,回过头来才发现,他看上去与平时整洁冷静的样子不同,头发有些凌乱,衬衫领子松开,袖子挽起,看着她的眼神十分阴沉。

"子桓,我已经回复了刘律师,认可他提出的协议条件,只是最近比较忙,要另外约时间去……"

"够了。"他粗暴地打断她,"我已经明确跟你说了,我和你妹妹的失踪没有关系。你怎么敢让警察来盘问我和我母亲,还对我母亲暗示我有嫌疑。"

她怔了一下:"警察会调查每一个相关线索,我很抱歉给阿姨添了麻烦。"

"麻烦?我把你带回家,正式介绍给父母,希望你成为我家一员。现在你轻巧一句麻烦就撇清关系,你到底是什么样的女人?"

"我也不知道。"

这个苦涩的回答完全出乎徐子桓的意料,他呆了一下,笑了:"又来了,你这个扮无辜的表情。"他突然抬手朝她脸上胡乱抹去,她后退,同时试图推开他,可是他抓住她的手,牢牢钳住她,将她拖近自己,她可以闻到他呼吸里带着酒精的味道。

"你喝酒了吧，不要这样。"

他却耸耸鼻子："这不是你平常用的香水。"

她一直用王嘉珞最初给她选定的 Light Blue，从来没喷过其他香水，而他早已熟悉那个味道，热恋时曾说："闻到这个香味，不必回头，也知道是你来了。"想到这里，她不禁黯然。

他却呵呵笑了："离婚对你来讲，是不是和换一种香水一样容易？"

"不是你想的这样，我并不自认无辜。可是……"

她停住，想，她又能说出一个什么转折来。果然他笑得更讽刺了。

"可是什么？继续啊。"

她苦笑："不早了，我去给你叫车，你早点回去休息。有什么事我们改天再说。"

"我们还有什么可说呢？我倒是有成百上千个问题想问你，比如，我是你特定的目标，还是随机的一个选择？"她一下呆住，只听他继续说，"我妈妈居然认识你妈妈，让我不能不怀疑我们的相遇并不像我以为的那样，是一个单纯的偶然。"

她刚张嘴，他却拿手指狠狠按住了她的嘴唇："不用说了。我知道，你总有一个现成流利的答案等着我。说谎成性的人，一定对什么都有准备吧。"

她仰头避开他的手指："好吧，那就什么也不必说了。你会忘记我的，好也罢，伤害也罢。总有一天，我对你来说会是一个不相干的人，无论我是什么样的人，做过什么样的事，都不再重要，你会有你完整的生活。"

"这是忠告，还是祝福？"

"只是一句实话。"

"没错，这就是你，程嘉璎，够狠，够果断，什么都可以放下，一切都能随心所欲改写，没人能伤害到你，你对给予别人的伤害，根本不会放在心上。"

"不是你想的这样，但是……也不重要了。你喝多了，请放手。"

"我确实是喝了一点酒，可笑的是，酒这个东西根本不能消愁，倒会让人想得更多。真希望从来没有在慕尼黑遇到你。"

她努力想挣开他的手，然而他抓得更牢，另一只手抱住了她。他们曾无数次相拥，熟悉彼此的怀抱，但这一次，他箍紧双臂，她几乎马上感觉到肺里空

在时间的荒野上

气被挤压出来,肋骨一阵剧痛,这种拥抱没有丝毫亲密可言,反而像一种暴怒的惩罚。她痛得叫了出来,被推得身不由己踉跄后退,小小公寓的客厅并没多少空间,她的腿先是磕到玻璃茶几边缘,再带倒了一把椅子,随后背部重重抵到墙壁上,后脑被撞得发出"咚"的一声闷响,眼前顿时一黑。她猛地摆脱他压过来的嘴唇,拿头撞向他的下巴,他吃痛松开了她,她立刻奔到门边拉开门冲了出去,迎面撞到才从电梯出来的女同事小薛身上。此时她光着脚,头发凌乱,浴袍带子散开,面无人色,大口喘息,样子狼狈得一望可知,小薛吓得连忙大叫:"快来人,快报警,抢劫,抢劫……"

这一层楼住的都是她的同事,一扇扇门先后打开,已经有人拿出手机拨打电话,她拼尽全力提高声音说:"没事,没事,不用报警。"

众人疑惑地看着她,纷纷发问:"你怎么了?""屋里是谁?""真的有人打劫吗?"

她掩好浴袍,紧紧系上衣带,对着公寓里说:"你出来吧。"

隔了一会儿,徐子桓走了出来,衣衫不整,样子有些恍惚,骤然看到门外聚集的人群,似乎吃了一惊,而她的同事中也有人见过他,马上交头接耳相互告知。

程嘉璎伸手按了电梯:"走吧,以后不要过来了。"

四下里出现一片尴尬而令人不安的寂静,所有人都怔怔看着这个不寻常的场面,直到徐子桓走进电梯,小薛冷冷开了口:"他明明对你使用了暴力,你为什么拦着不让我们报警?"

她无力地说:"他只是有点喝多了。"

小薛与她同一部门,精明能干,性情十分直率,并不肯罢休:"那也不是打女人的借口。你如果是想靠姑息他保住婚姻,以后肯定会受更大伤害。"

她摇摇头:"不好意思,打扰大家了,谢谢各位。回去休息吧。"

众人默然,她谁也不看,径直走进自己的公寓。

2

程嘉璎的气力只够支撑着她关上门,然后滑坐到了地上。她清楚知道门外

第四章

同事会怎样议论这件事，但她已经完全不在意了。

这样粗暴的徐子桓对她来讲是全然陌生的，而她不愿意回首的一些记忆却狠狠翻腾到了脑中。

当年王嘉珞突然出现又突然走掉，她再次现身是差不多四个多月之后。

她将电话打到了程嘉璎宿舍，若无其事地说："你来一下，帮我买点东西带过来。"接着报出一个地址，再列了几样生活用品：卫生巾、洗发水、泡面、饼干……全都指定了品牌。

程嘉璎马上答应下来，但去了学校旁边的便利超市后发现，根本找不到她说的那些牌子，不得已向店员请教，才知道必须去有进口商品的大超市才能买到。等她买齐再转公汽到王嘉珞住的地方时，天色已黑。

那是几栋豪华高层公寓组成的一个小区，门禁森严，她好不容易才进去坐电梯上到王嘉珞住的19楼，按门铃之后好久，她才来给程嘉璎开门，程嘉璎顿时惊呆。她眼圈瘀血，脸上一大片青紫，头发蓬乱，右手臂上还缠着夹板，用绷带固定吊着，完全不是几个月前那个健康而活力充沛的样子。

"你怎么啦？"

王嘉珞横她一眼，并不回答，伸左手拿过她拎的购物袋，拣出一袋饼干，但单手使不上力，扯了几下没扯开，一怒就要扔掉，程嘉璎接过来，撕开外包装，拿出来送到她嘴边，她顺口咬住，吃了几块之后才说："帮我烧水泡碗面。"

程嘉璎依言去厨房做好泡面端出来，她用左手拿筷子吃着，往前倾身的动作似乎都有点艰难。

"你怎么受伤的？"

"摔的。"她头也不抬地说。

"还伤到哪里了？"

"没了。"

程嘉璎没问下去，动手收拾屋子。这是一套豪华公寓，客厅面积颇大，装修华丽，但零乱不堪，衣服鞋子丢得到处都是，她先拿垃圾袋将四散的食品包装盒、空饮料瓶装起来，再把衣服归置到一起，干净的叠起来，脏的放进洗衣篮。茶几上放着一本摊开的病历，她刚拿起来，一瞥之间，"右上臂骨折""左侧第三前肋骨骨折"等字眼撞入眼帘，正待细看，王嘉珞已经站起来怒

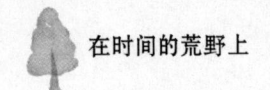

叫:"放下,不许看。"

程嘉璎放下病历,平静地说:"我是你姐姐,你怕我看到什么?"

一半是被她出乎意料的强硬震住,一半是因为疼痛,王嘉珞蹙眉坐下。

"你不要想多了,钟点工刚好辞职,我又不想点外卖被人看到大惊小怪,不然不会找你的。"

"我只是关心你。"

"关心吗?不必。医生说我死不了,"王嘉珞讥诮地笑,顺手拿过钱包,扯出几张百元钞票拍到餐桌上,"拿上钱走吧。"

程嘉璎被这个举动刺痛,但保持着平静:"你把面吃完,我给你洗个头再走。你头发已经脏得打结了,自己没办法洗的。你不想我知道的事,我不会再问。"

王嘉珞的肋骨骨折,不要说弯腰洗头,大声讲话、略一活动都有剧烈的牵痛感,当然明白她说得没错,只得不再吭声。

等王嘉珞吃完,程嘉璎将一把椅子拉到卫生间,让她背靠浴缸坐下,拿浴巾将肩膀裹住,头向后仰,取下淋浴喷头开始给她冲水。她有一头浓密而微带卷曲的头发,发质偏粗硬,程嘉璎小时候就时常帮她洗头,早已熟知这种触感,手指穿过发丝,那些遥远的记忆碎片似乎重新回来。她正将洗发液泡沫揉开,王嘉珞的面孔突然扭曲一下,她拨开头发一看,那一处有老大一块血肿,渗出的血迹已经将周围头发凝结在一起。她不由得惊叫,王嘉珞睁开眼睛警告地看着她,她只得闭上嘴,找来棉签碘酒做消毒处理,小心地避开伤处,继续洗头。

洗完之后,她拿吹风替她吹干,这才说:"你休息吧,明天我再过来。"

"等一下。"

她站住,王嘉珞在镜子里看着她:"这些年你过得开心吗?"

对程嘉璎来讲,重返汉江市的这些年里,她所做的就是专心读书,保持好的成绩,考上第一志愿的大学,努力争取奖学金,同时成为同学中不起眼不会引人注意的一员。过得是否开心?这是她从来没想过的问题。

"我并没有不开心。"良久之后,她这样回答,"珞珞你呢?"

王嘉珞耸耸肩,没有回答:"走吧,记得把钱拿上。"

程嘉璎并没有拿钱。下楼之后,她向公汽车站走去,心情异样沉重。她的

第四章

生活范围除了学校就是化工厂那套老宿舍，过着非常简单的生活，但她并不缺乏常识。

王嘉珞还不到二十岁，正常女孩子在这个年龄应该在读大学，或者工作，但她显然没有。她出手阔绰，开着打眼的车子，住的是市区高档住宅区的豪华公寓，屋子里散放的华贵衣物中混杂有男人的西装、衬衫。最重要的是，简单一个摔倒不可能造成那样从上到下的严重伤势。

可是妹妹毫无跟她倾诉的意思，她又哪有立场一直追问下去：你到底过的什么样的生活，是谁打伤了你？

好在学期将近结束，她有足够空余时间，唯一能做的是第二天继续过来。接连数日，每天中午，她买了米、鸡肉和青菜，煮了粥给王嘉珞吃，然后开始做清洁，但王嘉珞并不领情，也不让她进卧室，她只得将客厅整理好就收手。

王嘉珞脸上的青紫慢慢消退，心情却似乎一直不见好，这天程嘉璎过来，在厨房忙完出来，听到王嘉珞的声音从卧室里传出来："我他妈的现在鼻青脸肿没个人样你又不是不知道，我能去哪里？"她站定，停一会儿，只听王嘉珞提高嗓子："不然怎么样？你干脆回来连我也杀了吧。"她吓了一跳，连忙跑进去，发现王嘉珞只是靠在窗前接听电话，见她进来，放下手机，转头看窗外。

"你在跟谁吵？"

"不用你管。"

她无奈，只得说："把窗子打开换换空气吧，气味太难闻了。"

王嘉珞不作声，她便权当这是一个默认，拉开窗帘，开了窗子，回身定睛一看，着实吓了一跳。

外面的客厅布置豪华，但是中规中矩，并无特别之处。而这间卧室，大得异乎寻常，造型复杂的水晶枝形吊灯，带紫色帷幔的大床，酒红色丝绒沙发，最奇怪的是天花板全镶着镜子，盛夏阳光透过窗子照射进来，毫无居家气氛，却带着说不出来的诡异。

"你看什么？"王嘉珞冷冷地说，"是不是觉得很好奇？"

她摇摇头，开始收拾满地乱扔的衣物。

王嘉珞不理会她，一直在房间里走来走去，看上去心神不宁，胡乱翻着东西又丢下，时不时到窗边远眺。这个安静不下来的姿态让她有些好笑，又有点心酸。她忍不住说："小时候我们住化工厂宿舍的时候，你也是这样，姥姥说

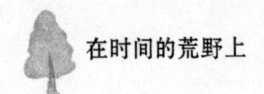

你像只被关起来的麻雀。"

"不要跟我提起他们。"

"为什么？姥姥、舅舅他们并没做错什么。"

她回过头来："那谁是有错的人呢？你吗？"

程嘉璎哑口无言。她在内心审判过自己无数次，可是她清楚知道，如果有重来一次的机会，她仍旧会做同样选择，既然如此，她又怎么可能在妹妹面前忏悔乞求一个谅解了事。王嘉珞目光炯炯看着她，仿佛在等她的回答，她只能垂下目光改变话题："我把床单换了吧。"

雪白的枕头和床单上都沾着大块干结的暗红色血迹，格外触目，显然从王嘉珞受伤那天起就没有更换，她简直不明白王嘉珞怎么能若无其事继续睡在上面。

"我睡过更脏更恶心的地方。"

她不明白这句话的意思。以前王家洼村的老家，穷归穷，但祖母生性极爱干净，除了干农活之外，成天打扫清洗缝缀，保持得十分整洁。然而面前的王嘉珞目光凛然，话里隐藏的东西让程嘉璎心底发凉。她深知，妹妹有很长一部分生活不为她这个姐姐所知，也根本不容她触及。她只能默默动手将床单撤下，正要铺上干净床单，一转头，看到床边梳妆柜上放着一个硕大的首饰架，上面挂满各种闪闪发光的项链、手链和她说不出名目的饰品，然而吸引她目光的是首饰架下放着一个木制盒子，她一下呆住。

她当然认得，这是姥姥交到妈妈手里的那个老旧首饰盒。

"妈妈给我的，我一直随身带着。不过里面什么也没有，空的。"王嘉珞的声音从她背后传来，"那几样首饰银元早就都卖掉了。"

程嘉璎记得读初中时舅舅收到的那封来自母亲的求助信，她艰难地开口："嘉明后来好了吗？"

"这么说你也是知道他大病过一场的。放心，他好得很，比你我都更快乐。"

然而她的语调里有一种说不出来的恶狠狠意味，程嘉璎再度被负罪感压得喘不过气来，好一会儿才挣扎着说："那就好。"

王嘉珞闻言仰头大笑起来，牵动肋骨伤处，止住笑，痛得皱紧了眉，深吸了一口气，说："明天你不要再来了，以后永远都别来了。"

"但是你的伤还没好，我明天还是这个时间过来。"

第四章

这一次王嘉珞居然没有不耐烦地甩一句"不用你管",只定定看着她,眼神冷得像冰一样,看得她全身发冷,不知所措。

"怎么了?"

她耸耸肩,一字一顿地说:"没什么,随便你。"就再没说话。

第二天下午,程嘉璎再度来到王嘉珞的住处,房门没锁虚掩着,她推门进去,迎面只见一个穿黑色T恤戴金链的大块头中年男人正坐在沙发上抽烟。

"你是谁?"

"珞珞呢?"

他们几乎同时发问,停了一会儿,那男人往沙发上一靠:"你是她什么人?"

"我是珞珞的姐姐。"

"姐姐?没听她说起过。你是学生?"

她反问:"珞珞在里面吗?"

"她跑了。"

她大惊,没法理解这个消息,直愣愣看着他。

"你来得正好,你妹妹都跟你说过些什么?"

她不明白这话的意思,忽然记起昨天王嘉珞接的那个电话:"昨天是不是你打电话威胁她?你把她怎么样了?"

"暂时我还没把她怎么样。不过你可以告诉她,最好老老实实回来向我认错,不然就不是揍一顿那么简单了。"

她的手不自觉紧紧握拳,指甲掐进掌心:"我要报警,你要是敢再伤害她,警察会来抓你的。"

他带着点诧异与不耐烦,冷冷看着她:"麻烦你用脑子想想,她干吗不找警察。"

她被问住。

"别说废话了,她到底会去哪里?"

"我不知道,就算知道也不会告诉你,她离开你这种人就对了。"

他哈哈大笑出来:"那她为什么会把你送到我这种人面前?"

她已经准备转身逃走,却身不由己定住:"什么?"

"昨天在电话里,我说过我今天下飞机就过来。她跑了,可没交代你今天

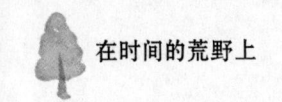

不要过来替她挡枪吧？"

　　昨天王嘉珞最后说的那个"随便你"像被一个看不见的扩音器重放一样在她耳边鸣响，她全身的血呼啸着都冲向头顶，再想不到其他，冲进卧室，只见里面跟她昨天走时一样，床铺得整整齐齐，没一丝褶皱，显然昨晚王嘉珞根本没睡在上面。她环顾四周，那个样式夸张的首饰架在原处，上面仍旧挂着各种闪闪发光的首饰，她再猛地拉开梳妆柜抽屉，里面放着各式化妆品，但没有那个她要找的东西。

　　"看来你真是她姐姐。不用找，我已经看过了，那个破木头盒子被她带走了。"那男人站在卧室门口，"当初我从那个三流夜总会把她捡回来的时候，她就随身带着那个玩意儿，当宝贝一样，去哪里都不会丢下，谁都不能碰一下。"

　　她呆呆站着，来不及消化他说的话。他走过来，突然抬手摘掉她的眼镜，她大骇："你干什么？"

　　他冷冷端详她，像打量一件物品："她既然留下你抵债，我当然要好好看看能抵得过多少。她到底去了哪里？"

　　"我不知道，还给我。"

　　他脸上是一个恶狠狠的笑："不给她一点教训，她还真以为我拿她没办法了。"

　　她听不懂他说什么，只想夺回眼镜赶快跑掉，但他随手抛开，另一只手将她推倒在床上，随即压了上来。他身躯庞大沉重，她顿时连呼吸都困难了。接下来她的大脑几乎处于空白的状态，只是完全凭本能拼命抗拒挣扎，直到外面突然门铃声大作，他停止动作，只听一个年轻男子在外面扬声说："王小姐，你点的外卖送过来了，请签收。"

　　她拼尽最后一点力气，声嘶力竭连声大叫"救命，救命……"，一个穿送外卖制服的男孩子跑了进来，一怔之下，马上丢下手里提的外卖，冲上来推开那男人。她翻滚下床，爬起来跌跌撞撞冲出去，不停按电梯下行键，近乎绝望地看着电梯停靠不同楼层，听到身后有声音，几乎又要大叫出来。只听那男孩子说："别怕，是我，送外卖的。里面那个人没出来。"

　　她回头看，那男孩子右眼下方颧骨已经青肿，显然也挨了打，一样惊魂未定。

第四章

电梯终于到了,他们进去,他按了一楼,同时不安地问她:"要不要报警?王小姐去哪里了?"

她努力集中一下心神:"你认识我妹妹?"

"王小姐是你妹妹吗?平时她点餐,都是我给她送。她有快十天没点餐了,今天早上打电话来点了外卖,还指定要我这个时间来送,怎么会不在家呢?"

她的心直直地沉了下去,没有作答。

"你要不要紧?我送你去医院吧。"

她摇摇头:"谢谢,不用。"

跑出了大厦,那男孩子还是拦住她,从电动车后备箱里拿出一件外套递给她,她没有眼镜,看什么都是模糊的,但知道自己那件T恤已经被扯得领口变形,而且头上身上到处火辣辣作痛,可以想象到样子一定狼狈不堪,马上接过外套穿上,将拉链一直拉到颈下。

"上车吧,我送你回去。"他补充道,"这是我的员工证,喏,还有我的学生证,我在理工大学念书。而且你是王小姐的姐姐,我不会……欺负你的。"

她全身发软,手和腿都不停颤抖,几乎无法支撑站立,权衡一下,确实没办法依靠自己的力气回去,点了点头,将学校的名字告诉了他。他扶她坐上电动车后座,一直将她送到了宿舍楼下。

她回到宿舍,室友惊呼问她:"你怎么了?"

她有一个现成的答案:"摔的。"

室友面面相觑,当然不信,可她艰难地爬上自己的床,直直看着天花板,再没气力去做一个稍微合理的解释。

3

暑假正式开始,同学都陆续离校回家,宿舍只剩程嘉璎一人,她身上的伤渐渐平复,但失眠之余,她平生头一次被一种深切的厌倦感笼罩住,什么也不愿意去想,什么也不想做,处于一种奇怪的麻木状态,大半时间都躺着,只维持最低标准的活动和进食。

这天傍晚,她努力振作,下楼准备去吃点东西。刚出来就听到有人叫:

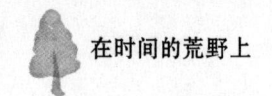

"哎，你好。"

她回头，不远处是个陌生的瘦高男孩子，有点局促地笑："不记得我了吧。"

她记起了他的声音："你好，你的外套我已经洗好晾干了，正不知道怎么还给你。等一下。"

她反身去拿来外套递给他，他接过："其实我也不是专门来问你讨外套的。我是想知道你妹妹王小姐去哪里了。"

她不知如何作答，而那男孩子急忙解释："别误会，这些天我每天都去她住的地方看看，一直都锁着门没有人，我是担心她，没有别的意思。"

"我也不知道她现在在哪里。"

男孩子"哦"了一声，满脸都是失望。她当然能看出，他对王嘉珞的关心远远超出了外卖服务一手取餐一手交钱建立的那点交情，可是她无心安慰他："谢谢你那天送我回来，我先去吃饭了。"转身向食堂走去，他却跟在她身后。

"这几天我看报纸看得格外仔细，生怕看到什么不好的消息。"

"什么？"

"那个男的……就是那天对你动粗的那个人。我以前遇到了几次，一次是电梯里，一次是在停车场里，满身狠气，前呼后拥的，旁边的人叫他龙哥，一看就不是善类，搞不明白王小姐怎么会和他在一起。我怕她有危险。"

那个公寓和那个男人都成了她持续的噩梦，她知道自己说什么也不会再过去，而眼前这个男孩子，明知那人的危险竟然还是鼓起勇气去查看。她内心自责与自我辩解一时激战，让她讲不出话来。

"你怎么了？对了，你伤好了没有，是不是不舒服？"

她摇摇头，勉力说："她应该不会回那里去了。没有消息就是好消息。"

"你说得没错，可是她会去哪里呢？"他一脸怅然。

她无法回答。

那个暑假风平浪静过去了，王嘉珞毫无消息。

程嘉璎倒是与那个送外卖的男生熟识了起来。他叫吴家明，刚从理工大学毕业，已经获得保研，业余一直在兼职送外卖。他时不时骑车来找程嘉璎，有时会带来店里多的餐点，两人坐在外面一起吃。开学之后，他会带着书包过来，和程嘉璎一起去图书馆自习看书。

第四章

程嘉璎向来小心翼翼地与人保持着距离，却没有回绝吴家明这种多少有些奇怪的来访。听一个陌生人讲起她已经完全不了解的妹妹生活的点滴，对她而言有一种近乎受虐而又不肯摆脱的感觉。

其实，吴家明能讲的内容十分有限。

"第一次给她送餐，还是在去年秋天的时候，她看看我挂的员工证，说：真巧，我弟弟叫王嘉明，你和他的名字发音相同。"

"她从来不做饭，在家吃就是点外卖。"

"她好像很喜欢熬夜，白天点餐比较少。"

"她喜欢跳舞，有几次送餐，都看她一个人在家，穿着练功服，说是跟着录像在练舞，可惜我没机会看她跳过。"

"她最喜欢点的外卖是店里的三号套餐，说爱喝里面的冬瓜排骨汤。"

"有一次送餐，看到她重感冒了，不肯去看医生，说最讨厌医院。第二天我买了药拿去给她，她非要给钱，我就跑掉了。"

很快他就把他所了解的关于王嘉珞的一点一滴全都告诉了程嘉璎，她却没有告诉他什么，只是说："我们已经很久没在一起生活，彼此说不上了解。"

同样，她绝口不提那天发生在公寓的事情。他并不追问，也不在意她这种奇怪的态度。

从某种意义上讲，他与程嘉璎有着相似之处：从小到大都是好学生，性格谨慎，不轻易流露情感。但另一方面，他贫寒的家庭对他期望很高，他一向对未来有着雄心勃勃的计划，大学当了四年学生会干部、获得一连串的奖学金和荣誉称号、顺利保研，都是他为未来一步步打下的基础。他从未想过会对一个生活复杂的陌生女孩子一见钟情。

那天他提着外卖饭盒按门铃，她为他开门的一刹那，他那颗自律甚严、一直有规律跳动的心就被击中了。

他拒绝承认自己只是因为后青春期躁动不安的荷尔蒙作怪，简单臣服于她耀目的美貌之下，陷入一种盲目的倾慕。他能用客观的眼光看出，她对什么都满不在乎，没有和同龄人一样上学，看上去也没有一份正式工作，穿华服锦衣居住在豪华公寓里，作息毫无规律，与她同居的那个男人被称为龙哥，前呼后拥，一望而知不是安善良民……放在正常情况下，不管哪一点，都足以让他暗暗皱眉退避。

可是，除了相貌美丽之外，她身上始终有着一种近乎透明般的无辜少女感，能令她哪怕穿着豹纹皮草涂鲜红指甲油都不显俗丽，也让附着于她身上的那些混乱黑暗的背景通通转化成一种神秘气息，击溃他引以为豪的理性，使得他放弃了给导师打工的机会，留在餐馆里，留意不错过她打来的每一个点餐电话，路过时仰头看向她住的19楼。

他当然知道，王嘉珞看上去对一切都满不在乎，对他并没有任何额外的在意之处。甚至他冒着大雨给她送药，她也只是淡淡说声谢谢，仿佛早就习惯了男人可能为她做出任何举动。如果不是因为他叫家明引发的那点亲切感，她大概连话也不会跟他多说，他只是不折不扣陷入了一场单恋。

他甚至没法说服自己相信这份单恋是合理的。

然而让他惊讶的是，程嘉璎根本不需要他做任何解释，她似乎从一开始就完全理解他对她妹妹的这种根本不抱任何指望，并不希冀任何可能性的单方面爱恋。

他们都默契地不再提起那天在公寓发生的事情，慢慢也很少谈论到王嘉珞这个名字，但彼此都清楚，她维系着他们之间这种平淡如水的关系。

程嘉璎的同学们都认为她有了一个追求者，长相斯文干净，有着让人很容易生好感的书生气质。而程嘉璎平时虽然并没有与任何人结成闺密关系，可她文静友善，既不孤高，也不带任何锋芒，人缘甚佳。她们一致同意，两人看上去颇为登对。

程嘉璎辩解说他们只是普通朋友，并非她们想象的那样，她们却都认为她未免太害羞保守，一起鼓励她不要太过矜持，必要时也给对方一点回应，以免大学感情生活留白。

她也明白，这只是一种礼貌性质的关注，毕竟读到大四，有人在找有分量的实习单位，有人开始收集各类招聘会信息，有人则和她一样准备考研，大家各自操心前程，没人真正在意别人的事情，她索性不再多说什么。

时间一天天过去，气温骤降，汉江市进入比往年更加湿冷的冬天。这天程嘉璎和吴家明从图书馆出来，谈起快要到来的考试，她忐忑不安，吴家明给她打气："我的同学都很少像你这么用功准备，你要对自己有信心……"

他突然打住，并站定了脚步，她顺他视线看去，一个女孩子站在台阶下仰

第四章

头看着他们,虽然灯光昏暗,她也马上认出,那是王嘉珞。这次她穿着件白色羽绒服,头发扎成马尾,装束与周围学生没什么两样,可她两手插在口袋里随随便便站着,依然十分夺目。

她笑盈盈看着他们,等他们走近,夸张地"哇喔"一声:"刚去宿舍找来,看来你同学说得没错,你有男朋友了。"

吴家明连忙说:"不是,不是。我是跟你弟弟名字差不多,给你送外卖的那个人。"

她笑出了声:"我记得你,你是吴家明。"

程嘉璎能清楚看到吴家明脸一下涨红了,眼睛却放着光,带着不自禁的喜悦。

王嘉珞的目光在他们之间打个转,漫不经心地说:"我有事要跟我姐姐说。"

他当然马上告辞。

同学渐渐散尽,图书馆台阶下只剩程嘉璎和王嘉珞两人,偌大一个校园异样安静,寒风呼啸着从她们中间穿过,好像直接穿透了她们的身体。

"太冷了,你回去吧。"

"不想理我啊,真小气。你不是什么事也没有吗?"

公寓里那可怕一幕再度浮上眼前,程嘉璎用力闭一下眼睛才能镇定下来:"是的,我侥幸逃掉了,所以能算没事。"

"侥幸?"王嘉珞冷笑一声,"别天真了,如果我没提前弄坏门锁,再让吴家明在那个时候送餐,哪有什么侥幸给你。"

"那你有没有想过,如果他没去送餐,或者再晚一点去,我会怎么样?"

"我叫他,他一分钟也不会迟到。"

"如果有不可抗拒的原因,他就是没到呢?"

"那也无非就是让你经历一下我经历过的事情。"

王嘉珞的语调平静,却带着森然寒意,程嘉璎一下呆住。她挑起眉毛:"怎么,你就不想问问我到底经历过什么吗?"

程嘉璎有着强烈的想逃开的冲动,然而,在王嘉珞的目光下,她如同掉进冰湖一样,被牢牢冻结在原地。

"是的,我被强暴过,不止一次。不过不是你见过的那个人,而是我十五岁时待的那个歌舞团的老板。完事之后，我还必须继续上台表演。对了，你没听说过那种大篷车歌舞团吧，两辆中巴加上一辆货车组成一个车队，一年四季走村过县，从来不会进到大一点的城市。每到一个人口稠密的地方，要么找当地的小剧院，要么干脆就在一块开阔地搭起台子，后面堆满各种假名牌商品，哪怕是像这样的大冬天，也要穿比基尼上去暖场，当然接得最多的活还是在办丧事的人家跳艳舞。嗯，你这么纯洁的大学生肯定不知道那种舞是什么样子的，没关系，上网搜搜，保证你会大开眼界。"

程嘉璎艰难地开口："妈妈为什么允许你十五岁出来干这个？"

"问得真好。我来告诉你吧，当你有一对年老体衰疾病缠身的祖父母，弟弟得了怪病久治不愈，父亲因为小儿麻痹后遗症肌肉日渐萎缩慢慢失去劳动能力，母亲更是没有在农村生存的能力，家里除了亲戚一点点施舍之外再没有其他经济来源，你觉得我能够像你一样一直读到大学吗？姑妈倒是好心介绍了一门婚事，只要我答应嫁给一个快30岁的男人，就能换回一笔彩礼养家。我那时才14岁，这和卖掉我有什么区别？一样是卖，我当然不如出来闯闯，换个大点的价钱。啊我忘了，你叫程嘉璎，是一个无父无母，无弟无妹，没有任何拖累的人，有舅舅和姨妈照顾你，凭自己的努力考进了一流大学，当然没法理解这种事情。"

程嘉璎再度说不出话来，王嘉珞却放声笑了，满是讥诮之意。

"吓到了吧，姐姐？放心，你从小就聪明，不光会读书，还懂得抓住机会头也不回走掉，不会受到拖累的。"

"我这里有一点钱……"

"哈哈哈，你要拿钱来买个心安吗？可惜，你不可能有多少钱，而钱又刚好是我现在最不缺的东西。"

"那你想要我怎么样？"

王嘉珞竟然像被问住了。

"珞珞，信不信由你，我……"

"我断然离开你们，跟随外婆舅舅他们回到汉江，从此成了一个事实上的孤儿。舅舅对我再好，也抵不过舅妈的冷眼与寄人篱下的感觉。我始终小心翼翼将存在感放到最小，可还是觉得自己如同一粒沙子，跑进别人的鞋子里，使劲往角落缩着，弄不清什么时候就会被抖出去……"心里是这么想。然而，对

第四章

着王嘉珞,她只能轻声说:"我丢下你逃走了。不要因此恨我,我从来没有心安理得过。"

"那么,如果重新回到那一年,你会怎么做?"

程嘉璎也曾无数次问过自己这个问题,她当然知道答案,一时哑口无言,风声呼啸里,只有法国梧桐上残存的树叶窸窣作响。

王嘉珞斜睨着她,又笑了:"重来一次,你还是会选择走掉。"

一点凉凉的东西落在程嘉璎的脸上,她本能抬头,被城市灯光映照成暗红色的天空飘洒着细细碎碎的雪粒。

迟来的初雪无声无息地下了。

那年冬天的寒意后来仿佛一直残留在程嘉璎的身体里。

4

周知扬打来的电话让陆晋略为吃惊。

"……他看着斯斯文文挺有教养的,居然做出打老婆这种事来。程嘉璎还坚决不让同事报警,你说她是不是知道了什么事在包庇他?"

"她受伤了吗?"

"莎莎说她的同事都看到程嘉璎披头散发衣衫不整从房间里跑出来,腿上胳膊上都是青紫的,嘴唇也肿着,样子很狼狈。"

"他们没送她去医院?"

"她不仅不让他们报警,还马上回了房间。更绝的是,她今天若无其事上班了,化了妆,穿着长袖衬衫和长裤,把自己遮得严严实实,谁也不好意思当面问她什么。我就搞不懂了,明明这个徐子桓就是最大的嫌疑人,现在还表现出了暴力倾向。她要真关心洛洛,就应该马上报警,你们正好把他抓起来好好查……"

周知扬还在继续说着,但陆晋已经没有在听,挂上了电话——他敞开着的办公室门被轻轻敲了两下,门口站着一个人,正是徐子桓。

"听我母亲说,你要找我谈谈。"

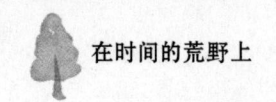

徐子桓依然衣饰修洁，坐在陆晋的对面，保持着一个笔挺的姿势，但却没有了以前那种隐隐的倨傲，眼带血丝，整个人都透着一点颓态。

"5月21日那天，王嘉珞到我办公室找我，打听她姐姐的下落，我告诉她我并不清楚。差不多晚上十点的时候，我送她回家，后来就再没见过她。"

"据我所知，那天王嘉珞是六点半左右去找你的，你们差不多半小时后一起离开公司，之后那段时间去了哪里？"

"我们去喝酒了。"

"在你们争吵之后？"

"准确讲，我根本没跟她吵，是她比较激动，动手掀了我办公桌上的东西而已。"

"也就是说，她闯入你办公室大闹，而你并不生气，随后还去和她喝酒了。"

"我谢谢她还来不及，为什么要生她的气？如果不是她跟我讲了实话，我可能永远也不会从一场谎言里解脱出来。"

"好吧，你们在哪里喝酒？"

"我家。"陆晋扬眉看着他，他冷冷地说："不是我父母家，是他们为我准备的新房。王嘉珞要求我带她过去的，说要看看她姐姐留下的东西。"

"那她找到什么没有？"

"除了一本很破旧的连环画，程嘉璎以前都随身带着的，那天扔在厨房的垃圾桶里。"他发出一个短促而毫无愉悦意味的笑，"她拿走了所有的个人物品，就像从来没有存在过一样。"

"那本连环画还在吗？"

"王嘉珞捡起来拿走了。她还讲了一句比较奇怪的话，"他皱眉回忆，"好像是说她姐姐要走的话，总是走得一点都不拖泥带水。"

"既然你们喝了差不多两个小时的酒，那你是怎么送她回站北村的？"

"我没开车，叫了出租车。"

"然后你回了你父母家还是新房？"

"新房对我来说是个不愉快的地方，我不想住那里。不过那个时候已经很晚了，我也不想回父母那里打扰他们，还是坐出租车出去，另找了一个酒吧继续喝酒，喝到半夜，去附近一家酒店睡了。不用问我记不记得车牌号，我不可能去留意那个，也没要发票。"

第四章

陆晋记下酒吧与酒店的名字："那天你和王嘉珞还谈了些什么？"

"其实我们大半时间没说话，她有心事，我也很烦恼，我们只是坐在一起喝闷酒而已。对了，在送她回去的出租车上，她接过两个电话，都是很不耐烦地挂断了。"

"那么她有什么异常表现？"

"异常？5月4日那天，她第一次出现在我面前，说的第一句话是：我是你那个自称为孤儿的未婚妻程嘉璎的亲妹妹，没错，她父母都还健在。总之，她的举止、她讲出的事情，所有一切都是不正常的，我看不出那晚有什么特别之处。"

陆晋点点头："她把你的生活搅得一团糟，你恨她吗？"

"你想暗示什么？"

"只是随便问问。"

"那我明确告诉你好了，哪怕她把我的生活弄得天翻地覆，现在我还成了某种嫌疑人，我对她也是没有丝毫恶感的。说到底，我需要真相，而她就算失踪也根本不可能让一切恢复成什么都没发生的样子。"

"所以你恨的只有程嘉璎一个人？"

他听到他一直避免提及的这个名字，脸在瞬间有点扭曲："那是我跟她之间的私事，与你无关。"

"她选择不报警，是她对你的好意，但如果你的行为触犯法律，就跟我有关系了。"

他一言不发，转身离开了。

陆晋向上司李队长汇报情况，同事老齐在一边皱眉："徐子桓不像是在撒谎。我觉得最大的可能还是王嘉珞这女孩子一时任性搞砸了姐姐的婚事，跟谁都不好交代，干脆躲起来避风头去了。林大总编仗着她跑政法线多年，早早就认识我们伍局长，非要小题大作压着我们立案，可万万没想到她儿子会被搅进来。现在估计早后悔不该管这档闲事了。"

李队长沉下脸来："老齐，你又说怪话。林曦20多年前开始跑法制线，跟伍局长有交情是其次，这么多年，她见过、跟进过的案子比你我都要多，是有职业敏感的。不管怎么说，这个案子立了就得查出一个确定的结论。"

老齐不肯服软，继续大发牢骚："手头还有那么多重要的案子，偏偏要去

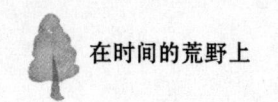

找一个任性跑路的姑娘，又没现场又没确定的案发时间。我们有劲也不知道往哪里使。"

他一向口无遮拦，但做事却是认真干练的，李队长不以为意，挥一挥手："好了好了，有这个抱怨的工夫，不如和小陆一起抓紧时间去找线索。"

陆晋在下班时间来到程嘉璎公司，在写字楼一楼大堂等着。她下来得略晚，从电梯里走出来时，看上去与旁边挂着一张张疲惫面孔的男女并没什么区别。她看到陆晋，有些意外："陆警官，有什么事吗？"

"你没事吧？"

"你也知道了。"她苦笑摇摇头，"谢谢，我没事。"

"如果他对你使用了暴力，你不应该姑息他。"

"我明白。他只是喝多了，一时失控，并没达到暴力的程度。我也不会再让这种事发生的。"

"那好，我需要你现在带我去你新房那边看看。"

她一怔："为什么？"

陆晋将上午徐子桓的到访情况简单告诉她："我去徐子桓说的地方做了核对，一个多月前的事情，酒吧那边店员并不记得当晚是否见过他，酒店倒是调出了记录，证实他在半夜两点入住。如果他是 21 日晚上 10 点左右送王嘉珞回的站北村，这中间仍有差不多三个小时的行踪是空白，而且王嘉珞最后一个确定出现的地方就是你家新房。"

程嘉璎一声不响，显然哪怕陆晋将语气放得尽量平和，她也完全理解了他的言外之意。

"我只是想看看有没有异常情况而已。现在你们仍是夫妻关系，如果你带我进去，我不需要另外花时间去申请搜查证。"

她仍旧默然，陆晋无可奈何，只得说："好吧，我先回去跟领导汇报，再做决定。"

他刚走出两步，听到她在身后说："我带你过去。"

新房在位于江边的高层公寓 15 楼，陆晋知道，在房价高涨的今天，这个地段是他这样的普通工薪族无法问津的。

程嘉璎打开房门，这是一个宽敞的三居室，装修陈设明快而有格调，却有

第四章

着幽闭的气息。她走过去将通往阳台的落地玻璃门拉开，一边说："我最后一次过来还是 5 月 17 日的晚上，第二天我去了尼泊尔。"

初夏的江风迎面吹来，宽大的阳台上有一只藤制茶几，两张藤圈椅，蒙着薄灰的茶几上放着一只空红酒瓶，两只酒杯，一只杯底还残留着浅浅一点酒液。陆晋想，至少这里确实有两人对酌过。他一回头，看到程嘉璎怔怔看着酒杯。

"据徐子桓说，王嘉珞那天从厨房垃圾桶里捡走了一本破旧的连环画……"

程嘉璎呆了一下，低声说："是我扔的，就是临走前那天晚上。"

"那本连环画有什么特别？"

"没什么特别，就是……不想要了。"

她的声音保持着平静，但眼神黯淡无光。陆晋转而问："你住哪间房？"

她苦笑："我和子桓原本决定等结婚那天再一起正式住进来，我一直住在公司的宿舍里。因为临近结婚，准备退掉宿舍，才把自己的衣物用品陆续搬过来。那天晚上我只是原样搬回去而已，这里已经没有我的存在了。"

陆晋环顾四周，里面保持着无人居住的整齐，一张两米的大床上铺着雪白的床上用品，床尾搭了一条孔雀蓝的线毯中和过于冷淡的气息，色调十分安静，和外面一样，家具上都蒙了一层薄灰，没有任何被人翻动的痕迹，但他马上留意到，左边床头柜抽屉并未完全合拢，凸出了不到一公分。

他走过去查看一下，问："你在这里面放了什么？"

她摇摇头："放过一些个人物品，不过都拿走了。"

他目光却落到了床罩垂落下来的边缘，那里似乎有一点痕迹，他蹲下，拾起细看，雪白崭新的织物上面有一个大约指头大小的暗红斑点。

他站起来说："现在我们都出去，不要再碰其他东西，我需要叫同事过来提取化验一下。"

"有必要吗？可能只是不小心弄脏了而已。"

"也有可能是血迹。"

她面色大变："不会的，他说了只是跟嘉珞喝酒然后送她回家了。他不会撒谎，而且，他最恨的人是我，没理由把嘉珞怎么样。会不会是红酒滴在了上面？"

"不必乱猜，等化验之后就清楚了。"

两人出来，陆晋打电话给同事，回头只见程嘉璎笔直坐在沙发上，目光落在前方墙壁上，脸上没有任何表情。

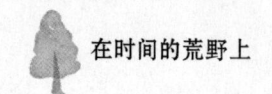

空气中有着风雨欲来前的沉闷。他想寻找话题缓和一下气氛，却不得不承认，对于像程嘉璎这样敏感而又处于高度压力之下的人而言，此刻说什么都是徒劳。

时间在静默中一点点过去，程嘉璎突然开了口："我丢掉的那本书叫《哪吒闹海》，不知道你小时候看过没有？"

"应该看过。"

"当时家里很穷，不过爸爸总会托人从县城里给妈妈带些旧书报杂志。那本连环画混在里面一齐被带回来了。妈妈教我识字以后，我就读给嘉珞听。她很着迷，总是反复要我再讲一次。"

"后来你一直把书带在身边？"

"是的，从第一次离开王家洼村来到汉江，我就带着这本书。这个故事她都能倒背如流了，我也给她读了好多别的书，她都听听就算了，时不时还是会问我，哪吒后来怎么样了。"

陆晋还从来没想过这个问题："他后来不是重生变成三头六臂脚踩风火轮，还去打过孙悟空吗？"

"王嘉珞不明白的是，哪吒都割肉剔骨重生了，为什么还要回父亲身边，就因为父亲能用塔压住他吗？为什么他不跑得远远的，让他父亲找不到他？那个孙悟空被五指山压住，被金箍咒管住，是不是跟他一样可怜？"

"她一个小孩子，想得真多。"

"是啊。她还磨着姥姥去菜市场买了藕回来，想学哪吒他师父太乙真人那样摆出一个哪吒来。"

陆晋忍不住好笑："以前城市还没开发到站北村这边，村子里有很多大大小小的湖，里面就长着荷花，冬天我爸还带我去看村民挖藕，穿背带防水裤，样子很神气，我倒没联想到哪吒。"

"这本书是我和过去唯一的联系，从那以后，一直带在身边，直到……"她用力闭一下眼睛，仿佛想驱走眼前某个画面，"小时候嘉珞总说她想当哪吒，可以下海上天，想去哪里就去哪里。我说我不想，哪吒太暴烈太极端，对自己和对所有人都一样狠。没想到，后来成了哪吒的那个人是我，不，我远远比不上哪吒。他付出了割肉剔骨的代价又怎么样呢？哪有那么容易摆脱的过去。"

第四章

"你不应该总为离开王家洼村那件事责备自己。"

"不止是那一次离开，后来，我又逃了，去了德国。"

"那个时候她已经是成年人了。"

"可是……"

门铃被按响，陆晋的同事带着设备过来，他们进了卧室，程嘉璎等在外面，只觉得口干舌燥，似乎有一团小小的火在体内缓缓燃烧，一点点将她烘至焦灼。

他们出来，陆晋简短地说："是人类血迹，我们要拿回去和王嘉珞的 DNA 做进一步比对。结果出来之前，你不要再来这里，我也会马上通知徐子桓的。"

程嘉璎点点头，将房门钥匙交到陆晋手里："请帮忙交还给他，我先走一步。"

5

在确定床罩上的血迹与王嘉珞血型和 DNA 吻合之后，徐子桓被传唤到公安局，但他态度十分强硬。

"好吧，你们在我家找到了一滴血说是王嘉珞的，祝贺你们破案了。那么请问我把尸体放哪里了？床底下、衣橱里，还是汽车后备箱？"

"徐子桓，请你放端正态度，正面回答我们的问题。"

"现在一切都讲法制，你们先回答我的问题：你们有搜查证吗？凭什么进我家搜查？"

"你妻子程嘉璎允许我们进去，因此一切程序合法。"

他面色一下阴沉下来，过了好一会儿才说："既然她认为是我做的，让你们来查我，那我没什么可说的了。"

接下来他便闭紧了嘴，任凭陆晋再问什么，他都拒绝回答。而陆晋的同事对整间公寓进行逐寸地毯式搜索之后，并没发现其他血迹，大厦值班的保安人员说当晚没见到任何异常，只是楼内监控录像因为时间关系已经被覆盖，但调取地下车库刷卡记录显示徐子桓的车在 5 月 21 日晚上八点十分驶入，直到第二天晚上七点半才再次驶出，从侧面证实了王嘉珞是与他一起走出那栋公寓楼的。

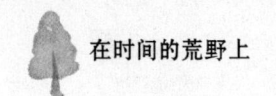

僵持之间，陆晋被李队长叫出来："他母亲林曦来了，在局长办公室里，你跟我过去一趟。注意措辞。"

陆晋点头答应，进去以后中规中矩地汇报情况。林曦看上去努力保持着镇定："请问徐子桓是已经被捕了吗？他父亲已经去请律师了。"

伍局长连忙说："不，林总编，我已经说过了，他现在只是被传唤问话，我们需要向他了解一些情况，但他完全不配合的话，就不大好办了。"

"我能不能见见他？"林曦补充道，"请放心，我了解我儿子，他不会做犯法的事，可是他太骄傲，我只是想劝他不要太固执，早点讲清楚情况早点摆脱嫌疑。"

"好，小陆会陪你过去。"

林曦在局长办公室仍保持着教养与风度，但一进到狭小的审讯室，看到木然坐在桌前的儿子，情绪便有些失控了，嘴唇颤抖，好一会儿说不出话来。徐子桓双手捧住头，愤怒地说："你们为什么要把我母亲扯进来？"

"子桓，是我自己过来的，你不能偏激闹情绪。"

他声音平和地回答："我没有。您别总拿我当个孩子。"

"我和你父亲一向尊重你，努力不干预你的生活，在你成年之后就放手让你独立做了所有决定。只是这件事太严重，我不能不管。你必须跟警察把事情说清楚，洗脱嫌疑。"

"我没什么可说的，他们要是尽职尽责，总会发现事实真相。"

林曦一脸忧虑，看一眼陆晋，欲言又止。这时，审讯室门被推开，李队长领着程嘉璎进来。

"阿姨。"

"嘉璎，你恨我的话，直接报复我就好了，放过子桓吧，他是无辜的。"

程嘉璎愕然："我为什么要恨您？"

"那天在派出所里，知道你是程虹的大女儿，我就明白了，你跟子桓在德国认识并不是一个巧合，你一直知道他是我儿子，对吗？"

程嘉璎没有回答，林曦苦笑："这些天我时刻都在想这件事。当年我对不起你母亲，一直在内心引以为憾，原以为她这次上门求助，我尽力帮她找到女儿，也算是弥补了。可是我无论如何也没想到，你要我付出这么大的代价。"

第四章

"我不明白您在说什么。"

"何必还要装糊涂呢？我做新闻几十年，也算看尽了世间百态，明白凡事有因才有果。你要恨我，我无话可说。可是你就算不爱子桓，也该清楚他的为人，让他对婚姻失去信任已经是很残忍的打击了，为什么还非要让他背上一个杀人嫌疑犯的恶名？"

程嘉璎脸上没有任何表情，隔了好一会儿才说："事情不是您想的这样。"

林曦还要说话，徐子桓却打断了她："妈妈，不要说了。"

他站了起来，手撑着桌面，牢牢看着程嘉璎："我们在慕尼黑的第一次见面，真的是偶然吗？"

程嘉璎再度默然。

"所以我一直在你的算计之中，从认识你，爱上你，到向你求婚……"他越说越慢，按在桌面的十只手指因为用力而变得发白，"那好，程嘉璎，我让你最后如愿。"

室内突然有一个短暂的寂静，然后只听徐子桓一字一字地说："不必查了，你想栽到我身上的事情，是我做的。"

"不——"林曦尖厉地叫出来，"子桓你不能这样。"她一把抓住陆晋的手臂："他是失去理智了，他在胡说，你们不能把这当成招供。"

陆晋只觉得她的指甲已经刺进自己的皮肤里，迅速与李队长交换一个目光，柔声说："林老师，您别激动。不如我们队长陪您到局长办公室坐一会儿，大家都冷静一下。"

"不不不，你是想调开我让我儿子录口供，我哪里也不去。子桓，你什么也不许说了，等你爸爸带律师过来。"

李队长沉下脸来："林老师，您不能妨碍我们办案，两位请都跟我出去。"

只听程嘉璎说："请让我跟徐子桓单独谈谈。"

李队长断然拒绝。"对不起，不可以。"他打开审讯室的门，"走吧。"

程嘉璎却没有动，只是看着徐子桓，停了一会儿，她说："子桓，在慕尼黑并不是我们头次见面。我第一次见到你，是在师大附中。那一年，我十三岁，读初一。"

所有人都看她，她继续说道："那是开学头一天，阿姨开车送你到学校，我认出了她，本来想跟她打个招呼，又有些犹豫，阿姨扫了我一眼，并没认出

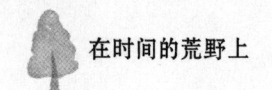

来，毕竟都过去了七年时间，我长高了很多。那个时候我太害羞太胆怯，就没有过去。后来，我忍不住悄悄注意你，当然，你读高二，从来没有留意过我。"

陆晋注意到林曦面色错愕，张了张嘴似乎要说什么，却又闭上，和儿子一样，紧盯着程嘉璎。

"一年后，你考上了汉江大学，过去我妈妈也曾经考上那里，可没能去上学，那个时候汉江大学就成了我努力的目标。后来，我考上了，又一次成了你的学妹，有不少认识你的机会，但都只是远远注视你，从来没想过要跟你说话。你毕业之后去德国留学。我只在地图上找到你去的城市，仔细看看，以为就这么结束了，还松了口气。因为不必再见到你，也许就是一种解脱。"

陆晋注意到，徐子桓凝视着程嘉璎的目光里满是惊愕，张张嘴，却没有说话。

"大四那年，我去考本校的研究生，通过了初试。因为一个变故，我才仓促决定加入学校的交换项目，去了慕尼黑。在那家咖啡馆跟你相遇，不是策划的结果。我完全没想到会在那里看见你，离家已经万里之遥，身边走过去的都是陌生面孔，再没人认识我，知道我从哪里来，背负什么样的往事。突然之间，我就有了走过去跟一个长久在我心里的人说声你好的勇气。"

她讲的是近乎私密的事情，但语气平静坦然，似乎面对的只有徐子桓一人，小小审讯室内一时悄无声息。

"阿姨参与解救过我妈妈，后来又花了很多时间陪她，我是感激的，不明白阿姨为什么认为我会恨她，进而报复你。不，子桓，以前我对未来的计划无非就是完成学业，找个好工作而已，从来没想过你会注意到我，我们会在一起。一直以来，我觉得我得到的每一点都是侥幸，我很珍惜，没有理由为一个我不知道的原因去做那么大一盘棋。"

"所以，我该相信你吗？"

"我知道你不相信我，我们之间也没有以后了。没关系，我接受现实。讲出这一切，我只是希望你了解，不管你怎么看我，我相信你，并不认为你会伤害嘉珞。请告诉我，告诉警察，到底发生了什么事，有没什么线索能帮助找到我妹妹。"

徐子桓慢慢坐下，手指一点点放松下来。

良久，他声音喑哑地说："我没对王嘉珞做任何事情。那天带她回家后，

第四章

她进卧室去找你的东西，我留在客厅，根本不知道她在里面干了些什么。"

李队长问："那你怎么解释床罩上的血迹。"

"很简单，她先跑到我办公室追问她姐姐的下落，一语不合，就动手掀了我桌上所有的东西，当时右手被一个水晶镇纸划伤流了血，我还问她要不要去医院包扎，她拿个纸巾裹住说不用。我想血迹应该是她翻床头柜抽屉时不小心蹭上去的。"

李队长看一眼陆晋，陆晋继续问："你说王嘉珞在你公寓和送她回去的出租车上接过几个电话，但我们调出她的通话记录看过，那个时段除了一个广告电话，并没有别的通话，你怎么解释这一点？"

徐子桓一怔："我没法解释，只能说我记得很清楚，她确实接了至少两个电话。"

鉴证人员指出床罩上血迹并不符合喷溅上去的形状，而徐子桓公司保洁人员也证实当日他的办公室桌上东西都被推到地上，"是有一个水晶的玩意儿摔破了，亮闪闪落得到处都是，看着怪可惜的"。除了王嘉珞接到的电话并没通话记录这个疑点之外，并没有其他证据支持继续拘传徐子桓，在他父亲带着一位业内知名的律师过来之后，他做出不离开本市并随传随到的保证，和父母一起离开了公安局。临走时，他看向程嘉璎，但程嘉璎坐在靠墙的椅子上，并没有抬头。

陆晋坐到她身边："林老师说她有对不起你妈妈的地方，你能想到是什么吗？"

她摇头："当年她是能干又热心的记者阿姨，每次来我家，都会给我和嘉珞带点巧克力或者饼干什么的，还问我上学的情况，送给我课外书。不管我妈妈说话多难听，或者动不动翻脸，她都不会生气。姥姥姥爷一直都很感激她，我实在想不出来别的。"

"那么你妹妹嘉珞会不会知道你母亲与林老师之间有过节，所以想报复她和徐子桓？"

她呆了一下："你是说她故意消失让你们来怀疑子桓吗？不，她也许会不理我多着急，可绝对不会瞒着妈妈让她担心的。你们不能这么猜测嘉珞的行为，就放弃找她。"

"放心，目前不能判定你妹妹是失踪还是主动隐匿行踪，任何一种可能性

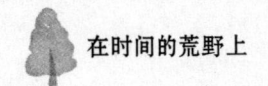

我们都不会放过。你对你表弟刘铮怎么看？"

"我们真的不是那种来往密切的表亲，他读高中时，我给他做过几次补习，他对功课的兴趣不大，后来也就算了，成年后通共没见过几面。到现在我还是不知道他怎么可能认识嘉珞。"

"他的手机一直关机，家里电话无人接听，我查询到他于5月23日离境去了日本。物业说你姨妈家最近一个月都没人居住，但海关没有她的出境记录。然后我打给你姨父，他说他在外地工作，什么也不知道，就挂了电话。"

"他代表集团公司到深圳主持一个并购项目，很忙，中间只回来过一次。"

陆晋记得林曦也评价过程嘉璎的姨父为人亲切，风度极佳，但通话时听到他表明身份就颇为暴躁，用"不配合"来形容已经是委婉了："这就有点奇怪了，他们一家人似乎都在同一个时间段离开本地或者消失不见了。"

程嘉璎怔住，断然摇头："你在暗示什么？不，不是你想的那样。姨父的工作本来就很忙，姨妈还在本地，舅舅说昨天和她通了电话，约她再找时间一起去看妈妈。"

"但是我打她电话，她一直没接。你姨父听到我问他妻子的行踪，态度也很奇怪。"

她迟疑一下，终于还是说："其实并没有你想的那么复杂，他们两人关系不好，已经分居有几年了，我想他并不清楚姨妈的行踪，你问到他，他难免尴尬。"

"好吧，先去听听你妈妈怎么说。"

6

然而，程虹直到晚上十点仍没有回到站北村。

张翠霞早就慌张了，在客厅里团团转："她可从来没有这么晚还不回来。这要是也走丢了，我算是怎么也说不清了。我一再嘱咐过她啊，真要命。"过了一会儿又问："要不要请电台发寻人启事？路上说不定有人会注意到她的。"

接到程嘉璎电话赶过来的程军也迟疑着赞成："是啊，拖久了就更难找了。"

程嘉璎却一言不发，仿佛神游天外，完全没听到他们说什么。他们只好看向陆晋，陆晋思索一下："她会不会在汉江市另有住处？"

第四章

程军怔住:"不可能,她亲口说过不会再回来,而且那个男的怎么会放她回?"

"我委托理洛县公安局调查王嘉珞是否返乡,他们那边昨天发来反馈,王水生一家在五年前举家搬离,不知去向。"

程军固然呆住,程嘉璎也吃惊地收回视线:"我爷爷奶奶他们那么大年纪,不可能离开老家的。"

"两位老人已经在八年前就先后去世了。"

"我还有个大姑妈住在邻村。"

"几年前她随儿子搬迁到城市居住,那边还没能联络上她。"

程嘉璎无言以对,好一会儿才说:"如果妈妈带爸爸、弟弟来汉江市了,那为什么嘉珞要一个人租住这里,不和他们一起住呢?"

陆晋承认她说得也有道理:"再等等看,如果公汽收班还不回来,就必须去找了。"

周知扬突然插言:"对了,我前天晚上回家时碰到阿姨,她从763公汽上下来。我还问她去哪里了,她也不理我。"

陆晋拿手机查了一下公汽线路:"763是从这里唯一直达化工厂的公汽。她为什么会去那里?"

程军叹了口气:"她大概是过去看看我们家以前的住处吧。可是化工厂分片拆迁,同事告诉我,我们家过去住的宿舍楼上个月已经拆了,只剩东区那一片还在,再过几个月就会拆到那里,到时候化工厂就彻底不存在了。"

陆晋点点头:"还有一个可能,她会不会去跟她姐姐见面了?"

"我倒是打电话跟莉莉说了虹虹回来的事,"程军苦笑,"想叫她跟我一起来见虹虹,她说她身体不好,过几天再说。"

"她接你电话了?"

程军点头。

"我打她电话一直没接听,麻烦你现在再打给她,问问她有没见程虹,再告诉她,我需要约个时间跟她谈谈。"

程军依言拿出手机拨通程莉的号码,同时开了免提,手机响了好几声后,程莉接听,声音有气无力:"哥,什么事啊?"

"你今天有没去见虹虹?"

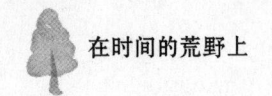

"没有。"

"还有啊,公安局的陆警官说他一直联系不上你,他想跟你当面谈谈。"

"有什么可谈的。我没见过程虹,也没见过她女儿。哥,我吃了安眠药,药效上来了,改天再说吧。"

她挂断,程军一脸忧心,皱纹更加明显,解释道:"她这些年有严重的神经衰弱,失眠得很厉害,一直靠服药入睡。"

陆晋点点头:"我去打几个电话。"

他走出去,过了好一会儿才重新进来,程军迫不及待说:"公汽快收班了,我和璎璎还是先去电台吧。"

"不用,我们先去一趟化工厂。我刚和那边同事联系,请他们查辖区内暂住人口,程虹和王水生的名字登记在上面,他们已经在那里住了快四年了。"

程嘉璎和程军坐在陆晋的车上,始终一言不发,显然仍处于震惊之中。坐在副驾驶座上的周知扬试图打破这带着压抑感的沉默,对陆晋说:"哥,你太牛了,居然一下就想到阿姨住在化工厂。"

"哪里是一下想到的。其实第一次见到她就有点怀疑。她来找女儿,但没有经过长途旅行风尘仆仆的样子,而且只背了一个不大的布包,没有带行李。不过当时只觉得她应该是一向生活简朴。如果回本地居住,按照她的心理来说,选择住在过去熟悉、有安全感的地方可能性比较大一些。"

"可她为什么不告诉我们呢?"

程嘉璎想:甚至也没有告诉我。幼小时候被母亲摒弃于考虑之外的那种孤独与恐惧混合的感觉重新袭来,她茫然看着车窗外。

这个时段的交通不像白天那样动辄拥堵,但城市仍处于看得见的喧嚣之中,路上车水马龙,川流不息,两边各式霓虹灯、巨型广告从视线中一一掠过,留下满目斑斓光影,只是到了进入化工厂路段,四周突然安静下来,似乎在某个路口跨过了一道无形的门,进入另一个世界。

路上还有车辆穿行,人行道边的店铺好多也还没打烊,只是灯箱昏暗,扩音器用热情的语调播放着甩卖消息,与稀少的顾客对比,显得有些讽刺。再往里走,还在营业的店铺慢慢变少,关闭的门上用大红漆刷着大大的"拆"字,路灯光拖出暗淡的影子,行道树上蒙着一层灰,两边是一座座昔日宿舍的废

第四章

墟，渣土车拖着满载的砖石呼啸而过，空气中浮尘飘荡。

程军喃喃地说："过去化工厂效益最好的时候，加上附属工厂，有将近五万多工人，宿舍区像一个小城市，住了将近二十万人，光子弟小学就有四个，再加上幼儿园、中学、职校、医院、公共浴室、电影院……应有尽有，福利又好。外面的人拼命想挤进来，厂内的子弟理想就是长大接班。没想到……"

周知扬笑道："程叔叔，你没看这个城市到处都在大拆大建吗？听说站北村也出台了新的改造计划，指不定什么时候就和这里一样，全拆光了。"

"你们年轻人总觉得都修成崭新的挺好。我老了，跟不上这节奏。在这里出生、长大、成家，可是现在……唉，完全认不出回家的路了。"

程嘉璎清楚记得，舅舅在决定赴南方打工后，将老宿舍出租，对她说："璎璎，房子是爷爷奶奶留下来的，你姨妈说她放弃继承。现在的租金给你补贴生活费用，以后房子卖了或者拆迁，拿到钱就分成两份，一份给菡菡，另一份给你。"

她摇头："舅舅，都给菡菡吧，我不要。"

"那怎么行？"

她嗫嚅："那……能不能给我妈妈？"

程军叹气："我知道你惦记他们，我也是。我和你姨父后来写了好几封信去问你弟弟的病治好没有，是不是还需要钱，你妈妈都没有回信。我想，她是不愿意再跟我们联系了。"

那是他们最后一次直接谈到程虹。

那个时候的城市地价还没开始飞涨，加上化工厂宿舍紧邻污染严重的厂区，房租差不多是汉江市最低廉的地区。程军委托老同事帮忙打理，按季度打到她卡里。她只回去过一次，在楼下看看，满满都是无家可归的辛酸。去年底开始拆迁，程军特意请假赶回来办理手续，执意要将一半拆迁款打给她，而她一直推托说自己有了工作足以自立，不肯收下，两人还在相持之中。

她握住程军的手，程军明白她的心意，看着她勉强一笑："拆了也好，据说规划以后这里要盖小区修公园，回迁的人可以享受一下好的环境。"

车子终于穿过大片已经拆除的宿舍区，前方重新有了灯火与行人。程军知道，这里以前被称为东区，是化工厂在繁盛期扩张的外围，与其他工厂相连，

在时间的荒野上

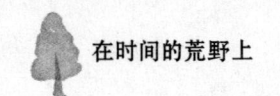

居民已经不再纯粹是化工厂职工，混杂着大量外聘的合同工、农民工，宿舍也不是整齐划一的式样，夹杂着很多私自搭建的平房。在很长时间内都有着高度自豪感的本厂职工普遍不喜欢被分到这个区域居住，程虹选择租住此处，大概也是考虑到这边仍算化工厂范围内，但碰上旧日熟人的可能性很小。

下一个转弯路口的路灯旁边站着一名警察，陆晋将车停下，下去与他交谈几句，然后招呼他们下车，随着那名警察往前走，他介绍说："王水生和程虹租住一个违建的平房，他们两个都是残疾人，还带着一个似乎有病的儿子，平时基本不怎么出门，也不跟邻居打交道。社区曾上门走访，问他们是否需要救助，但他们拒绝了，说生活过得去。"

他们停在两座楼房间夹缝处的一个简易砖瓦房前，房门紧闭，但里面透出灯光。陆晋看一眼程嘉璎，举手敲门，过了好一会儿才听到程虹的声音说："谁？"

"我是陆晋，负责你女儿案子的警察。"

一阵沉默之后，程虹过来开门，挡在门口，小声说："我错过了末班车，陆警官，不好意思，麻烦你跟你妈妈说一声，今天我不过去了。"

她欲关门，程嘉璎跨前一步，伸手抵住："妈妈，让我进去。"

程虹低头，既不回答，也不让开，程军气恼地说："要不是陆警官，我们都不知道你全家早搬到了这里，你为什么要瞒着我们？你回来是好事，早点跟我们联系，不就什么事也没有了。"

程虹干涩地回答："哥哥，你收留她已经是功德无量，我后来还又找你要过钱，那次以后就决心再不拖累你了。"

程军还要说话，却只见程嘉璎猛然转身就跑，几乎像是突然看到可怕的东西，急于远远逃开一样，剩下几个人不免全是一怔，程军叫她名字，她也并不应声，反而加快了步伐，他又急又气，正要去追，陆晋拦住他，对周知扬说："傻站着干什么，追上去，让她别乱走，太晚了不安全。"

周知扬点头，大步赶上去，追出将近一百米，一把拉住程嘉璎："哎哎哎，好好说着话，你跑什么？"

程嘉璎甩开他的手，动作之大，吓了他一跳，只得退开一点，边走边说："你看着挺理性的，怎么跟那些女孩子一样，一语不合转身就走。总得有个原因吧。"

第四章

程嘉璎不理他，直直向前走着，他无可奈何，与她保持着一臂的距离，不紧不慢跟着她。他是健身教练，自然毫不费力，而十几分钟后，程嘉璎停下来喘息着，路灯下看着面色惨白。

"居然喘成这样。"周知扬指指不远处路边一个被丢弃的旧藤沙发，"不嫌脏的话，去那边坐坐。"

其实她并不是觉得身体疲累，而是心脏发闷，仿佛压上了一个重物，在不胜负担的情况下努力维持跳动。她再也撑不下去，走过去直接坐下。

"你体力太差了，需要加强一下体能，想系统训练的话，我可以帮你订个计划，保证一个训练周期之后，这样暴走毫无压力。"

她看看在一边伸展长腿坐下的周知扬那副一本正经的样子，勉强苦笑一下，没有吭声。

"好了，我知道你觉得我不靠谱，不过看在我陪你黑灯瞎火追过来的分上，告诉我，到底为什么啊？"

程嘉璎沉默了好一会儿，哑声说："你注意到我妈妈是怎么称呼我的吗？"

周知扬不解地摇头。

"我跟她站得那么近，都能听到她呼吸的声音，可她根本不看我，直接跟我舅舅说：你收留了她……我第二次离开王家洼村的那天，她也是对姥姥和舅舅说：你们把她带走吧。什么样的妈妈会一直这样用第三人称来称呼自己的女儿？"

周知扬无法回答这个问题。

"我并不嫉妒她爱嘉珞，谁会不喜欢嘉珞呢？以前爷爷、奶奶、爸爸还有大姑妈他们，哪怕说不上喜欢我，可他们都叫过我小英子。只有妈妈……我拼命回忆，想不起来她曾经叫过哪怕一次我的名字。我一直以为，也许是我长得难看，也许是我性格孤僻，也许是我做过惹她不开心的事，所以她不喜欢我。我想过无数原因，就在刚才，我突然明白了，我是什么样、做过什么，都没有关系，她就是恨我，不想看到我，希望我不存在。"

周知扬意识到，她在微微发抖，他不知道怎么才能安慰到她，她却笑了："你不会明白这个的。没关系，这样也好，从此以后，我不需要再没完没了反省自己了。"

周知扬踌躇一下："哎，你知道我和我哥的关系吧？"

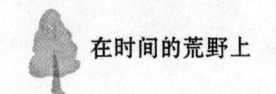

"你们同母异父。"

"嗯,我哥的爸爸也是警察,一次执行任务的时候牺牲了,那个时候我哥才六岁。然后呢,我妈就嫁给了我爸爸。"周知扬停住,似乎想找合适的措辞,最终只是摊下手,"这么说吧,我只比我哥小七岁多一点,所以……你明白吗?"

程嘉璎有些惊讶。在丈夫殉职不到一年的时间里便再度结婚生子,这样也就不难理解陆晋对他母亲的态度了。

"我哥跟他爷爷生活在一起,就住站北村另一头。说是爷爷,其实是外公,因为哥哥的爸爸是上门女婿。听着有点乱,反正,他爷爷就是我妈妈的亲爸爸。"

"明白,你们叫外公,我家里随东北人的叫法,叫姥爷。"她想起那个曾牵着自己的手第一次走出山村来到汉江市的老人,心里一痛。

"本来哥哥生下来后随外公姓张叫张晋,好接续张家的香火。出了这件事后,外公就把哥哥的姓改成和他爸爸一样姓陆,然后放话跟我妈妈断绝关系了。我妈什么时候去看他,他都不让她进门,送的礼物不管什么全扔垃圾桶里。"周知扬说着,嘴角露出笑意,显然觉得这事尽管难堪,却也有好笑的一面,"我大概到读初中的时候,才知道家里这些事情。站北村那个地方,爱嚼舌的人很多,他们讲给我听当然也没安什么好心,不过我不在意。每个人都有自己的选择,有什么可随便评价批评的。"

"你那么小就懂这一点,也很难得了。"

"特别深明大义对吧。不过按我哥的说法,我就是没心没肺。知道还有哥哥之后,我就上门去找他玩,老头从来不搭理我。照道理讲,我也是他亲外孙啊。没有用,他比我哥还要高冷一百倍。这些年他反正不正眼看我,不跟我说话,我叫他他也不理,当然就更别提叫我名字了。所以我懂你刚才说你妈妈从来不叫你是什么感觉。"

"可是你觉得无所谓。"

周知扬哈哈一笑:"对。他不理我,我照样在他那里进进出出,到了吃饭时间,端起碗就盛饭,想吃什么就夹,一点客气不讲。"

程嘉璎多少有些哭笑不得,却也不得不承认,陆晋爷爷的强硬、陆晋那样时刻与人保持距离的冰山,碰上这个一团火般扑上来的大男孩,大概都只好投降了。

"这不一样的。你外公表面不理你,还是会随你出入他家,让你吃饭,没像对你妈妈那样根本拒之门外,其实他是接纳你了。甚至他对你妈妈,也只是倔强不肯松口而已。至于我妈妈对我……"她摇头,不想再说下去。

"我知道。"

两个人静静坐了一会儿,她呼吸回复均匀平和:"走吧,我们回去。"

那间小小平房的房门敞开着,站在门口就可以一目了然。面积很小,陈设简单,只摆了必要的几样旧家具,但非常干净,并没有明显困窘不堪的气息。程嘉璎隐约松了口气,但马上又责备自己的这个想法。

"你们什么时候来汉江的?"

程虹声音低低地回答:"2007年11月。"

程嘉璎只觉得耳朵嗡地一响,胸口再度发闷,全身冰凉,好一会儿讲不出话来。陆晋注意到她神情不对,说:"你先坐下吧。"

她摇摇头:"我能看看爸爸和嘉明吗?"

程虹迟疑着,程军说:"他们在里面,已经睡了,还是改天吧。"

程嘉璎不动,固执地看着程虹,良久,程虹站起身,过去打开了卧室的门:"轻点,嘉明的烧刚退,不要吵醒他。"

卧室里十分昏暗,借助身后客厅透过来的光线,程嘉璎可以看到里面放了一大一小两张床,大床上一动不动侧躺着一个盖着薄被的身躯,几乎可以称得上庞大,发出呼吸不畅的低沉呼声,完全无法与多年前那个小小婴儿扯上联系。卧室尽头是另外一个门,似乎通着一个小小院子,倚门坐着一个枯瘦佝偻的老男人,面孔隐在黑暗之中,正在抽烟,暗红的烟头吊着长长一截烟灰。

尽管一直在做心理准备,但程嘉璎仍然呆站着,讲不出话来了。

王水生远比她镇定,弹一下烟灰,压低声音说:"英子,不要吵到你弟。"

她被这语气家常,仿佛没有任何时间阻隔的一句话吓到,张口结舌好一会儿,才努力答了一个"好",掩上了卧室房门。

程军问程虹:"为什么不告诉我们,你住这边呢?"

"珞珞嘱咐过我,绝对不许告诉任何人。"

"这里马上要拆迁了,你们有什么打算。"

"本来珞珞在帮我们找房子的。"

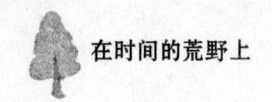

程嘉璎终于稍微平静下来:"既然您一直住在本地,为什么嘉珞不见一个多月后,您才过去找她?"

陆晋也有同样疑问,他盯着程虹,程虹则保持着谁也不看的姿势:"她平常都是十天半月过来一次,嘱咐过我没事不用找她。那一天她和我吵了一架,走之后好久没来,我以为她是生我的气,故意不回来。到后来,我打她手机,一直打不通。好不容易在她拿回家的一个快递箱子上找到她租住的确切地址,我才找了过去。"

陆晋问:"你们为什么吵架?"

"家务事。"

陆晋无可奈何:"我们需要所有线索,您如果想尽快找到女儿,最好不要说一半留一半。"

"我……怕她招惹是非。"

"什么样的是非?"

"就是要她注意安全。"程虹语焉不详,显然不肯再说下去。

他们告辞出来,走出几步,程嘉璎下意识站住,回头再看。两栋楼中间夹缝是草草搭成的小小平房,平房上方胡乱牵着的电线纵横交错,后面一株歪斜得像随时可能倾倒的法国梧桐舒展浓密的枝叶,罩在房子的上方。

她曾无数次梦到当年第二次走出王家洼村时的情景,都是这样驻足回头凝望,不禁战栗了一下。

这一次不是做梦,一切都真真切切地存在着。

第五章

1

　　第二天下班之后，程嘉璎再度来到化工厂东区。尽管头天离开时她用心记住路线，但白天走过来，跟夜里感觉完全不同。路两边随处可见被人丢弃的旧家具，差不多一半房子人去楼空，而另一半房屋仍住着人，各种车辆横七竖八见缝插针地停放着，穿着背心裤衩的中年男人在一起聊天抽烟，不时爆出一阵大笑，或者几句粗口。他们头顶是晾晒的各色衣物，有些还滴着水。各种年龄的小孩子穿梭奔跑，有的踩着滑板车，有的在踢球，空气里炒菜的油烟混合着饭菜香气，这种家常日子看着与她在宿舍区度过的那几年日子似乎完全一样，所有一切早就开始，也会一直这样延续下去，没人介意搬迁大限在即。

　　她小心绕过在玩篮球的几个孩子，却意外看到前面不远处停着一辆黑色奥迪，车边站着一个人看着眼熟，她走过去一看，果然是她的姨父刘亚威，他一向风度翩翩，精力充沛，看上去比实际年龄年轻，这一次却显得十分疲惫，肩膀耷拉下来，表情也不轻松。

　　"姨父，您怎么在这里？"

　　"我刚从深圳回来，给你舅舅打了电话，他告诉我，你妈妈这几年一直租住在这里。"

　　"嗯，还要往前，过那个路口再右转弯直走就到了，我也正要过去。"

　　然而刘亚威没动。她疑惑："怎么了？"

　　他神情有些恍惚，过了一会儿才说："你妈妈也许并不希望我过去打扰，

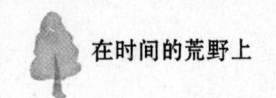

不然不会住在这里好几年,一直不跟我们联络。"

"她连我都不想见。"

"璎璎,不要怨恨她,她应该只是不想打乱你的生活。"

她涩然一笑,实在没办法被说服:"我从来不知道她在想什么,她喜欢怎样都随她吧。"

"其实你和她年轻的时候很像。"

"没人这么跟我说过。"她有些惊讶,"是长相还是性格?"

"你们五官长得像,尤其是眼睛。性格倒是完全不一样。你妈妈以前是家里最小的孩子,比较外向的。"刘亚威眉宇之间尽是苦涩,拉开奥迪车门,从公文包里拿出一个笔记本,抽出夹层里的一张黑白照片递给她,"左边第二个是你妈妈。"停了一会儿,他补充道:"旁边是你姨妈,最右边那个人是我。"

程嘉璎紧盯着照片,上面一共有六个人,三男三女,排成一排站着,那是六张年轻的面孔,而左二穿着格子衬衫背带裙的程虹显得最为稚气,她身材纤细、扎着马尾,抿着嘴唇看着镜头,笑意若隐若现,有一种活泼少女努力表现得端庄的感觉。她看着这张小小的面孔,太过专注,像是看进了一面神秘的镜子里面,与另一个时空的自己对视着:刘亚威说得没错,少女程虹有着与她相似的面部轮廓与眉眼,如果正常情况下她们并立,亲缘关系一望可知。程虹旁边站着的姨妈程莉留着短发,跟程虹差不多高,手搭在妹妹肩上,看上去则健康圆润,完全不同于她所熟知的那个体弱多病、成天忧思郁结、焦虑不安的样子。她指着他们身后问:"这是哪里?"

"西安古城墙。"

她心头一震。程虹被拐的过程是家人几乎从不当着她谈起的禁忌话题,但林曦写的那篇报道她从小看得烂熟,知道母亲是在西安走失,后来又从大人的只言片语中了解到当时还是大学同学的姨妈和姨父都参加了那个旅行。

"是的。说起来,我和你姨妈,还有另外三个人都是大学同学,约好趁着暑假出去玩,你妈妈刚考上大学,家里很开心,让她和我们一起去了,没想到……"他顿住,痛苦地摇摇头,"要是第二天大家没有分开去不同地方就好了。"

她喃喃地说:"以前姥姥和舅舅都从来不说这事。"

"他们都太难过了,苦苦找了你妈妈好几年,好不容易找回来,可是,她

第五章

竟然又带着你们一起离开了。"

她当然知道那一系列的变故。第二次从王家洼村回到汉江后，她开始与姥姥、舅舅一家生活，12岁时，姥姥因病去世，过了一年，舅舅与舅妈离婚，舅妈带着表妹搬走，到她读初三，本地化工行业全面萎缩，程军决定去外地工作，临行前将她郑重托付给妹妹程莉。然而，她实在没法再进入另一个家庭，只在初三那个寒假时，刘亚威主动接她，她才过去。无论是待她十分亲切的刘亚威，还是一直冷漠少言对她近乎视而不见的程莉，都回避提到她的母亲。她还是头一次听到这样的往事。

"当年家里接到你抄的那封信时，我正被单位派到外地学习，没能和你姥爷、舅舅一起去接你们回来。你姥姥和舅舅第二次去找你妈妈时，我本来也要去的，连假都请了，可你姨妈坚持她去。"他长叹一声，"没想到，你妈妈那么坚决不肯回来，我再没能见她一面。"

程嘉璎想起她离开王家洼村那天的情景，不禁黯然。

沉默良久，刘亚威问："你妹妹她……还是没有跟你联系？"

"没有。"

他的眉头紧皱，喃喃地说："她会去哪里呢？"

程嘉璎涩然说："我要能想到就好了。可是，她消失的时间太久，而且，她没理由弄得妈妈这么担心。"

"那警方有没什么线索？"

她摇头，忽然又记起一件事："您觉得刘铮会认识嘉珞吗？"

刘亚威的脸色更加暗沉下来："为什么会这么问？"

"4月17号那天，刘铮因为嘉珞和她的同事打了一架，还闹到了派出所。当然，嘉珞用的是化名，叫李洛。"

"李洛。"他下意识地重复一下这个名字，随即断然摇头："不可能。你还不知道刘铮从小到大那个不求上进只爱招猫逗狗惹是生非的性格吗？他最多就是偶然见过你妹妹，不会知道他们是亲戚关系。"

她当然记得以前在有限的相处时间里曾看到那个调皮表弟层出不穷惹祸，释然地点点头："我也这么想。您能不能跟姨妈说一声，让她和跟您联系过的那位陆警官说清楚，免得他们搞错找嘉珞的方向。"

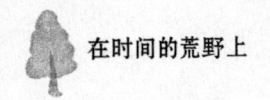

"好。"

"不早了，我带您过去吧。"

"算了，我还是不去了。"他从公文包里取出一个厚厚的信封，递给程嘉璎，"这点钱帮我带给你妈妈，以后有什么困难需要我帮忙的，只管跟我说。"

她完全理解这种相见不如不见的感觉，但是不肯接钱："不用了，姨父，我手头还有积蓄够维持他们的生活。"

"拿着吧，以前我不知道她的情况，没法和她取得联系，都没能帮上她。"

"不不，姨父，如果钱不够用再说。"

他无可奈何，没有再说什么，看上去神情萧索。

"您看着气色不大好，身体没事吧？"

"没事，连着出差，累了。"

"嗯，您早点回去休息吧。"

程嘉璎与刘亚威道别，来到那个小小的平房门口，内里木门开着，外面是一道漆成红色的带窗纱栅栏式防盗铁门，电视机放的动画片声音喧哗地传出来，她一时竟有点迟疑。恰在这时，门突然打开，她与一个体形庞大的男孩子面面相觑。

"不是姐姐。"他脸上的表情是一个开心的笑正在缓慢地往回收，一字一字地说，语调十分古怪。

只在一瞬间，程嘉璎已经意识到，站在面前的是她的弟弟王嘉明，她最后一次看到他时，他仍然是一个瘦弱的小小婴儿，头发稀软发黄，只会用没完没了的啼哭表达情绪。现在他身高大概有一米七五，体重看起来应该在一百二十公斤以上，整个人看上去松软而臃肿，在成年人的身躯之上，是一个近似胖乎乎孩童般的脸，理着短短的平头，而看着她的眼神是空白。她暗暗打个冷战。

王嘉明也不问她是谁，再度重复："不是姐姐。"

程虹出来，拉着王嘉明的胳膊说："明明，妈妈说过了，有人叫门你也不要开门，等妈妈来。"

他仍旧说："不是姐姐。"

程虹带着他去旧沙发坐下："好好看动画片。"

程嘉璎站在门口，进退两难。程虹头也不回地说："进来把门关上吧。"

第五章

她依言跨过门槛关上门。程虹将一块饼干递给王嘉明:"饭马上好了,只吃这一块啊。"

她看程虹要进厨房,叫道:"妈妈。"

程虹站住:"什么事?"

她将买的一包食品放下,尽可能心平气和地说:"如果您不介意我过来,我会隔几天过来一次。如果您希望我别再过来,也请直接告诉我。袋子里有个信封,我留了一点钱,上面写着我的手机号码,不够用或者有什么事的话都可以跟我说。"

她转身开门离开,走出没多远,听到后面有人叫她:"英子。"

她回头一看,是王水生,暮色刚刚降临,天光仍然明亮,她记忆中的父亲虽然腿部残疾,但身形是壮硕结实的,眼前这个将近二十年没见的男人看上去干瘪枯瘦,背有些佝偻,整个人都比过去似乎缩小了至少两号,脸色蜡黄晦暗,皱纹一条条纵横交错,老得触目惊心。

"你现在有工作吧?"

她点点头。

"赚得多吗?"

她几乎不知如何作答,只能含糊地说:"还可以。"

"那就好那就好,以后每个月都要交钱给我养家啊。"

"好的。"

王水生满意地点头。

"爸爸,嘉明他……"

"他烧退了,没事了。"

"不,我是说……他好像……是不是那个……"程嘉璎几乎后悔问这个问题,好在王水生神情很平静。

"他得过脑炎,我们还在给他治,会好的。"

她下意识地说:"那就好。"茫然之中,想起另一件事,"爸爸,妈妈昨天说,嘉珞和她吵过架,是为什么吵?"

王水生轻描淡写地说:"谁知道,这姑娘野得很,以前也是跟我吵,招呼也不打就跑了,一走几年。"

"可那一次,你和姑妈要把她嫁给30岁的男人,她不肯干才跑掉的。"

在时间的荒野上

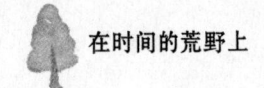

"她跟你说了?"王水生大不以为然,"村里的姑娘都是十几岁嫁人,就你妈把她给惯得气性那么大。"

她当然不认为嘉珞会仅仅因为与母亲发生一次争吵就任性生气玩失踪,可是眼见父亲似乎完全不担心,一时有些无语。

"屋子就那么大,您总能听到点什么吧。"

"我没听,带着嘉明坐在后面院子里听收音机里唱戏。"

她无可奈何:"后面有个院子啊,那挺好。"

"好是好,也快拆了,嘉珞还说要另找房子的。"

"别担心,我来接着找就是了。"

"我和你妈妈的腿都不方便,爬不了楼。"

"嗯,好的,要一楼。"

"嘉明经常要看病,最好离医院近点。其他的都无所谓,不要找贵的。"

"我明白了,我电话号码写在那个装钱的信封上,有什么事,您给我打电话。这附近有公用电话吧?"

"嘉珞给你妈妈买了一个手机。"

程嘉璎想,她妈妈似乎也没打算把号码给她,只得苦笑一下:"好吧。"

"你什么时候再过来?"

"妈妈好像不想我来。"

"她不一直都那样?怎么会不让你过来。"

程嘉璎不得不承认,王水生说得没错,她确实不应该想到有什么改变:"好,我改天再来。"

王水生对她的温顺似乎很满意,点点头,再度嘱咐:"以后你要养家,照顾你弟弟。"然后转身向平房走去。

程嘉璎突然意识到,这是她与父亲之间最长的一次对话。

和原来一样,他要拖着他残疾的腿走路,一步迈出,稍微停顿,挪动一下身体重心,才能迈出另一条腿,节奏比从前更加艰难缓慢,仿佛每一步都要消耗很大气力。

140

2

陆晋接到一个意外的电话。

"陆警官，我是程莉，听说你在找我。"

他回答："是的，您现在在哪里，方便见面吗？"

她报出一个咖啡馆地址，两人约好半小时后见面。

陆晋和老齐一起赶过去，咖啡馆里面零散坐着不少顾客，他一眼断定目标，径直向最里面角落走过去。

"请问您是程莉女士吗？"

程莉抬头看看他们，有气无力地说："是的。"

他出示证件给她看："我是陆晋，这位是我同事老齐。"

"两位请坐。"

程虹看上去固然衰老消瘦，而眼前的程莉衣着考究，却也极其瘦弱，带着明显的病容，颧骨突起，脸颊微微凹陷，头发枯黄，眼睛毫无神采，放在桌上的一只手皮包着骨头，青筋一条条分外显眼。

"我有神经衰弱，一般不接陌生号码来电，并不是故意躲着你们。"

陆晋点点头："您没住在南山居别墅吗？"

"送儿子去日本后，我觉得郊区房子太大太空，不适合一个人住，就搬到在市区的公寓来了。你们有什么事要问我？"

"您儿子刘铮在日本做什么？什么时候回来？"

"他在日本读语言学校，去那边留学是计划了很久的事情，短期内不会回国。"

"您见过您的外甥女王嘉珞吗？"

"她很小的时候见过。听我哥说起，才知道她也在汉江市，又突然离开了。"

老齐拿出王嘉珞的照片，放到她的面前："您认识这个女孩子吗？"

她面无表情地摇头。

"今年4月17日，您儿子刘铮曾为这女孩跟人大打出手，闹到派出所。"

她勉强一笑："他爸爸忙于工作，顾不上管他，我身体不好，一个人力不

141

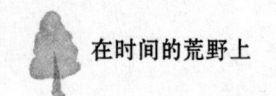

从心，弄得他个性不受约束，经常惹出是非，实在让我无话可说。"

"当时是您去派出所接走儿子，这女孩子也在旁边。"

"警官，我也不想反复强调我的身体情况，但事实就是，我得了这个病，长期失眠，一直靠药物维持，既健忘，又很难集中注意力，再加上觉得烦恼，当时只想接了儿子赶快离开，不可能注意不相干的人长什么样子。"

"她就是您妹妹程虹的二女儿，您的外甥女王嘉珞。"

她眉头跳动一下："这不可能，我记得她叫李洛。"

"那是她的化名。"

"好端端的为什么要用化名，你们派出所处理当事人都不查验她真实身份吗？"

她一副神思游移、打不起精神的样子，突然言辞如此犀利，老齐倒吃了一惊。陆晋回答说："严格讲，她只是证人，打架的当事人是她的同事周知扬和您儿子刘铮，派出所当时都登记了他们的真实身份。"

程莉冷然一笑："好吧，既然派出所也只知道她的化名，那小铮就更不可能知道她的真实身份了。他们过去只在幼儿时期见过一面，应该对彼此毫无印象。他不会知道他们是表姐弟关系，大概是碰巧认识而已。那件事以后，我狠狠训了小铮，他也答应我再不会跟她有什么来往了。他是绝对不会对我说谎的。"

"王嘉珞在5月21日失踪，刘铮在5月23号乘飞机离开，他走之前有没可能见过王嘉珞。"

"不可能。去年我们就给小铮联系好了学校，办好签证，连机票都订好了，因为我身体不大好，他改签机票留下来照顾我，才拖到五月动身。这是有记录可以查到的。"

"您先生什么时候出差回来？"

她冷冷地反问："你们问完我儿子又问我丈夫，请问他们都是导致王嘉珞失踪的嫌疑犯吗？"

"我们没这个意思。"老齐笑道，"我也有一个儿子，男孩子嘛，平常跟妈妈感情上亲密一些，但有些事也许只会跟父亲说，男人对男人那种。我们只是想问问看，关于王嘉珞，他会不会跟他爸爸谈到些什么。"

"不可能。我说了我先生很忙，而且他对儿子很严厉，父子之间几乎没什么交流，小铮闹到派出所这件事，我甚至都没告诉他，就是怕他一本正经教训

第五章

儿子，弄得两人关系更僵。"

"您去见过您妹妹程虹吗？"

"我哥哥一直叫我去见她，可是见又能怎么样？你们大概都知道了，家里所有人为她操碎了心，好不容易救回她，她倒好，跑回去不说，又当着大家的面和我们断绝关系，父母都因为她的事早早走了。见面后想起过去的事情，只会更难过。我打算先让哥哥带一笔钱给她，到底要不要见，过段时间再说。"

"也就是说，你和你的家人在此之前都不知道李洛就是王嘉珞这件事。"

"要我写保证书吗？"

老齐苦笑："那倒不必。"

"两位没什么别的要问了吧。"她抬腕看看表，"我还有事，先走一步了。"

程莉离座而去，老齐问陆晋："难怪她主动打电话要跟你见面，完全是有备而来啊，讲什么都有一个答案，滴水不漏。"

"我还是觉得有些不对劲。"

"说说看。"

"她表现得太冷漠超然了，似乎一点也不关心妹妹的女儿下落如何。"

老齐摊手："她大概生性如此。你看她住的可是近郊大别墅，她妹妹这几年租房子住，不去见她，还可能因为是说过断绝往来这种话。可她哥哥程军回来都借住在同事家，实在是疏远得很。"

陆晋点头："你刚才说你也是有儿子的人，那你信不信儿子会听你的话，干脆利落跟你觉得不合适的女孩子断绝来往？"

老齐哈哈一笑："不信。不过当妈的总有点盲目自信，也说得过去。"

"嗯，还有就是她自称健忘，但通常健忘的人对自己的记忆充满不确定，会反复回忆比较，可她看照片一扫而过，没有任何犹豫，马上确认说不认识。"

老齐点头同意，拿起桌上的照片端详着："这个长相，见一次想忘记可比较难。哎你说刘铮不知道她是他表姐，那她知道刘铮是表弟吗？"

陆晋无法作答。

老齐继续大发感叹："长成这样的女孩子，要风得风要雨得雨，有什么理由非要去搞砸姐姐的婚事，又招惹亲表弟，这完全有悖伦常啊。"

恰好这个时候，周知扬打来电话，声音压得低低的："哥，你快过来，我

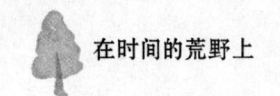

正开车跟踪一个可疑的人,他说不定知道洛洛的下落。"

陆晋呵斥他:"你不要搞事情啊周知扬,凭什么就断定人家可疑,还搞跟踪?你一个普通公民,不能妄自行事侵犯别人的权利。"

"好啦好啦,现在别上课行不行。我一没上去逼供二没惊动谁,这不给你打电话吗?你可不能不出警。"

陆晋哭笑不得:"别胡闹,我正在工作。是什么人,有什么可疑的地方,你给我讲清楚。"

"你怎么这么不信任我。他就是那个在洛洛不见第二天跑到会所去找她的格子衬衫男人,后来还来我们家打听过,刚才在会所楼下徘徊,我悄悄跟上了他。"

"也许他是王嘉珞的朋友,联系不上,来找她一下很平常。"

"哎呀,他坐的出租车停到程嘉璎上班的写字楼了。我就知道有不对的地方,程嘉璎肯定不像她说的那样做个梦觉得妹妹不见了才回来找她。我非得问问她到底还瞒了我们什么。"

陆晋起身:"不许胡来,等我过来。"

陆晋赶到程嘉璎公司楼下,发现周知扬已经按捺不住上去拦着一个戴眼镜的年轻男人了,那人身材瘦削,沉着脸看起来充满戒备。周知扬看到陆晋,如逢救星:"好吧,你不跟我说没关系,他是警察,你跟他讲清楚吧。"

陆晋气恼地喝止:"够了周知扬,你在干什么。"

"他要走,我车停在那边,未必赶得上他,只好拦住他。"

"叫你不要乱来。"

那人一脸警觉看着他们:"这是干什么,演双簧给我看吗?还是省省吧。"他转头招呼不远处的大厦保安:"麻烦你帮我打报警电话,就说有身份不明的人冒充警察骚扰我。"

两个保安马上走了过来,一片扰嚷中,在里面等电梯的程嘉璎闻声也看向这边,连忙跑出来。

"陆警官,知扬,你们怎么在这里?"

那人一脸迷茫:"他真是警察?那这个人又是干什么的?"

周知扬毫不客气地说:"我是洛洛的好朋友,现在轮到你说你是干什么的了。"

第五章

"他是嘉珞的朋友。"程嘉璎顿了一下,"吴家明。"

"从来没听洛洛提起过他,以前也没见过他,洛洛失踪之后,他突然冒出来,到会所,还到我们家打听洛洛在哪里,这个巧合怎么解释?"

吴家明冷冷地说:"我和嘉珞经常联系,连续几天一直打不通她电话,当然只能到她工作和住的地方找她。"

"为什么那天我一问你和洛洛的关系,你掉头就走?"

吴家明似乎一时语塞,程嘉璎说:"知扬,你没必要这么质问他。"

"为什么?你可以为他打包票吗?"

"我跟家明也认识很久了。"

"这么说你们也是老朋友。那他在洛洛不见第二天就知道了,难道没有立刻跟你联系?"

周知扬平时虽然有些冲动,但对人一向友善,陆晋从没见过他如此咄咄逼人的样子,不免有些奇怪,只见程嘉璎却垂下了目光,过了一会才低声说:"他找过我,但我去了尼泊尔,手机关机,也没有看邮件。我一向是不称职的姐姐,对不起,我要回去工作了。"

陆晋看一眼周知扬,周知扬一下闭紧了嘴巴。

"对不起,吴先生,我叫陆晋,这是我的证件。目前我负责调查王嘉珞失踪的案子,方便问你几个问题吗?"

"嘉璎真的报警了?"吴家明倒一脸诧异,"我还以为她只是说说而已。"

"你为什么会这么想?"

"很简单。嘉珞一时意气用事,弄砸了她姐姐的婚事,嘉璎跟所有人切断联系,不知道去了哪里,她又担心又负疚,我怎么宽慰都没用,她这人一向嘴硬,肯定是躲起来一个人难受去了。"

陆晋想,这倒是和老齐的想法不谋而合。

"她会连她母亲都不联络,任由所有家人着急吗?"

"她不是头一次这么甩手走掉了。"

"既然你这么想,今天何必又急着去会所找她,又来找她姐姐打听,大可以等她自行现身啊。"周知扬忍不住又质问了。

吴家明神情一下有些迟疑,欲言又止。陆晋将周知扬瞪回去,才说:"吴

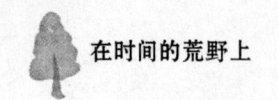

先生,有什么事请尽管直说,解决疑问对大家都有好处。"

"我今天偶然看到一个过去对嘉珞不利的人,"他还是吞吞吐吐,"当然那都是好几年前的事了,我也可能认错了人。可是,我还是有些不放心。"

陆晋倒没料到还有这种线索:"他是什么人?和王嘉珞有什么过节?"

"我只知道别人都叫他龙哥。他……和嘉珞其实也没什么关系。"

"喂,你什么意思啊?这么说一半留一半,你真是洛洛的朋友吗?"周知扬急了。

"我视力不是很好,大概是认错人了……你们还是去问嘉璎吧,当我什么也没说。"吴家明扶一扶眼镜,避开他们的目光,急急走下台阶,拦了辆出租车走了。

周知扬瞪着陆晋:"你就这么放走他了?"

"不然怎么样,逮捕他吗?你把警察当什么了。还有啊,我警告你,你不能参与警察查案,以后不许再这么胡来。"

"我哪里胡来了?要不是我,怎么会找到这么重要的线索。"

陆晋反问:"你今天是怎么回事?跟踪别人已经不对,而且突然一下子对吴先生和程嘉璎都这么粗鲁无礼。"

周知扬顿时哑然。

"我知道你为王嘉珞着急,但你没权利任意猜疑、指责别人。"

周知扬不作声。

"傻站着干什么,走吧。"

"什么,就这样走?难道你不问问程嘉璎?"

"我怎么做事不用你教。"

周知扬可怜巴巴看着他:"我保证再也不说什么了,能留下来吗?"

"不能。"

他心有不甘,明知道跟这个哥哥讨价还价也没用,还是说:"那你要把结果告诉我。"

"别废话,快走。"

周知扬只得悻悻而去。

陆晋在写字楼大堂一侧坐下,打量进进出出的男女。

第五章

如果他没有违拗祖父的意见，坚持报考公安大学，那么他也有可能过这种公司白领生活。

如果不是因为父亲逝世于警察岗位上，他大概也不会早早确定职业选择。

然而，人生并没有如果可言。

现在他是这座写字楼内工作的人群以外的一个旁观者。去去来来的人流，衣饰修洁意气飞扬、妆脱了一半、眉眼都带出疲态、高跟鞋敲得大理石地面一串铿锵音节、公事包边角磨破……每个人似乎都带着各自的世界，平行交错，却又互不相扰。

程嘉璎尤其如此。

她从电梯里出来，神情疲惫得仿佛刚走了20层楼梯下来，用尽了所有力气，一脸神思不属，完全没看到他，径直向外面走。

他叫住她，注意到她几乎立刻从游离状态中回来了："陆警官，不好意思，我要去我妈妈那里。"

"我送你，顺便有几个问题问你。"

她默默跟他出来上了车。他直接问："吴家明说的那个龙哥是什么人？"

她显然早猜到他会问这个问题，立刻回答："家明弄错了。他说的那个人，四年前被抓了，判了七年刑，不可能大摇大摆在外面闲逛的。"

"他的全名是什么？和王嘉珞是什么关系？"

他见程嘉璎不语，说："吴家明不肯说，因为他相信王嘉珞是暂时自己躲起来了，但你不这么想，才会报警，所以我希望你不要隐瞒什么。"

过了好一会儿，她打开包拿出笔记本电脑，打开一个网页递给他，他接过来一看，上面是一个新闻报道页面，时间正是2008年的9月，标题是：汉江市破获涉黑团伙，孙刚林等十一人分别被判入狱三到十年。

他快速浏览下来，指着孙刚林的名字问："他就是龙哥？"

"对。家明说在离嘉珞上班会所不远的地方看到了他，一下就慌了，跑来找我，我生怕记错了，上去重新搜了一下，他判的是七年，应该还在坐牢。"

"他因为什么会对王嘉珞不利？"

"他们以前认识而已，他反正在坐牢，何必再提呢？"

他不再说什么，将她送到化工厂东区，就在外面等着她，差不多半个小时后，她出来上车，他直截了当地说："你必须把王嘉珞和孙刚林之间发生过什

147

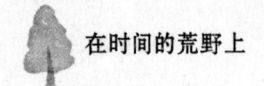

么事告诉我。"

她一惊，似乎有点不相信他居然如此穷追不舍。

"我和局里联系了，调了孙刚林资料出来，他因为有立功表现，获得过减刑，今年 2 月底办理了保外就医。吴家明今天看到的那个人很可能就是他。"

程嘉璎先是睁大眼睛，随即一下面色惨白，抓住陆晋的手："快去找他，快去找他。"

"我已经通知同事去找他了，现在你必须把知道的事全都说出来。"

程嘉璎放开陆晋的手，颓然靠到椅背上。

"嘉珞第一次来找我的时候，她和那个叫龙哥的人住在一起，那个人……非常可怕。后来，她逃走了。到我读大四那年冬天，她重新出现，我们一起生活了一段时间……"

3

夜色深沉，雪越下越大，学校里已经空空荡荡。程嘉璎将王嘉珞带回她租住的地方。王嘉珞打量眼前这个老宿舍楼。

"干吗住这里？"

程嘉璎掸去肩头的雪："我准备考研，需要抓紧时间复习，住宿舍不大方便。这里离学校近，租金也低，好多同学都租这里住。"

租金低廉，就意味着楼道昏暗，拐角堆着杂物，室内狭小简陋，墙壁楼板菲薄，外面脚步声、楼上电视声清晰可闻，而且寒冷，温度与严冬的室外相差无几。程嘉璎见王嘉珞进门后仍四处扫视，硬着头皮说："这里是不够舒服，不过不早了，又在下雪，住一晚再说吧。"

王嘉珞耸耸肩："多住几天你没意见吧？"

她有些意外，马上回答："当然可以。"

两人洗漱后上床。床是房东家用了十多年的旧家具，木架子有些摇晃，棕绷床垫也早松懈了。程嘉璎先还努力与王嘉珞保持一点距离，但不知不觉就贴近了。身边那个温软的触感让她有些恍惚。

寒风呼啸着从窗缝钻进来，合不拢的窗帘外，是暗沉沉的夜空。偶尔有晚

第五章

归的人进入楼道，将楼梯踩出一串响声，掏钥匙开门，再"哐"的一声合上门，然后重回寂静。

"两年前，我读完大一，拿到一笔奖学金，放假的第一天，我买了一张去西安的火车票。"

她的声音在黑暗中听起来连自己都觉得陌生。

"下火车后，再转长途汽车，到了理洛县。"

那是她头一次独自出远门，事前既没跟在外地工作的舅舅讲，更没告诉姨妈姨父。她买的硬座，战战兢兢度过了整个旅程，不敢睡觉，也不和任何人搭腔，一直保持高度警觉戒备，把自己弄得精疲力竭。

理洛县看上去繁忙杂乱，尘土飞扬之中人来人往，完全不同于她记忆中有点荒芜的样子，长途汽车站已经整修一新，她找到要转的中巴，售票员正挂在车门处高声招揽着乘客："有座，有座，今天最后一趟啊，上齐了马上走。"

她所有的决心似乎已经消耗完了，紧紧抓着自己的背包站着，无法迈出那一步。

"最后，我在理洛住了一天，然后原路回去了。"

王嘉珞呵呵一笑："所以我是误会你了，你其实一直没忘了我们。"

她不作声。

"我应该体谅你，你只是鼓不起足够勇气回去，对吗？"王嘉珞的语气充满嘲讽，"可是，你明明从小就最有勇气和决断，能够头也不回选择离开的人，怎么会害怕回家看上一眼。"

她害怕的是什么？她在黑暗中自问。

害怕变得陌生的故乡？害怕裹着漫天尘土的干燥热风？害怕下了中巴之后还要租车或者乘摩的，与陌生人走那段荒凉而危险的山路？害怕母亲曾经被拐带来的巨大阴影？害怕面对早已不复熟悉的家人？害怕村民仍对她怀有敌意？害怕妈妈依然会对她冷漠？……

她不知道。可有一件事她是清楚的。

"嘉珞，这么多年，妈妈提到过我吗？"

"你丢下她走了，她为什么要提你？"

她笑了："被丢下的那个人真是她吗？"

"你什么意思？"

在时间的荒野上

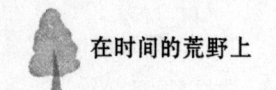

"她回王家洼村的时候，只想带上你一个人，是我硬跟着一起走的。妈妈从来都不需要我，她爱的只有你和弟弟。离开她，我没有太多愧疚。我只是一直惦记着你。"

轮到王嘉珞沉默了。

"我已经报名考研，只要考上了，可以参加老师的课题项目，会有一些收入，另外还可以做兼职。如果你愿意，我能负担你回学校读书。"

王嘉珞不耐烦地说："别逗了，我初中都没毕业，难道要去和一帮十四五岁的小孩子坐一起，一年一年读到大学？"

"现在这个社会，读完大学找个像样的工作比较容易一些。"

"谢谢你，我不像你，不是读书的材料，也没打算去做什么像样的工作。"

"那你有什么打算？"

"放心吧，我不会靠你养的。"

"我不是这个意思，我是说……"

她哼了一声："得了，别操我的心。睡吧。"

王嘉珞就这样在小屋住下。

程嘉璎出门前小心地在桌上留了几百块钱，但回家时，钱还在原处。王嘉珞语带不屑："你一个穷学生，能有几个钱，就别想着接济我了。"

她差不多每天出去，并不会说去哪里，经常回得很晚，身上带着复杂的烟酒气息和醺然醉意，程嘉璎知道她会拒绝任何询问，尽管满心的不赞成，也只得选择忽略。

吴家明成了这个老宿舍的常客，时不时给她们带来外卖，但能碰上王嘉珞的时间并不多。这天他不肯走，与程嘉璎有一搭没一搭闲聊着，终于等到王嘉珞带着醉意两眼迷茫地回来，按捺不住说："你回来太晚，很不安全。"

王嘉珞耸耸肩，并不理会。

"去哪里了？"

她不回答，拿了睡衣去浴室，重重关上门。程嘉璎只得安慰吴家明："她看上去心情不大好，有什么话改天再说。"

"我是不是很可笑？"

程嘉璎摇头。

第五章

"毕竟我对她来说什么也不是,她可以不必在乎我的看法。你是她姐姐,应该说服她……"

"过正常的生活吗?"她苦笑一下,"你以为我没试过说服她吗?她根本不听,也不需要任何人的人生建议。"

吴家明带着受伤的表情走了。浴室里传出"哗哗"放水的声音,水蒸气从门缝逸出,在小小室内袅绕着。程嘉璎收拾好王嘉珞随手扔下的包包衣服,坐下,想,她改变不了王嘉珞,吴家明同样做不到。可是她并不替吴家明难过,也没那么多忧虑,重要的是妹妹肯留下,一切似乎都有一个重来的可能。总是有希望的,她甚至设想,也许可以找机会跟嘉珞一起回去见见久别的家人,至于见到他们之后会怎么样,她拒绝再想下去。

考研的前一天,尽管做了充足准备,程嘉璎内心还是紧张,吃不下饭不说,头也有些隐隐作痛,她决定回去睡上一觉。她上楼正要拿钥匙开门,却听到里面传出一个男人的声音,一下停住。

"你能跑走,有本事就别跑回来,在这个城市,总逃不过我手掌心的。"

这个声音是那个龙哥的,她意识到这一点,顿时全身发冷,胃像被重击了一下,一阵翻涌,几乎要呕吐出来。

"我当然知道,不然我也不会回来。"

"不爬回去跪着求我,还跟我玩吊起来卖的一套,你胆子倒真是不小。"

"我没爬回去,你不一样找上门来了?"

"还嘴硬?"

一个清脆的响声传出来,伴着一个呻吟。她回过神来,掏出钥匙,但手指哆嗦得厉害,一时竟然无法插入锁孔,情急之下,抬手拼命拍门。

门开了,王嘉珞面颊红肿,头发凌乱地出现在她面前,神情却是若无其事的:"我有点事,你过半个小时再回来。"

她透过她的肩头,看到龙哥大喇喇坐在床边,马上收回目光,拉住她的手:"你跟我走,快。"

然而王嘉珞甩脱了她的手:"别大惊小怪的。下楼去,什么也别做,等我叫你再上来。"

她用力关上了门,程嘉璎呆呆站着,只听那个龙哥说:"她不会蠢到去报

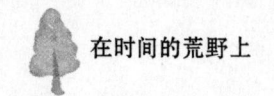

警吧？"

王嘉珞冷冷说："那要看你是不是打算在这里弄出人命来。"

龙哥不怒反笑："你这个犟脾气倒是一点没变。"

又是沉闷的一响，然后是一个重重倒地的声音，程嘉璎再也忍不住，再次拿钥匙开了门冲进去，护住躺倒在地上的王嘉珞："你要再动她一下，我马上去报警。"

那个龙哥笑了："你问问她，要不要你去报警。"

程嘉璎看向王嘉珞，她支起身体摇摇头："叫你不要进来，快走吧。"

龙哥哈哈大笑："你想留下来好好看看也行。她已经把自己卖给了我，所以她逃掉又跑回来了。不用这么看着我，信不信我能马上让她把你也一起卖给我。"

他反复提到"卖"这个字眼，让程嘉璎心口如同被刀刺中一样生疼，她指着他，语无伦次地叫："出去，马上出去。"

龙哥并不理会她，俯视着王嘉珞："要不是看你什么也没说的分上，我早就弄死你了。乖乖地自己给我回去，不然你知道有什么后果。"

他从她身上跨过去，扬长而去。

程嘉璎奔过去关上门，再反锁上，然后拉起王嘉珞，让她坐到旁边，开始快速动手收拾东西。

"你搞什么？"

"我们先去我宿舍，他不可能找到那里，就算找到，也不敢进学校闹的，保卫部门会管。"

王嘉珞扑哧一笑："别忙了，我等会儿就走。"

她完全不理解这个笑，恼怒地问："你要去哪里？"

"回他那里。"

她怔住，良久，她把手里的衣服用力丢开："你好不容易逃出来，为什么要回去？他威胁你对不对？那我们可以去报警，我就不信警察管不了他。"

"你听到他说了，他已经买下了我。"

"够了，不许说这话。多少钱？我可以去找舅舅和姨父姨妈想办法，他们会帮忙的。"

"程嘉璎，我警告你，不许把我的事情告诉他们，一个字都不许说。"

第五章

"为什么？"

"我们家里有你一个靠接受施舍活着就够了。"

她再度被深深刺痛："等以后工作了，我一定会还给他们。你说我接受施舍，那你和那个人又算什么关系？"

王嘉珞维持着那个冷笑："买卖关系，一种天下最公平的关系。"

"胡说，你为一点钱出卖自己，居然还觉得理所当然。"

"这也不完全是钱的问题。你根本不懂我说的买卖是什么意思。有些人的债，欠上了就永远也还不了，只能拿命去抵。还好，我的命不值什么，他要了没用。所以不必担心，只要我不跟他对着干，他不会把我怎么样的。"

"你在说些什么？你以为我会蠢到不知道你们究竟是怎么一回事吗？没错，这些年是你在养家，可是他们生活在山村里面，真正又需要多少钱？那个豪宅，那些珠宝、皮草、香水……才是你放不下的吧？你真的觉得挨打，失去自由，被轻贱被辱骂，换这一切值得吗？"

"你以为我拿自己去换那些东西了？"

程嘉璎记起王嘉珞上次从那里出逃，除了母亲给她的首饰盒，其他什么也没拿，一下双腿发软，盲目挥一下手，颓然坐下。

"到底是为什么？你明明已经逃脱了，可以逃远一点，到他再也找不到你的地方。"

"比如王家洼村吗？"她肿胀的嘴唇上挂着的那个笑变得更加怪异，"那个地方，我也绝对不可能回去了。"

她打个冷战，慌忙说："可以去别的地方啊，开始新的生活。等我毕业了，我可以去你那边工作，我们还是可以在一起……为什么你偏要跑回来，还混那些他可以找到你的场合。"

"你希望我跟你一样，跑得远远的吗？"

程嘉璎不解。

她嘴角维持向上弯着，眼睛里却带着嘲弄："你不就逃了？丢下我们，逃来汉江，离王家洼村够远了。"

"那不一样。"

"有什么不同。你逃了，可我一找上来，你还不是马上就认了我。"

"你是我妹妹。"

在时间的荒野上

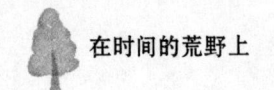

"我妈妈也是你的妈妈,这里是她出生的地方,我们都逃不掉的。"

她更加迷惑:"妈妈不会希望你这样,万一她知道……"

"她会再去死一回。"

程嘉璎一下屏住了呼吸,只见王嘉珞冷冷地直视着她的眼睛:"是的,她寻过死,被救回来了。她答应过我,不会那样做了,可是有些事,是她再也承受不起的。"

不知道过了多久,程嘉璎开始大口吸气,如同突然进入一个空气稀薄到无法提供足够氧气的地方,全身冰冷,内心充满恐惧。

4

车顶有疏疏落落的雨滴声,不一会儿渐渐变得细密,前挡风玻璃上雨水拖曳出一道道轨迹,交汇、合并,向下流淌着。

陆晋开启雨刷,问:"所以王嘉珞和那个孙刚林又在一起生活了?"

程嘉璎几乎不易察觉地点点头。

"据我所知,大四那年你通过了研究生考试初试,但没有去参加复试。"

"嗯,我加入了学校的一个交换项目,6月底动身去德国读硕士。"

"你显然很担心王嘉珞的安全,为什么会突然改变计划离开汉江市?"

陆晋这个问题让她无法回避,她闭上眼睛:"我害怕。"

过了好久,程嘉璎拿过皮包,取出钱夹打开,里面相片位放着她与王嘉珞的一个合照,是以前一度风靡的那种大头贴,两个脑袋挨在一起,王嘉珞浓密卷曲的长发拨到一侧肩头,明艳照人,程嘉璎看上去是纯粹的学生模样,直发扎着马尾,微微眯着眼睛,似乎不适应过强的光线,两人都在笑,可是笑得并不开怀,看向不同的方向,表情有些空茫。

"这是我们唯一的合影,嘉珞带我去照的。那天她看起来很开心,还带我去配了隐形眼镜,试穿了内衣、高跟鞋。同龄女孩子玩过的东西,我从来都没尝试过。钱只是一个因素,更大的原因是我想躲开所有的未知。这么说很怯懦。可我从来都没能勇敢过,从小姥姥、舅舅都教导我,不要一个人去陌生的地方,不要与陌生人说话,读到大学三年级,我才独自买火车票做了一次出省的远行,路上几乎完全没有睡觉,不论谁跟我讲话,我都不回答。我自己也明白,这种过分防范的心理是近乎病态的,直到出国以后才慢慢克服。"

"我可以理解。"

"那你能理解我当时有多害怕那个叫龙哥的男人吗?不仅是他,连他的那个公寓,也是我最大的噩梦,哪怕担心嘉珞,我也根本不敢再去接近那里。"

"所以你后来都不知道你妹妹到底生活得怎么样。"

程嘉璎嘴角挂上一个苦涩的笑:"你忘了还有一个人也关心嘉珞,而且他比我勇敢。"

"吴家明?"

"对,他知道嘉珞搬回去后掉头就走,我以为他在愤怒以后,会试着慢慢忘记嘉珞。没想到他居然又重新回那家快餐店里兼职送餐了,我反而需要从他那里了解妹妹的情况。"

可是她能听到的也只是:店里换了餐单,不过她还是喜欢喝排骨汤;她现在好像有心事,没以前那么爱笑;放心,她看上去应该没挨打……

吴家明带着点自暴自弃地对她说:"现在你会觉得我是个彻头彻尾的傻子了吧?"

她摇头,没法直截了当告诉他,就算他爱的那个人不是她妹妹,她也完全能理解他。

所有的痴心都是让人猝不及防陷入,然后无法轻易挣脱的,她想。人一旦有了痴心,就没法用理智来衡量自己的行为。而她的痴心呢?从进入师大附中看到徐子桓那一天开始,她就悄悄恋慕着他,一直持续着没有放下,却从来没有强烈到能够驱使她突破理智的界限。

也许她的全副心力都被用来谨慎地维持着那份脆弱的安全感,已经不配再拥有其他东西。

那一年程军从外地回来过春节,挤在春运大潮里返乡自然疲乏不堪,更重要的是一年不见,他看上去老态初现,忧心忡忡。王嘉珞的严厉警告言犹在耳,她迟疑着,无法开口谈到妹妹。

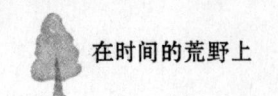

他们在程莉的别墅里吃年夜饭。刘铮匆匆吃完，就声称与同学有聚会出去了，程莉像往常一样兴致缺缺，无精打采，全靠刘亚威来带动气氛。刘亚威问起程嘉璎考研的情况，夸她懂事独立，从来不需要大人操心，感叹刘铮要是像她一半，就不至于需要他硬起头皮去拉交情找门路了。一直没说话的程莉突然开口："不过是为了儿子找你的老同学开个口，哪至于说得这么痛苦。"

程军打圆场："不是所有孩子都像璎璎这么自觉又有悟性，我家菡菡也是贪玩，成绩平平，我一点办法没有。"

程莉并不肯借哥哥给的这个台阶下来，冷冷地说："你们慢慢吃，我头痛，回房休息了。"

她走后，刘亚威叹气，递给程军一根烟，再拿出一根，给两人点上火，深深吸上一口。

程军只能故作轻松地说："她身体不好，难免影响心情，你多体谅。"

刘亚威终于按捺不住了："大哥，不是当着你的面说她坏话，我真的越来越不理解她了。这些年她脾气一天比一天古怪，和任何人都不亲近，有时候一天难得说一句话，一开口就带着刺，谁也搞不清她都在想些什么。别的不说，我当初提出，我们两个人工作要稳定一些，可以收养嘉璎，可她就是不肯同意，结果只好由你收养。后来如果不是她瞒着我，我完全可以帮你一起解决虹虹要的医药费，也不至于一下弄到你家庭破裂的地步。我再说什么都晚了。"

"唉，那些事就不要再提了。"

程嘉璎一直沉默着。

每个人都有自己的家庭，以及随之而来的一堆烦恼。舅舅离婚后远赴外地打工，与二十出头的年轻人一样住公司宿舍，辛苦可想而知，每年回来与他女儿匆匆一晤，早已找不回昔日的亲密；姨父一步步奋斗到一个风光的高位，但与姨妈关系紧张到不正常的地步，平时都尽量少回家；看似生活优裕无忧的姨妈则常年失眠，处于焦虑状态，健康与脾气一样欠佳。

而她的母亲似乎一直是悬浮在所有人心头的最大阴影，把整个程家弄得支离破碎，这种情况下，就算王嘉珞没有严词警告，她也不能再把妹妹的困境讲出来向他们求助。

"春节之后，我拿到研究生初试成绩，开始准备复试。嘉珞突然过来找我，叫我晚上一起吃饭，说那个龙哥要见我。"程嘉璎停了一下，继续说，"我拒绝了，告诉她，我绝对不会去见那个人。"

"后来你还是去了？"

"是的。"

"在他公寓？"

她摇头："那间公寓我绝对不会再去的。吃饭是在人民路上一家叫川渝风味的餐馆包间里。"

"孙刚林威胁你了吗？"

"没有直接威胁我。但嘉珞告诉我，她不会勉强我，但我要不去，她就有危险……"

她停住。陆晋想，以她的小心谨慎，在王嘉珞给她挖过那么一个留下严重心理阴影的坑，而且又曾再次见识孙刚林悍恶的前提下，她能答应这种不合理而诡异的请求，应该还是对妹妹的担心占了上风。

"那么孙刚林到底为什么要见你？"

"他像拉家常一样，一边吃饭，一边讲了两个没头没脑但血淋淋的可怕故事。"

陆晋一下盯住了她："你仔细回忆一下，他具体是怎么说的。"

程嘉璎有些茫然，想了想："他先说他以前认识两个人，一起长大的发小，一起打拼，好得跟亲兄弟一样，可是其中一个人出卖了另外一个，投靠了新的老板，看起来混得很风光，没过多久，被车撞飞了，半边身子挂到路边树上，死无全尸。"

说到这里，她声音微微颤抖。

"还有呢？"

"他接着说：有两个人合作多年，一个人是另一个人的副手，一直很受信任，可不知道哪一天动了念头，也想当老大，于是开始悄悄搞鬼，以为能够上位。结果呢，一个他以为已经拉拢过去的小弟拿枪比着他，他才知道背叛的下场是什么。到那个时候求饶也晚了。你肯定没见过脑浆被打出来是什么样子吧；你大概也不知道，被车撞成几块其实并不可怕，真正可怕的是，一个人如果不见了，只要找不到尸体，连警察都没法认定他是死是活……"

说到这里，程嘉璎一把捂住嘴，想把一个突然浮上心头的可怕联想堵回

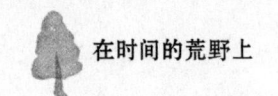

去。陆晋明白她想到了什么，同样觉得这一席话听起来确实恐怖到了变态的地步，只能轻声说："别怕，我需要你平静下来，不要漏掉任何细节。"

过了好一会儿，她放下手，声音嘶哑地说："你以为我能忘记什么细节吗？我想忘，可忘不了。我清楚记得他说完之后放声大笑，然后夹起一块排骨慢慢嚼着。我吓得一动也不敢动，悄悄看嘉珞，她坐在那里，脸上一点表情都没有，肯定不是头一次听到这种故事。是的，他讲的每个字我都记得，也很明白，从头到尾，他说的是他自己的故事，那个惩罚背叛者的人就是他本人。"

雨越下越大，雨刷有规律地摆动着，发出单调的"沙沙"声。

程嘉璎强打精神继续说："他突然又说：我也调查了你的情况。接着他把我住哪个宿舍，研究生准备读什么专业，导师会是谁都说了出来。我顿时惊呆了，站起来问：你想干什么。嘉珞拉我坐下，说，不用怕，这些话是说给我听的。然后她对孙刚林说：你够了吧，看看她这个样子，我怎么可能跟她说什么。孙刚林又大笑出来，说你明白就好。晚上回宿舍后，我整晚没睡，一直在想，嘉珞说得似乎不错，那个人好像是对她有所怀疑，还觉得她会告诉我些什么事。他把我叫去，是想看我知道多少，同时警告她不要轻举妄动。第二天，我把嘉珞找出来，求她告诉我，出了什么事，她到底有什么打算。"

"她都跟你说了什么？"

这个时候她突然沉默了，陆晋盯着她："不用我再强调，你也该知道，一定要把所有情况都如实告诉我。"

隔了一会儿，她才开口。

"我求她也好，发火也好，她都没理，嘲笑我反应过度，说她自有分寸，我知道得越少越安全，当好一只战战兢兢的小白兔，孙刚林不会把我怎么样。"

"就这些？"

"我没办法安下心来当一个躲在自己窝里的小白兔。再加上吴家明告诉我，他觉得嘉珞那段时间变得行踪很诡秘，还要他帮忙撒谎向龙哥隐瞒她去了哪里。我不知道她到底在计划什么。"

"你认为王嘉珞确实有所图谋，而且到时候不会顾及你，所以你决定申请出国，离开汉江市。"

尽管他语声温和，她的脸仍然扭曲了。

第五章

"是的,我害怕极了,失眠一周之后,决定去找姨父,他一直很关心我,我说压力很大,不想读研了,希望可以换个环境,他尽管吃惊,可还是说支持我。他跟学院领导是同学,关系很好,替我争取到了交流名额。我用最快的速度悄悄办好签证,然后去了德国,只给嘉珞写了封信,托吴家明转交。就这样,我又一次丢下她逃跑了。"

"而且,这一次你丢下的还是一整个家。"

尽管他声音平和,她的身体还是明显向后瑟缩了一下,仿佛挨了迎面重重一击。

"那天在你妈妈家,你突然问她,他们是什么时候来汉江市的。她说的是2007年11月,也就是说,那个冬天王嘉珞不是一个人返回汉江市的,她把一家人全带了过来。"

她将头埋入双手之间,声音闷闷地传出:"你说得没错。她有理由恨我,我没有任何值得原谅的地方。"

"我倒觉得你不应该为这件事过度自责,她当时并没有把实情告诉你。"

"那天从妈妈家出来之后,我就一直在想,为什么嘉珞瞒着我?是她觉得我不配去见家人,还是妈妈根本不想见我?她把妈妈他们带过来安顿好之后,选择去跟我住在一起。也许她就是想找机会告诉我,可是我一句也没提到他们,她对我彻底失望了,干脆什么也不说。"

"我不这么看。她更忌惮的人应该是孙刚林,当然不能随便把一家人都暴露给他。她不说,也许有这方面的考虑。"

程嘉璎抬起头怔怔看着前方,并没有丝毫宽慰的表情。

陆晋想,毕竟谁也说不清王嘉珞当时的心理。站在他的角度,很难指责程嘉璎的这个选择。姐妹两人有着完全不同的性格和生长环境,王嘉珞经历过的生活,在程嘉璎所无法触及的那个层面里,她看来稀松平常的状况,也许是程嘉璎所无法承受的。

这时老齐打来电话,简洁地说:"我找到了孙刚林,他不承认他去找过王嘉珞,说根本不记得有这个人了。"

"你觉得他的话可信吗?"

老齐呵呵了一声:"他这种人,没有铁板钉钉的证据,说什么都不可信。

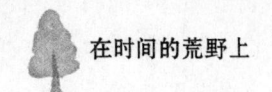

他是因为自诉身体不适，送去检查后发现肝部有不明阴影保外就医的。我问他话，他一副满不在乎的样子，如果他跟王嘉珞有重大过节，不排除索性铤而走险的可能性。我会把他带回局里，要他交代5月21日前后的详细行踪。"

放下手机，他转头问程嘉璎："后来发生了什么事，以至于你觉得孙刚林一旦出狱就会对王嘉珞不利。"

她犹疑一下："我只有一些猜测。"

"说说看。"

"嘉珞后来换了手机号码，不肯跟我联系。我只能找家明打听情况，一个月后，他突然也没了消息，怎么都联络不上。我没有办法，天天搜索汉江市各种新闻网页，生怕看到坏消息，白天无心上课，整晚失眠，又过了差不多一个月，我想，这样熬下去要发疯，反正逃不开的，不如认命，就去订了机票准备回国，都已经收拾好了行李，可是突然又收到了家明的邮件，他说他出了意外，住院刚出来，嘉珞也没事，叫我不必担心。我不相信就是一个意外这么简单，打电话过去追问，他才告诉我，他确实是被孙刚林的手下打伤，嘉珞也受了伤，但好消息是孙刚林在汉江市公安机关的打黑行动中被捕了。"

陆晋点头："孙刚林是在2008年8月被捕的，同年受审，不过因为一部分犯罪证据不够确凿，他作为涉黑首犯只被判了七年有期徒刑。"

他突然心中一动，而程嘉璎回过头来看向他，显然知道他想到了什么。

"嘉珞一直不理我，也不让家明对我说什么。我担心他们的安全，一再追问，他才告诉我，嘉珞说孙刚林肯定会坐牢，他们可以过几年太平日子。我逼问为什么嘉珞会那么肯定，家明的回答是：结果最重要，有些事，不知道更好一些。后来看新闻，孙刚林果然被判刑了。我猜，警方得到的证据应该是嘉珞提供的。只有把孙刚林送去法办，她才可能带着一家人安安心心在汉江住下来。所以听到孙刚林居然提前出来了，我很害怕他会在嘉珞没有防备的情况下去伤害她。"

"我们会查清楚的。"

"可是他出来都这么久了，如果干了什么，一切都来不及了。"

"他的团伙已经在那一次行动里被捣毁，大部分手下都被判刑，他现在是保外就医，应该不敢轻举妄动。"

她久久无语。

第五章

"你别着急,我先送你回家,有什么消息,我会尽快告诉你。"

这一阵典型的夏日急雨已经停了。他发动车子送她回去。一路上她都沉默着,一直注视着车窗外。

到了公寓楼下,她下车,正要关上车门,陆晋开了口。

"不要一味责怪自己,于事无补。"

她回头看他,半暗路灯光下,她脸上没有任何表情。

"本来我应该和她一起经历那一切,但我跑掉了。后来我把省下的钱都汇给家明,让他存起来,不必告诉嘉珞,如果她需要,就只管用。我知道这个姿态很虚伪,嘉珞一定不会接受,而且会嘲笑。但我也没别的可做。"

她恢复了一向讲话的神态,平静,不疾不徐,仿佛只是对发生在旁人身上的事情做客观陈述,然而陆晋明白她内心的起伏。

"你不会了解我的愧疚。一切都回不去了。我做的每一个选择,都让我离她越来越远。"

第六章

1

正如陆晋所料，程嘉璎有着不错的判断力，猜测的结果与事实相去不远。

案卷资料显示，当年孙刚林被捕固然与全省范围内的打黑行动密不可分，同时专案组收到一份匿名举报，提供了孙刚林涉黑的一部分关键罪证，包括非法持有的枪支弹药存放地点。

参与过当年办案的同事大李正在外地出差办案，陆晋打电话过去，他回忆说："当时我们分析，孙刚林为人狡猾，防范心理很强，很多时候都隐身幕后，不亲自出面。能拿到这份罪证的人，一定相当接近他，但罪证只涉及孙刚林部分犯罪行为，如果能找到举报者，我们完全可以顺着线索挖出更多罪证，包括一起悬而未决的命案。可惜始终没能找到这个举报人的真实身份。不然孙刚林这种涉黑首犯，也不至于只判七年。"

陆晋将王嘉珞的照片发给大李，大李马上记起了她："对，这个女孩子我有印象。据说她是孙刚林的情人之一，但案发之前他们就已经分手。抓捕了孙刚林之后，我去找她做例行调查，她当时因为交通事故受伤在治疗中，我在医院里做了一份笔录，后来她出院不知去向，这也不奇怪，没人愿意牵扯到这种事里面。我们仔细审查账目，发现孙刚林的另一个情人帮着转移财产，隐匿非法所得，但完全没有证据表明王嘉珞涉案，她名下也不像其他女人那样有孙刚林购置的房产车辆，我们就把她排除在外了。"

陆晋告诉他，王嘉珞并不是出了车祸，而是被孙刚林指使手下打伤，大

第六章

李一怔，后悔不迭："怪我粗心了，我只翻了病床前挂的住院单，看上面写着车祸入院，就没去和医生见面谈谈。如果那个时候挖下去，说不定能挖出点什么。"

陆晋倒是能理解，孙刚林一案涉案人员众多，专案组成员都是超负荷工作，每个人都要负责跟进众多线索，为立案完善证据链，出现疏忽也在所难免。

听到陆晋转述孙刚林对程嘉璎讲的惩罚背叛者的故事，大李一下激动了："这真不是孙刚林信口吹牛，他年轻时候的发小，两人一起长大，一起开始混社会，交情非同一般。那人确实死于一场很惨烈离奇的车祸，不过二十多年前的事，很难判定是意外还是谋杀。他说的后一件事，对上就是另一起命案，他的副手秦波得罪了他，两人反目，秦波在2007年夏天突然人间蒸发，几条线索都指向孙刚林，可惜我们只在孙刚林家里搜出了枪，有使用痕迹，始终没能找到藏尸地点，更不能证实与孙刚林有直接关系。"

"他对程嘉璎讲的话，还是不能当直接证据啊。"

"可是至少进一步证实了秦波是死于枪击。"

陆晋仔细看了当年的询问笔录，突然有点困惑。

他并不了解王嘉珞这个人，从周知扬、程嘉璎的描述中，他得出一个印象，她是一个处事多少有些随意、快意恩仇而又表现得对一切都满不在乎的女孩子。然而笔录中她一板一眼回答了警察提出的所有问题：是的，我曾经与孙刚林同居过；我受伤是因为一起小事故，与孙刚林并没有关系；他谈生意上的事情时，从来不会让我在场；他做的什么生意？就是开洗浴城和夜总会啊；我们分开了，他那样有钱的男人，不止我一个女人，我当然不会问为什么不要我了；我已经大了，明白不能再过那样的生活，决定以后自食其力——看上去活脱脱是一个涉世不深、没什么头脑的女孩子，可每一句话都将自己置身事外，"用词之谨慎小心，简直是程嘉璎的翻版"——这个想法在陆晋心中油然而生。

孙刚林的被捕与王嘉珞一定有着某种关系，而王嘉珞大概也就是那个时候开始办了一个假身份证，顶着李洛这个名字开始了新的生活。

老齐则搓手："总算有了确定的嫌疑人，开始像一个真正的案子了。"

陆晋提出一个疑点："王嘉珞已经失踪快两个月了，跟孙刚林出来的时间点倒是对得上，可他没理由今天又去她工作的地方附近转悠啊。"

163

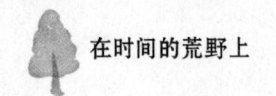

"先好好审问他再说。"

然而，孙刚林还是矢口否认曾去找过王嘉珞。

"警官，我进去一场，天天接受法制教育，知道什么该做什么不该做，好不容易办好保外就医出来，到现在还没查清得的到底是不是要命的病，哪有心思去找小姐。"

"少胡扯，我们有证人今天在王嘉珞工作的地方外面看到过你。"

"我说过了，连王嘉珞是谁都没印象，哪里知道她在什么地方上班。那些女人在我一进去就各走各路，我也从来不指望谁给我守节，当然更不会去找谁了。"

"那么今天上午十点左右，你在青松路那里做什么？"

孙刚林看上去倒大大松了口气："早说嘛警官，我当什么事呢。我朋友帮我约了一个有名的老中医，专治各种疑难杂症，号称可以妙手回春。他的医馆就在青松路上，我去找他拿脉开药，足足待了两三个小时，不信你们找他核实。"

陆晋与老齐对看一眼，老齐苦笑。

经过核实，青松路上确实有知名老中医朱艾白的诊所，而孙刚林也在那天的就诊记录之上。没有其他证据，无法长时间羁押，放他走后，陆晋决定还是去找吴家明了解情况。

吴家明在一家高科技公司上班，看上去斯文得体，很好沟通，但谈话进行得并不顺利。

"程嘉璎应该已经告诉你，那天你在青松路上看到的人确实是孙刚林，他目前保外就医中。"

吴家明略略点头。

"你知道这个人的危险性，所以请配合我们的工作，说说你所知道的情况。"

"我知道的，嘉璎肯定也告诉你们了。嘉珞和他之间的事过去了很多年，没必要再提。"

"这么说你还是坚持认为，王嘉珞只是自愿消失。"

吴家明没有回答。

"但程嘉璎以她对妹妹的了解，已经否定了这种可能。"

第六章

"她并不了解嘉珞。"

"她也说了,在她出国之后,是你一直陪着嘉珞。和我们说说,孙刚林被捕前后发生了什么事?你们双双受伤和他有关系吗?"

"我没什么可说的。"

"就算可能危及王嘉珞的生命,你也要保持沉默吗?"

"我不会做任何危害她的事情。"

老齐不客气地说:"也就是说你确实了解某些情况。"

他不语。

"如果你是知情人,那么你也可能成为孙刚林的目标。而且,我来给你普普法,公民有义务向警方提供情况协助调查,知情不报,或者刻意隐瞒,都是包庇犯罪。"

吴家明目光闪烁一下,却并没有退让之意:"你们在意的就是破案立功,我在意的是嘉珞的安全。"

陆晋说:"这一点你弄错了,我们和你的目的一样,首先是要确定王嘉珞的下落。"

"她没事,我知道。"

陆晋牢牢看住他:"你凭什么这么肯定?昨天白天你还因为看到的人可能是孙刚林而着急,现在证实孙刚林确实不在监狱里,你反而很平静,能说说原因吗?"

吴家明只是再度重复:"我没什么可说的。"

陆晋负责的这个案子原本只是一桩尚存争议的疑似失踪,突然之间与仍在服刑期中的涉黑首犯以及他身上悬而未决的重大命案有了关联,一下受到了局领导的高度关注。李队长听取了他与老齐的汇报,决定增派人手加强监控与取证。

待陆晋忙完回家,远远便看到自家小院还亮着灯。与站前村其他居民一样,他家也是自建的私宅,不过两层红砖楼房修建于他父母结婚那一年,门前还留出一点空地做小小院子,没有寸土必争地全做进房屋之内以求扩大居住面积,之后只做了最基本的修补维护,在周围一众动辄四五层楼、外贴瓷砖的楼房包围下,显得陈旧而不起眼。

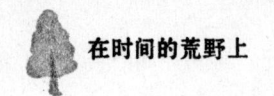

他推开院门，发现周知扬坐在门廊下喝啤酒，一只落地电扇在旁边呼呼吹着风。

"爷爷呢？"

"早睡了。"

"这么晚了，你怎么还不回家？"

周知扬向屋内歪一下头："你两天不回家，知不知道保险丝烧了，这么热的天老头断了两天电了。"

他一怔："爷爷没跟我说啊。"

"老头怕影响你工作，准备硬扛着。我来给换了，他一声没吭，你给道个谢吧。"

陆晋知道这几天白天气温已经飙升到36度，夜晚也不见凉爽多少，若没空调电扇，祖父说不定会中暑，心里歉疚，勉强笑道："我道什么谢，别老头老头地乱叫，他不一样是你外公。"

周知扬并不计较，笑道："我叫他外公他也不会搭理啊，也就是我受得了他那个冷脸。"

陆晋在他旁边坐下，接过他递来的啤酒打开喝着。

"有话就问，能答的我就答。你一直待着不走，总不是为了求表扬吧。"

周知扬没好气横他一眼："下午我去找过嘉璎姐。"

"那天你对人家那么不客气，倒能厚着脸皮又找过去叫姐了。"

"她也知道我是担心洛洛，一点没生气好不好？"

"那是她有修养。你不要觉得全天下就你一个人最上心最着急就好。"

这一次周知扬倒没有顶嘴，而是喝一口啤酒，一脸怅然。

"我没想到洛洛以前过得那么苦。她从来不提，平时看着无忧无虑，再开朗不过了。"

"要了解一个人，没你想的那么容易。"

"我以为我跟她就算没到恋人，起码也是最要好的朋友，在一个地方上班，住在一个屋檐下，几乎算得上无话不谈，不可能还有人比我们更亲密。想不到我从来也没能真正帮她分担任何事。那个吴家明对她，比我要好得多，真得多。她为什么不相信我，从来不给我一个机会？"

周知扬眉心打结，陆晋头一次在这个没什么心事的弟弟脸上看到了真正的

第六章

烦恼、困惑，拍拍他的肩："别傻了。王嘉珞不光只是年龄比你大一点，她经历过很多事情，心智远比你成熟，对她来讲，你是朋友，也许更像弟弟一些。她也并不是不相信你，只是不想打乱你的生活。"

"嘉璎姐也是这么说的。"

"别缠着她问个没完，她待人礼貌周到，其实是很累的。"

"我也没能多问好吗？说了没多久，她先生来找她了。"

陆晋皱眉。徐子桓虽然暂时不再是主要嫌疑人，但他与程嘉璎、王嘉珞姐妹之间的关系始终存在疑点，又去找她，不知道有什么目的。

"知道他们谈了什么吗？"

"嘉璎姐说她最近实在不方便请假，然后拿出记事本看看，说最快只能下周三或者周四约时间去民政局办离婚手续。徐子桓看着很尴尬的样子，说他不是来谈这件事的，只是想和她单独谈谈。他对她动过粗，我当然不放心，不过嘉璎姐说，他们会去旁边的咖啡馆谈。我还在外面待了十来分钟，隔落地玻璃窗，看他们谈得好像挺平和，再想想公众场合，徐子桓应该也不会乱来，我才走了。哎，你说他是不是想求复合？"

"你太八卦了，不要去干预别人的私事。"

周知扬这次倒没顶嘴，喝着啤酒，瞄一下他，脸上现出一点要说不说的表情，陆晋熟知他的性格，瞪着他："你这么东扯西拉的，没惹别的事吧？"

"我能惹什么事，也就是找几个朋友聊天，打听了一下吴家明说的那个龙哥。"

陆晋的脸一下沉了下去。周知扬赔笑："放心吧，我只是想知道他是个什么人。原来他以前也响当当挺有名气的。"

"他涉黑多年，劣迹斑斑，你要把这种恶名当成名气，就是一点脑子没长了。"

"别大义凛然挑刺好不好，我可没把他当什么好人，要不是为了洛洛，我根本不会去打听。"

"他的事有警方跟进，你少跟那些三教九流的所谓朋友鬼混，更不许自作主张去搞什么调查。不然……"

"喂，你有点哥哥样子行吗？动不动就这么粗暴威胁，我答应你还不行吗？"

陆晋一口将罐中剩余的啤酒喝掉："回家睡觉去，我明天还得上班呢。"

167

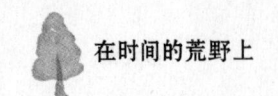

"你这人太现实了，压榨不出情报就撵我走。"

轰走周知扬后，陆晋将院子清扫整理干净，再轻轻打开祖父的房门，看空调正在运行，老人睡得十分沉酣，发出有规律的鼾声，他将薄被拉上一点才出来，再看厨房内冰箱里还留着用保鲜盒装好的饭菜，一条他爱吃的红烧鱼完整放着，完全没动一筷子。

歉意再度浮上他心头。

他太熟悉这种情绪，从小他都被无处不在的歉意包围着。

他随同一直叫"爷爷"的外公长大，祖孙二人感情原本就十分亲厚，在他丧父之后，爷爷因女儿过快改嫁而震怒，切断与她的往来，更是将全副心力倾注到了他的身上。

他知道，爷爷是因为对他父亲怀有歉疚，才在长达二十余年的时间里拒绝唯一的女儿回家；而他母亲也带着一份隐秘的愧疚，宁可接受父亲的拒绝、老邻居的流言，不肯随周明搬离站前村开始一份新的生活；他在很长时间里，对母亲力图补偿的行为都是视而不见的，对爷爷的付出无法做到心安理得。

他当然知道愧疚给人带来的痛苦与压迫感，然而，这好像是一个亲情关系下的死结，每个人都勉强背负着，默默承受着。

直到周知扬以一种完全若无其事的姿态闯入他的生活。

他永远记得周知扬头一次站在他面前，乐呵呵地说："哥哥你好，我叫周知扬，是你弟弟。"

站北村说小不小，但也没大到可以隔离音讯的地步，就算爷爷绝口不提，他当然知道母亲再婚后很快给他添了一个异父弟弟。真正面对时，他吃惊，又觉得深深厌恶而抗拒，正眼都不看他，跨上父亲留下的那辆旧自行车，径自离去。然而，尽管他给出了明确拒绝，周知扬却从不去体会别人细微的情绪变化，也不会受影响，隔天再度出现在他面前，带着一只篮球，要求加入他与朋友的对战。

一回两回拒绝，周知扬都浑不当回事，照旧兴兴头头混在陆晋的圈子里，还把被高年级同学欺负的事告诉陆晋，陆晋本不想理睬，他同学却都喜欢这个小兄弟，已经纷纷捋袖子了，他再怎么满心不情愿，也只能拦住同学，亲自出头。

接下来陆晋吃惊地发现，周知扬在家里挨打，也会径直跑来他家避难。

他成了一个不请自来的客人，但他的进入来得平和而不带任何侵略性。陆晋意识到，不仅是他，就是冷口冷面的爷爷也无法拉下脸来把他赶走了。两人不约而同选择了一个绷着脸视而不见的姿态。周知扬就这么慢慢成了一个理所当然的家庭成员。

在某一种程度上，这个热情似火的弟弟释放了他内心积压的愤怒，尽管周知扬从来没跟他说不要再恨妈妈了，但他确实慢慢释然，再想到母亲的离开时，他找不回往日那种极度的痛楚感了。

他曾经认真问周知扬："为什么一定要来缠着我？"

周知扬理直气壮地回答："你可以罩着我啊。"

他气结，放弃再追问下去了。

当然不是只求有一个高大的哥哥罩着那么简单。他知道，除了他们那一半的血缘联系之外，周知扬对他是有愧疚感的。他和他的亲人，全都生活在这种情绪里，他能做的，只有尽力先跳出来，求得一个解脱。

想想程嘉璎所背负的那些负罪心理，他想，这都不算什么了。

2

"我妈妈说，她对你母亲觉得很抱歉。"

程嘉璎不解地看着徐子桓，而他神情凝重。

"我问她，为什么会觉得你是有意要报复她才接近我。她是这么说的。"

她这才回过神来，弄明白他指的是什么。

"她说这些年她一直心存歉疚，但她不肯告诉我到底是在哪件事上对不起你母亲。她说，这涉及到你母亲不愿意让人知道的往事，当年她辜负了你母亲的信任，现在她再不能主动把这件事翻出来说了。"

她苦笑一下："那就是说，我永远不可能知道了。我不会去问我妈妈，她也绝对不可能主动告诉我的。"

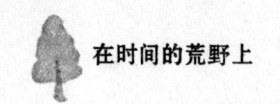

"我很抱歉，嘉璎。"

她摇摇头："没什么，我也并不确定是不是真的想知道。很多时候，真相只是一个沉重的负担罢了，我已经背不起那么多的事实了。"

他当然知道，压垮他们未及开始的婚姻的，也正是王嘉珞突然出现讲出的其中一件事实。想起他当时的愤怒，突然觉得十分遥远，但其实也不过两个多月前的事情而已。两人的眼神都黯淡了下来。

这时，服务生送上了甜品。

"我们第一次见面——我是说在德国那次，也是在咖啡馆，我请你吃点心，你说你喜欢奶油蛋糕。"

程嘉璎当然记得。

那天她结束与吴家明的通话，确认妹妹和他都平安无事，退掉回国机票，然而并不觉得一块大石落地就此轻松下来。她的心在胸腔内起起落落，像一个断线的氢气球，失去控制，没有重量感，飘浮不定，充满不知所措的茫然，她漫无目的在慕尼黑老城中心陌生的街道走着，不知道自己要去哪里，也不知道接下来要做什么，但走路向来是她心绪凌乱时唯一自我整理的方法，等到精疲力竭时，许多问题自然放开。

走过路德维希大街，不远处是宫殿花园和特维蒂埃教堂，是游人聚集的地方。路边有一间咖啡馆门外正在做艺术表演，不少艺术家模样的人和学生在观看表演。她既没有心情看热闹，也一向没有在这种地方消费留连的习惯，正要绕过观众向前走，却意外看到了徐子桓。

她当然知道他在德国留学，但他读的学校是在西部的杜塞尔多夫，跟她相隔有七百多公里。她仓皇离开汉江，接下来在收不到妹妹消息的恐惧中煎熬，根本没有想过有可能再与他偶遇。

他也没看表演，而是坐在外圈的一张桌边喝咖啡，白色衬衫最上面一粒纽扣解开，袖子挽起，拿出手帕擦擦嘴角，阳光照在他半侧面孔上，尽管眉头微锁，但看上去仍然明亮温暖，宛然是她13岁在校园看到的那个少年。

她没有像过去在校园中偶遇那样，只远远看一眼就走开，而是走了过去。后来她也根本不明白，是什么让她鼓起了这份勇气。

她自我介绍是他的学妹，看他有些意外，不由自主加上一句"我曾看过

第六章

你参加辩论比赛",他的表情更加微妙,她一下词穷不知道继续下去该说什么,正窘迫得预备走掉,他突然笑了:"我被临时拉上台,是一个糟糕的辩手。"

他说得没错。汉江大学辩论之风颇盛,出过好几位打亚洲辩论比赛所向披靡的专业辩手,但他不是其中之一。他是学校里引人瞩目的男生,成绩优秀,逻辑性强,可表现过于傲慢自负,从来不擅长沟通,不谙熟那些辩论技巧,看到对手甚至是队友出现立论错误就表现得不耐烦,更不屑于取悦观众。最后他们那个队输掉了比赛,要不是他长相英俊,被不少女生或明或暗地喜欢爱慕着,恐怕会当场被喝倒彩。

异国他乡相遇,徐子桓看上去还是高兴的,站起来拉椅子请她坐下,告诉她,他已经毕业,在法兰克福工作,过来度假。他询问她的专业和适应情况,她如实告诉他,大学时选了德语做第二外语,有一定基础,但还是感觉不能完全跟上讲课的节奏,说到这里,她记起当初之所以选修德语,其实正是微妙地想到了去德国留学的他,突然感到一阵恍惚,几乎怀疑自己处于一个过于离奇的梦境之中。

侍者过来问她需要点什么,她一时回不过神来,他帮她点了咖啡,又问她喜欢吃什么点心。

她唯一知道的点心是奶油蛋糕。刚好咖啡馆内供应这道基本款的甜点,而且做得相当不错。

此时摆在白色骨瓷盘上的奶油蛋糕看上去同样质地细腻而可口,但程嘉璎却提不起任何食欲。徐子桓将蛋糕切开,叉了一块递到她手里:"吃一点,你现在瘦得太厉害了。"

她不习惯这个突然的温存,迟疑了一下,接过来放进嘴里勉强吃下:"子桓,上一代人之间的事,你也不必放在心上,不要再去追问阿姨。最近公司这个项目实在太忙,等稍微缓一下,我会提前跟你约时间去民政局办手续的。"

"我们可以不必再提离婚这件事吗?"

"可是……"

"我知道,提出离婚、单方面取消婚礼的那个人是我。有些事情无法挽回了,但有些事情可以。以后我可以陪你找你妹妹,一起照顾你的家人。"

程嘉璎睁大眼睛看着他:"可是你没必要这么做。我说过了,我并不介意

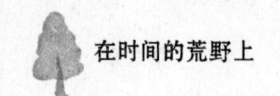

阿姨和我母亲之间发生过什么，我母亲还去找她求助，想必也不介意往事了。你根本不需要为这件你甚至不知道原委的事情来补偿我。"

"不。那天在公安局你讲的话，我一直没法就这么让它过去。"

程嘉璎看向落地窗外，路灯初亮，广告灯牌闪烁，行人来来去去，拖曳着一条条长长身影，不停顿地重叠、覆盖、分开、远离、消失，仿佛高度浓缩的舞台剧在一个二维空间里无声上演。

"那天我说的是实话。可是我说过很多谎话，人一旦撒了第一个谎，就不得不撒更多的谎维持下去，再讲出实话，也很难得到信任。以后的日子里，我每讲一句话，如果想要你相信，也许后面都必须加一个这样的注解。"

"这一点你不必担心，我现在能理解你不愿意谈身世的苦衷，不会再纠结这个问题。"

"不仅仅是身世。我不知道该怎么解释，子桓，我并不是你想娶的那个人。"

"那你认为我想娶的是什么样的人。"

"就是我一直假装的那种人啊。"她笑了，带着几分自嘲，"身家清白，心地坦荡，性格光明、温和……我没有天然长成那样的条件，只能一直努力表现成那样，并不只是想讨你喜欢。说到底，我也不知道自己究竟是什么样的人。"

"不，不是你想的这样。那天你吸引到了我，当然不只因为你看起来是一个文静的学妹。"徐子桓的声音平静而稳定，"你从来没问过我为什么那天会出现在慕尼黑。现在我告诉你吧，我是去追踪我当时的女友，她瞒着我同时与另一个人交往，相约去慕尼黑度周末，告诉我的是去见一个闺密。"

这是程嘉璎完全没有想到的。在汉江大学时，她曾在学校里远远看到他与一个长发女孩偕行低语，样子是亲密的。她丝毫没有妒忌之意，拐到另一条路，避开与他们迎面相遇，事后也没想过要去打听什么。两人在一起后，也没有像寻常小情侣那样相互交代过往——她不想提及自己始自初中一年级的暗恋，而他同样闭口不说以前的女友。

"我也不知道为什么要追过去，等到了那里，我突然意识到这个举动……很可笑，其实我根本不嫉妒，只是自尊心受伤罢了。于是就近找一个咖啡馆坐下，打算喝完咖啡，再决定怎么做。你来跟我打招呼，把我从那一阵混乱的情绪里拉了出来，最终没做任何会让自己后悔的丢脸举动，回去写邮件给她，结束了那段关系。"

第六章

"我并没说什么做什么，那是你自己做了决定而已。"

"但是你让我平静下来，做了正确的决定。"

不要解释，不要回头。程嘉璎想，这是一个标准的徐子桓式决绝。

他意识到她在想什么，苦笑了："我一向知道自己的弱点，太过于自负，容不得处于被动的局面之中任人摆布。"

"也容不下任何欺骗。我懂。"

"你不要摆出这么洞悉一切的样子，好吗？"

一阵沉默之后，程嘉璎说："我没有那个超能力，子桓。太多事情我不清楚了，更不要提洞悉。我不知道你为什么那天会出现在慕尼黑老城区，也不知道你为什么会留我的号码，隔了半个多月，再次来慕尼黑找我。我很明白自己从来都不是那种能让人一见难忘的女孩子。很多人觉得弄清缘由才会安心，但是我很早就习惯了不去事事都问为什么。接受生活中所有我不理解的事情，合理的，不合理的，好的，坏的……照单收下。"

"所以你就照单收下了我这个不速之客。"

"我以为你来了会走，从来没想过你会再来，会留下。"

徐子桓先是偶尔从法兰克福过来一次，像一个顺便的拜访，后来每个月过来，直到每个周末过来，约她喝咖啡看演出，陪她完成作业，最后索性换了一份在慕尼黑的工作，两人约会更加频密，直到同居，他们的关系进展得异样平顺，几乎没有一点波澜，那是一段甜蜜的日子。

"在你之前，我对于感情，也不过是一个照单收下的态度。从小到大，我没对谁特别动心，更没有主动渴望过谁，一直会有女孩子来跟我表白，只要看上去是可爱的，我接受就是，不必费神去想她为什么爱我。那种关系看起来很轻松，后来都会变得很难维系下去，总有莫名其妙的眼泪、不甘心、混乱、争吵，甚至欺骗。只有和你在一起是不一样的。"

程嘉璎是他从来没有交往过的类型。最初他只是想在一个安静的女孩子身边放松上一段感情中因为过于戏剧化带来的紧绷，然而渐渐他发现，程嘉璎表面上看是那种性格斯文而单纯的好学生，实际上却有着与年龄不符的成熟和包容能力。她对于他的来来去去一直表现得处变不惊，既不追问他在第二次找她之后长达一个多月不联络的原因，也没有对他突然转为定期出现表示惊讶。

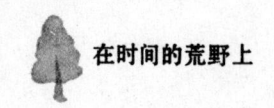

"可是我也欺骗了你。"

"不能怪你，是我太偏执了，听到你妹妹讲你的身世，就认为你在所有事情上都有所隐瞒。我应该听你解释，和你好好沟通的。"

"就算你给我机会，大概我也没办法给出一个听着合理的解释。毕竟我一直都在质疑自己，没法说服自己做到心安理得。最接近向你坦白的那一次，大概是第一次去你家那天。"

徐子桓带点疑惑地回想，却不得要领："那天气氛很好啊。"

"是啊，你父母亲都很开明，对我很友善，吃完饭后，你父亲给我展示你家的相册，兴致勃勃讲起你们家祖籍江苏，上溯到曾曾祖父那一代都是读书人，爷爷当年违抗父命拒婚跑到美国留学然后遇到你奶奶再双双学成归来的往事，笑着说，他最大的遗憾是因为时代的原因没能留学，但你跟爷爷一样，在海外找到伴侣，让他很欣慰。当时我几乎想站起来逃走。"

"我父亲讲那些事，不过是造气氛助兴罢了，我妈还总嘲笑他越来越爱把陈年往事挂在嘴边，迟早会被嫌唠叨的。"

"像我这样顶着一个编造的身世生活的人，突然进入你们家，听到一个清晰的家庭脉络，几代人之间那么浓厚的感情，是很羞愧的。可我怎么也没办法做到对你开口说：亲爱的，其实我父母还活着，只不过我早早选择离开了他们。"

"我能理解你的苦衷。"

"你只是同情我，子桓。我告诉舅舅，我要结婚了，要嫁的人是当年那个记者林曦的儿子，他在电话里足足几分钟没说话，然后问我，那他们知道你的身世吗？我说我没告诉他们，他叹气，说他还是不要回来参加婚礼了。我知道他会为我这么做的，这就是我干的事，所以你还同情我吗？真的不需要，嘉璐的揭发也许倒是解脱了我。"

"不管怎么说，过去的事让它过去，重要的是以后的生活。"

然而程嘉璎并没有露出任何释然的表情，沉默良久才开口："你问过我为什么要去尼泊尔。在德国的第一年，我在图书馆看过一个杂志报道，讲的是尼泊尔西部山区风土人情，上面配的照片，不知道为什么，让我想起我出生的地方，那里叫王家洼村，在深山里面，看上去和报道里的尼泊尔山区一样荒凉、贫困，村民面无表情靠在墙边坐着，小孩子穿着破旧的衣服，低头走在陡峭的

第六章

山路上……我马上合上杂志,再不敢看了。从七岁离开那里之后,我一直回避去想起那个地方,也没办法说服自己回去,那就去尼泊尔看看吧,所以就买了机票。对了,我是带着婚纱过去的。"

徐子桓只觉得喉头一紧。

"我也不知道为什么要带上它,由着它占据了半个行李箱,在尼泊尔境内颠簸辗转,晚上住下来以后,就把它取出挂着。"她苦涩地笑,"慢慢地,我再没气力带那么多身外之物后,开始一样样丢东西,决定回国的时候,行李箱已经空了一半,我把它连同婚纱留给了最后住的那家客栈老板的女儿,她还不到15岁,抱在怀里两眼放光,我想她会珍惜保留的。"

"我们可以重新定做一件。"

"不不,子桓,你没明白我的意思。我是一个活得很残缺的人,所以抓住那些没能力拥有的东西会格外用力。现在我想清楚了,婚纱很美,你很好,可注定不是我的,我只能放手。"

"不要这么说,取消婚礼是我做得太过分了,我会努力弥补对你的伤害。"

"不,你不需要弥补什么。我只是……没办法再跟你在一起了。"

徐子桓脸上写满不可置信:"你说了从13岁就爱着我,就算有这样一个波折,我们应该也可以相互谅解,那为什么不再给我一个机会?"

一阵长长的静默,她站了起来:"就这样吧,子桓。我们找时间去把手续办了。"

程嘉璎没有看徐子桓,走了出来,直到过了马路,她才止步回头。隔着六股车道上川流不息的车水马龙,咖啡馆的落地玻璃窗内只余影影绰绰的光影。

她知道,以徐子桓的骄傲,做这样的挽回已经完全出乎她的意料,而她的决绝同样是他不可能想到的。

然而,把他们隔开的,何止一条马路。

5月18日那天,她独自带着行李出发去机场,换好登机牌,进入安检之后,王嘉珞的电话打了进来,劈头问她:"你在哪里?"

"我出一趟门,请不要再打电话给我,我不会接了。"

这时机场广播一条登机信息,王嘉珞也听到了,气冲冲地说:"你又想一

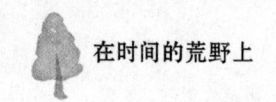

走了之吗？这次打算去哪里？"

她买的机票是经由昆明转机去尼泊尔加德满都，但她跟姨父和舅舅说的都只是出去散心，叫他们不必牵挂，并不准备把行程告诉任何人："去没有你的地方。"

王嘉珞冷笑："所以就为了一个男人，你要彻底跟我断绝关系咯。"

她不语。

"那你有没想过，一个接受不了一丁点事实的男人是真的爱你吗？你以为你可以瞒他一辈子那么久？"

她无法作答。

"你真打算顶着孤儿的身份无牵无挂嫁白马王子，把过去一切都丢在脑后的话，就应该留在国外别回来。"

回国是徐子桓提议的，国内经济发展迅猛，他的专业有更大空间。她顺利拿到了学位，在德国找一份工作，甚至定居下来也有可能。而她在无数个百转千回里想过，她真的要选择一辈子再也见不到妹妹吗？答案是她放不下。吴家明一直给她传递着消息，看起来王嘉珞有一份正当工作，生活得平静而规律，性格处事都远不像过去那般放荡不羁，似乎远离了各种风波险恶之后，已经成熟长大。她突然下了决心，就算再困难，也要回去求一个和解。

但是，吴家明和她都想错了。王嘉珞内里那个毫无转折的性格其实从未过去，先是断然拒绝与程嘉璎见面，后来索性直接去找徐子桓，抖出了她的身世，让一切都无可挽回了。

程嘉璎反而格外平静。

"嘉珞，我昨天刚去医院做了手术。两天前我查出怀孕了，但胎儿停止发育，只能终止妊娠。"

王嘉珞呆住，久久说不出话来。

"小时候我给你讲过哪吒闹海的故事，那本连环画我一直带在身边，昨天晚上回家收拾东西才扔掉。总得下决心做一个了断了，不是吗？"

"你说的了断是什么意思？"

"哪吒割肉剔骨才能切断和血亲之间的联系，如果我只是被取消一个婚礼，也许你觉得不够，那再加一个没出世的孩子。这一次我付出足够代价了吧？"

电话那头王嘉珞没有声息。

"我走了,留了一些钱在吴家明那里,你和妈妈他们都好好生活,希望以后再也不用见面了。"

程嘉璎挂断电话,随即关机。

世间所有言语,一经出口,或者随风而去,再没人记起,或者落地成谶,压得人无法面对。

3

接到姨妈程莉的电话,程嘉璎有些意外。毕竟姨妈从来没有主动联络过她,她之前打过去的电话无人接听,发的短信也没有回应。

"方便的话,今天下班以后,我们见个面。"

她连日的加班忙碌刚告一个段落,本打算下班后直接去化工厂宿舍区看望父母,但还是答应下来:"好的。去您家里吗?"

"不,我没住那边。"她报出一个公寓楼地址,居然是刘亚威在市区中心天津路的住处,"六点半,我等你。"

程嘉璎六点下班便出来,但晚间高峰时间交通拥堵,她到达时还是晚了八分钟,按响门禁对讲,过了好一会儿程莉才应门,确认是她后给她开门,面带不悦:"你应该准时一点。"

她也无从辩解,只得点点头。

几年前,她来过一次这里,也正是那时候才知道姨妈与姨父处于分居状态。眼前这个装修简洁低调的宽绰客厅格局看上去没什么变化,这天白天下了大雨,外面凉爽了许多,但程莉却紧闭门窗,窗帘也拉上了,室内只开了角落一个落地灯,显得昏暗而闷热,而且她仍旧穿着长袖衬衫和长裤,遮挡得严严实实。程嘉璎有几年没见过姨妈,只觉得她比过去看上去更加瘦削憔悴。

她坐下,静待姨妈发话。程莉却先打开几个药瓶,吞着各式药片,喝完药后,手指机械地转动着那只空茶杯,仿佛神思已经不在这里。

她们从来不是亲密的姨甥关系,从小到大,程嘉璎与程莉最长的相处不过

在时间的荒野上

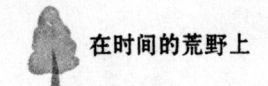

是读初三时去南山居别墅住了一个寒假。她是拘谨敏感的孩子，而姨妈是寡言而冷漠的成人，住在一个屋檐下，对话还是屈指可数，以至到假期结束，程嘉璎长长松了口气，后来就找各种借口，再也不愿意去姨妈家里了。

"你爸妈他们还好吧？"程莉总算开了口。

她知道程莉还是不会去见她母亲："都还好。"

"你舅舅说化工厂宿舍马上要全部拆迁了，他们住在这里也不是长久之计。"

"我在给他们找房子。"

"让他们搬到南山居别墅去住吧。"

程嘉璎大吃一惊，姨妈不仅从来算不上好客，而且以前在祖父母健在时绝少登门，后来跟亲兄长也保持距离，大家似乎都默认了她对于亲情的淡漠，此刻竟然会发出这个邀请。

程莉像完全没看出她的诧异一样，顾自说："听你舅舅说，他们三个好像行动都不怎么方便，住到南山居那边，不用上下楼梯，又有一个院子可以活动，挺合适的。我会搬到市区住，房子给他们使用不必拘束。"

"您跟我妈妈说了吗？"

"没有。"程莉平淡地说，"我跟她说，她大概会拒绝，最好你去劝她接受。"

"你们是姐妹，也许当面说比较好一些。"

"她大概不会想见到我的。"

程嘉璎有些错愕。

"毕竟我和她……很长时间没见，好多话都没法说了。"

刘亚威给她看的那张大雁塔下拍的照片在她脑中快速过了一下，至少那个时候程莉、程虹姐妹两人还是亲昵的，可是姐妹关系里面又包含了多少变故，她只能摇摇头："我和妈妈，也分开很久了。您还是直接跟她说吧，接不接受在她。"

"你这样说就不对了。"

她对这个直截了当的批评无言以对。

"你妈妈被拐之后脑子就不大好用了，不然不会干出跑回去的蠢事。你那个爸爸……"程莉根本不理会她的表情，完全沉浸在自己的情绪之中，眉头微微一皱，似乎根本不想提起他，"乡下人，又有残疾，肯定指望不上的，弟弟似乎身体跟智力都不行，妹妹又任性，居然嫌负担重一走了之了。以后他们

第六章

三个都只能靠你,你不给他们做决定怎么行?"

程嘉璎从来没听姨妈对她讲过这么多话,而且如此尖刻,几乎惊呆了,只得勉强说:"您误会了,这些年都是嘉珞在养家,她不是那样的人。"

"她搞砸你的婚事,又不声不响丢下父母弟弟跑走,这样做能算哪种人?"程莉冷冷地说,"你要搞清楚现实,以后你家那三个人就是你的责任了。"

她默然不语。

"你能够出国深造,一回来就拿到现在这么好的工作,都不是轻而易举的事情。"

"我明白,姨父帮了我很多。"

程莉依旧没什么表情:"你一个人工资虽然在本地也算不错,但如果租房子再养三个人,就会吃力了。想想清楚吧。"

程嘉璎几乎无法作答,只好说:"我去和妈妈说说看,她……"

"你还是没弄明白。"程莉带着几分焦躁地打断她,"她怎么想,并不重要……"

这时对讲门铃突然响起,程莉一下坐直身子,一脸警觉与紧张,却没有起身去应答。程嘉璎好不奇怪,停了一会儿,见门铃继续响着,而程莉还是一动不动,没有起来的意思,试探地问:"姨妈,我去看看是谁吧。"

程莉不吭声,而门铃依旧锲而不舍地一遍遍响着,程嘉璎受不了这种奇怪的对峙,站起来说:"我看看,如果是不相干的人,就让他走开不打扰您。"

她过去接听对讲,吃了一惊,屏幕上出现的面孔居然是陆晋。

"陆警官,怎么是你?"

陆晋听出她的声音,也有些意外:"我有事要找程莉女士。"

她回头,还没来得及说话,程莉厉声问:"是不是你把我住在这里告诉了他?"

"不是。他不知道我来这里了,我也根本不知道他要找您,他是警官,不至于连您住哪里都查不到。"

程莉再没作声。她按了开门键,就站在门边,等陆晋上来按响门铃,给他开了门。

"程女士你好,我打你电话,你一直没接听。"

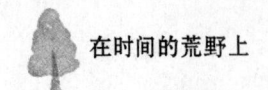

程莉有气无力地说:"上次我已经说得很清楚了,为什么非要没完没了找我。我身体不舒服,根本没气力见客。"

"程女士,上午南山居物业给你打过电话,告知你的住宅凌晨有可能遭到了入室行窃,对吧?"

"是的,我去看过,并没有损失,他们弄错了。"

"但我过去隔着院墙看了一下,一楼卫生间窗子被撬开了,痕迹很新,下面那丛玫瑰花也被踩踏过。"

程莉面无表情地说:"那个窗子前些天卡住,是我用起子撬过的,后来大概忘记关了。"

"与小区控制中心相连的室内防盗系统也被切断了。"

"防盗系统出了故障,我忘了报修。"她指指程嘉璎,"你问问我外甥女就知道,我身体一直不好,一向很健忘。"

程嘉璎想不到她会突然点名让自己做证,迟疑地点点头。

"程女士,我想请你过去,开门让我进去查看一下。"

"没有那个必要,警官,我已经看过了,家里没有任何损失,肯定是保安弄错了。我跟他们说了不需要报警,搞不懂为什么还会惊动你。"

"他们也是对业主负责。"

"好吧,你们的工作态度都很负责,但不需要把宝贵的警力浪费在这上面。还有别的事吗?"

陆晋当然看出她的逐客之意:"有别的事,我会随时和你联系,希望程女士记得接听电话,这样最节省人力和时间。"

等陆晋走后,程嘉璎也想告辞,程莉却说:"等一下,我还有话跟你说。"

她只得坐下,然而程莉又是好一阵沉默,室内空气如同凝滞一般。

"你和这个警官很熟吗?"

"只是因为嘉珞失踪报案才认识的。"

"他为什么总是追着我和你姨父不放?我身体不好,受不了打扰,就算不考虑我,你姨父的位置有多敏感你也应该知道。一个警察动不动找去他公司办公室,又跑来他家里,这传出去,对他会有什么影响,你想过没有?"

程嘉璎倒确实没有想到这一点,只能解释说:"陆警官职责在身,必须跟

第六章

进每一个线索。"

"那你们报案也有一段时间了,他跟你说过有什么进展没有?"

程嘉璎摇摇头:"目前还没有。"

"我觉得这个小警察要么是无能,根本找不到线索,就胡乱把不相干的人都扯进去;要么是好大喜功,巴不得把一个不是案子的案子弄得越来越大。"

她被这个严厉指责吓了一跳:"姨妈,我觉得不是您想的这样。"

"我能怎么想?就拿今天来讲,我明明已经说了家里没有失窃,不需要报警,他怎么会跑过来盘问我?是不是一直在监视我,或者是想针对你姨父?"

"不,姨妈,您误会陆警官了,他非常专业,工作很认真负责。只不过我妈妈太担心嘉珞了,差不多天天去公安局,一待就是一整天,他们压力也很大。"

"所以你应该约束一下你妈妈的行为。调查这么久,一点线索也没有,说明你那个妹妹根本就是自己玩失踪,你妈妈一意孤行把事情闹大,将来怎么收场?骚扰我不要紧,反正我这身体是老毛病了,万一连累到你姨父被人风言风语,你该知道后果的。"

程嘉璎无言以对。

"该说的我都说了,你一向懂得该怎么取舍,好好考虑一下吧。我累了,想休息了。"程莉有气无力挥下手,将身体靠进沙发深处。

程嘉璎出了大厦,陆晋还等在下面。

"你在监视我姨妈?"

陆晋摇头:"昨天半夜将近两点,南山居物业保安在巡逻时发现,你姨妈家里突然有亮灯,因为我之前跟他们打过招呼,让他们格外留意,保安马上联系控制中心,发现当天并没有业主出入记录,保安主管带人赶过去按门铃时,灯已经熄了,他们前后查看,除了别墅一楼卫生间的窗子开着,看起来似乎并无异状。主管并不放心,派了一名保安在附近通宵值守,天亮后打电话联系你姨妈,请她过来看看是否有损失。你姨妈上午过去了,但没让他们一起进去,看了一眼马上出来,说他们搞错了,家里并没失窃,不需要报警。业主这么说,物业也无可奈何,不过主管思前想后,还是给我打电话通报了这件事,我开完会后赶过去,隔着院墙看看,白天下着大雨,找不到什么脚印,但卫生间的窗子却有被撬开的痕迹,家里与控制中心相连的智能防盗系统也被人为切断

181

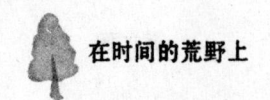

了。这些都足够可疑了。"

"我姨妈解释了,她只是一时疏忽。"

"我不这么看,刚才进你姨妈家,我发现这套公寓是统一交付的精装修,配有标准的报警系统,但又加装了一套市面最新的智能安防系统,走的明线,很显然是才装不久的。出来以后我到大厦管理处问了一下,他们告诉我,你姨父单独在这里住了差不多六七年,一个多月前你姨妈才搬过来,马上请人装了这套系统,还曾两次投诉大厦保安有脱岗现象。一个对安全如此重视的人,会有那么多的疏忽实在说不过去。"

程嘉璎也清楚记得,她在姨妈家住的那个假期,见识过姨妈虽然略微健忘,但因此反而对于关门窗开防盗有近乎强迫症的重视,不止一次出去又折返检查确认是否已经一一做到位。她无法代程莉辩解,只得默然。

"她这样不配合,我也没办法,只能等你姨父出差回来再找他沟通一下。"

"可是姨父跟这件事也没什么关系啊,他都好几年没住南山居了。"

陆晋正色说:"这件事也许和你妹妹的失踪没有关系,在调查中,很多线索都会被证明只是无关大局的枝节,但忽略任何一点,都有可能错失真正有价值的线索。"

程嘉璎刚才也在姨妈面前这样为他辩解,当然能够理解。她内心隐状的巨大不安再次出现,只能无力地点点头。

4

最近这段时间,程嘉璎一直在加班。她参与的这个项目需要处理大量数据资料再做出相应的分析报告,另一名同事生病,她只能靠超时工作来独力完成。

她从来都十分谨慎,唯一的任性大概就是取消婚礼后那个不计后果的长假。而现在她尤其需要这份工作,能做的就是竭尽全力跟进项目。一轮进度下来在每周例会,上司夸奖她交出的报告数据翔实细致,条理清晰,要求所有同事要有这种工作态度。

散会后,便有同事半开玩笑:"这样拼命给我们的压力可就大了。"也有人半是含酸地说:"分析做得这么细致,其实相当于农村妇女在鞋垫上绣花,

第六章

看着华丽但一点实际用途都没有，投资商要的还是前景展望。"

她也只是笑笑，并不多说什么。倒是旁边的女同事小薛冷飕飕开了口："好啦，有人做这种吃力又不讨好的基础工作，撑起您远大的前景展望，就算不说谢谢，也不需要贬低吧。"

小薛专业能力很强，而且向来词锋锐利，那人毕竟也有忌惮，没有作声，收拾桌上的东西走了。

等同事都出去后，她对小薛说："谢谢。"

小薛摇头："不用。我对你其实先也是有看法的，觉得你没任何工作经验就轻易在公司最重要的部门占据了一个位置，上司随时高看一眼，衬得我们这些没有背景出死力一点点打拼上来的简直灰心。"

她当然知道，虽然她有名校文凭和专业傍身，但只凭一个面试便得来这份工作，上司一直对自己态度温和，青眼有加，当然还是因为姨父推荐的关系。同事对这种人际关系既敏感又都心知肚明，她也不试图遮遮掩掩，苦笑一下："是啊，更别说一来还闹婚变，事假加上病假，各种事情不消停。"

小薛也笑了："相处下来，发现你没有急吼吼去抢那些台面上的工作，做事努力不说，而且还会自嘲，我真错看你了。"

这样的大方示好，程嘉璎当然懂得领情。她从小便已学会不动声色融入环境之中，不带一点攻击性也好，保持沉默低调也好，甚至自嘲也好，与各种性格的同事相处，对她来说都不困难。

她也不介意做吃力而不讨好的工作，专注到工作里，甚至能帮她暂时忽略焦灼不安的情绪。

然而也只是暂时而已。王嘉珞依然没有任何消息，哪怕没有姨妈提醒，她也清楚经济问题以后会沉重地压在她身上了。

她拿钱给妈妈，妈妈总是低着头说："还有钱用。"而父亲则会马上出现，伸手接过去，郑重收好。

就算嘉珞留了一笔钱作为家用，又把那里的房租付到年底，她也必须做好负担起他们生活的准备。

一层层阴影始终缠绕着她，让她进退维谷。

在时间的荒野上

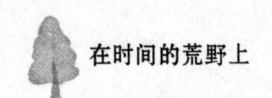

到了周末,程嘉璎搭车去了化工厂宿舍区,进去之前,她先去超市采购。这段时间她已经大致弄清了弟弟王嘉明的偏好,虽然过了二十岁,但他像小孩子一样喜欢一切包装花哨的膨化小食、糖果,拿到一个没见过的品种会两眼放光,翻来覆去细看,小心翼翼拆开后,吃起来心无旁骛,专心得如同在做某种郑重的品鉴。

她提着买好的零食敲门,来开门的照例是王嘉明,就像她弄清了他的口味一样,他也掌握了她来访的规律,尽管没叫过她姐姐,但总会高高兴兴接过她手里的东西。

她对程虹说:"我有点事情想跟您和爸爸说。"

程虹放下手里正在洗的菜,默默带她穿过卧室去了后面。那里是两栋楼房之间夹缝形成的一个梯形的小小死角,勉强能称为院子,上方牵了绳子可以晾晒衣物,王水生和往常一样坐在那里,专心地把旧衣物剪成一根根布条,再扎成拖把。

"不用这么麻烦,我可以买一个过来。"

王水生摇头:"别乱花钱,自己扎的更结实好用。"

如何和妈妈交流,对于程嘉璎来讲,始终是件困难的事情。她的记忆仍停留在七岁那年,程虹从她身上一划而过的眼神。现在她讲话还是无法直视着妈妈,她知道,妈妈同样也没有看着她。

她只能谁也不看,开始讲姨妈的提议,等她说完,程虹一语不发,她想,这大概就是一个拒绝了。不过王水生却表现出了浓厚兴趣,一下抬起头:"你是说你姨妈愿意把房子借给我们住?"

"嗯,她是这个意思。"

"那好啊,这边周围邻居都慢慢开始搬了,我打听了一下,现在方便一点的房子很难租。你带我们去看看吧。"

还没等程嘉璎松一口气,程虹已经霍地站了起来:"不,嘉珞说过,不要去求人帮忙救济。"

王水生横她一眼:"她现在要在这里,自然不用找人帮忙。"

"我早就声明跟姐姐断绝关系了,怎么能再厚着脸皮去住她的房子。"

"那我们住哪里,以后怎么交房租?"

"房子慢慢找,我会去找一份工作。"

第六章

　　这甚至比一个直截了当的拒绝来得更结实,程嘉璎想,妈妈不仅拒绝了程莉,同时也告诉她,同样不需要她的帮助。
　　"妈妈,我是你的女儿吗?"她积蓄心底已久的话终于冲口而出。
　　程虹似乎一下僵住了,王水生怔了一下,连忙说:"这是什么话?你不是你妈的女儿还能是谁的?"
　　"我不知道。我没指望过妈妈像爱嘉珞一样对我,可如果我和她一样是女儿,那请不要这样对我。"
　　程嘉璎再也说不下去,站起来离开狭小的院子,穿过卧室准备出去,正在客厅内看电视节目的王嘉明抬头看她:"好吃。"
　　这是弟弟头一次主动跟她说话,他吃的是她买来的一种薯片,碎屑洒在胸前的衣服上。尽管父母亲都绝口不提,但她看得出来,这个弟弟的智力发育在某个阶段停滞了。父亲似乎有一种奇怪的信心,儿子只是生病了,总归是会好起来的;而母亲照顾嘉明一如他还是婴儿般无微不至。她当然也不再询问什么。
　　她在王嘉明身边蹲下,替他拂一下衣服,指着塑料袋里另一包拆了但没吃几片的薯片:"那这个呢?"
　　他摇头:"辣。"
　　她并没买偏辣刺激的口味,拿起来一看:"哦,我知道了,你跟我一样,也不喜欢咖喱,那下次不买这种了。"
　　王嘉明使劲点头,笑了。和一般人不同,他的所有表情都来得迟缓一些,先是咧开嘴,再扬起眉毛,眯起眼睛,笑意一点点爬满全脸,然后停留在上面,如同定格了一样,于是喜悦显得更加持久充盈。程嘉璎几乎想伸手去捏一下眼前这个松软肥胖、完全不设防的面孔,然而也只是动一下念头而已。
　　王水生跟了出来:"别听你妈的,我带嘉明跟你一起过去看看房子。"
　　"妈妈会生气吧?"
　　"有什么好气的,她说要找工作,可城里哪有工作会给她这样年纪大了身体又不好的女人?以前她给早点摊洗碗,后来卖早点的都改用那种用了就扔的纸盒子,她就只能打扫一下卫生,人家还嫌她动作不麻利。"
　　"您劝劝她,不用去做那些工作,太辛苦了。"
　　"没有种地苦,能够找到事,我也愿意去做啊。"

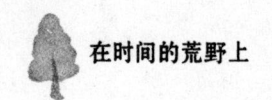

"不不不，你们都不要去找了，钱不够用就跟我说。"

"钱能省就省，你带我们去看看那房子，合适就搬过去。"

程嘉璎看得出来：在王家洼村时，父亲与村里其他男人一样，有说一不二的权威，母亲永远沉默，对任何决定都不想参与；到了汉江市这个陌生的环境，父亲多少识时务地收缩了昔日下命令的口气，但不肯完全放弃做决定的权力，而且考虑问题要现实得多。

这时程虹也走了出来，分明听到了王水生的话，却什么也不说，谁也不看，自顾自去继续洗菜，只留给他们一个瘦而略为佝偻的后背。

程嘉璎看看她，再看看父亲，突然有一点赌气地点点头："好，我给姨妈打电话。"

接到程嘉璎的电话，程莉沉吟一下："你确定你妈妈同意了？"

程嘉璎不想说谎："没有，但我爸爸同意了，我想带他和弟弟去那边看看，也许他能说服我妈妈。"

"哦，那你现在带他们过来吧。"

"您在那里？"

"嗯，我叫了清洁公司过来做保洁，顺便让物业修理安防报警系统。"

程嘉璎带着父亲和弟弟打车到了南山居，程莉出来给他们开门，程嘉璎想给他们做介绍，但突然记起，其实姨妈与父亲以前在王家洼村是见过一面的。程莉显然也完全不愿意再要一个正式的介绍，低着头说："你带他们随便看，我先上楼收拾要带走的东西。"便顾自匆匆进去了。

王水生艰难地挪动残疾的双腿走进去，一下呆住了，喃喃地说："你姨妈住得这么阔气啊。"

其实这是一套有些年头的两层带阁楼联排别墅，面积并不算大，外立面已经略显陈旧，装修也很低调平实，说不上豪华，但有一个近四十平方米的花园，摆放了户外桌椅，种了一棵柚子树和各种藤本月季，此刻花开得正好，与王水生进城之后唯一居住过的化工厂宿舍区那些局促狭小的房子当然有很大区别。

"您就在楼下看看好了。"

王水生挨个房间参观着室内，不停发出惊叹。王嘉明对里面没兴趣，留在

第六章

了外面花园。程嘉璎站在客厅门口,看着脚下已经被打扫得光可鉴人的地板,正心神不宁之间,只听父亲出来,兴冲冲说:"这么大院子,以后可以种好多菜,不用买了。"

她吓一跳:"不行,千万不能把姨妈家种的花给毁了。"

"种这些东西有什么用,吃不能吃喝不能喝。这里雨水足,种什么菜都好长,冬天还可以搭个大棚,一年四季不用花钱买菜。你跟你姨妈说,我们也住不了这么大房子,只给我们楼下一间就可以了。"

她被父亲的话弄得呆住,完全不知道说什么好,再看看蹲在那里看蚂蚁爬行的弟弟,突然满心都是苦涩,一直蔓延在口腔里。

几年前王嘉珞横眉冷眼说的那句话一下又出现在她耳朵里:"我们家里,有一个人接受施舍就够了。"

她当然清楚,她努力表现出的坚强自立更多时候只是一个脆弱的姿态,从本质上讲,她确实是靠亲人的仁慈才长大的。一定要把那些善意与施舍区别开来,也只是维护她可怜的自尊罢了,只有事实才能让她有如此深切的刺痛感。

16岁时,她在舅舅的坚持下来这里度过一个暑假,就再也不愿意过来,努力与姨妈一家保持距离。现在这套房子对她妈妈来说,何尝不同样是种施舍,她就能拿艰难的现实当借口逼妈妈接受下来吗?

正在心神纷乱之际,虚掩着的院门被推开,一个拖着大行李箱的青年男子走了进来。

"你们是谁?"

程嘉璎一眼认出,站在那里的是她的表弟刘铮,尽管他们已经有七八年不见,而刘铮从调皮的中学生长成了一个成年男子,衣着时尚,戴着耳钉,还将头发染成了灰绿色。刘铮走过来看看她,并没有认出她来,皱紧眉头,视线落到了王水生身上,表情更加困惑。

"刘铮,我是程嘉璎,"想了想,她还是加一个注解,"你的表姐。"

然而刘铮听到她的名字,像骤然被雷劈了一下,僵立在原地,好一会儿才开了口:"你为什么在这里?我妈妈呢?"

"姨妈在楼上。你从日本回来了?"

刘铮不答,看看他,再看看她身边的王水生,张张嘴却又马上闭上,这时

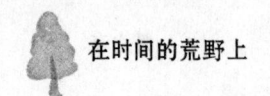

王嘉明站了起来，拈着一个蜗牛走过来，喜滋滋向程嘉璎展示着："大虫子，大虫子。"

程嘉璎避开一点，说："放了吧，嘉明，去洗洗手。"

"他是谁？"

程嘉璎反而镇定下来，看着刘铮："他叫王嘉明，是我和王嘉珞的弟弟。"

刘铮的面孔一点点变得惨白，死死盯着王嘉明，而程嘉璎的心也一点点沉了下去，哑声说："这么说你知道李洛就是我妹妹王嘉珞。"

刘铮后退了一步，正要说话，一个尖厉的声音打断了他："小铮，你怎么回来了？"

程莉跑了出来，喘着气一把抓住儿子的手，一叠声问："谁让你回来的？我不是叫你好好待在那里，我不叫绝对不要回来吗？"

刘铮闭紧嘴唇一言不发，程莉拖着他的手："你跟我走。"

"等一下，姨妈。"程嘉璎走上前去，直视着刘铮，"请告诉我，你知道嘉珞去哪里了吗？"

程莉急急地说："你这么问是什么意思？"

程嘉璎不理会她，只是牢牢看着刘铮，刘铮面色惨白，猛地摇头："不不不，我什么也不知道。"他甩脱程莉的手，遽然转身跑了出去。

程莉追到院门处，他已经跑远，而她气力不支，只能站定，面色惨白如纸，扶住门框大口喘息着，回头看着程嘉璎："你到底想干什么？"

"我只想找到我妹妹。"

"小铮怎么可能知道她在哪里？李洛就是王嘉珞这件事，警察告诉我之后，我才告诉他的。他是个单纯的孩子，根本理解不了你妹妹为什么要化名接近他。你能告诉我原因吗？你也不能吧。再去追问他又有什么用？"

程嘉璎哑口无言，心里乱成一团。

程莉努力调整着气息，让声音低缓下来："我是想帮你，帮你们一家人的。可你不能把我们一家的生活搅成一团糟，那对谁也没好处。"

"我知道。"

"那就好，钥匙和房卡我放在门厅那里了，我先走了。"

程莉将那个行李箱放上车，匆匆离去。王水生过来问："怎么回事？你姨

第六章

妈改主意了？"

她摇摇头："爸爸，化工厂那边的房子租到什么时候？"

"两个月后到期。"

"嗯，那就再住两个月，我也再找找看还有没有其他房子。"

"为什么？这里不挺好吗，又不用花钱。"

"再好也是别人的房子，再说妈妈也不同意，还是自己花钱租住得安心一些。"

"以后要用钱的地方多着呢。"

"我工资够用的，放心。"

王水生不满地说："你弟弟要治病，以后还要成家，需要存好多钱。你最好每个月多给我一些钱。"

她没被父亲直接要钱吓到，还是大吃一惊："成家？他怎么可能成家？"

王水生瞪着她："你瞎说啥，怎么跟你妹一个腔调。我们王家靠你弟弟传宗接代，他怎么能不成家。"

父亲的理所当然弄得她瞠目结舌，但她此时满腹心事，不想再多纠结，摆一摆手："再说吧，不管住哪里，都要妈妈同意才行。"

5

陆晋回到局里，一眼看到程虹像平常一样坐在大厅靠角落的位置。自从案子由派出所移交过来正式立案，程虹也由在派出所守候改到了这里，包括副局长和队长在内，去温言劝她回家，一有消息马上会通知她，但她都默不作声，第二天照来不误。老齐最初吃惊，然后便无可奈何摇头感叹："老太太看着不声不响，可真有套路，搬来报社总编立案还不够，天天静坐，简直是把我们架到火上烤了。"陆晋当然完全体会到了当时站北派出所老王感受的压力，不过他每次出入看到她，不管她是否理会，都会过去打个招呼。

看看时间已经将近中午12点，他过去说："程阿姨，我们一起去食堂吃午饭吧。"

程虹摇头："我吃过了。"

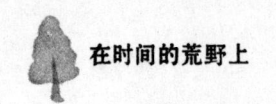

他还是递了一瓶水给她，一转头，看到老齐也回来了，正推着一个年轻男子进来，那人明显并不配合，他连忙过去，发现那人竟是吴家明。

"怎么了，老齐？"

"问问他干的好事。"

吴家明梗着脖子说："我什么犯法的事都没干，你不能抓我。"

老齐气乐了："我抓你？我不拎你上车，你就被人揍了知道吗？我是不是要等你被揍个半死再出手相救，你才会说谢谢啊？"

吴家明一脸的半信半疑，陆晋却知道，这几天老齐一直在监视孙刚林的动静，没想到吴家明也会跑去做同样的事，想必惊动了孙刚林，老齐不得不出手。

果然老齐叹气："孙刚林猫在家里好多天，今天接了电话匆匆出门，应该是有所动作，这位小朋友二把刀玩跟踪，一下被发现，几个人眼看围上来，我只好赶上去，说他欠我的钱想跑路，拖他上了车。"

孙刚林几乎是目前最大的嫌疑人，却没有实质性线索，案子陷于胶着状态，还被吴家明这样横生枝节，孙刚林想必会更加小心，陆晋也好不恼火。但吴家明看上去却心不在焉，盯着大厅角落那边，小声问："那是嘉珞的妈妈吗？"

"王嘉珞带你见过她妈妈？"

吴家明摇头，有点尴尬地说："我偶尔见到的。"

"偶尔？是你跟踪人家吧？"

吴家明没有否认，老齐没好气说："你还真是一向有跟踪的瘾头。"

陆晋说："没错，她是王嘉珞的妈妈，为了找到女儿，天天来公安局里坐着等消息，你能不能像对我们说的那样，过去看着她的眼睛说：你女儿没事的。"

吴家明默然。

"你不会无端跑去跟踪孙刚林，想必也不确定自己之前的判断吧。孙刚林是干什么的你心里应该有数，不要妄想凭你自己的力量就能从他那里得到什么。"

过了好一会儿，吴家明才开口："我确实不敢确定了。"

陆晋和老齐将吴家明带到办公室，他心神不宁，迟疑着说："四年前，我跟踪嘉珞，看到她去化工厂宿舍。你们别误会，当时孙刚林还没被判刑，她的

第六章

伤又刚好没多久,行踪太奇怪,我担心她有意外,不是你们想的那种变态。"

"好吧,讲重点。"

"就是那次我才知道,她把父母弟弟都接到了汉江。发现我跟踪后,她非常恼火,几乎和我翻脸。我发誓谁也不说,特别是对她姐姐嘉璎一个字也不提,她才原谅我。后来,她说要交给我一笔钱,让我帮她保管着,万一有什么意外,就替她交给她父母。我当时很不安,问她为什么不直接交给她父母,她说,不方便,如果我不肯保管,她就另想办法。我当然只好不再问什么了。"

这里面显然有着对自己未来的悲观不确定和托付意味,陆晋问他:"钱的金额是多少?"

吴家明不安地低下头,小声说:"那是她的隐私。"

老齐笑道:"我们不会侵犯她的隐私。可是她当时没有工作,手头有多少钱很可能与孙刚林的案情有关系。你不说,我们早晚也查得出来。"

他无可奈何,垂着眼睛说:"二十万块。"

陆晋与老齐交换一个眼神,觉得这笔钱不仅在四年前,放到现在也不算一个小数字。

"她是通过什么方式转给你的,现金吗?"

"不,是银行转账。"

陆晋眉头锁紧:"转账的时间还记得吗?"

"是孙刚林被判刑的那个月,具体日期忘了。她后来总会不定期打一点钱进来,然后,嘉璎在国外也时不时打钱给我托我转交,她提都不想听我提。孙刚林被判刑后,我们生活一天天安定下来,她去拿了健身教练的证书,找到了工作,我说把卡里的钱还给她,她也不收,说天晓得明天是什么样。我没办法,只能继续保管,集中做个理财,多少升值一点。"

老齐有点不耐烦了:"小朋友,你懂不懂我指的重点是什么?"

吴家明一脸痛苦,看着地板说:"我从5月22日那天开始联系不上她,是很不安的,但6月中旬她往卡里打了钱,我就想,她应该没事。就在我碰见孙刚林的第二天,卡里又打了一笔钱进来,还是她常用的网银转的,所以我认为她是安全的,只是不想见谁而已。"

"什么让你起疑了?"

"她不回来,我总没法彻底放心,前天再登陆网银,突然发现,她以前打

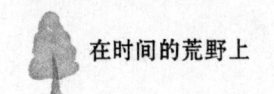

款都不定时，金额也不一定，但最近几个月的打款都是有规律的，每个月的12号上午10：00整打3000块钱过来。她平时是比较散漫随意的人，完全不可能刻意做到这样准时准点，我去银行了解一下才发现，这其实是一个预设好的定期自动转账，不是她当天手动操作的。"

陆晋想这能解释吴家明为什么又慌了神，以至于跑去跟踪孙刚林，可对于他们的工作没有任何帮助，反而增加了难度。老齐显然也这么想，长叹道："麻烦你以后有什么都第一时间对警察讲清楚，不要自己去充当业余侦探给我们添乱好吗？"

吴家明沮丧地低头不作声。陆晋问他："王嘉珞除了给你那笔钱，有没有把别的东西交你保管？"

他摇头。

"孙刚林被捕之前，你和王嘉珞被他打伤了，那一次是为什么？"

吴家明的脸不由自主抽动了一下："我要说我根本不知道原因，你不会觉得我还是在隐瞒什么吧？事实上我真不知道。那天晚上我去送餐，门很长时间不开，里面隐约有惨叫声，我觉得不对就拼命按门铃，还大声喊要去报警，手机刚拿出来就被拖进去了，看到嘉珞已经被打得很惨，当然我也被打了。这个姓孙的就是禽兽，哪有什么原因。"

"他就闷声不响动手，什么也没说？你认真回想一下，这个很重要。"

吴家明眉头紧蹙，陷于不愉快的回忆，迟疑不定地说："他用力踢嘉珞，一边说：你以为你长了这张脸，我就会舍不得下手吗？我弄死你，就像摁死只蚂蚁，你也看到……"他停一下，用力摇头："他好像说了一个名字，可是他两个手下在不停打我，我没听清是什么，说的大概就是别以为你有什么不一样。"

老齐一下站了起来："好好想想，这个名字很重要。"

"我想不起来。"

"哎，你静下来，闭上眼睛做深呼吸，好好回忆一下。"

"没有用，警官，当时我被打得耳膜穿孔，耳朵里一直嗡嗡作响，真的没有听清楚。"

老齐不肯罢休："至少记得姓吧，是不是姓……"

陆晋及时拦住了他，没让他讲出"秦波"这个名字。孙刚林有足够作案动机，一直是最大嫌疑人，但始终没有证据能够指证他，也始终没能找到秦波的尸体，此时说出来不免有诱导做证的倾向。老齐也马上冷静下来，慢慢坐下。

"后来呢？"

吴家明悻悻地说："本来我以为会被打死在那里的，孙刚林突然说：算了，警方正在调查，这个当口还是不要再闹出人命来。所以他们就停手，把我们扔出去了。"

陆晋和老齐交换眼神，明白那个时候公安局应该已经接到关于孙刚林的举报展开调查了。而所谓"再闹出人命"，多少证明孙刚林手上是已经有人命的。陆晋拿出几张照片："打你们的人，除了孙刚林，还有没有这几张照片里的人？"

吴家明一一细看，马上指出了两个人："是这两个。"

"嗯。"陆晋将那两张照片拿到一边放好，"那王嘉珞后来有没跟你谈到任何关于孙刚林的事。"

"孙刚林被抓之后，我跟她说，要不我们也去公安局做证吧，说不定他能判得更重一些。她看着我，过好一会儿才说，好好过几年太平日子，再别动这个念头，也不要再提这个人。我不理解，可是她态度很坚决，我也只能不提了。"

陆晋点点头："这几年除你以外，她和别人有交往吗？"

"一直有人追求她，包括你弟弟在内，哪里就是同事那么简单。"

吴家明的语气颇为微妙，既有点骄傲，又略带嘲讽，陆晋一笑："好吧，除了我弟弟之外，你还知道有哪些人和她关系较为密切。"

"我敢肯定，没人和她关系密切。"

老齐忍不住讥讽："你并不是她承认的男友吧，你们也没住在一起，凭什么能这么肯定。"

吴家明并无任何羞惭不安，冷冷地说："你们大概觉得我傻吧，没关系，我不需要你们理解我。"

陆晋打圆场："程嘉璎告诉过我，没人和王嘉珞像你们之间那么亲密。"

他坦然点头："对，嘉璎明白我和嘉珞之间的感情。我当然知道嘉珞不爱我，可她对我从来都是真诚的、信任的，还劝过我找女朋友，不必把时间花在她身上，她对男女之间的感情和婚姻毫无兴趣，不会爱上任何人。但我告诉她，我有我的选择和坚持。别的人……我根本不担心，他们甚至连她的真实姓

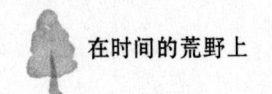

名都不可能知道。"

老齐皱眉："这么说来，你也清楚她用假身份证的事。"

"你不至于要追究这个吧，警官。她只是被孙刚林那混蛋弄得像个惊弓之鸟，缺乏安全感而已，这几年她一直过的都是自食其力的生活，又没利用假身份证做坏事。"

陆晋想，在这一点上，吴家明简直跟他弟弟周知扬看法完全一致。

"不谈关系的亲密程度，你说的那些对王嘉珞有好感试图接近她的，具体都包括什么人。"

"警官，不是我不配合你们，我工作之后，上班和住的地方都在江南，和嘉珞一般只约个周末偶尔见面。这个问题，不如去问你弟弟，嘉珞和他同事，又租住他家里，他肯定比我清楚。"

陆晋只得承认他说得有理："你想想看，除开人际交往，有没注意到她有什么不寻常的举动，任何小事都可能是线索。"

"其实有一件事，我一直觉得有些奇怪。"陆晋与老齐牢牢看着他，他倒有些尴尬，"也许是我想多了也说不定。"

"没关系，你说。"

"去年年底，嘉璎回国了，她找到我，想托我约嘉珞见面，但嘉珞一口拒绝。嘉璎很难过，我只好再去劝嘉珞不要那么固执，刚一开口，嘉珞很冷漠地说：程嘉璎无非是结婚想多个人去捧场，她是不会去助这个兴的。可是嘉璎当时甚至还没跟我说起过她要结婚啊，她们几年完全没有直接交流，真不明白嘉珞是怎么知道的。"

"后来她们还是见面了吧？"

"对，嘉璎反复恳求，嘉珞突然就同意了。唉，我还以为她们姐妹可以和解了，谁想到后来会弄成那样。"

送走吴家明后，老齐长长叹气，陆晋不解："也不用灰心啊，老齐。"

"你猜怎么着？我还真不是为案子没进展着急。你看看吴家明，原本简直是每个当爹的都想要的好儿子，名校毕业，高学历，进了大公司，努力上进，前程一片大好。可是认识了一个背景复杂的女孩子，顿时不知道中了什么邪，挨打差点送命还是其次，关键明知道对方并不爱他，还这么死心塌地。真想亲

第六章

眼看看这个叫王嘉珞的女孩子，到底有什么魔力。"

陆晋笑了："你儿子才读初中，你现在就开始着急他未来有可能遇到这种要命的情关，未免太早了。"

玩笑归玩笑，两人开始认真梳理手头的线索。

"王嘉珞会是从什么渠道知道她姐姐要结婚的事呢？按照程嘉璎的性格，肯定不会大事张扬。"

老齐沉思一下："别忘了，王嘉珞化名李洛和她的表弟刘铮有交往，也许是程嘉璎告诉了姨妈，姨妈告诉了自己的儿子，就这么传过去了。"

陆晋暗想，以程莉那么淡漠的性格，程嘉璎似乎也不大可能回国伊始便主动向这个没什么来往的姨妈通报婚事，不过这个解释还是说得通的。

"这是小事，我倒是觉得，王嘉珞改换姓名，放弃参加电视节目成名赚钱的机会，显然是想避开孙刚林，哪怕他入狱了，她还是忌惮他的，这里面一定有问题。"

"嗯，我也这么想。对了，老齐，当年大李调查王嘉珞时，是查过她名下银行卡的，近一年都没什么大的转账，余额很有限，也没有房子车子这些东西，所以才断定他们确实分手没有瓜葛了。她怎么会在不到两个月后变出二十万块钱交给吴家明保管？"

"是不是变卖珠宝什么的？毕竟她也跟了孙刚林一段时间。"

陆晋摇头。"王嘉珞头一次逃离孙刚林是五年前的夏天，程嘉璎说过她除妈妈给的木制首饰盒什么也没带走，第二次跟孙刚林的时间很短暂，不到半年，就被打伤险些送命，不可能有带走那么大笔首饰的机会。这笔钱值得好好查一下。还有，"他突然想起，"王嘉珞第一次逃走的时间，就是秦波那桩凶杀案发生不久，其中也有可能是有联系的。"

他拿起刚才吴家明指认的两名打手照片："这个王汉是他们团伙被判得最重的那个，还在监狱里服刑，不过陈小东已经释放了，回头我们再找他们了解一下情况。"

老齐连连点头。两人一致觉得有必要重新整理一下时间线，调查五年前王嘉珞是否真如她自己所说，只是孙刚林众多女人中的一个，短暂交往，随即分手，并不曾与闻他做过的那些黑暗生意。

在时间的荒野上

第七章

1

天津路是市区中心主干道旁边的众多支路之一,既有民国时期留下的老房子,也有近十来年新修的高层公寓,各式小店名目繁多,生活十分便利。

喜悦奶茶店是其中的一家,看得出装修翻新过不久,走时下流行的小清新风格,小小的店面刷成明快亮眼的黄色,画着悠闲踱步的粉色火烈鸟,搭配色调跳跃的餐单,连杯子吸管都是专门订制的,带着店里的logo,看上去比街面上其他走快销路线的奶茶店来得精致得多。

像头几天一样,程嘉璎从下班后就来到这家店,点一杯奶茶,坐在对着落地玻璃窗的位置,牢牢看着对面的公寓大楼出口。

毕竟店面狭小的奶茶店不比咖啡馆,一般没人久坐,像她这样的怪客马上引起了老板娘的注意,但老板娘是微胖的30来岁女人,精明能干,做事麻利,有一双了然世故的眼睛,并不逐客,由得她每天坐到关门才走。

几天过去,程嘉璎终于看到她要等的人,匆忙出去穿过马路,拦住站在大厦门口正在等出租车的刘铮。

"我需要跟你谈谈。"

刘铮先是一惊,随即漠然转头:"我没什么可跟你谈的。"

"刘铮,我妹妹王嘉珞也是跟你有血缘关系的亲人,她现在已经失踪快两个月了,我需要确定她是平安的,请帮帮我。"

第七章

"有什么事去问我妈吧。"

程嘉璎恳切地说："如果我要问姨妈，那我早就去按门铃了。我在这里等了几天，就是想请你给我一个答案。"

"我不认识她。"

"这么说你也不认识李洛，没有为她跟一个叫周知扬的人打架闹到派出所？"

刘铮烦躁地摇头："既然你什么都知道，何必来问我？"

这时一辆出租车停下，刘铮拉开车门坐上去，程嘉璎顾不得什么，冲过去拉开另一侧车门也坐了上去。他急了："你缠着我干什么？我还有事，你下去。"

"对不起，我们必须谈谈。"

"在家里我妈要跟我谈，出来你也要跟我谈，个个都缠着我，是想逼疯我吗？"

出租车司机回头："到底要去哪里啊，说个地址再开谈判也可以的。"

刘铮气急败坏，拉开车门下去，程嘉璎也只得匆忙跟司机说声"对不起"，跟了下去。刘铮拿出门禁卡刷开大厦门，转头对她说："你要谈对吧，那好，上去当着我妈的面谈好了。"

"不要这样，刘铮，我没有恶意。"

他厌烦地说："别装了。我妈早就说你心机深刻，最擅长扮出一副孤儿可怜相达到自己的目的，还真是没说错。"

程嘉璎一怔，她知道姨妈并不喜欢自己，一向小心避开，但没想到私底下居然嫌憎恶评至斯。她来不及多想，伸手拉住刘铮推开的门："请问我在她那里达到过什么目的。"

"你一直纠缠我爸爸，离间他和我妈妈的感情，这还不够？"

"这是你母亲的说法，还是你看到的事实？"

刘铮似乎没想到她会以如此平静的口气反问过来，一时倒说不出什么了。

"从小到大，我只在读到初三那年在你家度过了一个寒假，后来除了过年和舅舅一起，再没单独去过你家。你父母之间的关系是怎么样的，你比我清楚，我一个外人没资格说什么。没错，舅舅去外地工作之后，姨父很关心我，也帮了我很多，那是他的善意，我非常感激。姨妈和你如果认为一切出于我的纠缠，我无话可说。你们怎么评价我的人格，我不在意，但我不是孤儿，我有父母兄弟和妹妹，现在我只是想找到我妹妹的下落。"

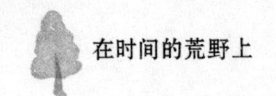

刘铮默然。

"那天你在南山居见过我父亲和弟弟。我和嘉珞分开十多年,在不同的地方长大,成年之后在一起的时间很短,我没来得及了解她,和她好好相处,甚至也不知道她是怎么认识你的。你是独生子女,也许没办法理解这种牵绊。"

刘铮仍然不说话。

"我没法强迫你跟我谈嘉珞,可是我想,你既然从日本跑回来,应该有自己的想法,不需要姨妈挡在前面替你解释一切。"

他扭头看着旁边深灰色的墙面,还是一声不吭。

程嘉璎深深觉得无力,放开手,轻声说:"那就这样吧。"

她准备离去,然而刘铮在身后说:"我没办法帮你。我不知道李洛去了哪里,她后来没和我联系了。"

她连忙说:"你们是怎么认识的?"

"去年夏天,我跟一群朋友在国贸那边的明珠台球城打台球,她突然出现了,很自然就拿起一个球杆加入进来,我以为她是朋友的朋友,但很久之后我挨个问过,当时他们以为她是我的朋友,其实没人以前见过她。"刘铮一脸迷惘,声音低了下去,"她那么美,谁都没想过要去问她是什么人。"

程嘉璎在心底深深叹气,这与她的判断一致:并没有什么表姐弟之间的偶遇,王嘉珞不是一时兴起,而是奔着刘铮去的。可是她为什么要这么做。

"我真的完全没想到过她……会是我的表姐。"

"你是什么时候知道这件事的?"

刘铮露出警惕的神情:"这又有什么关系?"

"好吧,没关系。你最后一次见她是什么时候?"

刘铮正要说话,突然又闭上嘴,同时一个声音从他们身后传来:"嘉璎,你在这里干什么?"

程嘉璎回头,看到了姨父刘亚威,他拎着一个公事包和一个登机箱,看样子是出差回来。

"我想和刘铮谈谈,看他知道些嘉珞的什么情况。"

刘亚威皱紧眉头,刘铮却笑了:"你来得正好,你说我该怎么跟她谈,爸爸?"

他的笑浮在脸上,看着父亲的目光却带着一种凶狠,最后那个称呼更是咬

第七章

着牙进出。程嘉璎很是吃惊，以她在姨妈家生活的那个假期来看，刘铮当时是叛逆期中学生，而刘亚威对他要求严格，免不了时有恨铁不成钢的感叹，但父子之间关系并不紧张，可是此刻他分明对父亲怀着几乎不加掩饰的敌意。

刘亚威一脸疲惫："你上去吧，我来谈。"

刘铮抱着胳膊站在原处不动："我倒是想知道你有什么说法。"

一时之间，三人僵持住了。

"到底是怎么了，姨父？"

大厦门被推开，程莉从里面跑出来，挡到刘铮面前，声音尖厉地说："你想干什么？"

"姨妈，我有些事情想问刘铮。"

"他没什么好说的。我警告过你，不要骚扰我的家庭，不然你会后悔的。"程莉转头推搡着儿子，"快回去。"

然而刘铮不动："我只是想出去打场台球透透气。你成天盯着我，不让我出门，想把我关到什么时候？我什么也没做，你为什么非要让我躲起来？"

程莉怒气冲冲反手一指嘉璎："因为有她这样的人，会抓住你被一个来路不明居心叵测的女孩子引诱这件事不放，大做文章来伤害你。"

刘铮似乎被母亲暴怒的气势压住，低下头去，过了一会儿，转身向电梯走去。程莉像没有看见站在一边的丈夫一样，盯着程嘉璎，如同看一个陌生人："你怎么敢这样做。"

"我只想找到我妹妹。就算我不来问刘铮，警察也会来的。"

程莉面色铁青："你就是个养不熟的白眼狼。"

刘亚威开了口："别这么说，嘉璎什么也没做，她只是……为她妹妹着急。"

"那你呢？你为你儿子、为我、为这个家急过没有？"

"你到底想要我怎么做才满意？"

程莉再度指一下程嘉璎："你一直偏心她，巴不得她是你女儿才好。可是别忘了，刘铮才是你唯一的儿子。现在你来打发走她，让她别再来骚扰我们，我就相信你还有点人性。"

她进去，"咣当"一声关上了门。

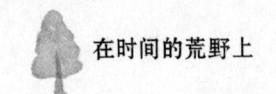

程嘉璎看向刘亚威，满是迷惑，然而刘亚威避开她的目光。

"你不要在意她说的那些话。"

"我怎么可能不在意？她是我的姨妈，我妈妈的姐姐，我要找的人也是她的外甥女。为什么她会觉得我对她有恶意，这么憎恨我？"

"你想知道原因？原因很简单，她有被害妄想症。"

刘亚威语气平淡，程嘉璎呆住了。

"这不是医生的诊断，是我跟她生活这么多年下的判断。我求过她去看心理医生，她不肯。不光是你，就算我也一直在她的怀疑名单上。在她看来，她以前的同事，她的同学、朋友、家人……差不多所有人都有可能会加害她，唯一例外的是小铮，小铮牵扯上你妹妹这件事，实在出乎意料，没有一个合理的解释，她当然觉得你们都是想来对付她的，我如果不能说服你，那我毫无疑问也是她的敌人。"

程嘉璎怔怔看着他。

"现在你知道我为什么和她分居了，嘉璎。住在这里，我才过了几年清静日子，可她突然又跑过来，说南山居那边不安全，说什么也不肯回去。我只能让她住下，我去住酒店。要不是需要取东西，我不会回来的。这些年，我实在是太累了。"

她还是不知道说什么才好。

"小铮这孩子，被他妈妈保护得太好，玩心重，不成熟，经不起任何风雨。他不可能知道你妹妹的下落，答应我，不要再去追问他什么了，更不要把公安扯进来，那只会弄得你姨妈更加抓狂。"

刘亚威一脸疲惫，神情痛苦而恳切，程嘉璎下意识点点头。

"不早了，回去吧。"

他将公事包和登机箱交到左手，拿出门禁卡，刷开大门进去。转身之际，程嘉璎发现，这个一向潇洒英挺的姨父，人到中年仍保持着极佳的仪态，此时却肩头耷拉下来，背也有些佝偻，现出前所未有的疲态。

大厦门合上，程嘉璎茫然不知所措，走出几步，又记起背包还丢在奶茶店，回头去拿，老板娘已经等在门口，将包递给她。

"谢谢。"

第七章

"我在这里开店快三年了,也认熟了对面进进出出的住户。你好好一个女孩子,看起来斯斯文文,不要动不动学人上门开谈判。那男人出入奥迪,一个人住市中心豪华公寓,又有钱又有风度,可那不代表他真的是单身,能和你有未来啊。男人许的愿,是用来助兴的,一当真就傻了。现在人家老婆孩子全都冒出来了,他也开始躲着你了,对不对?"

程嘉瓔知道她是误会了,满心烦恼苦涩,可也实在提不起气力去做解释,转身便走。

"再说了,你不是他带回来的第一个年轻女孩子,他老婆以前也坐这个位置监视过他。趁早放手吧,对自己好一点。"老板娘意犹未尽,在她身后再加上一句。

程嘉瓔头也不回,逃跑一样加快脚步离开,她的心跳迅速加快,同时变沉向下坠着,硬生生扯出疼痛感。

2

连续加班两天后,程嘉瓔来到化工厂宿舍区,王嘉明给她开门,同时接过她手里的袋子。让她意外的是,林曦坐在客厅的旧沙发上,正和程虹说着什么,见她进来,她们停下来,表情都很凝重。

"林阿姨,您怎么在这里?"

"我去市公安局办点事情,碰到你妈妈,就送她回来了。"她站起身,"坐了半天,也该走了。嘉瓔,这里路太绕,你送我出去吧。"

程嘉瓔点点头,陪她往外走。

"林阿姨,您是特意去市公安局见我妈妈的吧?"

"是的,局领导给我打电话,希望我劝一下你妈妈,不用天天去局里坐着,他们很重视这个案子,不需要报案人这么辛苦额外施压。"

"我也劝过她,她没反应。您的话她也许愿意听。"

林曦叹一口气:"那可不一定。她有自己的想法,对我也未必愿意讲出来。如果坐在公安局等能让她安心一些,我觉得还是尊重她,让她去好了。"

"嗯。"

"其实我昨天晚上先去你宿舍找过你，没见到你。"

"您找我的话，怎么不给我打电话？"

"住你隔壁的薛小姐说你在公司加班，我也不想耽误你的工作。"

"您有什么事吗？"

林曦踌躇一下："我去找你，是没有告诉子桓的。"

"嗯，我懂，您放心，我不会跟他提这件事。"

"子桓最近非常消沉。从公安局回去之后，他搬回你们的新房居住，我过去探视他，看到他一个人借酒消愁，喝得半醉。他一个那么有洁癖的人，屋子里乱糟糟的也不叫人来打扫。我看着实在……很难过。"

程嘉璎默然。

"我和他谈过，知道他是想与你复合的，取消婚礼那件事是他做错了，他愿意挽回，我和他父亲也尊重他的想法。可是他说你已经明确拒绝了。"

"是的，阿姨，前天我给子桓发消息，想确定去办手续的时间。但他没给我回话，我打电话给他，他也没接听。"

"那是因为他不想离婚。嘉璎，到底是为什么？那天在公安局里，你说的那些话，不要说子桓，我听了都很感动，你明明是一直爱着子桓的。我误会了你，子桓现在也能体谅你没讲出身世的苦衷，有什么必要还是要走到离婚那一步。"

她只觉得疲惫不堪，无可奈何地说："阿姨，我跟子桓已经谈过这件事，我们……没办法继续下去了。"

"我没有责怪你的意思。可你是唯一一个从头到尾了解一切的人，你清楚我的身份，知道子桓是我的儿子，可你还是决定跟子桓交往，而且答应嫁给他。我相信，你一定把一切都考虑好了。而子桓在这件事里是被动的，甚至可以说是被你决定命运的那个人。他会愤怒，我觉得情有可原，他决定谅解，肯定还是因为爱你，你突然这么坚决要分开，对他公平吗？"

"并不公平，我知道。"程嘉璎凄凉地笑，"可是阿姨，您很早就认识我妈妈，人生哪有公平可言。"

林曦遽然变色："这么说，你还是计较这件事。子桓也追问过我，嘉璎，本来我可以把一切都讲出来，要不要恨我，或者释然，放开上一辈人的纠葛，过你们自己的生活，一切都在你。不过我还是必须考虑你妈妈的意愿，所以今

第七章

天我和你妈妈把什么都摊开来说了。"

程嘉璎怔住："阿姨，我跟子桓已经说清楚了，决定和他分开，与您，与我妈妈都无关。"

"那怎么可能。我现在也不敢夸口说有多了解自己已经成年的儿子，尤其他自尊心又那么强，什么都不肯讲出来。可有一点是肯定的，我绝对不愿意儿子承受的痛苦来自于我。刚才我问你妈妈，她是否介意我把过去的事说出来，以免影响到我们儿女的婚姻。"

"她怎么说？"

"她说……过去的事不用再提。"

不知道为什么，这个意料之中的回答还是让她觉得一阵失落，她摇摇头："那就尊重她的意思吧。"

"可是这会影响到你和子桓的感情啊。"

"我说了不相干的，阿姨。我领您的心意，不用再问我妈妈了，她不会关心这件事的。"

"你们这对母女实在是……她倒是知道你结婚的事，可是不知道嫁的是我儿子。你有大把时间跟她说的呀。"

"她从来没在意过我怎么生活。"

"我也是做母亲的人，相信我，母亲和子女之间的联系是割不断的。"

"好吧，那在妈妈心中也是有优先级的，她最关心的是妹妹和弟弟，现在找不到嘉珞，她已经够乱了，没必要跟她说这些。"

"你错了，嘉璎，我看得出来，她是在意你的。只不过……"林曦欲言又止，"她有她的苦衷，这么多年了，她还是没办法面对，不能怪她。我也无能为力。"

"没什么。别人也许把原因看得很重要，可大家最后能得到的，都不过是一个个结果而已，我和妈妈的关系，就是其中一个结果，为什么会这样，她从来不想给我解释，那么我也不需要答案了。"

送林曦上车之后，程嘉璎返回，只见程虹等在门口。

"不要因为我们离婚。"

这话来得突兀，却是她第一次主动谈到程嘉璎的个人生活，程嘉璎心猛地

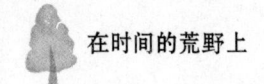

一荡，牢牢盯住程虹，然而程虹没有看她。

"林曦说她儿子真心想和你生活在一起，我们……"她含糊地转头示意一下屋内，"她说也不是障碍，她儿子可以接受，她和她先生也不会有异议。如果我愿意，她可以和儿子一起过来见个面。我说没有这个必要，我们以后也不会往来影响你们生活的。"

原来并不是来自母亲的关心，而是一个划清界限的说明。程嘉璎目瞪口呆，一时讲不出话来。短暂沉默之后，程虹平淡地说："还是你自己拿主意吧。"

她转身去拉门，程嘉璎的手伸出去，已经触到她穿的那件蓝色格子布衬衫，硬生生停住，而她似乎感觉到了什么，手停在门把手上，两个人同时以一个别扭的姿势顿住。

"您不会对嘉珞这样说吧？"程嘉璎听到自己的声音冷冷响起。

程虹没有回答。

"您是想告诉我，哪怕我不管你们的生活，您也绝对不会抱怨，对不对？"

"我没养你，没资格对你要求什么。"

"哦，您养了嘉珞，所以有资格让她没成年就出去讨生活养活全家。这么说来，我该感激您啊。"

程虹瘦弱伛偻的肩头一抖。程嘉璎清楚知道自己说的话非常尖刻，然而愤怒之下，她无法收住了。

"可以选择的话，您会希望失踪不见的那个人是我吧？"

程虹一动不动站着，没有回答。

"别害怕承认，告诉您吧，我也希望那个人是我。毕竟没人记挂的人无声无息消失，被所有人忘记，也许是一个最好的结果。"

"不要这样说。"程虹的声音喑哑，低不可闻。

"那我该说什么？我和嘉珞一样是您女儿，究竟是什么让您这样讨厌我，一心只想推开我？"

"这样不是对你更好吗？"

"谢谢您对我的这个好。"程嘉璎心灰意冷，转身离开，同时说，"早点找到嘉珞，我们就都解脱了。"

出了宿舍区，程嘉璎上了公汽，她在车尾找一个靠窗的位置坐下，看着外

第七章

面、车辆、骑自行车的人、步行者、行道树、道路两边的楼房……一一从她视线掠过，城市的空气灰蒙蒙的，如同她此刻的心境。她以为她早已经接受了现实，不会再对母亲不爱她这件事有过多情绪波动。然而她错了，那是她心底一个远说不上愈合的伤口，层层遮掩也不过是努力造一个外壳，避免轻易触痛而已。

上一次牵到母亲的衣角，还是七岁的时候，她察觉到母亲要丢下她，带着妹妹离开。然而那一次她不顾一切抓住母亲，也并没能让她们最终在一起。

你不能怪母亲放弃你，毕竟你也放弃了母亲，还有嘉珞，她对自己说。

小时候那么多悄悄的渴求——落空还不够你永远放弃吗？母亲只轻轻一句话，就能让你生出新的奢望，然后承受新一轮的失望；你是一个成年人，为什么还像孩子一样贪心，非要注定得不到的爱；你口口声声说自己不需要答案，其实还是有那么多疑问；你还能经得起被再度推开吗……

各种念头如同窗外景物一样飞快从她心底掠过，抓不住一个成形的想法。

到站之后，她拖着步子下车，只觉得整个人空空荡荡，走到一个常去的便利店，看看锅里热腾腾的关东煮，却完全提不起胃口，突然记起那晚陆晋带她去喝的莲藕排骨汤，她对食物向来没有任何挑剔，从小到大吃各式食堂，直到德国人习惯的冷硬餐食都能照单全收，此刻居然有了一点偏好，实在来得意外。

她想了想，决定既然无法解决最根本的那部分失望，还是在这难得的食欲方面满足自己，于是重新坐上车往站北村去了。

那间排档依旧是热闹的，就着凉拌牛肉、水煮毛豆和各式小菜喝啤酒的食客们看上去兴致正浓，推杯换盏，大声谈笑。

程嘉璎在边缘找个位置坐下，要了一碗例份的藕汤，老板娘端上来的却是一大碗，不待她说话，笑道："夏天不容易买到适合煨汤的藕，喝这个汤的人也少，我每天只做一锅，就剩这么多了。"

她慢慢喝着汤，切成滚刀块的莲藕照例被煨到糯粉，排骨酥软，汤醇厚甘甜，和留在她印象里的味道一样，丝毫没让她失望，一口口喝下去，至少胃被一点点填满回暖。她从来不知道食物有这样的疗愈感，又觉得也许只是她一向对口腹之欲要求太低，才会一直记得慕尼黑咖啡馆的那块奶油蛋糕，和眼前

在时间的荒野上

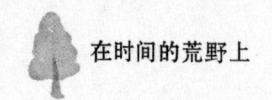

这碗带着烟火气息的汤。

一个人在旁边站定,她抬头,是便装的陆晋,一怔之下,张了张嘴,有些尴尬。陆晋递给她一张纸巾,再示意一下嘴角,她擦拭一下,那里挂了藕里的长丝。

"你也来吃消夜?"

陆晋坐到她对面:"我刚下班。"

她再度欲言又止,陆晋先开了口:"如果你不想对我提刘铮回国这件事,那不必为难了,我已经知道了。"

她想,他连她这点隐秘的心事都能猜中,当然更不可能放过刘铮回国这条线索。

"下午我去找了你姨妈,猜她怎么说。"

提到姨妈,她眼神一黯:"她不会让刘铮见你的。"

"她说刘铮跟同学一起自驾去西藏了,而且没带手机。她也不知道那位同学的联系方式。"

程嘉璎暗暗苦笑,姨妈对她再怎么强势,到陆晋面前也未免词穷得可笑。

"我告诉她,自驾去西藏不带通讯工具完全说不过去,她儿子是成年人了,不需要别人替他挡在前面的。我如果要找,一定找得到他。"

"我见过刘铮,也提到他已经成年,最好主动面对。可是,他好像真的不知道什么情况。"

"那是你的直觉而已,这件事上需要专业的判断,你应该第一时间就把他已经回国了的消息告诉我。"

轮到程嘉璎词穷,她只能拿勺子搅着面前的汤。陆晋也并不追问,吃着老板娘端上来的一碗牛肉面。

这时火炉那边一阵吵嚷,程嘉璎回头看去,只见桂姐正叉腰大声数落她的老公:"哎,你给我放下,这烫伤膏很贵的,手别见水。笨死了,是不是想再像上回那样小伤整大,好歇工回去躺着当大爷,把什么都丢给我?都说你多少次了,长点记性好吗?"

陆晋莞尔:"别看桂姐这么凶,其实他们很恩爱的。"

"嗯,看得出来。她活得好真实。"

第七章

"我还头一次听到这种角度夸她，要讲给她听，她肯定惊讶。"

程嘉璎自嘲地笑了："可能我是个虚伪的人，所以在意别人的真实。"

"这话怎么讲？"

"我一方面催促你破案，一方面又对你隐瞒线索，还不够虚伪吗？"

"谈不上，每个人在每件事上都有自己的立场。我的立场是：对我坦白一些是最节省时间的做法。"

"像我这样连自我都早早放弃掉的人，一路走来，哪有什么立场可言。"

陆晋有些意外，抬眼看她："为什么会这么说？"

"我在自我反省，自己到底算个什么人？结果越想越混乱，得出的结论是，我不大可能知道答案了。"

"人人都会有自我怀疑的时刻，你只是陷于情绪低落之中了，相应放大了焦虑感。"

"是啊，所以我来喝排骨藕汤，想自我治愈一下。"

"有用吗？"

"不知道。胃觉得满足了，可是……"她想说，心还是空的。然而这句话毕竟太私人化，带有太多情绪，终于没法讲出来，"这碗汤也足够超值了，要求不能太多。"

就算陆晋没做这份需要时时观察判断的工作，也能够看出，程嘉璎满怀心事，然而，他只能站在一个保持足够距离的尺度之外，不再追问下去。他转移话题，对桂姐方向扬一下下巴："如果你能连续一周来这里消夜，我保证你可以听全桂姐所有家事。"

看看一边做事一边一本正经训斥小工的桂姐，程嘉璎也忍不住笑："我羡慕她。"

这听起来还是有些奇怪，但陆晋也不多问什么了。

此刻的沉默显然也是程嘉璎所需要的。她恢复平静表情，小口小口喝着汤，仿佛在品尝并刻意让自己记住每个细微的味道。

临走时，她开了口："如果我问案情有什么进展，你会觉得我也在施加压力吧？"

陆晋不语。她苦笑摇摇头："算了，有我妈妈天天坐在那里，就够你们受了。不用说了。"

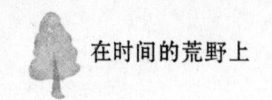

3

按照纪律，在案子尘埃落定之前，警察不会给予当事人任何肯定的回答。对此陆晋从无迟疑，但程嘉璎的痛苦实实在在触动了他心底某个隐秘的部分。

而案情其实是有所进展的。

陆晋与同事筛查大量监控信息之后，锁定了夜闯南山居别墅的嫌犯，不无惊讶地发现，这人正是被吴家明指认的打手之一陈小东。他有盗窃、敲诈以及人身伤害的前科，曾两次坐牢，最重要的是，他一直是孙刚林的手下，第二次坐牢就是与孙刚林同案审理，被判了三年，先一步出狱。

他被传唤到公安局，先是拒不承认曾到过南山居，然而他借的车当晚停在南山居侧门，被监控录像拍到，离去的时间恰好与保安发现时间吻合。看到证据后，他改口称喝多了，怕被查酒驾，于是驶到偏僻地方停下睡觉，等半夜酒醒开回了家，但他提供的所谓一同喝酒的两个朋友在警察盘问和行踪调查之下全都改了证词。他再度改口说是独自喝酒，坚决不肯承认曾夜闯程莉家。

当被问到他曾参与殴打吴家明和王嘉珞一事时，他满不在乎地说，以前打的人太多，谁还记得那么久之前的事？

老齐不屑："这已经足够把孙刚林和这件事联系起来了，再调查审上几天，看他招不招。现在就看有没办法把孙刚林和程莉联系起来，他们一个是涉黑首犯，一个是企业家的全职太太，按说不大可能会有打交道的机会。"

"程莉是八年前辞去工作的，她大学学的法律专业，之前在仲裁中心工作。"

"啧啧，难怪她口角那么锋利。如果是律师的话，倒是有可能接触孙刚林或者相关的人。可是仲裁中心好像很难与孙刚林发生交集。孙刚林会不会是指使陈小东去找程莉的儿子？毕竟这小子直接认识王嘉珞，程莉在那个时间点把他送出国，实在太像是避风了。"

"有这个可能，我们还是先抓紧时间找到刘铮。"

正如陆晋对百般推诿的程莉预言的那样，找到刘铮几乎没有难度，他当然

第七章

没去西藏。

出国之前，刘铮一直是个爱玩爱交际的大男孩，在社交媒体上更新频繁，晒各种呼朋唤友吃喝玩乐，直到去日本前一个多月才突然沉寂，发的状态大大减少。然而锁定他几个朋友的账号，就可以发现，他们生活状态一如既往，最近的聚会中就有刘铮的身影，时间地点一应俱全。意外的收获则是，刘铮固然删除了不少状态，但他某个朋友的相册中却意外保留着不少有王嘉珞在内的照片。

他将照片下载打印出来，贴在线索黑板上。老齐看了，一声赞叹："真漂亮。"

是的，周知扬、吴家明，还有程嘉璎，全都说过王嘉珞长得美，他们也看过王嘉珞的证件照，留在健身会所墙壁上的员工照，与程嘉璎的大头合照，知道她是有标致面孔的年轻女子。但在这些手机拍的照片中，没有一张是直视镜头的摆拍，她吃东西、侧头与人讲话、拿着球杆准备击球、接听手机、若有所思看着某个地方……每个姿态都美得格外气韵生动，突然从那个被报案失踪的符号变成了一个活生生的女孩子。

陆晋到达台球城时，一眼便看到刘铮与其他几个同样染发文身的男女所在的那一桌。他走过去，在正俯身击球的刘铮身后不远处站定。他穿着样式最普通不过的衬衫长裤，但刘铮的同伴一看到他，都感觉到了某种震慑，同时不出声了。刘铮觉察出气氛异样，直起身来，回头看着陆晋。

他丢下球杆："你是警察吧？"

陆晋出示证件给他看。

他脸上倒满是无所谓："就知道你们要来找我的。"回头对一个朋友说，"你过半个小时给我妈打电话，让她去公安局接我。"

不知为什么，这口气居然略像自己的弟弟周知扬，陆晋不免有些哭笑不得，正色说："我们先借一步说话，要不要带你回局里，取决于你的态度，放心，到时候就算你朋友不打电话，我也肯定会给你打电话的时间。"

两人出来，台球城外侧有一圈户外椅子，他们坐下，刘铮看似轻松地架起二郎腿抖动着。

"想问什么，警官？"

"你和化名李洛的王嘉珞最后一次见面是什么时候？"

在时间的荒野上

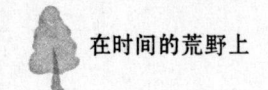

"4月17号。"

刘铮回答得十分干脆,而陆晋记得,这正是他与周知扬打架闹到派出所的日子。

"也就是说,你从派出所出来后,就再没见过王嘉珞。"

"对。"

"有没有和她进行电话联络?"

"打过电话,一两次吧,记不清了。"

陆晋问:"你为什么和她发生冲突?"

刘铮面无表情地说:"谈不上冲突,就是为点琐事发生小争执,然后有个傻×出来多管闲事,后来的事派出所都记录了。"

"什么样的琐事?"

"警官你能记得过去每一天发生的每一件鸡毛蒜皮吗?都说了是琐事,当然转眼就忘掉了。"

"所以不是因为突然发现了她是你的表姐才吵起来的?"

他左眼下方抽动一下:"不是。"

"那你是什么时候知道的?"

"去日本以后,我妈告诉我的。"

陆晋很熟悉这种过于流利的回答。

"在知道她是你表姐之前,你们是什么关系?"

"朋友呗。"他指一下台球城内,"和他们一样,偶尔一起打打台球,再加上吃饭喝酒唱歌。"

"她突然消失这件事,你怎么看?"

"她没告诉我要去哪里,也许环游世界去了也说不定。不想联系的朋友各走各路,我没看法。"

"你跟她谈起过你的表姐程嘉璎要结婚的消息吗?"

他有些不耐烦:"我跟那位表姐也并不熟好吗,根本不知道她要结婚。"

"孙刚林是什么时候找到你的?"

"谁?"他发一下愣,"我不认识叫这个名字的人。"

陆晋前面问那么多明知他会有准备的问题,就是为了看看他对这个问题的反应。

210

第七章

"你和王嘉珞认识差不多快一年，她有没对你提过这个名字？"

刘铮一脸没好气："警官，她连自己的真名都没有告诉我，什么孙某某，没听说过。"

"5月21日那天晚上，你跟王嘉珞联系过吗？"

"没有。"

"那天你在干什么？"

"一个多月前的事了，我不记得了。哦等等，"他拿出手机翻了下，找出他在那天发的一条状态，照片是他和几个人对着镜头傻笑，一看就处于半醉之中，面前杯盘狼藉，空啤酒瓶林立着，时间正好是5月21日晚上十点多钟，"后来我睡在朋友家里。不管那天发生了什么，我都有不在场记录。"

恰在此时，他手机响起，屏幕上显示的名字是"妈妈"，他却直接按了拒接。

"我要是不回家，她大概会带一队律师去找你们。"

陆晋耸耸肩："没关系，我们欢迎公民依法维护自己权益。"

"好吧好吧，只要不怕浪费你的时间，就接着问好了。"

但陆晋已经不需要问什么了："你可以回去跟你妈报平安了，不过我希望在调查期间，你不要离开本地。"

刘铮一言不发，起身便走。

陆晋拿出手机回了一个电话，一抬头，只见一个个子不高、头发染成亚麻色的年轻男孩子站在离他不远的地方，小心地看着他。

"有什么事？"

他向台球城内张望一下："我是刘铮的同学。"

陆晋点点头："你叫陶永安对吧？"

他一下瞪大了眼睛："警官，李洛出了什么事？"

"为什么这么问？"

"刘铮回来以后，我问过他，为什么他去了日本，李洛也突然不见了，打电话总是关机联系不上？"

"他怎么说？"

"他脸很臭地说，人人都来问他这件事，搞不好警察也要来问的。我以为

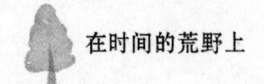

他们大概是分手了，两个人都心情不好，就不好追问下去。没想到警察居然真的来了，而且你连我的名字都知道。李洛到底怎么了？"

"你跟李洛熟悉吗？"

"我……能算是她朋友吧。"

"刘铮也说他们是朋友。"

他的眼睛再度睁大，想说什么，却又生生忍住，咕噜了一句："哦，这样啊。"

"你对李洛了解多少？"

"我也不熟。"

他本来站在几米开外，这时微微一动，转身想走，但陆晋敏捷地站起来，几步走到他身边，抢在他迈步之前抓住他的手肘，带着他往外走，他身不由己跟着陆晋的步子，一边惊惶地说："警官，我什么也没做啊。"

陆晋带着他一直走到后面停车场才松开他。

"李洛的家人报案说她从5月21日失踪，我们正在调查。"

他呆了一下，现出怒色："我要去找刘铮这家伙问清楚，他居然能若无其事出来打球唱歌。"

"你也是喜欢李洛的吧？"

他张张嘴，尽管一脸紧张，却没有否认。陆晋当然不是随口一说，他早翻遍了刘铮这些来往密切的朋友的社交账号，陶永安就是拍下多张王嘉珞照片的那一个人，不带着爱慕之情随时留意，恐怕不会抓拍那些镜头出来。他原本计划找过刘铮之后就去找这个男孩子了解情况，没想到他会主动送上门来。

"把你知道的情况全告诉我，会有助于早日找到李洛。"

"我知道得不多。可是，如果刘铮说他和李洛只是朋友，那他在撒谎。"他悻悻地说："他一向都是以李洛的男朋友自居的。"

"他们之间的关系看起来怎么样？"

"我……说不好。李洛是那种让人没法看透的女孩子，她长得那么美，可过的几乎是把自己藏起来的生活，从来不让人送她回家，不发自拍，不参加那种抛头露面可以成名的活动，跟谁都带着距离感，对谁都不主动。我也有过女朋友，照我的看法，她对待刘铮的态度，不像是拿他当男朋友看。"

"这话怎么讲？"

第七章

"很多时候,她倒是有点像逗他玩。"然而他马上摇头,"警官,你不要误会,我的意思不是她在玩弄刘铮。她没有对刘铮不好,就是……不上心,不认真,也根本不打算费事装着认真。"

"你们经常在一起玩,有没看过他们之间起冲突。"

"那太多了,刘铮很爱吃醋的,我听到过几次他追问李洛的行踪,今年4月6号那天,我过生日,约了几个朋友聚会,他一个人跑来了,喝醉之后胡言乱语,还拉着我开车去李洛上班的健身会所,等她出来跟踪她。"

带着朋友跟踪女友这种事在陆晋看来有些不可思议,他只能认为这些年轻男孩子的世界离他太远了。

"然后呢?"

"李洛发现了,下了出租车,直接过来敲车窗,问我们要干什么。"陶永安一脸尴尬,"刘铮借着酒劲儿跟她大吵大闹,说了些很难听的话。"

陆晋想,王嘉珞在几种身份与生活之间切换,还曾察觉过吴家明跟踪尾随,一定有着非常高的警觉:"小陶同学,我无意窥探隐私,但他们之间矛盾具体是什么对我来讲是很重要的。"

陶永安盯着地面,小声说:"他骂李洛放荡,下贱,脚踩两只船,和老男人不清不白,无情无义之类的。周围好多人看热闹起哄,我听着都受不了,可是李洛一点没生气,就那么看着他,那个神情……不好形容,"停了一下,他抬起头,困难地说:"她看起来简直就是可怜他的样子,等他骂完了,她跟我说:把他送回家去吧。然后招了辆出租车走了。"

"和老男人不清不白这件事,刘铮有没解释过是什么意思?"

孙刚林是二月下旬被批准保外就医,他目前将近五十岁,倒是符合老男人的标准,不过王嘉珞改名换姓避之唯恐不及,又主动去与他"不清不白"的可能性应该极低。陆晋还是追问陶永安,然而陶永安摇头。

"等他酒醒了,我也问过他,凭什么那样说李洛,他捧着脑袋死不吭声。我就知道他是乱吃醋……唉,他其实是藏不住心事的人,我认识他那么久,没见到过他这样,只好反过来劝他,不要钻牛角尖。"

"那次以后他们就分手了?"

陶永安苦笑:"刘铮的情绪变得很暴躁,跟几个朋友都因为一点小事翻脸,甚至跟陌生人一语不合大打出手。我实在看不下去,去找李洛,想劝他们

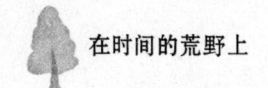

和好。那一次……"他又迟疑起来,"她讲了些挺奇怪的话。"

"什么话?"

"她说她不会去安慰刘铮的,刘铮这样的小孩子顺风顺水,得到的爱已经太多,受一点点伤就以为自己是天下最不幸的人,贴个创可贴可以了事的伤口,他们恨不能打上夹板再裹无数层绷带。我当时就讲不出话来,想想她说的虽然是刘铮,恐怕我在她眼里也好不到哪里去。"

陆晋暗暗好笑,陶永安却一脸挣扎:"她说完了要走,我拦住她,说刘铮可能任性,但他是真的受伤了。她反问我,永安,你失恋过吗?会难受到什么程度?我老实告诉她,我跟女朋友因为去哪儿吃饭点什么菜饭后看什么电影吵了一架然后就分手了,郁闷了几天,说不上多难过。她听了哈哈大笑,说,你可以放心,刘铮过几天就没事了。我说那不一样啊,我和刘铮认识那么久,见识过他交往不同的女孩子,你对于刘铮意义是不同的。她说,并没什么不同,人受了小伤最好不要过度治疗,不然以后大的伤害来了,只会垮得更彻底。不知道为什么,她讲得很平静,可我听着有点……说不出来的害怕。再后来,听说刘铮去找过她,还和她的同事打架闹到派出所,我给刘铮打电话他也不接,去他家找他,他妈妈说他出门散心去了。一直到五月,刘铮突然告诉我们,他要去日本留学,说完就走了,李洛也不见了。前几天他不声不响又回来了,什么也不肯说。到底发生了什么事啊?"

陆晋只能回答:"我们正在调查,你要想起来什么,马上跟我联系。"

陶永安接过他的名片,并没有看,抬头望着远处,眼睛里满是迷惘,喃喃地说:"我希望她真的环游世界去了。"

陆晋心内一动:"刘铮也提到过环游世界这句话,有什么特别含义?"

"有一次我们喝酒闲聊,开了两瓶我爸从美国加州带回来的葡萄酒,喝得很开心,然后大家说起各自去过的最有意思的地方,只有李洛一直没说话,我问她,她说,她去过的地方很多在地图上都找不到,谈不上有意思,以后可能的话,她会丢下一切,环游世界去。大家就说好啊好啊,干脆凑钱买个房车,一起开到哪里算哪里。我们都有点喝高了信口开河,可我看到李洛的眼神,觉得她是认真的。"

第七章

4

老齐打电话通知吴家明，要求他交出那张银行卡便于调查。

"为什么？我可以把这几年的银行记录打给你们。"

"没那么简单，至少王嘉珞给你转的头一笔二十万要冻结起来，等我们查清来路再说。"

他一听就急了："你们凭什么这样干。我就知道不应该把这件事告诉你们。"

"那你就是隐瞒证据。我再给你普普法，在民事案件里，隐瞒证据涉嫌妨碍司法公正，在刑事案件里，有可能构成犯罪。"

他怔住，随即怒气冲冲地说："好，我来公安局自首，你逮捕我好了，但钱是我替嘉珞保管的，我必须当面交给她妈妈，你们要忍心从一个残疾老太太那里抢，算你们狠。"

老齐目瞪口呆，放下电话，告诉正要出去的陆晋："这傻小子还真倔，不行，我得去门口拦着他，程大姐那颤巍巍风一吹就要倒的身体，他要去添油加醋说什么，闹出事来，队长得骂死我。"

陆晋好笑，同样觉得，程虹天天静坐已经造成莫大压力，再有什么误会谁也说不清，两人只得同时下去，守在门口。但没想到的是，先来的居然是程嘉璎。

"家明给我打电话，要我务必过来，说和嘉珞、我妈妈有关，非常重要。"她一脸急迫，"你们怎么都在楼下？出了什么事？是不是嘉珞有消息了？"

陆晋连忙向她解释原委，她颓然，带着掩饰不住的疲惫，叹气说："我劝劝他吧。"

这时程虹抬头向这边看过来，程嘉璎却把视线移开，看着门外，并没有过去。又过了差不多十来分钟，吴家明也过来了，看到他们，板着脸说："你们要干什么？"

"小吴，你误解了我刚才说的调查程序。"

"我没什么可误解的，这种没有对证的事，你们怎么说都可以。"

程嘉璎说："家明，我相信两位警官没有恶意。"

215

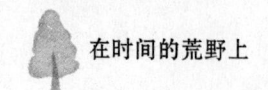

吴家明摇头。"你打进卡里的钱，当然都说得清楚。可是现在嘉珞下落不明，他们不抓紧时间找她，反而要调查她的钱。这说得过去吗？我叫你过来，就是请你一起去见你妈妈，这是属于她女儿的钱。嘉珞明确跟我说过一旦有什么事……"他打住，显然无法说服自己接受这个"一旦"，"反正是要交给她妈妈的，我原本想等找到嘉珞再说，可他们这样做，我就没办法了。嘉璎你来做一个见证，我没有辜负嘉珞的托付。"

程嘉璎强打精神说："不要这么说，我和嘉珞都是信任你的，不然不可能把钱交给你管理。"

"老齐说的把银行卡拿过来，并不是针对你或者王嘉珞。这段时间，我们集中调查了……"

不等陆晋说完，吴家明已经拔腿往程虹坐的位置跑去，而程虹一直注意到这边的动静，其他人也只得跟着走过去。

吴家明到了程虹跟前，程虹迷惑地看着他，身体尽力向座位后面缩着，吴家明意识到自己走得太近，连忙退后一点："阿姨您好，我是王嘉珞的朋友，叫吴家明，不知道嘉珞有没对您提到过我，但她委托我帮她保管着一笔钱，还有程嘉璎也陆续从国外打钱进来，都在这张卡里面，我已经把每一笔转账和投资收入明细都打好了，请您收起来。"

程虹看着他递过来的信封，双手紧紧交叠按在自己膝上，一动不动，神情迷茫不安，不知道听懂了多少。吴家明求救地看向程嘉璎，可是程嘉璎站得稍远，并不看任何人，也不开口。他只得继续说："请您把卡收下，密码我也写在里面了，公安局会找您要这张卡，可这是您女儿给您的，您没义务交给他们，他们也没权力强行收走。"

老齐急得满头冒汗，陆晋连忙解释："程阿姨，这位吴家明是王嘉珞的朋友没错，他也确实受王嘉珞之托，代为保管一笔钱。其他都没问题，只是四年前王嘉珞打进卡内的头一笔钱二十万，我们还需要做一个调查，确定钱的来源，搞清楚是否和一个叫孙刚林的人有关系，这也很有可能关系到王嘉珞的去向。"

"孙刚林是谁？"

陆晋谨慎地回答："他是过去认识王嘉珞的一个男人。"

吴家明急急插言："那是个坏人，被判刑坐过牢，嘉珞早就跟他没有关

第七章

系了。"

程虹满是皱纹的苍老面孔突然出现一个明显的表情波动，眼睛张大，嘴巴张开，呼吸急促。老齐吓得连忙说："您别急，您别急，我们不是要把钱拿走。"

"那二十万，是我给珞珞的。"

所有人都惊呆了，连一直神思不属的程嘉璎也盯住了母亲，一脸无可奈何地说："妈妈，要跟警官说实话，否则会影响调查的。"

"我没说谎。"

程嘉璎有些生气了："那您的钱是从哪里来的？"

程虹好一会儿不说话，程嘉璎叹口气，放缓声音："不用担心钱的事，警察会搞清楚的……"

"钱确实是我给珞珞的。"程虹打断了她，"我当然没有钱，但那笔钱……是我姐姐程莉给我的。"

大家面面相觑，老齐问："什么时候的事？"

"四年前的七月。"

"这么说，那个时候您已经跟程莉见过面，她一直知道您在本地？"

"那年七月初，珞珞突然不见了，接连几天打不通她的电话。我带着她爸爸、弟弟刚回来半年多时间，我慌乱得不知道怎么办才好。哥哥在外地工作，这里唯一的亲人是姐姐，哥哥以前信里写过她的地址，我只好厚着脸皮去找她。她说，你家大女儿刚苦苦哀求姨父把她送出了国，那么二女儿很可能也跑了，我说不可能的，珞珞不会离开我们。"

陆晋注意到程嘉璎有一个微微的摇晃，脸色变得惨白。程虹顾自说着："她说她没法找，但是可以给我一笔钱，我说我不要钱，可她不听，下午真拿了一包钱过来，二十万，全是现金，条件是叫我答应她，别再去她家找她，不告诉任何人，离开汉江市，找个小地方好好过日子，再也不要回来。"

"然后呢？"

"我说我要去找珞珞，她还是不听，把钱塞给我就走了。我不知道该怎么办，幸好那天晚上珞珞打回了电话，原来她出车祸住院了，刚刚脱离危险。"

陆晋与老齐交换一个眼神。老齐说："所以您就留下了这钱，然后告诉姐姐你们走了？"

"我思前想后……做不到像过去那样一口拒绝了。珞珞伤得那么重，多年

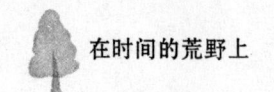

来都靠她一个人养家,受过的苦从来不提,明明又生着病要不停吃药,他们的爸爸身体也不好。我把钱的事告诉了珞珞,她怪我不该收下,她说,只要有她在,我不用接受任何人的施舍。我说,我早就对不起所有家人了,只要以后离开这里去别的地方,再不去麻烦姐姐,也算了结了一切。"

老齐小心翼翼地说:"可是,您似乎并没有离开汉江市啊。"

程虹有一个短暂的恍神:"珞珞问我,离开王家洼村的时候,你说只想回汉江市,只想以后死在这里,为什么要走呢?我说汉江是我出生长大的地方,唯一熟悉的地方,父母死后安葬的地方,我想以后和他们埋在一起。可是既然收了钱,当然就只能离开了。她说,谁也没权赶走我们,你只要以后再不见他们就可以了。我……离开太久,也实在不想再去别的地方了,嘉珞伤好一点之后就带我们搬家。这件事是我做得不对,要是那次走了就好了。"

"所以您把钱交给嘉珞保管了。"

"珞珞以前给我的每一笔钱,她爸爸都要收走,日常花销只能一点点找他要,还动不动嫌珞珞给得少了,逼她要更多。这笔钱如果给他知道了,他肯定一样会拿过去。当然,他也不会乱花,全攒起来留着给明明娶老婆成家用。"

程虹停下来,满是干纹的嘴角现出一个凄苦的笑。

"按他爸爸的逻辑,明明是王家唯一的独苗,必须结婚生子传宗接代,大不了拿钱去买一个老婆就是。"

说到这里,她停住,面目扭曲。联想到她的经历,陆晋与老齐在那一刻都觉得分外沉重,他扭头看程嘉璎,她脸色惨白,显然同样受到冲击。

过了好一会儿,程虹重新开口,声音更加微弱:"明明是我儿子,我比谁都心疼他,爱他,也比谁都清楚,他的身体长成了成年人,但智力只停留在七八岁孩子的程度,不管怎么成家,都是祸害别人家的女孩子,我绝对不会让这种事发生。所以我把钱交给珞珞,让她保管,一个字也不要告诉她爸爸。我活着,自然会照管好我的儿子,等我死了以后,由珞珞好好照顾弟弟,让他生病了能去医治,想吃什么就买给他,衣食无忧一辈子,就算对得起我了。"

她从来没有讲这么长、这么有条理的话,说到后来气息跟不上来,已经有些紊乱断续,但陆晋已经断定,她说的是实情。

吴家明再次将信封递向程虹:"阿姨,这就是嘉珞交给我保管的那笔钱,警察没理由再怀疑它的来路了,您拿去吧。"

程虹盯着信封,神情慌乱:"可是我拿着怎么办,我从来没去过银行,万一给明明爸爸看到……"

"那交给嘉璎保管可以吗?"

程虹出乎意料地没有说话。

一个难堪的静默之后,程嘉璎惨淡地笑了,那个笑竟与程虹异样相似:"不用。显然我并不是一个值得托付的人。家明,麻烦你找个时间陪我妈妈去趟银行,帮她开户,教她怎么设密码,怎么操作,再把这些钱转给她,她自己保管就好。"

她转身向外走,没走出几步,只听身后几个人同时说:"您怎么了?""快,打电话叫老刘。""不要慌,把她放平躺下,倒杯水过来。"

她回头一看,只见程虹手揪住胸口的衣服,面色煞白向后仰靠着,一脸的痛苦之色。一瞬间她呆住了。

一片扰攘之中,陆晋已经叫来局里的法医老刘,他给程虹做基本检查后说:"心跳频率偏快,血压也有升高,但没到危险的程度,大概还是情绪太激动造成的。保险起见,最好送医院做一个全面检查。"

然而程虹挣扎着坐起来,低声说:"我没事,不用去医院,我要回家。"

"那不行,您必须得去检查一下,万一有什么问题,我们承担不起责任。"

"我要回去给明明做晚饭了。"

这时,程嘉璎走过来蹲下,声音平平地说:"妈妈,您还是去医院吧。毕竟现在嘉珞还没回来,您又不放心我,就算为了弟弟,也更加必须保重好身体。"

程虹不再说话,陆晋说:"我开车送您去医院。"

他们扶着程虹出来,送她上车,程嘉璎跟了上去。到医院后,她去挂号,送程虹进去做一系列检查。

两个人在外面等候区长椅上坐着,程嘉璎努力摆脱神不守舍的状态,对陆晋说:"谢谢你,陆警官,已经很麻烦你了,你去忙吧。"

"没事,我就在这里等着。"

"是怕我会丢下她不管吗?放心,我没有丧心病狂到那一步,会送她回家的。"

陆晋温和地说:"我从来没有这样怀疑过你。"

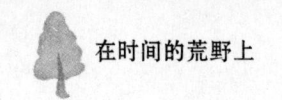

程嘉璎哑然，垂下头去："可是我的妈妈……从来没相信过我。"

这是陆晋无法安慰的。

"陆警官，你知道亲人对你一丁点期待都没有的感觉是什么吗？不，你一定不知道，你是警察，是周知扬的好哥哥，你妈妈、弟弟那么以你为荣，说到你的时候，眼里满满都是骄傲。我妈妈给我的，只有无视。"

"她有她的苦衷。"

程嘉璎蓦地抬起头："林曦阿姨也这么说过。可她说那是妈妈不愿意讲出来的事，她不能告诉我。你是不是知道什么？"

陆晋一怔，在程嘉璎牢牢的盯视下，头一次现出一点狼狈之情："不，我并不知道你指的是什么。"

然而程嘉璎显然并不接受这个否认，她移开视线，轻声说："我一直对自己说，要放下，要向前看，不要再对那些找不到答案的问题有好奇心了。如果没人对你有期待，也许你能过得更轻松一些。可是没有用，我成为一个抛弃过去的人，我的现在一样充满问题，妈妈哪怕没有别的依靠，也不肯把目光转向我。我活得一点都不轻松，甚至存在都没有任何意义可言了。"

陆晋沉默了一下，说："周知扬总挖苦我说，我这人的毛病就是太爱讲大道理。所以我很怕一开口，反而吓得你更不想说话了。"

"这你大可放心，感谢你的职业，你已经成了我最大的树洞，反正对于我生活里的各种秘密，你了解得已经远远比我清楚，我根本不需要有什么隐瞒，只管肆无忌惮唠叨发泄就行了。"

陆晋摇摇头。"你已经是我见过最自我克制的人，哪里说得上唠叨。"停了一下，他示意一下面前走廊，"你看，每天来医院这么多人，每个人都有各自的烦恼，身体上的，心理层面的。生活对每个人来讲，都并不轻松。"

"所以你觉得我是无病呻吟，无限放大自己的那点不幸来博同情。"她笑了，充满自嘲，"没错，在别人眼里，我大概就是这样一个人。"

"我没那样看你，而且别人怎么看你很重要吗？"

"我知道标准答案当然应该是，别人的看法并不重要。可是，这个定律对我行不通，我一直假装成一个正常的人，按别人的看法在生活，从来没像嘉珞那样诚实。"

提到嘉珞的名字，她的眼泪毫无防备一下涌了出来，大滴大滴顺着眼角滑落，很快她躬身将脸深深埋入手掌中，试图压抑住哭声，但肩头已经抖动得厉害。陆晋没提防她此时突然崩溃，再怎么镇定也有些手足无措了。

好在医院这个地方，每天川流不息着人流，每个人都带着各种情绪，各怀心事，就算看向这边，也是见怪不怪，随即移开目光，居然没人表现出特别的好奇。人来人往，一片嘈杂之中，程嘉璎的这一阵仍处于克制之下的爆发显得微不足道。

良久，程嘉璎止住了哭泣，抬起头，眼睛已经红肿，陆晋扯纸巾递给她，轻声说："没什么，你需要一个出口。"

她用纸巾拭去泪水，努力调整呼吸，让自己平静下来："哪有那么容易到达的出口。"

"归根结底，你还是太介意你和你母亲的关系了。"

是的，这是她一生中所有人际关系的起点。无论离开多远，她都没办法说服自己忘记，她有一个目光永远不在她身上的母亲。

"你能做到不介意吗？"她声音喑哑地反问。

"不能，在很长时间里，我也折磨自己，同时折磨我母亲。"

陆晋的回答来得异常坦率。程嘉璎懊悔不已，嗫嚅道："对不起。"

"没什么。小孩子的世界比较脆弱，一旦崩塌，就觉得一切都失去了。带走我父亲的是死亡，我没法去恨那么虚幻的东西，就只好恨妈妈。你觉得你妈妈恨你，也许她只是没法责怪命运……"

"于是开始恨她的第一个女儿吗？"

"不要揣测了，每个人的行为动机都是复杂的。我没法给你更多的建议，对我来说，放下也是一个很长的过程，如果没有知扬，可能我永远走不出那一步。可是一旦放下，我才知道，得到最大解脱的那个人不是我母亲，而是我自己。"

她长久默然。

5

一个修长的身影斜斜投射过来，程嘉璎抬头，只见徐子桓站在离他们不远

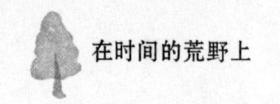

的地方。

"你怎么会来这里？"

徐子桓面无表情地说："伍局长告诉我妈妈，你母亲身体不适入院了，她让我来看看。"

"谢谢阿姨的关心，也谢谢你，我妈妈正在做检查，应该没有大碍。"

徐子桓眉头向上一挑，似乎要说什么，却又忍住。陆晋看看手机，站了起来："我要回局里，先走一步了，有什么事请马上给我打电话。"

陆晋走后，过了一会儿，徐子桓才走过来，在她旁边坐下，拿出一块折叠整齐的米灰色手帕，放到她手上，并不看她："好好擦擦脸，都已经哭肿成这样，纸巾碎屑粘在眼角，再怎么装出一副镇定得体的样子也没说服力了。"

程嘉璎无可奈何，走去洗手间，洗了脸，抬头对着镜子，那是一张黯淡憔悴、毫无光泽的脸，她慢慢用手帕擦干，一下一下，似乎想把某些东西抹去，然而又清楚这是徒劳。

回到等候区，她说："手帕回头我洗了再给你。"

他一皱眉，说的却是："记得我那次给你打电话要手帕吗？"

程嘉璎当然记得。那是徐子桓头一次留在她那里过夜，第二天匆匆离开，然后将近十来天没有音讯。她在任他留下时，并不期待两人会有一个长久的关系，当然也不准备打电话过去质问：你这种行为算什么？她打算就这么为从青春期之始便萌生的漫长暗恋画上句号，徐子桓的电话却打过来了，没有问候，开口就问："我的手帕丢在你那里了吗？"

他是她这些年见过的唯一还在用手帕的男生。这个问题让她一怔，然后回答："我没看到。"

"那我明天过来找找。"

他挂了电话，第二天竟然真的开车过来了，进了程嘉璎的宿舍之后，当然也没有找手帕，而是扳住她的脸狠狠吻了下去。

在医院里回想起这样的往事，程嘉璎不免有隔世之感。

"如果我一直那样来来去去，不给你任何承诺，你会一直纵容我吗？"

"我是一个悲观的人，没有无条件信任一个人的习惯，所以我一直做好了你不回来的准备。"

第七章

徐子桓轻轻笑了："你是决心不再对我有任何委婉了。好吧,有过不少女孩子对我好,你并不是好到特殊的那一个。不知道为什么,当时我就有一种感觉,如果我不留下,你也不会挽留的。"

"那你错看我了,到你提出离婚的时候,我一样苦苦挣扎想挽回,完全没有姿态可言。"

"可是现在你突然就决定放手了,好像一点迟疑犹豫都没有。"

程嘉璎空茫地注视着前方:"我不想让你和一个你根本不了解的人生活在一起。"

"你是想说,我们在一起快四年,我一直既迟钝又自我中心到不可救药,对你一无所知吗?"

她不语,他伸手过来,握住她的手,她有一个轻微的回缩,然后他握得很紧,她转回头看着他,满眼都是苦涩。"你来了又走,我没有挽留,那是因为我知道,你这样的男人,除非自己想留下,不然别人对你来说都是过客而已。我也知道,你为什么会留下——"一个停顿之后,她平静地说,"那天你从不来梅过来之后,才知道是我的生日。你没准备礼物,大概有点愧疚,坚持带我去一家很高档的餐馆吃饭,还点了香槟,我头一次喝香槟,喝多了,那也是我头一次喝醉,回去的路上就开始哭。你一直抱着我安慰我,问我是不是想起了过世的亲人。我能怎么回答?毕竟我跟你说过我是孤女,跟舅舅长大。我只能借酒装疯,哭得更凶了。你抱了我整晚,过了差不多半个月,你告诉我,你决定辞职搬家来慕尼黑,和我住在一起。就是这样,我用一个假的身世骗取了你的同情,把你留下了。"

"不要把我想得这么肤浅,你并不是头一个对着我哭的女孩子,我也不是同情心泛滥的圣人,一点眼泪改变不了什么,重要的是,在那以前,你一直是很自我封闭的,那天之后,我才觉得跟你真正走近了。"

"我没办法不封闭自己,不然会不停追问自己那些没法知道答案的问题。"

"那是因为你陷进了完全没必要的自我谴责之中。前几天我和妈妈长谈了一次,她把你母亲的遭遇,还有你的身世全都告诉了我。你离开妈妈、妹妹,跟外婆和舅舅回了汉江,是一个正确的选择,我认为不应该受到任何指责。"

她苦涩地摇头:"你出生在一个身世清晰无可挑剔的家庭,当然没法理解我的感受。舅舅帮我改了名字,从那以后,我一直都在做你所说的那种正确选择。我小心翼翼学习怎么适应环境，揣摩别人的言下之意，不出错，不任性，努力保持一个好的成绩，同时不带任何攻击性，让周围的人接受我。我以为我做到了，可是到现在才发现，你了解到的那个程嘉璎，只是我努力表现出来的样子，至于真实的我是什么样，其实我自己也不知道。如果我一直就是生活在王家洼村的王英，和嘉珞一样，承担原本该属于自己的命运，那我大概会是跟现在完全不一样的人。"

徐子桓眉头锁紧："这就有点钻牛角尖了，别人也没你想象的野蛮任性生长，毫无矫饰面对世界。每个人都活在社会规范、家人期许和自我要求之下。你也许只是比他们更早意识到了这一点，更加自律罢了。如果你长久表现出某个样子，那你就是那样。"

"可是，无论我怎么尽力去成为一个好学生、好员工、好同事，甚至是好女友，不给别人添麻烦，值得尊重，值得爱，全都没有用。在我妹妹眼里，我是自私的姐姐，放弃亲人，卑微地依附在亲戚家讨生活，毫无自尊可言；我姨妈觉得我满心恶意，扮可怜谋取利益，只想破坏她的家庭；我妈妈从小到大一直……"她停住，想起那只始终没能触到妈妈的手，想起妈妈那个说明一切的沉默，苦涩地笑，"我也骗了你。"

"你只是没对我讲出全部实情，我不觉得那是一个有意的欺骗。"

她突然回头，将手抽出来，直直看着他的眼睛："你错了，我确实是一个骗子。"

徐子桓有莫名的不安，又有些恼火："在这件事上，我有我的判断。"

"那好，接下来我要告诉你一件事，请你来判断一下我的行为。就在你提出取消婚礼的时候，我检查出怀孕了。但胎儿停止发育，我去做了清宫手术，然后第二天去了尼泊尔。"

他的脸一下扭曲了，良久才说："为什么现在才告诉我？"

"我们早就约定好，过几年再要孩子。今年三月，在我的一再要求下，嘉珞同意和我见面，但她根本不想跟我和解。无论我说什么，她都是一个冷冷的表情。她并没有直接威胁我说，要去对你讲出真相，不过我感觉到了，只要她愿意，我的生活随时面临着一个彻底颠覆。于是，我停了避孕药，这就是我为了留住你做的最后挣扎。我知道，有了孩子，无论如何，你都不会断然和我分开的。可是命运在这件事上对我很公正，没有让我得逞。"

第七章

"你既然决心瞒住我,为什么又要提起?"

"因为阿姨说得没错,在我和你的关系里,我对你一直都不够公平。我说自己从十三岁就开始爱你,可是唯一袒露的那一点自我也并不真实,这种爱未免太虚伪了。诚实地让你知道我是怎么一个人,是我能给你的最后的礼物。我并不值得你爱,也请不要怜悯我,我不需要。"

徐子桓正要说什么,却看向她身后,她回头,发现程虹已经出来,站在离他们不远的地方。

"你走吧,子桓。不是怕你多知道我的家事,现在我没任何好隐瞒的,你母亲,还有警察知道的通通都比我多。只是我妈妈身体不好,而且非常回避跟陌生人接触,我没办法向她介绍你。"

然而他没动:"我送你们回去,现在这个时间,很难打到车。"

程嘉璎无心跟他在母亲面前争执,接过程虹手里的病历和各种检查单,带她去找之前挂号的医生,医生看过之后,告诉她,就已经出来的结果看,程虹的多项生理指标处于临界值,是一个严重的亚健康状态,心脏方面的问题更突出一些,需要进行全方位治疗调养。

谢过医生之后,她领程虹出来:"您在这里等着,我去取药。"

一直没说话的程虹突然摇头说:"太贵了,别去。"

"到医院来就听医生的话,有病吃药是最基本的。"

她并不等程虹再说什么,轻声嘱咐一直在不远处的徐子桓:"麻烦你帮我看着她,别让她一个人走掉。"

徐子桓点点头,她拿处方去排队划价交费,取回一包各式药物:"走吧,我们送您回家。"

三个人下到地下停车场,她让程虹坐到后座。徐子桓按她的指引,驶往江对岸化工厂宿舍区。此时正值下班高峰时段,路上车流不断,交通状况复杂,徐子桓专心开车,程嘉璎拿出笔记本,将服药说明一条条详细写好,撕下那页纸放进袋子里,随后一直看着前方发呆。直到过桥之后,徐子桓问她往哪边走,她才回过神来,发现连音乐都忘了开,车内安静得可怕,看起来像故意制造出的敌意气氛。然而她找不出什么话来缓解,后座的程虹如同不存在一样继续沉默着,她只能按开调频广播,让主持人欢快的声音充斥在车内,填上这个

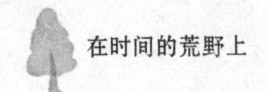

近于可怕的空白。

回到租住的地方，徐子桓停车，王水生闻声开门，看到车子，看得呆住了，程嘉璎说："那是我父亲，他有残疾，也不大听得懂普通话，也不给你们做介绍了，你先回去吧。"

"我等你。"

她没办法，只得随着程虹进去，只见王嘉明坐在客厅旧沙发上看电视，王水生一脸不高兴地说："这么晚才回来，明明早就饿坏了。"

程虹一声不响去厨房，程嘉璎说："我来做饭吧。"她摇头说："不用。"

王嘉明期待地去拿程嘉璎手里的袋子，她连忙说："这里面是妈妈的药。下次来我再给你买吃的。"

王嘉明圆圆的面孔缓缓挂下来，小小的眼睛、耷拉的嘴角全都写满了幼儿式的困惑与失望，她看得好不忍心："好吧，我现在去买。"

她将袋子放到壁橱上，嘱咐王水生："爸爸，别让明明动里面的药。"

王水生疑惑地瞄着里面："这得花多少钱？无缘无故开这么多药当饭吃吗？"

程嘉璎把母亲就医检查的情况告诉他："以后要妈妈按时吃药，好好调养，千万不能太劳累了。"

王水生大不以为然："城里的医生尽吓唬人，以前珞珞把我和你妈妈都拖到医院去检查过，这毛病那毛病说了一堆，开了好多药，一点用处没有，完全是浪费钱。"

她无可奈何，也不想再说什么，王水生又问："那个开车子的是你男人吗？"

她摇头："一个朋友而已。"正打算出去，王嘉明扯住她衣袖，眼巴巴看着她："我也要去。"

王水生非常疼儿子："那你就带他去吧。我们腿不方便，以前他总是等着二姐来带他出去转转。"

如果嘉珞是二姐，那她当然是大姐，她似乎头一次想到这个排序，竟然呆了一下，带着王嘉明出来，敲一下车窗，告诉徐子桓："我带弟弟去买点吃的。"

徐子桓马上下车："我陪你们一起去。"

王嘉明与一般人不一样的地方是显而易见的。他穿着肥大的裤子，仍看得

第七章

出两条腿有点罗圈，走路缓慢而蹒跚，同时他很容易分心，一时望向别人家的窗子，一时盯着路边闲聊的人，一时又突然转向，要跟着几个过路的小孩子走。程嘉璎只能牢牢牵住他的手，他有一个肥厚柔软的手掌，掌心带着热热的潮湿，奇怪的是，程嘉璎并不排斥这个算不上舒服的触感。徐子桓走在他们身后不远的地方，她知道这个杂乱的、写满大红色"拆"字的小区和站北村一样，都是他几乎从未涉足的地方，可是她已经顾不上考虑他会怎么想了。

进了路口的超市，王嘉明在糖果区流连得挪不动步子，程嘉璎只得哄他说："妈妈在家做好饭等你回去吃了，我们快点选好不好。"

好不容易选好零食，带着恋恋不舍的王嘉明回去，王水生已经将折叠餐桌支好，上面摆了三菜一汤："你也一起吃吧。"

她摇头说："不了，你们吃，我先回去了。"然后对程虹说，"妈妈，请按时吃药，另外，最好不要再天天去公安局坐着。"

程虹低头不语，她也并不指望一个答复，只是例行公事般把所有事情都交代到："我先走了，明天再过来。"

她出来，然而，程虹也跟了出来："你还要上班，不用天天过来。"

"我下班过来没关系的。"

"我……不想拖累你。"

"拖累？"程嘉璎笑了，"您太客气了。不用担心，没有感情只有义务就没什么可拖累的。我是王家的女儿，做我应该做的事，您只需要继续无视我就行了。"

程虹默然转身，进了小屋。

程嘉璎看着关上的门，抹一把脸，试图将那个僵硬的笑抹掉，让面部肌肉恢复原位，对徐子桓说："现在你都看到了，这就是我的家庭。我是那个自私地做出了一系列正确选择，然后让母亲不敢有任何指望的女儿，我……"她顿住，无可遏止地又笑了出来，自知脸一定扭曲得更加厉害了。

徐子桓的表情是复杂的，沉默好一会儿，给她拉开车门："我送你回去。"

返回的路上，两个人都没有说话，一直到公寓楼下，徐子桓停车，她拉开车门，正要下去，他开了口："请等一下。"

她回头，停了一下，他才伸手过来，打开副驾驶座前的储物箱，里面有一

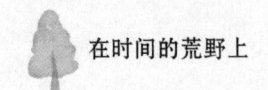

个大牛皮纸资料袋。

"里面是我妈妈二十年前写的长篇纪实报道。"

她睁大眼睛:"是关于我妈妈的报道吗?"

"是的。"

"可是我记得阿姨最后并没有写完发表。"

"事实上她写完了,而且交稿过审了。这是杂志清样,本来已经进厂付印,但那期杂志并没有正式公开发行。"

"你看过了?"

徐子桓点点头:"我母亲觉得,你妈妈做出返回王家洼村的决定,也许部分原因是看到了这篇报道,所以不应该拿给你看,既是尊重你妈妈的隐私,也是保护你,而且你也说了对过去没有好奇心。可我认为这根本不是一个好奇与否的问题,你有权知道你生活里所有的真相,否则会永远生活在自我折磨之中。我们争论了很长时间,谁也没法说服谁,后来妈妈把这个清样给了我,让我认真考虑清楚可能会对你、对我们的关系造成什么样的影响,再决定要不要交给你。我考虑了好几天,都没能做出决定。就在刚才,我下了决心。这是你的母亲,你的生活,所以,由你来决定要不要看。"

一瞬间,程嘉璎仿佛失去了全部行动能力,只能牢牢看着那个资料袋。

第八章

1

周知扬是美剧爱好者,也许因为哥哥的职业,他时常向哥哥推荐各种犯罪题材的剧目。陆晋抽时间看了一点,看到那些侦探或者警察灵光一现便抓到罪犯,或者从一个微小痕迹便缜密推演无数前情,解释所有因果,不免会苦笑。

只有做这个工作的人,才会知道现实丝毫也不光鲜眩目,破案过程在很多时候建立于大量枯燥繁重的调查之上,有用的线索淹没在无数琐碎的细节之中,需要一一甄别,费尽心力有可能通往一个错误的方向,否定所有的努力,一次又一次推倒重来,才能一点一点建立完整的证据链。

谭耀松就是陆晋从无数不起眼的细节中意外挖掘出来的线索。

陈小东在审讯中坚决不松口,既不承认曾夜闯民宅,还坚决否认与孙刚林有联系。在证据不足的情况下,只好让他保释,同时安排警力继续监视。

陆晋把他的所有资料查了个底朝天,没能找出他与孙刚林之间的联系往来,却在筛查陈小东的通话记录时发现,在四月中旬到下旬这段时间,他曾与一个名叫谭耀松的男子多次通话。

对警察来说,谭耀松也算是一个熟人了。他与人合伙开着一家科技安全公司,实际上做的就是私人侦探的工作,经常会与公安部门打交道。私人调查行业并不被国内法律正式认可,但近年来应民间需求而生,游走在政策监管边缘地带,通常做的是民事与商业调查,一般都会非常回避涉及刑事责任的案子。

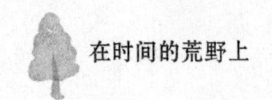

做着这个行当，谭耀松和三教九流都有来往，交游广阔是必然的，但他与一个刑满释放人员突然在一个时间段多次通话，还是引起了陆晋的注意。

陆晋去谭耀松的公司找他做调查问话。他大概三十五岁左右，是个谈吐圆滑、看着十分精明机灵的男人，先小心翼翼地打听陈小东犯了什么事。陆晋如实告诉他："他涉嫌入室行窃。"

他表情顿时放松了许多："我和他是一个应酬上认识的，没多大交情。他找我吧，其实是怀疑老婆有外遇，想请我去跟踪拿证据，可我这边一来人手不够，二来也不愿意接这种扯皮拉筋，上不了台面，又没什么利润的活，所以他再三打电话过来，我一直都在推托。"

他说得极其流利，听上去也是合理的，但陆晋本能觉得，面前这人隐瞒着某些事情。他在调查时已经发现陈小东与妻子不和分居有数年之久，形同陌路，而且还另外与一女子同居，他不相信这种情况下陈小东还会苦苦缠着一个"没多大交情"的私家侦探去调查妻子。见他沉吟不语，谭耀松有点急了，跑去拿来了秘书的工作台账，翻到四月部分给陆晋看："我们公司运作规范得很，所有电话联系、工作记录和安排都记着呢。"

上面确实没有与陈小东有关的工作内容，然而头一页另外一个名字已经落到了陆晋眼内，他随手翻回去指一下："这个徐文浩是朗世律师事务所的律师吧？"

谭耀松愣了一下，笑道："是啊是啊，没想到徐律师这么出名，陆警官也知道他。他们所规模很大，经常有活交给我干。"

徐文浩并没有那么出名，律师事务所与调查公司合作也很平常。不过陆晋为了找出程莉与孙刚林之间可能的联系，同样细致调查了程莉的情况，当然包括程莉所有当律师的大学同学，虽然并没能找出直接联系，但那些名字履历陆晋都已经熟悉了。这些人突然都在谭耀松这里发生交集，他不相信纯属一个巧合。

他只是说："哦，没什么，我们调查的是陈小东，如果再想起什么情况，请马上给我打电话。"

谭耀松马上答应："一定，一定。"

陆晋出来，便直奔朗世律师事务所，不顾秘书阻拦，强行进入徐文浩的办公室，打断他与客户的见面，直接问他交给谭耀松哪些工作，徐文浩一头雾

第八章

水，但律师的本能反应是出言谨慎，他字斟句酌说："我们有一些比较基础的调查是给他在做的，当然都只是在合法范围之内进行，结果只作为佐证，不会干扰公安执法部门的工作。"

陆晋无心听他讲场面话，说："你安排谭耀松做调查工作的话肯定都是约到事务所内，直接安排给他。但他秘书的工作台账上记录着你在3月28日那天打电话到他办公室，约他第二天在花园道咖啡馆见面，请问你们有私交吗？或者有非工作性质的业务安排？"

徐文浩迟疑一下："谭耀松出了什么问题吗？"

"徐律师，请先回答我的问题。"

"这个……我确实有一件私人业务委托给了他。我需要知道陆警官到底是在调查什么，不然我有隐私权。"

"这件所谓私人业务与你的同学程莉有关系吗？"

他怔一下，随即苦笑："看来你已经都知道了。没错，程莉突然找到我，委托我找一名私家侦探。我约了谭耀松，介绍他们见面后就走了，到底她要调查什么，我可完全不知情。说老实话，她先生跟我一样是校友，我真的不想掺和她的家事。她后来嘱咐我不要告诉任何人，这是她的个人隐私，当然我一直守口如瓶，跟谁也没说。"

陆晋问清情况，立刻返回谭耀松的公司，恰好将正要出去的他堵在门口，直接问："你与程莉见面谈了些什么？"

谭耀松脸上肌肉一跳，做努力回忆状："这名字听着没什么印象，警官，能不能给点提示啊。"

"那好，我给点提示，3月29日下午两点，花园道咖啡馆进门左手三号桌。"

他连忙说："想起来了，想起来了，程莉女士是徐律师的同学，她让我调查一个叫李洛的女孩子，说是来路不明，一直纠缠她儿子。天地良心，我不想接这种活的，家里有几个钱的中年妇女看不上儿子的女朋友，就要请人搞调查，摆明了疑心重要求多，一单下来累得半死也赚不到多少钱，可是徐律师的面子不好推，只能答应查查看。"

"调查结果呢？"

"陆警官，你也看到我工作排得很满，公司又没有多余人手，只能当个小

在时间的荒野上

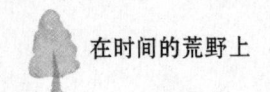

私活接下来，抽时间去她说的那个健身会所找到她说的那个女孩子盯一下，就没记到正式工作台账上。没想到程女士还是个急性子，刚满一个星期，就催着我要结果，我说调查才开始，哪有什么结果，给她看了几张照片，都是那姑娘上班下班，中午跟同事朋友吃饭，也看不出异常，她突然说结账不查了，我当然乐得收工。"

"就这些？"

他赔着笑搓手："警官，刚才你提程莉的名字，我是有点装糊涂，不过是觉得难为情，绝对不是想瞒着你什么。当时程莉女士说不需要调查了，但拿出一张纸，写了几行字，要我照着上面念，她录下来，然后多付两万块费用，条件是删除所有照片，跟谁也不能再提这件事，就当没发生过。"

陆晋都不免起了好奇心："写的什么？"

"记得不是很清楚了，大概就是几月几日晚上几点，李洛跟一名老男人在酒店开房，第二天七点离开，几月几日中午，一起午餐，开房之类的。"

"你念了？"

"我也没办法啊，徐律师是我们公司大客户，我没法拒绝，再说我不念，她照样会找别人念，反正也只是拿着去骗她儿子，不是公开诋毁谁。念就念吧，早念完早了事。"

"主要还是两万块不赚白不赚吧？"

谭耀松尴尬地咧一下嘴，语气极为真诚地说："我也知道，就算一个愿打一个愿挨，这样做也是不大好的，以后我保证不会这样了。"

陆晋呵呵笑了："我不评价你的职业道德。不过，你做这一行这么多年，盯了一周人没任何结果，传出去还要不要混了。"

他脸上的笑有点僵了："不能怪我，一来我实在没时间全天盯着，二来那个女孩子也多少有点古怪，在连锁健身会所上班，每天上班的地方不一样就算了，居然每天回家都走不一样的绕行路线。先只能确定她住在站北村，那里面小路纵横地形复杂，出口又多，连我都着了道，花了好几天才弄明白她住临塘三路靠中间的一栋房子，可那也没用啊，那条巷子又窄又长，两边住的都是相互认识的街坊邻居大叔大婶，成天坐门口吃饭闲聊打麻将，走过一条面生一点的狗都有人注意得到，没有任何可以蹲守的地方，要继续盯下去，只能租房子住下来，为程女士这么点事我哪里耗得起。"

第八章

"后来你还有没有继续盯过那个女孩子？"

"又没人付钱，我干吗还要去盯着？"

"那有没有对任何人提起这件事？"

"没有啊。警官，出什么事了吗？"

陆晋收敛了笑，牢牢盯着他："这个女孩子真名叫王嘉珞，已经失踪快两个月了，局里很重视，成立了专案组进行调查。光凭你在她失踪之前跟踪过她一周，你就已经和这个案子撇不清关系了。接下来，我们肯定会开始调查你：你这几个月做过哪些事，见过哪些人，你的通话记录，你的银行账户，你的公司业务，你的私人交往，统统会被查个遍。所以，我再问你一次：你调查出了些什么？调查了多久？和哪些人提到过这件事？请你好好考虑一下再回答，不要存在任何侥幸心理。"

他慌忙说："冤枉啊。我只知道她叫李洛，真的不知道她后来怎么了。我不会做违法的事，警官，这么多年我一直都是受人之托搞搞调查，从来不敢越线。"

"越没越线，你说了不算。我只提醒你一句，拖越久越被动。"

谭耀松入行多年，当然远比一般市民更清楚公安机关对于重要案件的调查会细致深入到什么程度，知道陆晋绝对不是虚张声势而已，一时面色大变。

在陆晋的目光下，他终于艰难地开口："我真的不知道你说的那个女孩子的下落。"

陆晋点点头："也就是说，你还知道其他一些事情。那好，请跟我回局里协助调查。"

就算谭耀松从事着一个经常进行调查、跟踪甚至盘问的职业，但真正坐进公安局审讯室里，感受到的心理威慑一点不少。陆晋把他一个人晾在那里不管，他甚至显得比一般人更为慌张，隔不一会儿便换一个坐姿，不停抖着腿。

等陆晋和老齐进去开始询问之后，和所有试图避重就轻的人一样，他先坦白的是不着边际的事情："对不起陆警官，我刚才没说实话。我跟陈小东是赌球认识的，不过真没什么别的交情，就是那段时间下了注会一起开个房间看直播，顺带喝点酒吹吹牛。说他给我打电话想要我跟踪他老婆，那是我撒了谎，其实是他叫我去赌球。参与赌球是我不对，我以后一定改。"

233

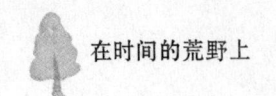

老齐呵呵笑了："你还真会认错，坐到这里才告诉我们，你和陈小东一起赌球了，逗谁玩呢这是？"

"我不敢说啊，怪我没管住自己，赌得收不住手，输了不少钱，这要传出去会影响我公司信誉，谁会委托一个赌鬼搞调查呢？再说，陆警官一说要调查我，我就真害怕了，我做这行，当然知道谁都经不起查，一查起来总有一堆破事，谁敢保证自己百分之百干净。"

"知道害怕是好事。不过呢，破事和真正犯事是两回事，我们不会搞混，你也别指望拿一点破事就能把我们搪塞过去。"

"我真的没干其他事啊。"

陆晋说："也就是说，你和程莉只是一周的受委托调查关系，3月30日开始，4月5日结束，后来再没联系；你和陈小东是赌友，在4月13日到4月22日这段时间突然热络起来，除了赌球再没其他瓜葛？"

他眼神游移不定。

"上午在你公司，你说过跟踪王嘉珞的时候发现她住站北村临塘三路中间，但那里街坊彼此熟悉，不方便蹲守，除非是在对面租房子住下来……"

"我只是随口说说，可没这么干啊。"

陆晋点点头："我恰好对站北村地形很熟悉，认为你这个观察没错。带你回局里之后，我就打电话请站北派出所的同事马上去查四月到五月这段时间在临塘三路租房子的外来人员。他们效率很高，已经反馈过来结果。想听听吗？"

他的嘴张开，却说不出话来。

"临塘三路32号，就在王嘉珞租住的房子斜对面，业主姓黄，他告诉民警，4月15日那天下午，来了一个自称叫钱兵的人，租了他家三楼临街一间房子，付了三个月房租和一个月押金，但住到5月21日那天下午外出，就再没回来，巧合的是，王嘉珞也是那天失踪的。"

谭耀松额头已经冒出细细汗珠。

"签租房合同时，钱兵说他身份证丢了正在补办，跑路之后，房间里也没什么个人物品。不过民警出示几张照片让房东一家辨认，他们一致指认，钱兵就是你的赌友陈小东。这是又一个巧合。"

"我……我可真不知道他去那里租房子了。"

"但王嘉珞住在那里是你告诉他的吧？"

第八章

他没有回答。

"你不回答也没关系,我的同事已经出发去带陈小东回公安局了。等一下他会坐在隔壁审讯室里,不要说没先给你主动坦白的机会。"

他终于开了口:"能给支烟抽吗?"

陆晋从不吸烟,老齐在妻子的强烈要求下也戒烟快一年了,他走出去,找同事要了一支烟,顺带点上火,递给谭耀松,注意到他手指在控制不住地颤抖着。

一支烟很快抽完,谭耀松开始交代了。

"我参与赌球有两三年了,前后输了……很多,到去年两套房子全抵押出去,还欠一笔钱,借住在岳父家的一套旧房子里,老婆闹着要离婚,我跟她发誓收手,也真戒了三个月。可是……"

陆晋和老齐都清楚,参与地下赌球的赌徒,尝到些许甜头之后往往开始加大投注,一旦成瘾,先是妄图暴富,输得越来越多之后又指望一朝翻本,泥足深陷无力自拔,卖房子、借高利贷,为此倾家荡产的不乏其人,像谭耀松这样信誓旦旦要戒却又一次次再犯的更是屡见不鲜。

"今年开年后鬼迷心窍,又去下注了,开始手风很好,几乎觉得可以把房子赢回来,可没过多久又输了十来万,加上利息滚动,越来越多。庄家我是见不到的,跟我催债的马仔绰号叫老四,我跟他认识很久了,算是还有点交情。他说我欠的钱再拖下去,他也帮不了我,他们要上我家里封门,那样的话,我老婆肯定会马上带着孩子走掉。4月12日那天,我去找他求情,想再要一个缓冲期。在他那里,我见到了陈小东,老四叫他东哥,对他很恭敬,当时他们在商量事情,说起人找不到,老板已经不耐烦了什么的,老四嘀咕说找这么久也没找到,说不定早回老家去了。陈小东生气了,把一张照片往桌上一拍:老板说她还在本地,这种事难道要我拿照片去报纸上登寻人启事不成。我无意中瞟了一眼,发现那是李洛的照片,长卷发,穿貂皮,打扮跟现在完全不一样,但那张脸,我绝对不可能认错。"

"然后呢?"

谭耀松呆呆看着前方:"我也是被债务逼红了眼,壮着胆子插话说:找人的话,我最拿手。他们一起瞪着我,看得我直发毛。陈小东说:你胆子不小,

235

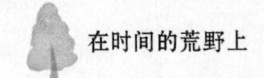

居然敢在这里插嘴。不过老四知道我是开调查公司的，也知道我公司业务还行，帮着打圆场，说我干的就是找人这一行，让我试试也许行。陈小东看看他又看看我，把照片和一个身份证号码给我，说只有这个，能不能找到看你的本事。我这个时候才知道，李洛原来真名叫王嘉珞。他说给我十天时间，不催债，不算利息，如果找到了，欠的钱他做主免了，找不到的话，那照样还钱。不管怎么样，都不许跟任何人提一个字，否则就不止讨债封门那么简单了。"

陆晋与老齐同时看一眼对方，追查多日的联系似乎近在眼前了，不免都有些兴奋。

"然后你就把王嘉珞的下落告诉他了？"

"没有，没有，我是很犹豫的。"谭耀松为自己辩白着，但神情沮丧，"老四捞的已经是偏门，陈小东显然更不是什么善男信女，我回家悄悄打听了一下，才知道陈小东之前跟的老板是龙哥，也是本地最心狠手辣的人物。龙哥坐牢之后，他不知道跟谁混，可是口一开就能承诺免去几十万的赌债，这么大手笔找人，绝对不是什么好事。我实在有点迟疑，要不要蹚这浑水。"

当然他还是蹚了。

"隔了一天，我装得随随便便地问老四，这女的到底是干吗的，这么急着找她？他说她以前是老板的情人，后来卷了一笔钱跟小白脸跑路，老板憋不下这口气，只想找到她好好教训一下，保证不会弄出什么事来连累我。我想，这样的话，说出来其实也没什么……"他声音渐低，显然当时都不相信那套说辞，可是又急需为自己开脱。

老齐不耐地提醒他："讲重点，讲重点。"

谭耀松满头大汗，慌乱之下更加语无伦次了："大概我哪句话讲得让老四起了疑心，过了一会儿，他和陈小东一起来了我公司，闯进我办公室动手就打。我再没法拖下去，只能一五一十告诉他们为什么会知道王嘉珞下落，把她现在用的名字、住址和上班的地方告诉了他们，我可真不知道他们后来对那女孩子干了什么。"

"这能解释陈小东马上去站北村租了房子，那为什么一直到4月22日他还和你有联系。"

"他没跟我说他自己会去那里租房子，只是叫我还是去盯着王嘉珞，看她白天都会跟谁碰面，随时跟他报告。我不想去的，可他说就凭我想搞鬼糊弄

第八章

他，他没打断我的腿已经是客气了，要想免债，就必须把他交代的事办好。我也没办法啊，不过我也跟他说了，盯人可以，犯法的事我是不能做的。"

老齐不免讪笑："你还真有法律意识。"

"盯到两天，突然看到有警车开来停在健身会所楼下，王嘉珞和另外两个男人都被带上车开走了，我就给陈小东打了电话。他听了好像特别紧张，好半天不说话，我当然更不敢多嘴，只说那我再打听一下就挂了电话。其实我哪敢去打听呢，掉头就回公司了。"

陆晋知道，那正是4月17日他弟弟周知扬与刘铮发生冲突的那一次。刘铮冲进舞蹈教室，对正在给学员上课的王嘉珞出言不逊，抓住她推搡，动作和情绪都十分激烈，有学员在惊叫中报警。周知扬闻声跑来，出手拖开刘铮，两人扭打起来，警察赶来，他们都被带回派出所处理。这只是一起治安事件，但陈小东和谭耀松各怀鬼胎，难免会想到其他。

"接下来几天，陈小东给我打电话，问我打听到什么没有，我去会所看到王嘉珞又上班了，就告诉他大概没什么事，他后来就没找过我，我也再没去盯着了。我全部都交代了，警官，可真没干犯法的事啊。"

陆晋与老齐交换看法，两人都觉得谭耀松未必像他自称的那样交代了所有事情，不过现有证言已经足够将陈小东与王嘉珞的失踪联系到一起。

然而对陈小东的审讯要艰难得多。他被再度带回公安局，态度和上一次一样，对所有问题推得一干二净。

"谭耀松？对，我打过他电话，他欠我兄弟钱，一直不还，我就是帮着电话催一催，没有错吧？"

"什么？我叫他帮忙找人？没有这回事。"

"我是到站北村租房了。那段时间家里女人吵得心烦，我出来躲躲清静。"

"为什么选站北村？不为什么啊，那里便宜呗。"

"你问问房东就知道，我天天躺房间睡觉，连门都很少出，一天三餐叫外卖，什么也没干。"

"女人不吵了，求着我回去，我就搬回去了。我又没欠房租，多的钱不想要了也有错吗？"

"我说过了，这个女人我不认识，完全没印象。"

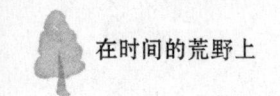

陆晋抓住这一点，继续问："五年前她与孙刚林同居，那时你是孙刚林的副手，陪他同出同进，经常出入他们同居的豪仕公寓 19 楼，连管理员都记得你们。还有人做证，你参与殴打伤害她和另一名叫吴家明的男子。你怎么可能没见过她。"

"老板身边的女人走马灯一样换，我们打工的都不好正眼去看，哪记得住她们长相。至于打人，我真不记得了。以前我是个法盲，做过不少错事，现在改了还不成吗？"

"那怎么解释今年 3 月的时候，你拿着王嘉珞的照片在仙镜、华都等夜总会打听有没谁见过她？有传言说你在替龙哥悬赏找人。"

"传言哪能当真？男人嘛，偶尔看到个漂亮妞的照片，动动心思是难免的，我也就是让他们看看有没这个长相的出台。"

"这么说来，你偶尔看到了王嘉珞的照片，于是到处打听，还让谭耀松找。4 月 15 日租了她住处对面的房子住下，在 5 月 21 日她失踪那天，你也离开了。你觉得有合理的解释吗？"

"那都只是巧合。你们非要说我对她干了什么，也得有证据啊。警官，咱不能冤枉好人不是么？"

连续两天审问陈小东一无所获，陆晋与老齐拿了照片去问孙刚林，孙刚林更是矢口否认他发过悬赏："警官，这一行长江后浪推前浪，我都蹲了几年监狱，刚刚出来，哪里还有人认识我是谁。也不知道哪路兄弟看得起，做点见不得人的事还能往我身上推，我谢谢他们高看我，不过你们可不能当真。谁要这么说了，可以来和我当面对质。我有钱留着治病保命还来不及，去悬赏找个女人，难道疯了吗？"

回到办公室，老齐恼怒地将笔记本丢到办公桌上："明明就是他干的，他就是仗着我们没证据才这么猖狂。"

"没关系，小刘在继续查谭耀松，小胡也找到老四的下落了，今天应该能带他回来，总能打开缺口。陈小东嘴这么硬，越发证明他涉案极深。我们也不是没有进展，起码现在能明确把案件串联起来，王嘉珞失踪这件事和五年前秦波的失踪在手法上几乎如出一辙，都有明确的嫌疑人，但都卡在没法找到受害者这个环节上了。"

第八章

"没有现场,没有具体的作案时间,最要命的是,没有尸体……"

陆晋突然示意他,他不解地停下回头,发现程嘉珞站在办公室门口,面色惨白。

"你们已经确定嘉珞她……死了吗?"

"不不不,你误会了,我们谈的是另一件事。"

程嘉珞只紧紧看着老齐,老齐狼狈地望向陆晋求助,然而陆晋心里也是沉重的。

"请不要多想,一切都还在调查之中。"

程嘉珞垂下了目光。老齐缓过神来,招呼她:"坐吧坐吧,今天来有什么事吗?"

"我让妈妈休息几天不要过来,我有时间就来打听一下情况。"

"好的,我们也跟你通报一下进展。"

他选择将已经调查确定的事情告诉她,她听到程莉居然请私家侦探跟踪调查过王嘉珞,先是吃惊,随即又不解。

"以姨妈的个性,不查出个什么来不可能罢手,怎么可能一个星期就叫停了?"

陆晋也有这个疑惑,程莉仅仅因为儿子结交了一个女友就要调查,多疑固执可见一斑,主动收手实在有些奇怪。他将几张照片摊到桌上:"当时私家侦探调查时拍的照片,你姨妈叫他删除了,我们从相机内存卡上恢复冲洗出来的,看起来并没有什么特别之处。"

程嘉珞一张张翻看着,是王嘉珞上下班出入会所、与包括周知扬在内的同事一起吃饭时的照片,确实十分日常。她手指突然定住,仿佛呆了一下。

"怎么了?"

"没什么。"她摇摇头,"这张照片能不能给我?"

陆晋与老齐同时看向那张照片:王嘉珞正要走向健身会所大门,她穿着一件宽松的军绿色外套、牛仔裤和球鞋,头发绑成马尾,一手端着杯奶茶,一手捂嘴,似乎正在打哈欠,看上去与一般困倦的上班族没什么区别,拍摄时间是4月1日上午十点。

她加了一句解释:"我手上只有几年前和嘉珞的一张合影。"

"你拿去吧,我们需要的话会再洗出来。"

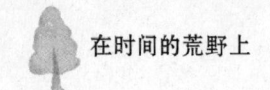

她仔细将照片收进包内，站了起来："谢谢，我先走了。"

陆晋送她出来，叮嘱她："告诉你妈妈不要多想，我们会抓紧时间办案的。"

她看着他："其实你和老齐都觉得嘉珞凶多吉少，对吧？"

陆晋无法作答。

程嘉璎惨淡地笑："从很小开始，我就经常做噩梦，我以为所有人都这样，白天该干什么干什么，晚上的世界是不由自己决定的。后来初中住校了，睡在我下铺的同学，夜里做梦居然笑出声，第二天给我们讲她做的梦，我才知道，别人的睡眠和我不一样，只有无忧无虑内心平和的人，才不会有那么多不安的梦。在尼泊尔那些天，我几乎每晚都梦见嘉珞，她在荒野上跳舞，奔跑，回头和我说话，每个梦的结尾都是她在我眼前消失了。可是回来以后，我再没梦到她。我……"

她停住，仿佛再也无法说下去。

"你不能就这样放弃希望。"

"陆警官，我不会放弃找她，无论如何，我都会找到她的。"

她眼睛里有一种陌生而冷静的决绝，说完便转身离去，陆晋回了办公室。

"唉，大概还是想到妹妹可能……"老齐叹气，没有再说下去。

陆晋翻过卷宗，知道当年秦波的家人在他失踪之后没有主动报案，公安局立案之后找他们调查，他们也一问三不知，更没有主动到公安局询问案情进展，他的同事大李认为，这种态度说明他们已经从某个渠道听到消息，默认秦波死亡的事实。

与此对应的，是那些始终怀抱希望不肯放弃的家属，比如王嘉珞的母亲程虹。

而程嘉璎似乎介于二者之间，天性里悲观的一面似乎早早便压倒了她，她只是机械地努力着，做着应该做的事。然而，陆晋隐约觉得，以往一向平和温婉的程嘉璎似乎有一点说不出来的不一样。

他走到窗前，从四楼看下去，只见程嘉璎匆匆穿过公安局前面停车场，走了出去，身影消失在外面人行道的人流之中。

第八章

2

  程嘉璎是趁午休过来的，手头还有一堆工作，本应抓紧时间搭地铁赶回公司，但她心里如同被什么牵扯住，绷得紧紧的，举手拦下出租车坐上去，对司机说："去天津路，谢谢。"

  到了天津路，她走进喜悦奶茶店，排在前面等候点单的两名顾客身后。到她时，她说："一杯招牌奶茶，谢谢。"

  老板娘一下认出了她，麻利地收银下单，让后面的服务生做奶茶，然后将零钱找给她，带点玩味的表情："还是坐靠窗的位置吗？做好了我给你送过去。"

  "请问您这家店有分店吗？"

  老板娘没想到她会问这个问题，倒是马上来了精神："你想加盟吗？我这里条件很优惠的。只要选好店铺，肯定很快收回投资。"

  "也就是说还有加盟店对吧？有几家，都在什么地方？"

  "没有啦。年初我重新装修，准备按这个标准扩大经营开自营分店的，地址都看好了，不过那边房东变卦，只能放放再说。你也想开奶茶店的话，加盟就可以了。"

  "您店里的装修很有特色，还有杯子、logo 设计都很有辨识度。"

  "识货，我可是花钱找专业人士做的，光配色都修改了好几稿才定下来。满街都是奶茶店，非得有自己的特色才能让人记住。如果你愿意加盟，我们可以商量条件。"

  这时服务生将奶茶做好递过来，老板娘麻利地配上吸管交给她，继续游说："女人也需要有自己的事业，开奶茶店是不错的选择，你再考虑一下。"

  她端起奶茶杯凝视，粉红色火烈鸟和拉长的黄色"喜悦"两字明亮而又抢眼，加粗的吸管也是粉色的，中间套着几个小小的荧光环。

  "这杯子漂亮吧，多有设计感。"

  她将奶茶放到柜台上，从包里拿出那张王嘉珞的照片："您见过她来店里吗？"

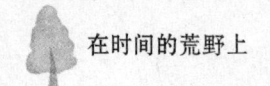

老板娘看看照片，再看看她，一脸警觉："小姐，你究竟想做什么，如果你还是跟对面那个已婚男人不清不白，搞这种跟踪监视的把戏，那我和你没什么好说的了。"

这时店里又来了其他顾客，程嘉璎只得站到一边，一直等她招呼完所有顾客。她抬头看过来，叹一口气："上次我都那样劝你了，醒醒吧。"

"不是您想的那样，照片上的人是我妹妹，她失踪了，前些天我坐在这里也好，现在打扰您也好，都只是想找到她。请您再看看照片，帮我回忆一下，她有没来过这里。"

老板娘将信将疑地看看她，拿过照片："她拿的奶茶杯肯定是我家的，不过上午都是服务生看店，我一般中午才来，对她没印象。"

她身后的服务生探过头来。"我见过。"她们一齐看向服务生，她是个兼职的小女生，十分活泼，"对，就是愚人节那天嘛，她进来买奶茶。长这么美，像明星一样，我绝对不会认错的，更重要的是，她穿的那件oversize的军装风格外套，我也有件同款，可怎么也穿不出她的味道，简直要看哭了。小辉当时去后面接电话，等他出来，她已经走了。我说刚有个大美女光顾，你要不偷懒也能看到，他还非说我是跟他开愚人节玩笑。"

"你见过她几次？"

"就那一次。人多的时候就顾着忙，不会仔细看每个顾客哦。"

老板娘拍拍她："好吧，去忙吧。"然后绕出柜台，招呼程嘉璎，"去那边坐。"

两人坐到对着街道的位置，老板娘再看看手里的照片，将它交还给程嘉璎："她真是你妹妹？"

"我刚才说的都是实话。"

"不好意思，那我误会你了。所以你是怀疑妹妹跟住对面公寓的男人有什么？"

这是程嘉璎无法面对的问题，在公安局看到照片的一瞬间，她就将它强压下去，可是又没法做到视而不见。她咬着嘴唇没回答。

"还是3月初的时候，来了一波倒春寒，晚上没什么生意，我看到那男人开车回来，停在对面门口，一个女孩子下去，到旁边便利店买了点东西再上车，然后开进了地下车库。她穿棉服，还是看得出腿很长，身材很苗条，但没

第八章

看清长相，不能确定是不是你妹妹。"

"您上次说过，那男人的太太，也曾坐在这里监视过。"

"是的，瘦得很厉害的那位女士，要不是那次你们在对面门口争执，我都不知道她是那男人的太太，以前没见她出入这个公寓。跟你一样，她坐了好几天，我不知道她看到了什么，后来就再没来了。"

"什么时候的事？"

"差不多应该是四月份吧，记不太清了。"

她只觉得胃里一阵翻腾，拼尽全力才压制住，拿出纸笔，将自己的手机号码写下来交给老板娘："如果您再想起或者看到什么和我妹妹有关的事情，麻烦您给我打个电话，谢谢。"

从店里出来，程嘉璎匆忙赶回去公司，继续处理工作，到四点时去会议室开部门例会，张总听他们汇报项目进度，再由他布置下一步工作，讲到一半，前台莎莎突然闯了进来，打断了他。他平时最恨这种打扰，顿时沉下脸了，莎莎慌忙说："朱董事长叫程嘉璎马上过去。"

所有人目光看向她，她完全茫然，张总只得挥手："快去吧。"

莎莎拉着她往外走，一边急急地告诉她："刚才一个男孩子过来，指名道姓找你，气势汹汹的。我问他和你有没预约，他就重重拍桌子，要我马上叫你出来。我吓得叫保安过来，结果他推开保安就要往里闯，保安和他扭在一起打起来了。正不可开交的时候，朱董事长从电梯里走出来了，"她再将声音压低一点："他一下看呆了都，那个表情简直一言难尽，我吓得马上说：董事长，他来找程嘉璎，硬要往里闯，我已经叫保安部再派人过来了。没想到他突然叫，快放手。然后对那男孩子说：你没事吧？这下轮到我和保安看呆了。还没回过神来，朱董事长转头跟我说：马上叫程嘉璎出来。哎，那个男孩子到底是谁？什么来头啊？好像董事长不仅认识他，还挺重视。"

程嘉璎心知是谁，没有回答，两人走出来。前台那里站着一个神情焦灼的男孩子，染成灰绿色的头发乱蓬蓬堆在头顶，牛仔裤膝上的破洞大大张开着，正是她的表弟刘铮。

"刘铮，你怎么来了这里？"

刘铮看看四周，突然一言不发抓住程嘉璎的胳膊往电梯那边走，莎莎不免

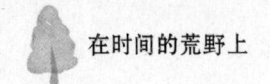

有点急了："喂，喂，这什么情况啊？"

程嘉璎无可奈何地说："没事的，莎莎，他是我表弟，有点事情找我。"

进了电梯，按了一楼之后，她用力挣脱刘铮的手："你这是干什么？董事长肯定是认识你的，闹到公司来对姨父也影响不好。"

刘铮瞪着她，面色苍白，全无刚才的狠劲："我妈被警察带走了。"

程嘉璎大吃一惊："什么时候的事？"

"就是半个多小时前。"

"我中午还去过公安局，警察完全没提到姨妈啊。他们说什么了？"

"说要她去配合调查。"

"姨父知道这件事吗？"

"我给他打电话，他关机了，办公室的人说他应该是在飞机上。"

她想一想："我带你去公安局吧，至少先问清楚是为什么。"

刘铮已经陷于方寸大乱中，得到一个明确指示，如同溺水之际抓住了泳圈，马上点头。两人出来上车，他按她的指点开往公安局。

到公安局之后，程嘉璎打陆晋手机，无人接听，再去办公室，有同事告诉她，他和老齐都在审讯室。她没办法，只能下来告诉刘铮："坐下等着吧。"

然而，刘铮根本无法安静坐下，来回踱步："不行，我要上去看看他们把我妈怎么样了。"

"你以为公安局跟我们公司一样可以随便闯进去吗？"

他怒气冲冲地说："你什么意思？是不是觉得很开心啊。"

程嘉璎冷冷地说："刘铮，你看看那边角落，平时那里坐的是我妈妈，我妹妹失踪报案后，她风雨无阻，天天过来坐在那个位置等着，直到病倒。我们只想找到我妹妹，至于你妈妈——我不知道她干了什么会被警察带来这里，我不可能开心得起来。"

刘铮一下气沮。"我妈妈不会干什么的，一定是警察弄错了。她无非就是找私家侦探跟踪过李洛……"他被自己的失言吓到，马上补充道，"那又不犯法。"

然而程嘉璎丝毫没有意外的表情，依旧那么看着他，他倒有些疑惑："你知道这件事吗？"

第八章

"是的，警察告诉我的，你不要以为他们办案会查不到这些。至于犯不犯法，他们总不会无缘无故带姨妈来公安局的。"

"别说了，别说了，我就不该去找你。我什么也不会跟你说了。"

程嘉璎看着这个一向意气飞扬的表弟变得面无人色，明显处于惊吓过度状态，倒生出一点怜悯，苦笑一下："坐下吧，我什么也不问了。"

刘铮下午在房间里戴了耳机玩游戏，直到房门被重重敲响，开门看到的便是两名警察站在母亲身后，母亲倒十分镇定："别害怕，小铮，给你爸爸打电话，然后在家等着，不要出去，不要再跟其他人说什么，记住我跟你说的话。"

他没能打通父亲的电话，祖父母已经年迈，有一个叔叔远在国外，舅舅又已经返回外地工作。他完全手足无措，不知道该做什么，也做不到像母亲要求的那样保持沉默一个人在家等着，那一刻唯一能想到的人居然是程嘉璎，于是抓起车钥匙狂奔下楼去找她。

此时他已经全身无力，也茫然不知所措，只能缓缓坐下。眼见程嘉璎一言不发，转身出去，一时有些惶然，好在过不久她回来了，递给他一杯冰咖啡，端着另一杯咖啡坐到离他几步之外的位置。

时间一点点过去，程嘉璎一动不动，如同凝固在那里一样，根本不看刘铮。他从未经历这样的孤独无助，只觉得每一分钟都如同煎熬。终于他再也忍不住，问程嘉璎："他们会把我妈妈怎么样？"

"我不知道，不必乱猜。"

"我妈妈她……不会对你妹妹做什么的，一定是弄错了。"

程嘉璎这才回头："你了解你妈妈吗？"

他一下又急了："你什么意思？"

"因为我就完全不了解我妈妈。"她面无表情地说，"我根本不敢去揣测她有多少秘密隐瞒着我。有些事，我试着去弄清楚了，结果更加痛苦。"

刘铮茫然地看着她："你想说的是什么？"

"我只是告诉你，刘铮，你妈妈是我姨妈，我对她……了解是非常有限的，所以没法安慰你说，没事的，一切都会好起来。我也不想吓唬你，非要逼你讲不愿意说的事情。你是一个成年人了，请试着用成年人的方式权衡利弊，思考到底发生了什么事，该怎么做才是正确的选择。"

刘铮双手手肘撑在腿上，深深地埋下头去。程嘉璎也知道，要逼着一个在

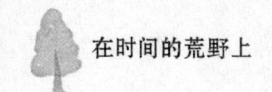

优越环境下生活的孩子一下长大面对现实，几乎是不可能的。但她心力交瘁，实在没有余力去抚慰他了。

过了良久，刘铮开了口。

"大概三月初的时候，妈妈知道我交了一个女朋友，一直追问她的情况，但说实话，我回答不了她的问题。洛洛从不谈家事，甚至我也很难确定，她是不是拿我当男朋友看。所以我只告诉她，洛洛在健身会所工作，是名健身教练。到了四月初，妈妈突然跟我说，她找私家侦探跟踪了洛洛，发现她还同时在跟一个开豪车的中年男人约会。她这么不尊重我的隐私，我当然很生气，同时也不相信她的话。可是她放了私家侦探跟她汇报的录音给我听，洛洛几点几分从健身会所出来，几点几分上了一个中年男人的车，几点几分开房，还给我看一张照片，黑乎乎的路边拍的，确实是洛洛在和一个男人拥抱。我就去和洛洛对质，她说，她和谁交往，都与我无关。"

"就是闹到派出所的那一次吗？"

刘铮看她一眼："我们为这事吵了很多次。准确讲，是我缠着洛洛吵了很多次，她根本不理我。你是她姐姐，请你告诉我，你恨我吗？"

程嘉璎愕然："我为什么要恨你？"

"反正我是讨厌你的。我爸一直拿我跟你比，觉得你成绩优秀，懂事明理，不止一次说我样样不如你，对我越来越失望，我妈为这个很生气，还和爸爸吵过，我也觉得你简直就像那些班干部一样，又假又烦，最好不要再出现在我们家才好。"

程嘉璎冷笑一声："你这样生下来就有条件任性的小孩，当然觉得别人的自律都是一种虚伪。姨父对我确实很好，但那是一种对别人家孤儿的怜悯跟善意。你是他亲生儿子，他对你的爱和期待是完全不同的东西。像我这样的人，再怎么小心翼翼，到别人的家都是一个局外人，我努力要得到的，全都是不属于我的东西，这个样子，连我自己都喜欢不起来，我怎么会去妄想让别人喜欢。所以我从来没恨过你。"

"那我就真的想不明白，洛洛为什么要那样对我。"

"你怎么看我没关系，不要去揣测她，她甚至根本不会羡慕你拥有的一切。"

然而又怎么解释她做的一切呢？你不了解的何止是自己的母亲，你对家人的全部了解停留在七岁那年，你所了解的只有那个五岁的、软软依偎着的妹妹。程嘉璎闭上了嘴，满口都是苦涩味道。

"我承认我妈妈在这件事上做得不对，你要说她是过分的，我也没什么好辩解。可她就是那么神经质紧张一切，生怕有人欺骗我。"

"我猜想私家侦探看到的不止是你妈妈告诉你的这部分。"

"不要瞎说，别的什么都没有了。我为这件事跟她大吵了一架……最后我同意出国，她答应让私家侦探罢手。她目的达到了，也没理由继续搞事情啊。"他面部突然出现一个抽搐，然后猛烈摇头，"不会的，不会的。"

他盯着程嘉璎，希望她能给自己一个安慰，但程嘉璎依然面无表情。

这时刘亚威急匆匆走了进来，程嘉璎起身跟他打招呼，刘铮却坐在原处不动。

"我才从机场过来，现在怎么样了？"

"可能问话还没结束，只能等在这里。"

刘亚威皱紧眉头："警察完全没说叫你妈妈过来的原因吗？"

刘铮这才抬起头，冷冷地说："你问我啊，我还以为这个问题问你才有答案。"

父子俩人对视着，然后几乎同时移开视线，出现一个尴尬的沉默，这时程嘉璎开了口："姨父，我有点事，想单独跟您谈谈，可以吗？"

"现在？"

她肯定地点头。刘铮一下跳了起来："不行，有什么话，当着我说。"

程嘉璎一口回绝："那没必要。"

"我妈妈没出来，你们谁也别想背着我搞鬼。"他抬起手，从他父亲划向程嘉璎，"你，还有你，我会盯着你们的。"

刘亚威恼怒地说："你这是什么态度？信口胡说，没大没小，到底想干什么？"

刘铮似乎有一句反驳已经要冲口而出，却硬生生忍住，然而目光依旧是气势汹汹的。刘亚威无可奈何，对程嘉璎说："再说吧，嘉璎，先等你姨妈出来。"

程嘉璎并没有回答，也没有看着他，将视线移向了前方。

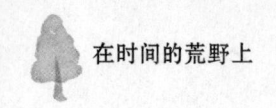

3

"你们说的这两个人我都不认识。"

程莉一字一字地说。她浅浅坐在椅子上,背挺得笔直,嘴唇抿得紧紧的,两手交握放在面前的桌子上,眼睛盯着手指。

陆晋将手里的笔记本翻过一页,不疾不徐地说:"不认识孙刚林和陈小东,那么徐文浩你总该是认识的吧?"

"他是我大学同班同学。"

"你们最近一次见面是什么时候?"

"我不记得了。我想我早就告诉过你们,我一直服药治疗失眠和抑郁,很健忘。"

"没关系,我们这里有徐文浩签名的证词,你们于今年3月28日这天在花园道咖啡馆见面,你委托他,"陆晋念出证词原文,"'找一名得力的私家侦探,调查一个人',有这件事吧?"

"我记不大清楚了。"

"隔了一天,他带一名叫谭耀松的男子在同一间咖啡馆和你见面,他随后离开,你与谭耀松做了单独交谈。"

"我没有印象了。"

"程女士,我们也找谭耀松做了调查取证,提醒你一下,他做私家侦探这一行,非常明白一定要配合警方的调查。"

程莉的表情没有波动:"想起来了。我是见过这么一个人,因为当时有个行为诡异的女孩子纠缠我儿子,我很烦恼。徐文浩一直做执业律师,见多识广,我跟他谈起这件事,他挺热心的,建议我找人调查一下,就把那个姓谭的人介绍给了我,说他人还挺可靠,不管想查什么事,交给他就可以了。"

"你说的那个女孩子是化名李洛的王嘉珞吧?"

"我当时完全不知道她的真实姓名和身份。"

"不过你儿子因为这名自称李洛的女子与人发生纠纷这件事是在4月17日这天,你怎么会在3月28日就找侦探进行调查?"

第八章

"我记不清了,应该是我儿子跟我提起过她吧。"

"你儿子能证实这一点吗?"

程莉蓦地抬起眼睛:"王嘉珞隐瞒自己是他表姐这件事,纠缠上他,已经给他造成了很大的心理伤害,他一直处于抑郁状态,无法完成学业,不得不返回国内,请你们不要去骚扰他。"

"请放心,必要的话,我们会请专业心理医生对他进行评估,看他是否适合进行询问。"

她再度紧紧闭上了嘴,嘴角边出现两条深而长的向下的纹路,一看就是经年累月维持这个表情。

"谭耀松给你的调查结果是什么?"

"没什么结果,他调查了大概一周吧,拖拖拉拉的,总说还需要更多时间,我觉得这人也不怎么靠谱,再说儿子毕竟是成年人了,还是要尊重他,就算吃亏上当栽跟头,也是人生经验。所以我就跟谭耀松说结账不查了。"

"为什么你会想到找私人侦探调查王嘉珞?"

"我当时只知道那个女孩子叫李洛,根本不知道王嘉珞这个名字,更不知道她是我妹妹程虹的女儿。她来历不明,我儿子又涉世不深,于是我就托人调查了,可这又不违法,而且我想清楚之后就中止了调查。我是留有证据的,跟谭耀松结清费用之后,我就让他写了收据,注明再没有委托调查关系。收据放在我家书房抽屉里。这连侵犯他人隐私都谈不上吧,你们还想知道什么?"

"说到费用,你前后一共给了谭耀松多少钱?"

"没多少钱,具体数字记不清了。"

"按照谭耀松的说法,你付了5000元的一周调查费用,又额外给了两万块现金。为什么?"

程莉想了想:"是这样的,他提出他为了接我这份活,推了其他工作,我突然中断,给他造成了经济损失,我站在他的角度考虑一下,给他一定弥补,也是合理的。"

陆晋笑道:"程女士真是通情达理。这么说来,你们之间委托调查关系就此结束,再没有其他联系和金钱往来?"

"是的。后来我儿子决定去日本留学,问题都解决了,还有什么必要再去调查她呢?"

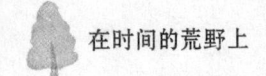

"既然如此，为什么4月17日刘铮会再次去找王嘉珞，并且发生严重争吵？"

"只能说年轻人不成熟，头脑一热就会冲动，回家后我狠狠教训了他，他后来就再也没去见她了。"

"那怎么解释在4月17日一直到5月22日之间，谭耀松的手机通话记录里有不下十通你打给他的电话，最长一次通话时长五分钟，最短的也有47秒，显然都不是误拨。"

她一怔："我就是想咨询一下，如果那女孩子还纠缠他，我能有什么对策。"

"谭耀松可不是这样说的。"

程莉嘴角那两道纹路更加深刻，过了好一会儿，她才开口："他能说什么。不管他说什么，都是他的一面之词。"

事实上关于这一点，谭耀松确实没有做出合理交代，只是慌张地反复强调程莉极其纠结，缠着问他是否隐瞒了什么调查结果，而他只能敷衍她。

但是赌球放码的马仔老四提供了新的线索。

老四的本名叫何斌，警察在他姐姐家里找到了他，他强作镇定："我能犯多大个事，你们带我回去也问不出个什么，不如省点事就在这里谈好了。"

他姐姐先听不下去了，恨恨地说："你们快把他带走吧，这回也不知道干了什么事，跑我这里躲着不出门，昨天晚上还自言自语说会不会把小命交待进去。我问他又不说，你们抓去，总还能留他一条命。"

回到公安局，他已经再撑不起来了，哭丧着脸说："你们非要拖我过来，陈小东会弄死我的。"

"你知道什么事，他就要弄死你。"

"我……什么也不知道。"

"那你为什么要躲起来？"

"这不是看陈小东又被抓起来吗？还有谭耀松也进去了，也不知道他们犯的事有多大。陈小东上次出来就警告我，找个地方躲好，什么也不许乱讲，否则会要我的命。他这人说得出就做得到的，我怕啊。你们拉我来公安局，我就算什么也没讲，出去也说不清了。"

"你知道这一点那还算有救，仔细想想你姐姐的话，跟警方合作才是你的最好出路。"

第八章

老四交代了他曾随同陈小东去过一次南山居，弄坏外面的摄像监控设备，然后在车上等着，在陈小东跑出来后，开车送他回家。

"——我就等着，什么也没干啊。"

"陈小东有没告诉你，为什么要去南山居。"

"他说有个娘们要坏他的事，他去警告一下，别的就没说了。"

关于谭耀松，他说："我家以前跟他老丈人家是邻居，我姐和他老婆是同学，关系还不错。我姐早让我不许招惹他，天地良心，我这人也不喜欢吃窝边草，可他非要缠着我。这一次也是，好不容易东哥松口，免了他赌债，我都劝他收手别赌球了，谁知道他只老实了不到半个月，又开始下注了，也不知道哪里又弄到了一笔钱。我本来打算提醒一下他老婆，可看他们两口子好像没吵架了，我一个放码的操这个心干什么。"

陆晋调查谭耀松的公司和个人账号并没有明显异动，听到这话心里一动："他们夫妻经常吵架吗？"

"是啊，谭耀松都输了两套房子，今年上半年又欠了一屁股债，他老婆早跟我姐说过不止一次要离婚了。"

谭耀松的妻子是一名全职主妇，虽然事先被丈夫告诫什么也不要说，但经不起警察的询问，很快交代，谭耀松分别于4月下旬和5月下旬交给她两笔现金，一次15万，一次20万，她都存入了银行。

"他说是业务收入，我还以为他重新开始好好经营公司了。太不是人了，这次我非要和他离婚不可。"

谭耀松则坚持一口咬定，这两笔钱都是合法收入，但他无法提供相应的业务合同以及收款发票，加上他在那段时间赌球下注的金额，总计有50万元的收入没有合法来源，而他与程莉之间几乎同期的电话往来，不能不引起陆晋的注意。

陆晋继续讯问程莉："你什么时候知道李洛真名叫王嘉珞，是你妹妹的女儿？"

"我哥哥告诉我的，日期记不清了，这是我的家事，和别人无关。"

"如果王嘉珞没有失踪，没有牵扯上孙刚林，我们当然不会过问你的家事。"

"我搞不懂你们为什么要反复提到孙刚林。我不认识他，以前也没见过程虹的这个女儿，不过她竟然化名纠缠我儿子，所作所为不仅算不上检点自爱，

在时间的荒野上

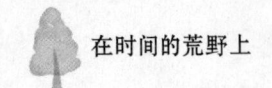

简直就是变态。这样的人,除了不知道怎么认识了刘铮之外,不可能和我们的生活有任何交集。你们这样没完没了盘问我,是想达到什么目的?"

"我们之所以立案,是因为王嘉珞的家人报了她失踪,当然所有的调查都是一个目的,找到她的下落,希望程女士配合我们的工作。"

程莉摆摆手:"不必拿这种话来套我,我学法律的,知道你们传唤我,最多能扣留我12个小时,你们完全可以搞疲劳战术,不停问这些无关紧要的问题,找出你们要的所谓漏洞。可你们别忘了,我身体很差,真要在你们这里病倒,你们也承担不起责任。"

她身形枯瘦,面色憔悴,病容一看可知,倒不是虚言恫吓。陆晋问:"程女士你需要休息一下吗?是不是到了你服药的时间?"

她看看腕上手表,点点头。陆晋示意同事端来一杯温水,再将经局里医生检查过的药物交给她,她一言不发,拿出几种药片一起放入口中吞下,这才向后一倾,合上眼睛靠到椅背上,像是精疲力尽一样。

陆晋看手上材料,审讯室内只听得到纸张一页页翻过的声音。程莉到底挨不过这可怕的寂静,重新睁开了眼睛。

"还要问什么?"

"五年前,也就是2007年的7月初,你和你妹妹程虹见过面吗?"

程莉没想到问题转到这里,一下怔住。

"当时你有没有交给她一笔数目为二十万的现金,让她离开汉江市?"

她仍旧没回答。

"程女士,鉴于你声称记忆力不好,我们可以帮你回忆一下。程虹声称这笔钱是你给她的,而她交到女儿王嘉珞手中。涉及到来路问题,我们做了调查。二十万不是一个小数字,一般人不会放这么多现金在家,可以随手拿出来给人。我们去查了银行取款记录,发现你确实在2007年7月3、4日两天分别在建行取出十四万,工行取出六万,合计二十万。我们是不是能确认你把这二十万元现金给了程虹?"

"是的,我是给了她二十万。当时她来找我求助,说一家生活困难,所以我资助她,有什么问题吗?"

"我们查你五年前那笔取现,意外发现,你在今年4月25日左右,又从股票账户调出了近四十万资金转入储蓄账号,然后于4月26日取出了共计五十万现金。请问这笔钱用在了什么地方？"

"你们凭什么这样查我？"

"我们说过了，王嘉珞的失踪已经作为刑事案件立案。相关线索我们都会一一查到。"

"我儿子要出国留学，我当然要取钱出来。"

"程女士，携带人民币现金出国完全没有必要，这是常识。"

"我换汇额度用完，只能取现找朋友换汇。"

"请提供朋友的名字电话供我们核实。我们也会核查刘铮的账户。"

"你们这是侵犯我的个人隐私。"

"程女士，谭耀松刚好在这个时期有五十万元左右现金收入，你不觉得这个巧合非常不合理吗？"

"这跟我没有关系。"

"谭耀松无法说清这笔钱的合法来源。他做了好几条解释，比如说是业务收入、收回欠款、赌球所得，不过都无法得到证实。鉴于他现在是王嘉珞失踪案的重要嫌疑人之一，我们希望你能配合警方，讲清你的现金支出是否与他有关。"

她再次重复："这跟我完全没有任何关系。"

"谭耀松早晚都会交代，谁后开口谁被动，你既然学法律，应该懂这个道理吧。"

"那你们就去问他好了。"

说完这句话后，程莉开始保持沉默，拒绝回答任何问题。而另一间审讯室里接受老齐审问的谭耀松则始终坚持原来那个无法自圆其说的说法。

陆晋与老齐出来交换意见。

"程莉似乎相当肯定，谭耀松什么也不会说。"

"谭耀松那边也是一样。要么是他们两人提前订好了攻守同盟，要么是他们都知道，对方坦白就意味着重罪。"

分析归分析，但正如程莉所言，在没有相关证据的前提下，他们不可能超时拘传她，只能放她回去。

老齐长叹一声："好在谭耀松有巨额不明来源收入，我们还是可以继续审问他的。"

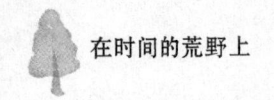

4

程嘉璎曾在15岁那年去过一次刘亚威的办公室。

她读初三，上学期结束，因为面临中考，学校要开家长会，以往都是舅舅抽时间过来，而这一年舅舅刚去广州工作，打回电话请程莉代去，程莉答应了，但到了头天，给班主任打来电话，称病无法前往。老师也并没说什么，叫程嘉璎开家长会时就坐在里面听好了，毕竟她一向是没有争议的好学生，报考本校高中没有任何问题，只需要跟其他家长一起了解一下志愿填报就可以了。

家长会在周五下午四点开始，同学都无心自习，拥在走廊上等父母过来，将他们带到自己的座位。程嘉璎早早坐在自己的位置上，尽力低着头不引起别人注意，还是不断有在周围落座的家长问："你是学生啊，家里没人来开会吗？"她都只"嗯"一声算回答，也有同学小声跟父母解释她是孤儿，然后那些家长对她投来同情目光。她早就对那个字眼麻木了，并不感伤，只盼着家长会快快开始，早些结束。有人敲她课桌，她抬头，姨父刘亚威来了。那时他不过38岁，并不比其他家长年轻多少，但相貌英俊，身材修长而风度翩然，穿合体的白色衬衫，夹在早早有了中年感的一群人中间，显得十分醒目。

他笑道："出去吧，大人开会，小孩子别凑热闹。"

程嘉璎眼眶一热，连忙起身离开教室，和其他同学一起等在外面。家长会结束，刘亚威出来，她说："谢谢姨父过来。"

他笑："开刘铮的家长会都是被老师训，还是开你的家长会有面子，都不知道你的成绩居然这么好，在这么牛的学校年级能排前十，坐在那里真自豪。"

她从来都觉得考出好成绩是本分，没有拿成绩单回去跟舅舅炫耀过，舅舅当然也习惯了她的自觉学习能力。突然被一个长辈这样当面夸奖，她顿时满面通红，内心却感受到前所未有的喜悦。

刘亚威要接她回去度寒假，她推托："我还是留在学校比较好。"

"那怎么行？我给你舅舅打过电话，答应他一定带你回去好好照顾的。"他补充道，"你也可以帮刘铮补习一下功课，他的成绩实在没法看。"

话说到这里，她只能去收拾衣物，上了刘亚威的车，随他回了南山居的

第八章

住处。

当然那算不上一个愉快的寒假，程莉非常冷漠，基本没和她讲几句话。而刘铮是个异常顽皮任性的男孩子，根本没把她这个表姐放在眼里，对于她给他补课，当然也毫不领情。

唯一的温暖来自刘亚威。

她后来不肯再去姨妈家，他似乎也完全理解她的感觉。他会隔一段时间到学校来，接她出去吃一餐饭，跟她聊学校里的事情，临走时会悄悄往她书包里放一点零用钱。

她长久过着一种超出年龄的清教徒式生活，舅舅将抚养她视为自己应尽的义务，对她是疼爱的。但他是木讷而忧思重重的中年男人，家庭接连发生变故，婚姻破裂，妻子带走了他最心爱的女儿，工作随着国企衰败而朝不保夕，心力交瘁之余，满足于这个外甥女根本不需要他特别操心。

克制情绪表达，努力缩小自己的存在感，是她一直的生存法则。但她到底是个孤独的少女，刘亚威这种父亲式的亲切，是她无法抗拒的。

有一次他带她吃饭时，中途接到电话，要回公司取一份重要文件，第二天出差。于是她随同他到了办公室，那个时候刘亚威还是部门副总，有一间装潢气派的独立办公室，有态度恭谨的下属，让她初次看到了成年人的职场环境是怎么回事。

眼下刘亚威已经是集团公司第二号人物，办公室升到40楼，出了电梯便是厚厚的地毯，一身黑色职业套装的秘书负责接待。

"抱歉，现在刘总在开会，他说回头再跟你联系。"

程嘉璎知道他很忙，但她已经打了数次电话，他既没接听，也没回复，而且她也已经等了差不多半个小时。她不理会秘书，径直往里走，秘书慌忙站起来阻拦："小姐，你再这样，我要叫保安了。"

程嘉璎冷冷地说："你叫吧，我敢保证，保安上来，刘总不会夸你处事得体的。"

她的强硬态度让秘书迟疑了，她不等对方回过神来，绕过去推开办公室沉沉的门，刘亚威坐在会客区，而坐在他对面的是公司的几名高层。刘亚威苦笑一下，对她示意："嘉璎，去里面等我一下，我马上开完会。"

255

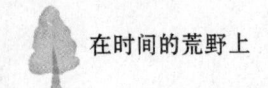

里面是他的办公室，面积不小于外面宽阔的会客区，装修反而比从前来得低调内敛，唯一带来冲击感的大概就是整面墙壁的落地窗，视野极佳。程嘉璎平时并不畏高，此时凭栏俯瞰，只见楼房街道尽在眼底，行驶的汽车如同一个个儿童玩具，小小的行人川流而过，天际浓云翻滚，不禁有晕眩感。

过了差不多十分钟，刘亚威结束会议，送走客人，走了进来。两人相对，他避开视线，走到办公桌前拿起电话让秘书送咖啡进来，然后问："嘉璎，有什么事这么急着找我？"

程嘉璎没有回答，走过来，在离刘亚威一米的地方停下，从包里拿出一瓶粉色香水，对着面前空气喷了几下，空气中慢慢弥散开香奈尔coco小姐带着柑橘与佛手柑的香气，刘亚威在一瞬间面色灰败。

"姨父，您是记得这个味道的，对吧？"

一阵窒息的沉默之后，他说："这么说你都知道了。"

连续疯长的怀疑终于落实，程嘉璎的心承受不了这个重量，直直沉落下去，哑着嗓子问："为什么？"

"我不知道。"

程嘉璎瞪大眼睛正要说话，秘书端着咖啡进来，放到茶几上，然后退了出去。

刘亚威神情惨淡："我确实不知道她是……你妹妹。她说她叫李洛。"

她绝望地看着他："她去了哪里？至少把她的下落告诉我。"

"我不知道。"

她猛地一伸手将咖啡杯扫落，然而地上铺着厚厚的羊毛地毯，咖啡在繁复的手工图案间慢慢流淌蔓延开去，并没发出能代表她情绪的声音。

"得知她真实身份之后，我再也无法去面对她。我也不能去问她：为什么你要这么做？无论她是想戏弄我，报复谁，还是有其他目的，我都没办法去面对答案了。"

与太太失和多年的中年男人，邂逅美丽的女孩子并陷入情网，是何其老套滥俗的故事。刘亚威从来没有想过，自己会成为这种故事的主角。

他与程莉分居了差不多八年，不是没考虑过离婚，但程莉始终拒绝讨论这个话题，而他也并没真正遇上想要重新开始新一段婚姻生活的女人，再加上唯

第八章

一的儿子刘铮处于日渐叛逆的青春期,他的野心全部放在事业上,眼看还有上升空间,免不了想,就这么维持现状,也许最为省心。

坐到他这个位置,又一直保持着最佳仪态,来自女性的各种倾慕、诱惑、试探、邀约,他见得太多,很明白应该避免什么样的麻烦。

但那个自称叫李洛的女孩子是他没见过的类型。

后来他带一点自嘲地想,其实他只是无数个面临中年危机的普通男人中的一个,就像他那些事业成功的朋友突然毫无征兆疯狂迷上跑马拉松、登雪山、驾帆船出海、原始森林徒步一样,他也并没保持住他的理性超然。

李洛的出现,如同火苗凑近了早就如同干柴一样搁在那里却被他视而不见的欲望。被她点燃之后,生命骤然呈现出前所未有的纯粹、明亮和炽烈。正是因为她,他才知道生活有另外的可能,以前一心沉迷于事业上起伏追逐所带来的刺激变得黯淡无趣。

对他来说,这是一段迟来的、未曾体验过的爱情,充满因不确定而变得更加魅惑的因素,足以让他甘心沉沦。可是他并不能断定李洛是怎么想的。她有着年轻女孩子的任性与理直气壮,并不主动考虑他的感受,一直若即若离,随心所欲地来来去去,从没施展什么妩媚姿态来取悦他,哪怕投入他的怀抱,说的却是:"不要相信我,我是个没心没肺的人,不会爱上谁。"

她从不谈及她的过往和家人,但他有着成年男人世故老到的判断力,明白这样的女孩子多半来自一个没有安全感的成长环境,受过太多冷酷环境的伤害,于是长出利爪用以自卫,但也会因为心情不定而随意挥舞伤人。

看清这一点,反而让他更加疼惜她。他问她:"最想要什么样的生活?"

她心不在焉地回答:"无牵无挂,周游世界,走到哪里算哪里,用不着想明天会怎么样。"

他倒是去过不少地方,但都是计划行程,从未想过无目的性随处乱走,当然更没向往过那种生活,不得不感叹,他们之间存在代沟。

有时她会直直看着他,眼里都是他不了解的复杂情绪,他以为有一个情绪的迸发,几乎带点恐慌地期待着,然而她只是笑嘻嘻轻描淡写地说:"也许我有恋父情结,居然想就这样和你一直待下去好了。"

他被"恋父"这个字眼狠狠刺痛,同时又心存侥幸地想:如果她不恋这个,你一个大她二十余岁、体力走下坡、脱去世俗眼中那点成功只余一个渐老

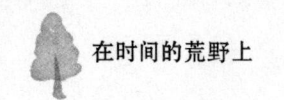

皮囊的中年男人又有什么值得她驻足。

而且也许是因为这个"一直"——几年来他头一次下决心离婚。

随着刘亚威郑重提出离婚，一切都转折了。

他以为他是摊牌的那个人，但其实他错了。程莉再度表现出他从不了解，也不可能理解的另一面。她似乎毫不吃惊，沉默两周之后，她告诉他，她做了调查，他迷恋的这个女人，同时也在与他们的儿子交往。这且不算，"这个女人"——她咬着牙讲出，是程虹的女儿，真名叫王嘉珞——"对的，就是你一直忘不了的那个程虹"。

刘亚威有一段将近两个小时的记忆空白时间，无论如何也填补不起来。等他恢复意识，确认程莉讲的全都是事实之后，他情愿自己永远停留在那片空白之中。

他与程莉是大学同学，两个人念不同专业，在社团活动时认识，程莉喜欢他，然而让他真正一见动心的是程莉的妹妹程虹。那个年代所有人的感情都是含蓄的，唯一的例外可能是程虹，她聪颖活泼，性格无拘无束，表现出对他情窦初开的好感。关系密切的同学看在眼里，打趣地警告他会陷进姐妹花的三角恋之中。他也略为苦恼，不知道应该怎么对程莉说清楚。

这种少年思春的烦恼没有持续多久，暑期去西部历史名城的那次出游彻底改变了他们三个人的命运。程虹离奇失踪，再无消息，她的家人开始漫长的奔走苦寻。尽管程虹走失当天并不是和他在一起，但他既负疚，又牵挂她，也积极参与其中，经常出入程家，帮他们一起分析那些来自全国各地真假莫辨的线索，与程家人变成了一起怀抱期望、忍受失望、共同历劫的关系。

他眼见程莉落落寡欢，显然沉浸于自责之中，当然是怜悯她的。可是他们之间并没有激情，甚至没有多少关于程虹以外的话题，只不过所有人都认为他们是一对恋人，在上个世纪八十年代保守的风气之下，他要分辩说他并不爱她，几乎是不可能的事。

他和程莉都毕业了，他无法放下这件事一走了之，于是在本地就业，又经过几年希望渺茫的寻人，他终于与程莉结婚。

开始婚姻生活之后，程莉突然再也不愿意与他谈起寻找妹妹这个话题，也渐渐不肯再回娘家。他不解，而她说："我能做的全都做了。以后我的生活，

第八章

我们的生活，总不能只围着她吧。"

听起来似乎也有道理，可是一旦绝口不提程虹之后，刘亚威不无恐惧地发现，他与程莉近乎无话可谈，哪怕生下刘铮，也没有太大改善，程莉变得日渐消沉，易怒，一天天成了一个陌生人。

李洛竟然是程虹的女儿。

罪恶感如同没有预报的海啸一样铺天盖地而来，将刘亚威卷走，他无力对抗，以至于无法对程莉一连串的质问做出任何反应。

"我问她究竟想干什么，你猜她怎么回答？"

他怔怔地看着妻子苍白的脸上泛起不健康的红色。

"你有没听到我说话。"

他机械地点点头。

"她说她也许要去参加程嘉璎的婚礼，你不是要充当证婚人，并且把新娘交给新郎吗？她去观礼一定很有意思。"

他打了个冷战，终于从麻木状态中挣脱了出来："不能让她这样干。"

"你还只想着程嘉璎的婚礼不能受影响吗？那你有没想过对我们这个家的影响？你儿子也知道了这件事，你准备怎么去面对他？"

他的脑袋一片混沌，无法作答。

"从结婚开始，你念念不忘的就只有程虹，从来没在乎过我的感受。"

他想否认。他当然没有忘记过程虹，可那并不是恋人始终不渝的铭记，而是混合着痛惜、遗憾、牵挂的复杂情感。他们之间甚至没有真正开始过恋爱，一切往事都经不起时间流逝的消磨，程虹虽然曾经被找回，但在她自闭于化工厂宿舍的那段时间，他只有机会与她单独见了一面，她拒绝交谈，不久又悄然离开。从某种意义上讲，那个18岁女孩从来也没能真正回来。在他心头，她已经被岁月磨蚀得淡成黑白照片上那个没有立体感的形象。

然而此刻再表白自己并不是什么情圣，又有什么用，程莉根本不可能相信。

"她无时无刻不夹在我们之间，让我的婚姻变得没有任何温情可言。好不容易她走了，程嘉璎又来了，长得越来越像她，还加上了身世可怜，孤苦无依，一看到她我简直要疯了。"

他怔怔看着程莉，她骨瘦如柴，苍白的脸上却泛着病态的潮红。他艰难地

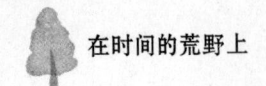

说:"你不该这么敌视嘉璎,我一直把她当成自己的女儿来关照。"

"如果她不是程虹的女儿,外形几乎是她年轻时候的翻版,你会不顾我的感受,非要去扮演她的父亲吗?"

他们的婚姻生活中一直没有争吵,只有无休止的冷战。程莉头一次说得如此明确,他无言以对。

"我防备着她,战战兢兢的,生怕你们之间出现什么。直到把她送出国,我才松了口气,可万万没想到,你居然和程虹的另一个女儿……"

程莉喘息着,拿手指向他,无法继续讲下去,而刘亚威同样觉得胸口发闷,像压上千斤重负。

谁又能想到,李洛同样是程虹的女儿。

室内是死一般的寂静。

等到呼吸稍微平复,程莉重新开口:"你必须了结这一切。"

"我会和她断绝一切往来的。"

"光这样就够了吗?动动脑子吧,她来勾引你,图的是什么?"

他讲不出话来。

"她根本不在乎她姐姐跟谁结婚,她就是想在大庭广众之下大闹一场,弄得你和你儿子身败名裂。"

程莉的声音是森然的,他本能地想否认这个可能性,可是他无从开口,也无法像过去那样冷静地想,也许我娶了一个有受害妄想症的妻子,因为整件事都太诡异,太违背他所知道的伦理与常识,透着浓郁的阴谋气息。他完全无法确定,李洛想达到的目的到底是什么。

她甚至不叫李洛。

而他,是经受不起丑闻打击的中年人。

程嘉璎艰涩地问:"后来您跟她联系过没有?"

"她给我打过电话,但我没接,我不知道该跟她说什么,也再没去见她。你姨妈提出给她一笔钱,让她自动消失。我……没法反对。"

"用钱解决问题倒是符合姨妈一向的作风,但如果嘉珞是拿了钱离开,姨妈为什么不直接对警方说呢?"

"昨天从公安局接她回去后,我也这样问她了。她说她绝对不想我们一家

第八章

人成为公开的谈资和笑柄。"

程嘉璎心乱如麻,只觉得双腿在不停发抖,再无力站住,坐倒在沙发上。

"您觉得姨妈说的是真的吗?"

"她确实从我们的账户上提取了五十万现金。她告诉我,这笔钱她给了李洛……嘉珞,条件是她至少从汉江市消失两年,不要和任何人联络。"

"姨妈怎么能提这种要求?"

刘亚威木然说:"你要考虑一下她的感受。"

程嘉璎想,如果站在程莉的立场,嘉珞的所作所为,确实超出了她能容忍的底线。然而她不能就此释然。

"我并不希望拿钱解决,但我也不知道怎么了结这种事了。"

"没有这么简单,嘉珞会不会拿姨妈的钱,我不敢肯定,但她不会连妈妈都不交代一声,让她急得病倒。"

刘亚威怔住了:"你妈妈她现在怎么样了?"

"还好,医生开了药,她在家休息,不然她还是要天天跑到公安局大厅里苦等的。"

"好好照顾她,嘉璎。不要把这件事告诉她,我实在没面目去见她了。"

程嘉璎艰难地扯一下嘴角:"我没想过要对她提起这件事,毕竟……我不知道怎么跟她说,也不确定她能不能承受。但我不能瞒着警察,这也许会误导影响他们的调查。"

"你不能讲出去。"

她愕然。

"你有没想过,一旦讲出去,警察肯定要来调查我,这件事也就会公之于众。外人会怎么看我,又怎么看你妹妹,怎么看你?"

这是她没想过的问题,她抬头看刘亚威,他两鬓都已斑白,显然在这段时间里倍受煎熬,已经无心再做染黑掩饰。

"嘉璎,我一直拿你当女儿看待。"

这是刘亚威第二次对她说到这句话。

上一次是在四年前的春天,程嘉璎从孙刚林那里出来,经过一周失眠之后,终于决定向姨父求助。她拨通刘亚威的手机,他过好一会儿才接听,声音

261

在时间的荒野上

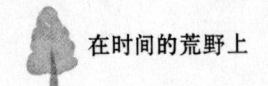

衰弱地告诉她,他患了重感冒,在家休息,问她有什么事。她马上说没事。但他并不相信,因为她平时几乎从不主动给他打电话,谨慎地保持着距离。他开玩笑地说:"嘉璎,不管有没事都来看看我吧,帮我带点粥上来,我快饿死了。"

她愕然:"姨妈不在家吗?怎么不给您做饭?"

他沉默一下,告诉她一个位于天津路的地址,她这才知道,姨妈和姨父已经处于分居状态。她连忙买了水果,再打包一盒粥赶过去,不过到了那里就知道,刘亚威尽管独居生病,但并不狼狈,钟点工定时打扫并做饭,还炖好了粳米白粥,配着各式可口小菜。她一向过于敏感,唯恐给别人增添任何额外麻烦,当然明白姨父的这份体恤,既感动又惭愧,更加说不出口。

刘亚威温和地说:"我知道你和舅舅更亲一些,但我是一直拿你当女儿看的,现在你舅舅在外地,有什么话尽管对我说。"

她依旧迟疑。

刘亚威咳嗽着笑道:"黑眼圈这么厉害,是不是失恋了?告诉你,临近毕业分手是好事,一别两宽,以后肯定有更适合你的选择。你的考研成绩该出来了吧?"

"嗯,我已经接到复试通知了。"

"那多好。唉,刘铮要有你一半自律,我就该睡着笑醒了。那小子……"他直摇头,"完全没定性,目前看最擅长的就是吃喝玩乐。"

"姨父,我不想去复试了。"

她到底还是讲了出来。而刘亚威在劝她三思之后,也帮她去争取了交换项目的名额。

就这样,她逃离了汉江。

"我从没想过要跟年轻女孩子怎么样,一切就那么发生了。更没想到的是,她和你一样,会是自己妻子的外甥女。你一定认为我虚伪,甚至会觉得恶心吧。"

程嘉璎无法作答。她仍旧处于震惊之中,眼前这个人一直关心着她,是除了舅舅以外对她最亲厚的人。他说视她为女儿,她是满含欢喜的。除了从未感受到母爱之外,她同样欠缺一个父亲,理性一直提醒着她,他对她来讲只是一个亲切的姨父,不可以贪心觊觎,让他为难。可内心深处,她一直隐隐盼望他就是她的父亲，她可以像刘铮那样放纵自己享受他的爱。

然而，一切都在突然之间颠覆了。

"我并不是扮无辜。罪孽已经做下，我不会把自己打扮成受害者的。告诉你，嘉璎，在知道李洛是谁的那一刻，我的心已经死了。我这个年龄的人，按道理不该为一份感情幻灭，可是她就这样闯进来再扬长而去，不管她想要的是什么，已经事实上把我杀了。现在的我就是行尸走肉而已，如果要苟活下去，总得保存一个表面的体面。"

5

房子被林曦叫来的钟点工做了整理打扫，甚至还摆了鲜花，一切看上去整洁有序。徐子桓坐在阳台上喝酒，江风吹来，带着夏日特有的干热与舒爽。江上有夜航轮船缓缓驶过，一道暗影拖出迷离的水波光带。

门铃响起，徐子桓抬腕看表，已经将近十点钟。他猜很可能是母亲过来查他有没有听劝少喝酒，不免苦笑，走过去开门，然而，外面站的是程嘉璎。她一向衣饰整洁，外出总化着淡妆，然而现在却一脸的汗珠，零乱粘着额发，条纹衬衫透出湿迹，平常身上的清淡香水味道被明显汗味盖住，样子颇为狼狈。

"你怎么了？快进来。"

她进来，他打量她："你这个样子，是去跑步了吗？"

她摇摇头："没有，只是走了走。"

他知道她向来有心绪不宁时长距离步行的习惯，但夜晚35度的气温在外面走路，让他不免疑惑，伸手去摸她的头："你没事吧？"

她避开他的手，还是摇摇头，那个目光散乱而恍惚的样子吓到了他。

"是不是有什么不好的消息？"

"没有。"她突然集中气力看着他，"子桓，我们离婚吧。"

徐子桓既吃惊又恼怒："你跑过来就是为了跟我说这个？"

她没作声。

"恐怕民政局早已经下班了，你请回吧。"

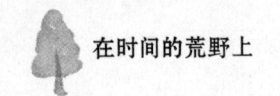

"我们约好时间，明天就去把手续办了。"

徐子桓怒极："好，既然你这么坚持，明天早上八点半，我们民政局门口见，你走吧。"

她一声不响转身出去，徐子桓大力摔上门，穿过客厅回到阳台，给自己再倒上一杯酒，坐下喝了一大口，却没法定下心来，呆了一下，放下杯子，匆忙抓了钥匙跑出来。电梯早已下行，等到电梯载他下来，外面的热空气扑面而来，程嘉璎已不知去向。

他急急往小区外面走，已经看不到人影，转过街角，看到程嘉璎坐在路边长椅上，松了口气，放慢脚步走过去。

她坐在那里，抬头看他，他的怒气瞬间消散，在她身边坐下。

"发生了什么事？"

她皱眉说："脚很疼。"

他哭笑不得，不客气地俯身，要脱下她的高跟鞋，她有点抗拒，但他一把按住："这么晚了，不会有人围观你。"脱下鞋子一看，她的脚都肿了，脚后跟也磨得发红接近破皮，"到底穿这种鞋子走了多远？"

"上了一天班，然后……"先是去刘亚威公司，她并不想提起，出来之后漫无目的地走着，整个人都是放空的，看了看手表，"走了差不多两个多小时吧。"

他把鞋子递到她手里，蹲下："上来。"

"不，我休息一下就走。"

"脚肿成这样，再勉强塞进鞋子走路就直接残了。是不是要我抱你回去？"

她只得妥协地趴到他背上，他站起，背着她回了家，放下她："去洗澡吧。"

她知道自己满身汗酸味道，他这么素来洁癖的人居然能背她回来大概是到忍耐极点了，只得一声不响去了浴室。

等她洗完，裹着浴巾吹干头发，才记起自己早就将所有衣物拿走，拿起穿来的衣服，也实在受不了那股汗味，徐子桓进来，面无表情地递了一套他的睡衣给她，然后转身出去。

她穿上睡衣，挽好衣袖出来，他示意她坐到沙发上，将她的双腿搁到自己腿上，拿一袋冰敷到她脚上："是不是案子有了什么消息？"

她摇头："算不上。但是，我需要做一些决定了。"

徐子桓带点嘲讽地说："决定之一是必须马上和我离婚吗？"

第八章

程嘉璎默然。

"这几天我一直很担心你,不知道你看了我妈妈写的那个长篇报道会有什么反应。"

"那个啊……并没什么。"

徐子桓不免一怔,她苦笑了:"是很冲击,可是毕竟好多疑问都得到了解答。"

这个反应完全出乎徐子桓的意料,因为他一字一字认真看完了母亲写的那篇关于程虹被拐卖、被解救过程的长篇报道。

报道有着一个非常平实的题目:一个女大学生的黑色七年。开头是这样的:拿到名校录取通知书,未满十八岁的少女陈红(化名)对未来有各种憧憬,但她从未想过,在一个阳光明媚的八月午后,她会开启一段长达七年的黑色梦魇。

林曦的写法是新闻记者式的,没有任何多余的修饰,没有炫弄技法转换角度,始终冷静、客观、节制而平实地叙述。随着阅读下去,一点点了解发生在程虹身上的事情,徐子桓被深深震动。

1985 年 8 月,程虹参加了姐姐和其他四名同学组成的小小旅行团,到达西安后,前两天六人同行,玩得非常开心,第三天,她与姐姐因小事发生争执,各自赌气,加上当天天气炎热,便没有参加其他同学去法门寺的行程,而是留在旅店休息,到了中午程莉仍旧不理会程虹的求和,程虹一气之下,独自出门吃饭闲逛,越走越远,正拿着地图找公汽车站时,一对抱着一个三四岁大男孩的男女与她搭讪,两人都颇健谈,请她吃了地道的凉皮,又和她就近参观了碑林。男人讲起历史掌故头头是道,提到当地一处刚刚开始考古发掘、尚未对游客开放的景点,引起了程虹极大兴趣。那是她头一次出远门,更是头一次单独行动,对方看似一对和善热心夫妻,加上带了一个孩子,看上去完全无害,她涉世未深。加上好奇心切,又想看到同伴和姐姐都不知道的景点,好向他们炫耀,冲动之下,竟然答应与那对男女同行。他们坐上了开往郊区的大巴,到了市区以外一个荒凉的镇子时,接近傍晚,四周并没什么能与遗迹扯上关系的迹象,程虹终于起疑,想要返回,但男人声称回市区的末班车已经走

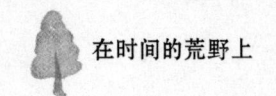

了，六神无主之下，她喝了女人递来的一瓶水，没多久便沉沉昏睡过去。

她唯一记得的事是，她略一清醒，那女人便会再度喂水，而她会再度昏睡，她记得坐过火车，也坐过大巴，但完全不知道在路上的确切时间，等她彻底醒来，已经到了一个小村子里，完全不知道离开西安已经多远。她成长的化工厂宿舍区那个时候是一个半封闭的环境，有着独立于外部社会的稳固秩序，向来以高于汉江市的治安水平而闻名，她长到将近十八岁，不要说拐卖，连寻常小偷小摸都很少见识过。她居然还不知道落到这种境地意味着什么。

当然她尝试逃跑，可是村子里的人全都变成了看守，她还没跑出村头就已经被拦下。头一次被抓回去挨了打，后来一次，好不容易摸黑跑出将近五六公里，不辨方向，慌不择路之下，摔断了一条腿，被追来的人抬回去，女人不顾她的哭喊，找来一个乡村医生模样的人替她上了夹板，那人也完全不理会她的求助，草草弄完便走了。一段时间没有露面的男人出现，大发雷霆，用当地话吼那女人，她分辨出他说的是："落下残疾还怎么卖得出价钱？"而女人则说："山里人只要是个女的会生孩子就愿意买。"

她绝望了，拒绝进食，那男人强奸了她，事后女人无动于衷地告诉她：你不吃饭，他就还会这么对你，也许还会收钱叫村里的老光棍这么对你。

她陷入了最深的地狱之中。接下来，不断有买家被带来看她，各种嫌弃她瘦弱，残疾，样子痴呆，没法干活，恐怕不好生养……她陷于一种痴呆抽离状态之中，任他们站在面前指手画脚评头论足，她毫无反应。直到王水生在他姐姐的带领下，过来仔细打量她，讨价还价，出钱将她带走，抬上了一辆板车。

走过长长的山路之后，她被带到了深山之中的王家洼村。

五个多月后，她生下了一个女婴，她拒绝喂奶，甚至不肯看上一眼。那个孩子是被王水生的母亲用羊奶和粥喂大的，取名叫英子。

看到这里，徐子桓呆住了，他敲开房门想问母亲，却又难以启齿。然而林曦理解他的震惊。

"没错，程嘉璎不是王水生的女儿，程虹被王家买去时，已经怀孕了，骨折的腿因为村医处理不当造成长短不一行走不便。王水生虽然因为小儿麻痹症残疾，没有什么文化，但客观讲他们一家对程虹都还算人道，没有拘禁折磨她，养大了那个并不姓王的孩子。不过程虹早就已经被击垮了，她失去了离开

第八章

的意志，也不可能对长女有任何母爱。"

他喃喃地说："可怜的嘉璎。"

"是的，这样出生的孩子，注定会一直生活在疑问和自我折磨之中。但是最大的悲剧发生在程虹身上，当年我好不容易得到她的信任，成了她唯一的倾诉对象，她才对我讲出这些甚至对父母都一字不肯提起的事情。写完交稿之后，我非常矛盾。一方面，我是一名记者，客观记录事实、如实报道是我的天职，另一方面，我不知道这样的报道出来会对程虹造成什么影响。"

"那嘉璎的妈妈是因为看到这篇报道之后带两个女儿返回深山的吗？"

林曦沉重地点点头："清样出来之后，我拿去给程虹看，她也是看到这里，抬头盯着我，满眼都是不相信，我想解释，可她不想听了，轰我出去，拒绝再见我。我回去跟总编汇报了这件事，他觉得只要我写的是事实就没问题，坚持还是要下印厂发行，但过了不到一周，程虹带孩子出走。她父亲忧急之下心脏病发作去世，她姐姐程莉突然拿着杂志清样找到杂志社，声称报道造成她家破人亡，如果公开发行，就要起诉我们。在这种后果面前，我先崩溃了，领导也害怕造成社会影响，于是已经印好的杂志全部封存销毁。"

徐子桓满心都不是滋味。这篇报道写成的时间是1993年，那一年他10岁。他清楚记得暑假时父母也经常关起门来争执，以至他以为自己也摊上了父母失和要离婚这种事，满怀忧虑无从排解，终于在祖父母面前哭了出来。祖父母都是不问世事的学者，大惊之下，将儿子儿媳叫来责问。他并不知道他们谈了些什么，只知道在那以后，父母再没争吵，生活恢复平静，他提着的心终于放下。

"就是那个暑假，我想再去一趟王家洼村，劝程虹回来。但你父亲坚决反对，他的理由是程虹自愿返回王家洼村，我再去的话，不可能有警察陪同，我单位也并不支持，如果我执意过去，很可能会发生不可测的后果，他说哪怕把我捆起来关在家里，也不能放我去。我知道很危险，可是没法克服心里的罪恶感，发疯一样不停为这件事和你爸爸争吵，把你吓得够呛。你爷爷奶奶来干预，叫我为这个家，为你想想。唉，他们说得没错，说起来，我一直是比较自私的，仗着你爸爸对我一向宽容支持，主动要求跑最能出新闻的政法线，经常加班，把你完全丢给了他，真的算不上一个称职的妻子和母亲。最终我妥协了，没有一意孤行去找程虹。"

在时间的荒野上

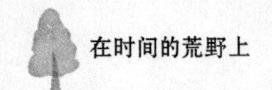

徐子桓知道后来的结果是程虹的母亲在程军与程莉的陪同下去了王家洼村，但只带回了程嘉璎，而程虹选择留在了乡村。这样看来，他母亲就算去了，也不可能改变更多。然而他心底仍是一片苦涩之意，他猜母亲一定也始终心意难平。母子两人一时都沉默了。

林曦强打精神开口："程虹来找我帮忙找她的小女儿时，我又一次跟她道歉，她说往事不需要再提了，在她遇到的人和事里，我给她的伤害其实是微不足道的。她越这么说，我越愧疚，决心一定要帮她找到小女儿。可是，我们要考虑一下嘉璎的感受，她一直被母亲无视，已经够可怜了，再面对这样的身世，能受得了吗？"

"您说得有道理，可是我觉得嘉璎实在受了太久折磨，她苦心维持一个孤儿的身份，自我认知已经到了一个很脆弱的地步，所以她需要一个答案。"

"如果你还爱她，那以后就好好待她，给她情感上的弥补。但告诉她事实，也许相当于给她制造新的创口。你一定要好好考虑清楚。"

不需要母亲如此郑重告诫，徐子桓也明白，他难以消化报道里的悲惨，程嘉璎作为当事人能够接受吗？他需要做一个艰难的选择。

他犹豫了好几天，最终还是把杂志清样交给程嘉璎，内心却充满不安，第二天给程嘉璎发消息，得到的回复十分简单：我没事，谢谢。但他当然没法真当她没事。

程嘉璎苦笑一下，再度向他确认这个说法："我知道，我表现得很不正常。可是弄清楚妈妈恨我的理由，比一直无知追问为什么要好。我安心了，反正是没法选择的事，那就接受自己的来历和命运吧。"

她讲得豁达平和，徐子桓越发起疑。

"这件事和你非要我答应明天去离婚有关系吗？"

"我想把命运没给我的东西通通都还回去。"

徐子桓大怒："这又是什么鬼话。"

程嘉璎想要收回腿，他按住："我还没说完，别动。"

她看着他，一副等待他爆发的样子，他反而无话可说，好一会儿，叹了口气："你说的真是傻话，没有谁的命运预先安排了礼物等着去拆。"

"可每个人的命运在出生那一刻已经被决定了一大半。子桓，阿姨在报道

第八章

里描述了王家洼村有多偏远、穷困。你见过我妹妹嘉珞,也见过我弟弟嘉明,原本我应该过和他们一样的生活,而且我最年长,承担的理应更多一些,那就是我的命运。我逃脱了,把妈妈、妹妹、弟弟通通丢下了。我努力忘记他们的存在,去追求安定的生活、良好的教育、一份不错的工作,在我得到的所有一切之中,最不该属于我的,是你。"

徐子桓盯着她,气极反笑:"你这女人……我还以为你得到答案,伤心归伤心,可是总能释然放下,没想到你真是决定纠结到底了。那你有没想过,谁决定了你妈妈的命运?按照正常生活轨迹来讲,她出身在一个好好的家庭,在那个年代考上汉江大学,最不济也本该和你舅舅、你姨妈一样过基本平稳的生活吧。"

提到妈妈,程嘉璎强行压制的所有情绪一下翻涌上来。

那篇报道程嘉璎用几个小时看完了。随后她便熄了灯,在黑暗之中泪水不停淌出来,却咬紧牙,强行不让自己哭出声来。尽管她一个人在公寓之中,墙壁隔音不错,这个强忍完全没有必要。

她想起在王家洼村度过的漫漫长夜。

漆黑,孤独,有老鼠在房梁上窸窣爬过,风吹得树叶沙沙作响,猫头鹰忽而发出刺耳而突兀的啼叫,还有无数属于山村的各种古怪而细碎的声音。没人刻意给她讲过鬼故事,但对于一个不到三岁的孩子来说,夜晚永远是可怕的,而她在黑暗之中是更加无人眷顾的,只有努力睡着才能获得平静。

有一个晚上,她被一个冰凉的东西扫过面部弄醒,吓得翻身坐起,狂叫出来,最先进来的是程虹,拿着油灯,连声问:"怎么了?怎么了?"

四周什么都没有,她也说不清是做了一个噩梦,还是真有某种冷血动物从她枕上爬过。她说话本来就迟,作为没人喜欢的小孩,所有的表达都是犹豫的,这时越发讲不出话来。她抬头看程虹,程虹也正看着她,那几乎是她能记得的唯一一次妈妈正视她,闪烁不定的油灯光映照下,她看到程虹神情是恍惚的。她呆呆看着妈妈,唯恐这个时刻过去。她没法确定持续了多长时间,程虹脸上突然浮起她熟悉的厌恶,仿佛一下回到现实之中,转身离开。她睡的小小偏房重新沉入无边的黑夜之中。

记忆如此鲜明,如同刚刚发生。

在时间的荒野上

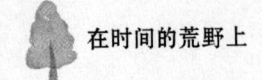

那个时候程虹怀着她的妹妹王嘉珞将近生产,是被拐卖的第四年。

她在某个罪恶中成形,甚至有可能是那个从未落入法网的人贩子的孩子,她的出生断送了程虹所有逃离的希望,时时提醒那场炼狱的存在。她怎么能怪母亲对她冷漠,甚至憎恨。

"太冰了吗?"

徐子桓诧异地问。程嘉璎这才发现自己在控制不住地瑟瑟发抖,她摇摇头,讲不出话来。他丢开冰袋,拉她进了自己怀里,头按到胸前,紧紧抱住。

第九章

1

敲门声音细碎而急促，带着焦虑的节奏，没有停歇地响着。

程嘉璎从卧室跑出来打开公寓门，站在外面的是程莉，天气炎热，但她的长袖真丝衬衫扣得严严实实，墨镜遮住大半个脸。程嘉璎一怔之下，侧身请她进来："姨妈您请坐，要喝水吗？"

"不用。你怎么没去上班？"

"早上去过公司，有点事需要处理，提前回来了。您找我有什么事？"

程莉坐下，取下墨镜，双眼凹陷，消瘦得比先前更触目："你昨天去找过你姨父？"

"是的。"

"我想知道，你打算怎么做？"

"我本来也想去找姨妈的。听姨父说，您给了嘉珞五十万现金，条件是让她消失两年，对吗？"

"既然他已经跟你说了，你还来问我干什么。"

"我需要跟您当面确认一下。您为什么要求嘉珞那样消失？"

"她给我们家带来了什么，你还不知道吗？她要继续留在这里，天知道还会做出什么事来。告诉你吧，如果不是我这么做，她就会直接去你婚礼，当众出你姨父和你一个大丑。"

程嘉璎略为吃惊，不过想想王嘉珞暴烈的性格，讲出这样的话，似乎也不奇怪。

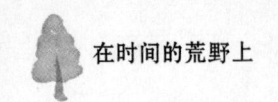

"这么说您和她见过不止一次面，那是什么时候？"

"五月上旬吧，不记得了。"程莉不耐烦地挥挥手，"我记性不好。"

"她只是说说而已，其实五月初她独自去找了子桓，把什么都说了，婚礼已经取消。非要说出丑的话，影响到的也只是我一个人而已。"

程莉上下打量一下她："这么说你并不怪她？"

"她是我妹妹，我没什么可怪的。"

"听起来你倒是一个讲感情的人，你姨父一直怎么待你，不用我多说。我已经被带到公安局折腾了一回，再把你姨父牵连进去，会有什么后果？他不会主动跟你开口，但你应该识大体，劝你妈妈撤销报案。"

"姨父一向待我很好，我很感激。但是我必须找到我妹妹，别的只好先放下。"

"我早对亚威说过，你是那种扮成小白兔的白眼狼，再怎么样也是养不熟的。"

"那么您呢，姨妈？您扮演的又是什么角色？"

程莉只见过这个外甥女温婉的样子，没想到她却突然如此寸步不让，又惊又怒："你什么意思？"

"我没别的意思，只想知道几个问题。您真的给了嘉珞五十万吗？什么时间？在什么地方？有没有什么可以提供给警方的证明？"

"你居然想替警察来盘问我。我怎么处理我的钱，警察和你都无权过问。"

程嘉璎呵呵一笑："姨妈，您处理您的钱，一向都很大手笔。知道我记得您最早用钱打发人是什么时候吗？我七岁那年暑假，您拿了两万块，来找我妈妈，让她拿了钱好好嫁给那个开餐馆的小老板，不要再招惹姨父，对不对？"

程莉一脸骇然。

"那个时候的两万块，确实是笔不小的数字。您别吃惊，妈妈什么也没告诉我，我猜这件事她对谁也不会说的。那天您来的时候，姥爷舅舅他们都去上班了，姥姥带嘉珞和雪菡去青少年宫上课，只有我和妈妈在家。我被打发到阳台上做作业，但您在那里长大，应该知道老房子隔音有多差。您和妈妈讲的话，我都听到了，尽管好多话当时不理解，可我一个字也没忘。"

"那又怎么样？"

程嘉璎反身拿起放在茶几上的那本报道清样，给程莉看，程莉面色大变。

第九章

"林曦老师以为妈妈是看了这篇报道之后才决定带我们离开汉江市,重回王家洼村的。可我知道,妈妈之所以离开,和您那次谈话有莫大关系。"

"你凭什么这么说?"

程嘉璎平心静气地说:"因为我记得您说的每一个字。"

化工厂旧宿舍薄薄墙壁那侧,妈妈和姨妈对话的声音显得略为沉闷。

"不管怎么样,我和亚威已经结婚,而且有了刘铮。在你回来之前,我们生活得很平静很幸福。"

程虹苦涩地说:"你和我说这个干什么?"

"别以为我不知道,你本来都答应相亲了,亚威来看了你之后,你才拒绝嫂子做媒,不肯嫁给那个开餐馆的。"

"这和他没关系,也不关你的事。我不会和谁结婚了。"

"那你想怎么样?啊?你把我们父母的家搅得愁云惨淡这么多年还不够,还要去招惹你的姐夫,破坏我的家庭吗?"

程虹的声音陡然提高:"什么叫我去招惹他?姐姐,谢谢你来提醒我,我是怎么落到这一步的。"

"怪我吗?怪我吗?"程莉的声音也变得尖锐刺耳,"你明知道刘亚威是我男朋友,还非要跟着一起去西安,一路上当着我同学的面接近他。没错,就因为你是家里最得宠的小女儿,从小到大所有人让着你,我也必须一声不吭给你让路吗?"

"一声不吭?哈哈,姐姐,你把你说得太宽容了。如果你没有那么骂我,我会放弃第二天跟亚威他们一起去法华寺吗?"

"好,就算我生气骂了你,那我有叫你出去乱跑吗?我有叫你傻乎乎跟着陌生人走吗?我有叫人把你卖掉吗?你当时马上要满 18 岁了,基本常识你总该有吧。"

"别说了,别说了……"

程虹的声音里充满痛苦,小英子的笔在作业本上停住,几乎想站起来冲过去,可是她到底是害怕妈妈的,只能一动不动坐着。

"不要以为我不知道,亚威上个星期来看过你。"

"我并没跟他说什么。"

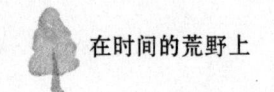

"你根本什么也不用说，就足够让他魂不守舍了。"

"你以为我需要他的同情吗？谁来同情我都对我没有任何帮助，反倒让我更难过。我已经让他不必再来的，你也一样。"

过了好一阵，程莉开口："我当然不想让你走丢的，虹虹。接下来我们发了疯一样在一个人生地不熟的城市里找你，回到家后，我被爸妈哥哥痛骂，从那以后，大家的生活里只剩一件事，那就是不停找你。"

程虹惨淡地回答："那谢谢啦。"

"我知道你受了很多苦，可是已经发生的事，谁也没办法挽回了。你以为你这个样子，亚威和你还有什么可能吗？"

"我的生活早就没有任何可能了，谢谢你提醒我是什么样子。"

"够了，"程莉声音再度变得暴躁，"别用这种全天下人都欠你的口气跟我说话。我不欠你什么。"

"是的，你什么都不欠我，走吧。"

又是一阵沉默，程莉说："我们别赌气了。你这样下去，对谁都没好处。爸爸妈妈这么大年纪，为了找你，身体全拖垮了，哥哥也要顾及他自己的家。嫂子介绍的那个人听说还不错，你再考虑一下。"

"我如果嫁掉，大家都能松一口气，对吗？"

"我们都不是小孩子了，虹虹，不能只想着自己。"

"我哪里还有什么自己可以想着。"

"又来了。你带着两个女儿，和一个经济条件不错、忠厚老实的男人结婚，差不多就是你唯一的出路，成年人最重要是懂得进退和感恩，这个家不止是爸妈和你的，还这么任性给谁看？"

"我的事不用你管，走吧。"

"我是你姐姐，怎么会不管你。这里是两万块钱，是我和亚威结婚以来的全部积蓄，你拿着，不用跟任何人说，和那个小老板结婚，好好过日子，大家就都解脱了。"

"我不要你的钱。"

程莉怒气冲冲地说："那你是想怎么样？让我负疚一辈子你才开心吗？我告诉你，程虹，不可能。他们都哄着你是不是？我来跟你说点实话。你不肯出去工作，不肯结婚，躺在这个家里，折磨每一个家人，父母身体越来越差，哥

第九章

哥嫂子经常为你吵架,你还想拆散我和亚威来报复我。知道我为什么不肯回娘家吗?因为在这个家里,你就像一个黑洞一样,把每个人都吸进去才甘心。你靠同情施舍为生,还要用恶意回报大家,只有弄得每个人都和你一样惨,你才会感到心里满足。"

"不是,我不是这么想的。我……我没有……"程虹语无伦次地说,"林曦来采访我,我都说是自作自受,从来没有说过你一句坏话。"

"你居然还接受采访,是打算让她写报道吗?你还嫌事情不够大,对所有人的影响不够深吗?是不是爸妈被你拖累到死,亚威和我离婚你才会罢手?"

一阵奇怪的声音传来,英子再也坐不住,跑过去推开卧室的门,只见姨妈正抓住妈妈的肩膀用力摇晃。看到她进来,程莉猛然收回手。而程虹指一下桌上放的钱:"你拿上钱,走吧。放心,我不会拖累大家的。"

程莉拿起钱,夺门而去,程虹撑着桌子站着,精疲力竭一样,深深垂下头去。英子呆呆看着妈妈,既不敢上前劝慰,又不愿意就这么悄悄走开。过了一会儿,程虹抬起头,恢复了平时的厌烦,一巴掌重重打到她头上:"滚,不许这么看着我。"

她这才重新跑回阳台。

过了一天,程虹便再次离开了汉江。

"妈妈没收您的两万块钱,就那么走了,您一定松了口气吧?"

"我从来没说过要她走,那是她自己的选择,不关我的事。"

"当然,她走失、被拐卖,也不关您的事。您大可以心安理得去过你自己的生活,为什么非要剥开她的伤口,让她无法面对在汉江的生活?"

"你怎么敢这么对我说话?她当时的状况,哪怕我什么也不说,她就能在汉江好好生活下去吗?"

程嘉璎微微点头:"是的,她被解救回来了,但精神早已经垮掉了,更何况我弟弟还留在王家洼村,她没法放下。您只是最后推了她一把,帮她下了决心。"

程莉面色铁青:"我什么也没对她做,休想把这个责任推到我身上。"

"好吧。但她总是您的妹妹,嘉珞是她最爱的女儿,现在她找不到嘉珞,已经接近绝望,如果您知道什么线索,请明确告诉我或者警察,这一点要求不

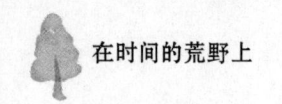

过分吧？"

"你凭什么一直不断向我提要求。我什么也不欠你们。"

"您确实不欠我什么，但您真的不欠您妹妹吗？头一次您促使她离开也许是无意的，但四年前我妈妈走投无路，来找您帮忙找嘉珞，您给了她二十万，条件是让她马上离开汉江市，再不要回来。我没说错吧？"

她冷笑："她拿了钱，可并没有走啊。这总是她欠我的吧？"

"那是因为她没有地方可去。"

"你这么理直气壮质问我，倒让我困惑了。请问你妈妈最该求助的那个人当时在哪里啊？"

程嘉璎的脸一下惨白，但程莉并不打算就此作罢。

"嗯，那个人是长女，不过并不打算沾她早就放弃掉的亲人。于是她去苦苦纠缠她姨父，给她弄到一个去德国交流的名额，然后跑掉了，留下她的父母和弟弟，不得不来求我这个大恶人。"

"是的，我是那个跑掉的人，我逃走，是从七岁那年开始的。我以为我躲得过，其实根本是妄想。所以现在我决定再也不逃了，留下来面对一切。"

"你怎么面对？心安理得接受你姨父给予的所有好处，你的学业、你的工作、这套公寓……对了，还有你的婚姻。不去留学，你怎么可能认识家世那么好的男人，听你舅舅说，那个人不打算再计较你撒的谎了。你以为你可以一边占有这一切，一边把你姨父推到一个失去尊严，被众人嘲笑的地步吗？"

"是的，子桓很大度，但我不打算利用他的大度。我已经提出离婚了，就算他不同意，我也会去起诉离婚的。"

程莉怔住。

"今天上午，我去公司交了辞职信，您来敲门的时候，我正在收拾东西，准备搬出这里。"

"你什么意思？"

"我得到这一切，付出的代价是失去妹妹。无论怎么样，我都要找到她。所以，不属于我的，我都交还回去。"

程莉眼神尖厉地看着她："这么说你是存心要和我、和你姨父做一个切割了。"

程嘉璎也看着她，不退不让，毫无闪避："切割——我做过，很痛，因为

第九章

血肉相连，一刀下去，然后带着血淋淋的伤口离开，到现在也没长好。您呢？您一再和我妈妈切割，一次次把她推出您的视线，让她走失得越来越远，您得到平静了吗？"

程莉蓦地站起来，抬手一记耳光打到程嘉璎脸上。她身形瘦弱，可这一下用力极大，一声脆响，打得程嘉璎头偏向一侧，她自己也跟跄一步。

程嘉璎一动不动站着，仍旧看着她。

这时公寓门再度被敲响。程嘉璎走过去开门，站在外面的是周知扬："东西收拾好了吗？哎，你的脸……"

她的一边脸已经明显红肿，摇摇头。"没什么，进来吧。"她回头，对程莉说，"姨妈，您请回去吧。"

程莉一言不发，戴上墨镜走了。

"怎么回事？她打了你？"

"没事。东西我都整理好了，不好意思，临时请你过来帮忙。"

"没事，我时间比较灵活。"

她的个人物品并不多，全都整整齐齐打包在两个纸箱之内，周知扬笑道："你差不多是我见过最有条理的人。"

"我从初中开始住读，所以习惯了只保留最必需的生活用品，不管去哪里都方便。"

两人出来，搬了纸箱下楼，上了周知扬的车。

"嘉璎姐，你是确定要辞职吗？你们前台莎莎可跟我说过，你们公司待遇很高，非常非常难进的。"

"辞职报告已经交了，只差回去办手续交钥匙。对了，阿姨不介意我搬去暂住一段时间吧？"

"当然不介意，我跟她说了，她挺开心的，说你妈妈后来再没过去，她总记挂着你们。你只管住下去，到我们找到洛洛为止。"

她转头看他，想，对眼前这个满是阳光的男孩子而言，嘉珞还是他的洛洛。

"嗯，找到她为止。"

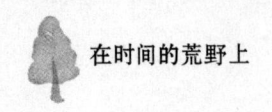

2

虽然已经下午五点多钟,阳光仍旧明晃晃得刺目,柏油马路上蒸腾着几乎肉眼可见的炽热气流。

吴家明仰头,眯起眼看那栋高高的公寓楼,再看看程嘉璎。

"你真要上去?"

程嘉璎也抬头:"你确定他还住这里?"

"我是抱着侥幸心理过来看看的,没想到他确实还住这里。我猜这是他的登记地址,他在保外就医期间,不能随便乱搬走。"

她点点头,举步往里走,吴家明一把拉住她:"喂,你要跟我说清楚,到底想干什么。"

"我去当面问他,到底把嘉珞怎么了。"

吴家明有些生气:"你觉得他会老实回答你吗?那还要警察有什么用?"

"警察需要证据才能指证他,我不需要。"

"我来跟踪他,齐警官都说我幼稚,你居然想上去直接问他?你忘了他是什么人?对你做过什么事?他怎么可能跟你说实话。早知道你要这么做,我绝对不会带你过来。"

"我只能这样试一试了。"

"不要去,嘉璎。太危险了,你不知道他有多危险。"

她苦笑:"我怎么可能不知道。你忘了那次……"

然而吴家明摇头:"你没经历过嘉珞和我后来的那一次。"他的面孔抽搐一下,显然靠近这里,对他而言就勾起不堪回首的记忆。

"你一直不肯详细告诉我那一次到底怎么了。"

"其实也没什么好说的,就是挨打,先是他,然后他看着他的手下动手。人在那种情况下,除了痛苦,很难保留什么清晰意识。被打到半昏迷状态之后,他们拖着我们两个到地下停车场,塞进车里,一路拉到郊外扔下。那个时候也是夏天,天气闷得要命,蚊子密集得像要把人的血全部吸干,大概快晚上九十点钟,四下一个人也没有,我拖着嘉珞爬到靠公路的位置,看见有车灯亮

第九章

就拼命招手,可偶尔一个车驶过,看到我们那个样子,就踩油门开过去了,根本没人愿意停下来。"

"后来呢?"

轮到吴家明苦笑,不过他眼睛却闪着光:"好像还嫌不够凄惨,天又开始打雷闪电,下起暴雨来。我当时是有点绝望,可嘉珞靠在我身上,居然笑了,说她想起了小时候和姐姐睡一张床,她睡相不老实,总会和姐姐滚到一起,就像现在这样。平时姐姐总照顾着她,读书给她听。可是姐姐比她胆小得多,打雷的时候,会把头埋到她肩上。"

程嘉璎只觉得鼻子一酸,眼眶一下湿了。

"她问我后悔认识她吗?我说,我从来没后悔过。她说她很后悔把我卷进来,因为她知道我要的是什么,她给不了,她是一个没有心的人……"

说到这里,他顿住,头扭到一边,略为平静之后才继续说:"后来总算有个好心人停下了车,把我们送进了医院。伤好之后,我跟她说,不管她有没有心,我已经把自己跟她绑在一起了。我要她答应我,不要推开我,她是看着我的眼睛点过头的。"

"你是对她最好的那个人,家明,而我,是个不称职的姐姐,在最该陪她的时候跑掉了。"

"也别这么说,在那样狼狈的时候,她也是惦记着你的。无论她后来对你做了什么,你都别怪她。"

"无论对我做什么都可以,只要她回来。"

一瞬间,吴家明的眼神黯淡下去:"有时候我真希望她就是累了,任性了,想一个人安静一下,毕竟她承担得太多。可是……这么久了,我有很不好的预感。有时候半夜醒来,再也睡不着,想的全都是她。"

她完全理解那种深宵无眠陷于无数痛苦思量之中的感觉。两人一时都讲不出话来。好一会儿,她强打精神说:"所以我要上去。他绝对想不到我会找他,我正好可以看看他的反应。"

"那我和你一起上去。"

"不,他会有戒心,你就等在下面,我一个人上去,他在保外就医,现在又是白天,他不敢怎么样的。"

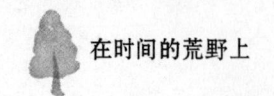

进入大厦需要刷卡或者对讲开门。恰好有一个中年女性进这个单元，程嘉璎跟在她后面进去，随她一起走进电梯，那女人打量一下她，显然觉得她面生，但她看上去衣着大方得体，先按下19楼，再客气地问："几楼？"

女人放下心来，也微笑："11楼，谢谢。"

到11楼后，女人出去。电梯继续上行，程嘉璎盯着镜子里的自己，清楚记得最后一次离开时的情景，她咬牙保持着镇定。

到了19楼，她站到1901面前，深深吸气，按响了门铃。过好一会儿，门打开了，孙刚林站在她面前。

他过去就是个大个头男人，现在比从前更胖了一点，穿着印金色虎头图案的黑色衬衫，剃得短短的头发呈灰色，看上去略为苍老，可是其他一切都没变。

"你找谁？"

——你肯定没见过脑浆被打出来是什么样子吧；你大概也不知道，被车撞成几块其实并不可怕，真正可怕的是，一个人如果不见了，只要找不到尸体，连警察都没法认定他是死是活……

他不耐烦地再次问："你是干什么的？想找谁？"

她终于找回自控开了口："我是程嘉璎，王嘉珞的姐姐。"

他上下打量她，冷冷地说："我既不认识你，也不认识你妹妹。"便准备关门，程嘉璎抬手抵住门。

"你当然知道我是谁。2007年的7月10日那天，王嘉珞从这里跑掉了，在那之前，你殴打过她。为什么？因为她知道你的秘密吗？"

孙刚林脸上没有表情，瞳孔却一下缩小了："不要乱讲话，否则……"

"否则会像那天在这个房子里一样，对我不客气？"

他突然哈哈大笑："是警察让你来的吧？他们抓不到我的把柄，就把你送过来套我的话，甚至激怒我，好把我再抓进去。"

"没人叫我来。警察如果知道，肯定会拦住我。"

"我不管你想干什么，没空跟你废话，滚吧。"

"等一下，在川渝风味吃饭那一次，你很关心王嘉珞有没告诉我什么事。"

他关门的手停住，再度打量她："我不知道你在说些什么。如果你带着窃听器录音笔想来套我的话，那我劝你省点事。"

第九章

她摇头，将手机拿出来，当着他关机，然后放回牛仔裤口袋，摊一下手："我什么都没带。警察不会无路可走到要叫我一个平民百姓冒险做什么，你没在公安局交代的事情，我也不可能套出来。"

他仍旧打量她，那个目光让她不寒而栗，只能努力保持镇定。他突然冷笑一声："她什么也没对你说。你是她姐姐没错，可是她并不相信你，你也不相信她，不然当年不会被我一吓，就跑出国了。"

"没错，我跑走了。可我去年年底又回来了，而且和嘉珞重新见面。这一点，你派去找她的人没查到吧？"

"你在胡说些什么。"但停了一下，他说，"进来吧。"

程嘉璎迈步进去，门在她身后重重合上，发出一声闷响，五年前那个夏天发生的事涌上心头，她微微战栗了一下，这个反应被孙刚林看在眼内，他再度笑出来："你过来想干什么？"

"我只想告诉你，嘉珞确实告诉了我一些事。"

他仍旧冷笑："想来诈我，你还嫩了点。"

"你并不确定，对吧。不然何必让我进来，直接叫我走就行了。"

"我现在限制出入，难得有送上门的乐子，听听解闷也可以。"

程嘉璎平静地说："你这样想最好。"

"说吧。"

"嘉珞告诉我，你有枪。"

孙刚林耸耸肩："这可不是什么秘密，警察从我家里搜出过枪。"

"她说你是凶手，开枪杀人，把那个人的脑浆打出来。"

"看来你对我那天吃饭时给你讲的故事印象很深啊，别忘了，故事就是故事，拿来当真，没人相信的。"

程嘉璎不理会他，继续说："她告诉我，她被逼着也动了手，同样沾了那个人的血。所以她就算逃走也摆脱不了你。"

他脸上那个带着狰狞意味的笑终于敛去，盯着她，眼神凌厉："还有呢？"

然而她话锋一转："四年前你被捕判刑，有人提供了你的部分犯罪证据。你肯定知道，那个人就是嘉珞。"

孙刚林不作声，只是看着她。

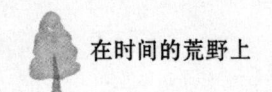

"本来她能够证实你犯下了杀人罪,足够让你判死刑,或者至少无期。可是她被你逼迫着参与了,无法洗清自己,只能选择先把你送进去,求几年平安再说。从那以后,她隐姓埋名,希望至少可以过七年平静的生活,然后再想办法。她没想到你能够获得减刑,再保外就医,今年就出来了。你想永远脱离牢狱威胁,也要报复她的背叛,所以你必须除掉她,于是你让你的手下开始找嘉珞。"

一阵死寂之后,孙刚林放声大笑:"小姐,你挺会凭空编故事的。为什么不去对警察说呢?只要牵涉到杀人,他们就会马上把我控制起来,不至于问几句话就放我回家了。"

程嘉璎脸上毫无表情:"这件事我没对警察说。因为我抱着指望,嘉珞还活着,我不能让她背上参与杀人的罪名。"

"那你跑来对我说,是想怎么样?"

"嘉珞失踪的时间太久了。你的手下到站北村租房子跟踪嘉珞,半夜闯入我姨妈的住处,都已经被警方掌握了证据,可他不肯供出你。我需要找出你和这件事,还有我姨妈之间到底有什么关联。"

"就凭你吗?"

"我并不关心正义是不是得到执行,你会不会被绳之以法。我只想告诉你,单凭我,大概对你没任何威胁,可是如果我看不到嘉珞活着,那我就只好对警察说出一切,让他们来……"

孙刚林的手闪电般扣上她的喉咙,一阵剧痛,她讲不出话来,甚至连呼吸都停顿了。他的身体压着她,脸离得很近,瞳孔收得小小的,呼吸热气喷到她脸上,带着死亡的气息。那个曾久久缠绕她的噩梦一下再现,然而她却突然没有了任何恐惧,拼尽全力,将他的手扳开一些,挣扎着说:"要么就……杀了……我,不然我……会永远……永远盯着你……"

他的手一紧,她再也叫不出来,挣扎也变得徒劳无益,只觉得窒息之下,意识渐渐涣散。

然而,这时门铃声大作。他突然松开她,她踉跄后退,靠到墙上,大口吸气,明白自己刚刚与死亡擦肩而过了。他笑了,若无其事地说:"谁要杀你?你想太多了。"

门铃持续响着,同时有人叫:"孙刚林,马上开门。"

第九章

他走到门边,提高声音应道:"来了,来了。"然后回头,眼睛眯起,透着凶狠,"警察来得真快。你想跟他们说什么?"

程嘉璎放下抚住喉咙的手,喘息着没回答。

他盯着她,耸耸肩:"你又能说什么,否则也不必过来找我了。"然后拉开了门。

陆晋和老齐一步跨了进来,吴家明跟在后面,一脸焦灼:"你怎么了,嘉璎?他对你做了什么?"

程嘉璎嗓子生疼,连吞咽口水都困难,当然讲不出话来,只能努力摇摇头。而孙刚林一脸轻松:"我安安静静在家里休养。这位不认识的小姐突然硬闯进来,跟我讲了一堆完全听不懂的话。"

老齐喝道:"孙刚林,老实点儿。"

"警官,我好不容易办了保外就医,你们警察随时盯着我,我哪可能做什么啊?"

陆晋目光犀利看看他,再看向程嘉璎,眉头一皱,却只是说:"走吧。"

一行人进了电梯,老齐叹气:"你们二位能不能给我们省点事啊,一个搞跟踪,一个索性闯进他家。他是干什么的,有多危险,你们应该比一般人清楚。万一出了事,谁能负责?"

程嘉璎和吴家明都低头不语。

出来之后,陆晋说:"你们两个,请跟我保证,再不要私自接近孙刚林。"

程嘉璎还是不语,吴家明却仰起了头:"如果你们找到了嘉珞的下落,我们根本不需要跟这个人渣打交道。"

老齐有些恼火:"你以为我们天天加班,忙得连家都回不了是在干什么。我告诉你们,再这样的话,就是干扰办案。"

陆晋向他示意一下,将语气放温和一些补充道:"我理解你们的心情,但你们这样做,没有任何帮助,反而会有危险。"

吴家明还要说什么,程嘉璎抬手碰碰他的胳膊,努力说:"别说了。"

她的声音沙哑艰涩,一个字一个字迸出来的,几个人都惊讶地看着她。

"你怎么了?"陆晋问她。

"没什么。"每讲一个字,她的嗓子都像被火灼了一下,"家明是我叫过来

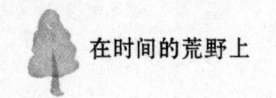

的，以后不会了。"

吴家明摇摇头："你不叫我，我才会生气。"

出来之后，程嘉璎马上去旁边小店，买了一瓶冰水，打开喝了一大口，咽下去时痛得脸都扭曲了。陆晋盯着她，显然觉得她举止有可疑之处："你说过你绝对不会再来这里的。"

"现在我没什么可怕他的。"

"千万别这么想，他这种人凶残程度超过你的想象。你以为他没威胁，那是因为他知道有警察在监视他，不敢轻举妄动。就算这样，他还是非常危险的。"

她的喉头仍火辣辣的，想起刚才死死扣在颈间的那只手，没有说话。

陆晋皱眉："现在告诉我，究竟发生了什么事？"

"他什么也不肯承认。"

"他当然不会仅凭你上门就讲出什么来。我问的是，出了什么事，你突然一口气搬回站北村、从公司辞职，又找上孙刚林。"

"工作太忙，我再没法专注做事的同时还有时间找嘉珞。"

"破案是我们警方的职责，你不用放下一切来找她。"

"我放弃过她，这一次我再不能这么做了。"

老齐一脸不高兴地说："你想找到你妹妹的话，为什么不告诉我们，她和你姨父之间有不正常关系，你明明去找喜悦奶茶店老板娘打听过。如果不是我们工作做得细，差点就漏掉这个线索。"

吴家明又惊又恼："警察也不要乱讲话啊，什么叫不正常关系。"

"没把握的话我们当然不会说。"

程嘉璎脸上毫无表情："那你们去找过他吗？"

"我们上午找去他公司，结果你猜怎么着？他又出差飞去香港了，问题是公司的人也说不清他去干什么。"看得出老齐颇为恼火，"他是集团第二号人物，传闻还说他很可能会是下一任董事长人选。这段时间突然频繁出差长驻外地，难道不是想躲开我们调查？他要真的滞留香港不回来，我们还怎么查？"

"我前天去问过，他是在不知情的情况下认识嘉珞的，而且，他向我保证，他绝对没对嘉珞做什么，我相信他。"

第九章

"你怎么这么天真，他说什么就是什么？我们马上查了他的手机通话记录，锁定了一个号码，"他报出一串数字，"你们两个有印象吗？"

程嘉璎和吴家明相视对方，都一齐摇头。

"这个号码从去年8月开始，与刘亚威保持着很密集的通话联系，到今年4月28日那天突然不再有通话，此后有发来短信的记录，但刘亚威没有回复。到了5月21日晚上10：07分的时候，和刘亚威的手机又有一个短信往来，我们正在联系运营商，希望通过技术手段恢复短信内容。"

"这和嘉珞有什么关系？"

"这个号码以前唯一的联系人是刘亚威，但在5月21日21：44、21：47，分别接到两个电话，是一张几乎没有其他通话记录的外地卡，我们还在追查是谁的号码。那个时段恰好是徐子桓送王嘉珞回站北村的时间，他说过在车上王嘉珞接了两个电话，但我们没在王嘉珞常用的那个号找到相应的通话记录。很显然，王嘉珞用的是双卡手机，同时使用着这个号码，只用来和刘亚威联系，当晚和一个未知号码以及你姨父都有通讯往来，那么她后来离开站北村，很可能去见的就是他们两人中的一个。"

程嘉璎冲口而出："不会的，姨父说他在知道嘉珞真实身份后，再也没有见她，也没有跟她联系。他不会骗我。"

"他不是圣人，在这种情况下完全可能说谎，你不要感情用事了好吗？"

陆晋拦住老齐，注视着程嘉璎："目前这只是我们的推测，所以我们需要和刘亚威当面谈谈。"

她脸色苍白，讲不出话来，而吴家明同样面色大变："嘉璎，你为什么要这么相信这个刘亚威，帮他隐瞒事实？"

她嘴唇紧闭，看上去如此惨淡，老齐倒一时有些不忍："我们也不是要怪你。"

"但我会怪自己。"

说完，她转身离去，夕阳下一个长长的身影拖在身后。吴家明迟疑一下，也跟了上去。

老齐嘀咕着："这女孩子，以前看着斯斯文文通情达理的，不给人添一点麻烦。现在怎么有点……"

他不知道该如何表达她的变化，但陆晋也再次意识到，她言谈举止确实都

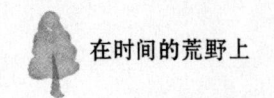

有某种异样的决绝。

这时老齐手机一响，拿起来看看，对陆晋说："快走，大李那边有新消息。"

3

案件的走向变得如此诡异，李队长听完陆晋与老齐的汇报，也不免沉吟。

"你们现在认为刘亚威是主要嫌疑人，而程莉守口如瓶是为了给丈夫打掩护。"

老齐说："如果王嘉珞真的证实遇害了，刘亚威肯定有动机啊。他有头有脸的，如果传出去和老婆的外甥女有不正当关系，那还了得。惹上别的桃色事件都不如这个杀伤力大。虽然他和程莉夫妻分居，但很显然程莉是不想离婚的一方，她对刘亚威有感情也好，想维护面子也好，都有拿钱消灾的动机。这样倒是能解释那五十万的事，可又有一个新问题：会不会王嘉珞拿钱走人，根本没人对她做什么，我们白忙活了一场。"

"我不这么看。"陆晋说，"王嘉珞就算拿钱走人，也不可能这么长时间完全不跟她母亲联系。程莉是不是真把五十万给了王嘉珞，还不确定。毕竟谭耀松解释不清楚他的不明收入以及跟程莉的联系，疑点太多。但刘亚威很可能是当晚最后联系王嘉珞约她外出的那个人，这条线肯定必须查。"

李队长说："那么孙刚林呢？不要告诉我，你们忙了这么久，他居然和这件事没关系。"

"不会，他指使陈小东找王嘉珞，陈小东去夜闯过南山居程莉的住处，又刚好在王嘉珞失踪那天离开站北村，这些事件绝对不是孤立的，其中肯定有某种联系。"

大李已经加入专案组，他说："我查了孙刚林保外就医以后的行踪，奇怪的是他居然只看了中医，按道理讲，一般人有肝部不明肿瘤，肯定是要找西医检查确诊的。"

李队长皱眉："这确实不合理，把他办保外就医的资料全部再复查一次。"

"他和不少过去的狐朋狗友见过面喝过酒，倒是独独跟陈小东没有任何公开往来。另外，我重新去走访了秦波的父母，这一次他们终于透出口风，看样

第九章

子,他们早就知道秦波已经死了,而且和孙刚林有关。他父亲说,孙刚林托人带过话给他们,不必找,不可能找到的,不声不响就可以保一家平安,不然还会有事。但我现在找不到带话的那个人,据说两年前就去了非洲,一时半会大概很难确定下落。"

"当务之急,还是要把刘亚威叫回来问话,我去跟局长商量一下,看能不能跟他公司施加压力。"

老齐嘀咕:"他要干了什么,那恐怕是不会回来的。"

李队长没好气:"你要能证实他干了什么,自然还有别的办法对付他。"

忙完工作,陆晋回家,没走平常的那条路,而是先拐向临塘三路他母亲家。

周知扬去上班还没回家,张翠霞今天没去打麻将,她告诉陆晋:"一个男生送小程回来的,就是以前来找过洛洛的那个人,他们还在上面。"

陆晋点点头:"我去找她问点事。"

"哎,小程没什么吧?我上去送蚊香给他们,他们好像在吵架。"

"吵架?"

"他们回来快一个小时了,那男生一直都挺激动说个没完,小程倒是没说什么,就那么听着,看着脸色很差的样子。"

"我看看再说。"

程嘉璎并不在房间里,他往天台上走,上到一半,就听到吴家明的声音:"……她究竟为什么要去接近你的姨父?我怎么也想不明白。她从来都不瞒着我什么的,可我居然一点不知道这件事。"

"我说过了,我也刚刚才知道。"

程嘉璎的声音听起来仍旧是嘶哑的,而且没有起伏,显然处于精疲力竭之中。但吴家明则处于某种无法解脱的焦躁之中,在天台上踱来踱去。

"会不会是因为你姨父帮你办的出国,所以她迁怒于他了。对,一定是这样。现在我知道为什么她那么早就知道你要结婚的消息了,你告诉过你姨父,对吧?"

"是的。"程嘉璎机械地回答着,"答应子桓求婚之后,我就告诉了舅舅和姨父。"

"她究竟想干什么?不,她一定只是想恶作剧一下,不会真的跟那个人怎

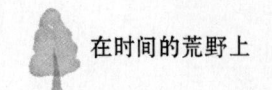

么样的。"

"我不知道，家明，我真的不知道。"

"今年三月，我约她吃饭，劝她跟你见面。那一次她倒是没马上拒绝，可吃着吃着，突然问我，如果她突然喜欢上一个人，我会怎么样？她说的难道是你姨父？"

"我……不知道。她没跟我说过。"

"不会的，不会的。她说过她不可能爱上任何人，何况那人是你们的姨父。"

程嘉璎没有回答。听上去吴家明在走来走去，突然他站定。

"你一定知道刘亚威是个什么样的人。我一直觉得你很理性，从来不感情用事，你告诉我，为什么你会这么相信他？"

"因为没人能够怀疑一切，总得有自己愿意去相信的人。"

陆晋决定不再听下去，加重脚步上了天台。

天台上靠着门框那里吊了一个带灯罩的白炽灯，照出一片带着光晕的暗黄色，程嘉璎坐在一张旧藤椅上，呆呆看着前方，蚊香的一缕青烟在她脚边飘袅升起散开，而吴家明站在靠栏杆的位置。听到陆晋上来，他们一齐回头。

"抓到刘亚威了吗？"吴家明问。

陆晋哭笑不得："他在香港，我们还在调查之中，谈不上抓。"

"他要是不回来，你们怎么调查？"

"警察办案有自己的程序，这个你不用担心。"

吴家明看看他，再看看一言不发的程嘉璎，终于说："我先走了，有什么事给我打电话。"

她点点头。等他下楼后，陆晋拉过另一张椅子坐下："他就这么盘问了你快一个小时？"

程嘉璎疲惫地说："我们一路走回来，他都一直不停在问我问题。"

"走回来？"陆晋有点意外，孙刚林住处离站北村不下十公里，步行差不多要两个小时，"为什么？"

"心里乱的时候，我习惯走走。"

"他哪来那么多问题要问。"

"不怪他，他真的很生气。什么样的爱都是有条件的，他能接受嘉珞不爱他，但不能接受她竟然有事瞒着他，而且还是感情方面。"

"所以你认为，王嘉珞和刘亚威之间，存在着某种感情？"

"唉，你们都来追问我，好像我理应知道所有事情。家明甚至断定，嘉珞去接近姨父就是因为我，我理应知道所有事情。可是，我真的不明白嘉珞做了什么，为什么要那样做。她结识刘铮，还可能是带点戏弄，刘铮看起来只是自尊心受伤，可和姨父……他真的陷得很深。要知道他是久经世故的中年人，不是刘铮那种看见漂亮女孩子就走不动的小男生。"她捧住头，"不，不，这件事我根本没法细想。也许家明说得没错，一切都是因为我。嘉珞唯一有理由恨的人是我，不会无缘无故去招惹他们。"

"在王嘉珞做了这一切之后，你恨她吗？"

"当然不。"

"那就对了，你会做错某些事，她一样也会。不要把一切都归咎于自己。"

他声音稳定而有说服力，多少让程嘉璎从一片紊乱之中挣扎出来。

"现在我问你另外一个问题。"

"请讲。"

"除了刘亚威这件事之外，你还知道什么但没告诉我？"

她默然。

"我再说一次，这样是非常危险的。"

"我能瞒过你什么。我说过，在你面前，我根本没有任何秘密可言。"

她一脸疲惫，近乎万念俱灰的样子，陆晋有些不忍，正要说话，却听她继续说："陆警官，你早就知道我和嘉珞不是同一个父亲生的，对吧？"

他怔了一下才回答："是的。"

"当然，你取过我的DNA化验，那个时候就知道了，可你没想过要告诉我。"

"化验结果显示你和王嘉珞有一半亲缘关系，你们仍是姐妹，这一点才是最重要的。"

她将头偏向背光那侧，好一会儿才声音喑哑地说："我怕我已经弄丢了她。"

"不要这么悲观。"

"我已经不可能更悲观了。她是我妹妹，而你们现在怀疑的是我姨父。更

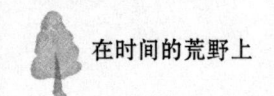

糟糕的是，也许是我帮他争取到了逃走的时间。"

"这个你不必过于自责，我们会有办法的。"

"家明一直在追问我：你这样理性的人，知道了姨父和嘉珞有这么奇怪的关系，怎么可能还听信他的一面之词。我……没办法回答他。从小到大，至少我已经习惯了信任舅舅和他。"

"可你前天去找过他后，昨天还是辞去了工作，搬离公司宿舍。可见你并没完全相信他所有的话。"

昏暗灯光下，她一脸苦涩："是的，我很矛盾。一方面，我不相信姨父会骗我；另一方面，我还是怀疑孙刚林。"

"这就是我要问你的。我们同样没有排除孙刚林的嫌疑，王嘉珞和孙刚林之间，到底还有什么是你没告诉我的。"

光线昏暗，陆晋却能清楚看到，程嘉璎全身紧绷，下颌角那个小小的突出，显示她连牙都是紧咬着的，仿佛在跟内心一个看不见的对手争斗。

"这样吧，我先讲一下我了解的情况，还有我的推测。"

"2008年6月下旬，一名叫秦波的男子失踪，因为无人报案，具体失踪时间不详。他是孙刚林多年手下，一起从事黑社会性质犯罪活动，他们把团伙越做越大，犯案无数。但在那一年两人因为利益问题失和，反目成仇。孙刚林理所当然成了警方首要怀疑对象，只不过没有任何证据能证实是孙刚林动手杀了秦波，秦波始终下落不明。"

程嘉璎怔怔看着陆晋。

"你告诉过我，2008年7月2日那天，王嘉珞联系你，让你去看她，当时她受了重伤，多处骨折，很显然，打她的人是当时与她同居的孙刚林。我查过案宗，孙刚林在打伤她之后，去外地处理一宗官司，差不多一周之后回来，而王嘉珞在他回来的头一天逃走。她一定意识到面临重大威胁，很可能她就是秦波一案的目击证人。"

她没有说话。

"我委托理洛县公安局对王嘉珞那段时间行踪进行调查，他们走访村民发现，王嘉珞于当年11月初返回了王家洼村，这中间一段行踪不明，估计是隐匿在什么地方，确定没有被孙刚林发现之后才动身回老家。"

第九章

"如果她这么害怕孙刚林，为什么会带我父母和弟弟离开王家洼村回到汉江？很显然王家洼村那种与世隔绝的地方是安全的。而且她怎么可能做到说服父亲也一起走？"

陆晋突然有一个沉吟。

"我不会去问妈妈，她什么也不可能对我说的。你知道原因，对吗？"

"王嘉珞回王家洼村的那天，恰好碰上你母亲程虹上吊自杀，但被救下来了。"

程嘉璎一下呆住。王嘉珞跟她提到过母亲曾经试图自杀，不过她完全没想到就是那个时候。

"据当地人告诉警察，一个叫王成的村民，乘着你父亲王水生那一年因病卧床不起，就经常上门去欺辱你母亲。那一天程虹不堪受辱，于是……"

程嘉璎记得王成这个名字，他住村东，有着一口扭曲的牙齿，性格暴躁而凶恶，买来一名贵州女子做老婆，时时暴打她，也打两个儿子，母子惨叫声经常传遍四邻。在程虹被解救之后，公安局来调查情况，那名贵州女子趁机求救，被解救返乡，去得异样决绝。后来她随母亲返回王家洼村，王成的儿子还曾拿土块砸她。她没想到，在那么久之后，王成将怒气转嫁到了程虹身上。想到这一切，她只觉得胸口像有一把火腾起，烤得五内欲焦。

"王嘉珞知道后，提了一把斧头赶到王成家，把王成砍倒。然后她回自己家，找人雇来车子，拖着你母亲和弟弟要走，你父亲想拦，她还是提起那把斧头，一下把自家大门给劈开了，说她一定要带走妈妈，愿意一起走的话，她负责养老送终，要敢拦着，她就当没他这个父亲了。王水生犹豫好久，他已经没有劳动能力了，真被丢下，也没法过日子，只能爬上了车，一起走了。当时所有村民都来围观了，没一个人敢作声。就这样，她带着一家人走了，再没回王家洼村。但是王成……"

她声音嘶哑地问："他怎么了？"

"他被砍成了重伤。他的两个儿子从小受他虐待，很早就出外打工，不跟他联系。他一人独居，平时泼皮无赖，几乎得罪了所有人，因此没有村民想到要报警，只找邻村一名村医给他处理了伤口。两周后，他死了。王成的儿子赶回来办后事，问起来就吵嚷着要报案要赔偿，但你们家早已经人去屋空，没一个村民肯做证，都说没有亲眼看到王成是怎么受的伤。王家洼村地处深山，再

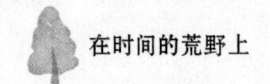

加上近些年人口急剧流失，村委会没人管事，作为自然村接近消亡之中，在监管盲区地带，于是这件事就这么不了了之。理洛县公安局的同志说，如果当时报案，他们出警，王嘉珞很可能会因涉嫌故意伤害马上被捕。"

她一字一字地说："她比我有血性。我一直小心翼翼维护着那点可怜的安全感，缩在远离他们的小天地里苟活着。她做的一切，本该是我的责任。我逃了，把她推去承担一切。我永远也不可能原谅自己了。"

"我很同情她，但法律就是法律，没有法律支持血亲复仇。"

"你想追究法办她吗？那么哪一条法律来保护我妈妈，让她不被拐卖，不被欺侮，不被毁掉一辈子？"

陆晋一时竟然无言以对，停了一下才说："我们尽全力破案，把坏人绳之以法，就是希望努力维持社会秩序，不让这样的悲剧再发生。告诉你这些，只是想让你知道，就算王嘉珞当时被捕，受审的时候也会考虑到实际情况做出处理。现在我也不是要追究王嘉珞过去在非常情况下做过什么，而是要找到她。"

程嘉璎没有作声。

"秦波已经失踪了整整五年，他的父母给他买了一块墓地，里面没有骨灰盒，只放着他的一套衣服，他们每年清明过去烧纸，但对找回他丝毫不抱期望，因为他们知道，儿子早就死了，他们能做的就是忘掉他，不去想他去了哪里。我可以毫不隐讳地告诉你，失踪时间越长，破案难度越大。所以，你必须讲出所有情况。"

程嘉璎只觉得眼前血红一片，仿佛看见鲜血溅到了王嘉珞衣服上、脸上，她毫无表情，提着斧子走出王成家，村子里寂静得可怕，只有她的脚步踏在土路上扬起小小尘埃。一双双眼睛盯着她，而所有的面目都是模糊阴郁的，深秋的风呼啸掠过，卷起枯叶，一阵肃杀。

"四年前，从川渝人家出来之后，嘉珞先什么也不肯说，甩手要走，我追上去，被她推开又拖住她，不停逼问，怎么也不肯放开她。最后她烦了⋯⋯"

"叫你当个小白兔就好，你非要这么没完没了。那好，我告诉你吧，孙刚林刚才说的第二个故事，我也在场。"

程嘉璎吓呆了："什么时候的事？"

第九章

"去年。"

"去年……那个暑假?"

王嘉珞冷冷地说:"没错。他的手下开了第一枪,那个人肚子冒血,倒下挣扎,还没有死。我想跑开,但孙刚林抓住我,把枪交到我手里,拖着我过去,捏着我的手,对准地上那个人开了第二枪,打在头上,打出了脑浆,溅到了我的脚上,那个人当场死掉,我丢下枪狂叫,被孙刚林打了。回去之后,我想逃,当然就被打得更厉害了。孙刚林说了,这叫卖身契,我开了枪,直接打死了那个人,也是凶手,以后就永远也别想逃走了。"

程嘉璎盯着她的嘴,不敢相信自己的耳朵,大脑一片空白。

"又来了,不要这么白痴地看着我好吗?叫你别问,你活在你那个世界里,对这些事一无所知多好。"

她突然抱住王嘉珞,像小时候那样,尽管王嘉珞个子已经比她高,而且又穿着高跟鞋,足足比她高出半个头,她再也无法像童年时揽住那个毛茸茸的小脑袋了,但她还是轻声说:"别怕,别怕。"

王嘉珞一怔,在她怀里僵住,过了好一会儿,拉开她的手,讪笑:"得了,你抖成这样,倒来叫我别怕。刚开始我是怕的,现在没什么可怕的了。"

"但是……"她打着战,说,"你是被逼的,我们……可以去跟警察说清楚。"

王嘉珞嗤之以鼻:"说清楚?别傻了。我能说清楚什么?他那个手下开了第一枪,我开了第二枪。他们两个都能证实人是被我打死的,谁能相信我不是凶手?他多精啊,这不是被他杀的第一个人,可他从来也没亲自动过手。他坐牢,我也必须陪着,甚至我会判得比他更重。"

"那怎么办?嘉珞,我们逃走吧,一起逃,逃到他找不到的地方。"

她已经惊恐得语无伦次,但王嘉珞反而没有再嘲笑:"好啦,逃什么逃?你不用逃,我没办法逃。他要想杀我,早就杀了。只要他相信我没出卖他的念头,我就是安全的,不用怕。"

"可是你怎么能一直这样下去?"

"一直?"王嘉珞短促地笑一下,"哪有什么一直这回事。你根本不知道人活得有多身不由己。"

"什么?"

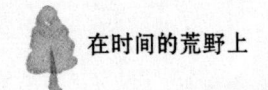

她再度不耐烦："得了，回去吧，我会有办法解决的。"

她们在那条路上分手。程嘉璎走出几步，回头看时，王嘉珞也正好回头看她，眉毛一挑，笑了，仍带一点讥诮与不耐烦，挥一挥手："走吧，走吧。"

她就那么走了。

"我没想到，她之所以身不由己不能逃走，是因为带着妈妈他们回来了，妈妈想生活在出生的地方，她不可能也不忍心把这些事告诉妈妈。"

程嘉璎的声音空洞，面无表情地看着前方。

"王嘉珞有没有告诉你被杀的那个人的名字、行凶的地点？"

"没有。"

"那么开第一枪的那个手下叫什么？"

"她没说，我也没想到要问。"

陆晋想，在那种情况下，程嘉璎处于极度惊骇之中，确实无法想到提这种问题。

"下午你去找孙刚林，对他提起了这件事吗？"

"是的。"

"他什么反应？"

程嘉璎拉下T恤的半高领，露出脖子，借着灯光，可以看到上面清晰一圈青紫瘀血，宛然一个张开的掌印形状，从前方喉头处一直蔓延到两侧颈后，陆晋倒吸一口气。

"他突然掐住了我，就在你们按门铃之前。"

"太危险了，你有没想过，我们晚来一会儿，你也许就没命了。"

"他要真杀了我，你们正好当场抓住他。"

陆晋从不随便发火，此刻却一下站起来，勃然大怒："这是什么话，你是想找到你妹妹，为什么要去送死？"

"也许我再也找不到她了。"

她说得很慢，声音低微，可是一字一字十分清晰，陆晋一怔："为什么？孙刚林跟你说什么了？"

"我去找他，想看的就是他的反应。他什么也没说，但他那个表情……一直在我眼前。我想，不管嘉珞是不是曾经杀过人，我都不必隐瞒了。"

第九章

4

陆晋马上向李队长汇报，李队长拍板，马上将孙刚林带回公安局，连夜和陈小东分开重审。但几个小时下来，两人还是没做交代。

李队长示意他们暂停审讯，他们出来，老齐打着哈欠说："要按程嘉璎提供的这个线索，他们两个，一个是主凶，一个是从犯，犯的都是杀人罪。可毕竟还是间接证词，没有具体时间地点，很难突破他们的心理防线。"

李队长说："你们两边的审讯我都看了，孙刚林很狡猾，因为程嘉璎去找过他，他有了防备。陈小东听到陆晋说是他向秦波开的第一枪，打在他肚子上，一下慌了神，脸都青了，显然这个细节是非常有用的。他后来矢口否认，可眼神游移，一直都是故作镇定，远没前几次那么无所谓。给点时间让他胡思乱想去，等会儿继续攻他，还是有希望打开缺口的。"

当晚陆晋不愿回家吵醒祖父，于是在局里宿舍随便躺下，第二天他们继续工作，但进展不大，孙刚林负隅顽抗，抵死不认，而陈小东却已经语无伦次，显然仍心存一丝侥幸。

将近中午，陆晋下去吃饭，发现程虹又一次出现了，依旧坐在最靠里侧的位置，头发花白，穿蓝色上衣，低着头，比以前更加瘦弱的身形佝偻着，两只手放在腿上，眼睛看着前面的椅背，姿态拘谨，仿佛要将存在缩小到最低的程度。

陆晋顿时觉得心里沉重，他当然可以保持理性的态度做出分析、推理，甚至程嘉璎也会不惜以身犯险来求得答案，但到最后，他要怎么对这个一直沉默守候的母亲做出交代。他去食堂打包一份饭菜，再加上热汤，拎着走回来，一下站住，只见刘亚威站在大厅内，正呆呆看着程虹那边，而程虹浑然没有察觉。

他走过去："刘先生，你好。"

刘亚威被吓了一跳，迅速回头："你好。"

"你不是去了香港吗？"

"我……"他眼神有点闪烁不定，终于还是回答，"嘉璎昨天半夜给我打

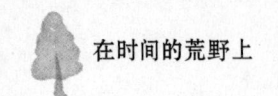

电话，我们谈了很久，我觉得有必要回来。"

陆晋与老齐都在苦思如何能让刘亚威尽快回来接受讯问，但一时之间并没有一个有把握的法子。他完全没想到程嘉璎居然能说服刘亚威主动回来，按捺住内心喜出望外之感，点点头："刘先生能配合我们的工作再好不过。请稍等一下。"他走过去，将食品袋交到程虹手中，然后回来："我们上楼去办公室吧。"

然而刘亚威没有动，依旧看着程虹，一脸惘然。

"她是程嘉璎的母亲。"

"我知道……不，我猜到了。"

这时程虹终于转头看了过来，看到他们，明显一愕，马上重新埋下头去。刘亚威知道，这些年他变化并不大，她应该是认出了他，然而并不打算跟他说话，他竟然隐约有如释重负的感觉，喃喃地说："嘉璎说，她母亲每天坐这里。我第一眼看过去，一秒也没在她那里停留，完全没认出来。再细看，也很难相信是她。"

"她变化很大。"

"当然，嘉璎和我内兄都告诉过我，她变化大得惊人。可是……"他顿住，似乎仍旧无法相信，这个看起来陌生的、憔悴的苍老妇人，是他过去认识并爱慕的女孩。

"她身体刚好一点，又跑来这里等消息了，你要过去跟她打个招呼吗？"

刘亚威摇头："谢谢你照顾她，走吧。"

到了办公室之后，刘亚威十分颓丧，问及他与王嘉珞的来往，他拒绝去讲细节："对不起，我和嘉璎谈了很多，如果你们想了解什么，去问她吧。我知道以后在所有人眼里，我都是陷进了一个丑闻里，注定要声名狼藉。但嘉璎不这么看，有她理解我就够了。随便你们怎么处理我，我永远不想再和其他人谈这件事。"

老齐实在忍不住，问："程嘉璎对你说了什么，你愿意马上赶回来？"

"我之所以去香港，并不是因为我做了违法的事，怕你们追究我。我只是想……躲开一场难堪。像我这个年纪的人，不能免俗地把体面看得比命还重要。可是……"

他停下来，久久出神，陆晋和老齐也不催他，他终于继续说："如果心死

第九章

了,体面又算什么。"

但在其他问题上,他表现得还算配合。

4月26日,程莉与他摊牌,揭穿了王嘉珞真实身份,当晚,他与王嘉珞见面,直认不讳。从那天起,他再没有跟她见面,隔了两天,她给他打了一次电话,但他没有接听。

5月21日那天上午,他便接到程莉的电话,她告诉他,晚上打算在南山居家里宴请他们共同的大学同学胡劲松和妻子,到场的还有另外三名同学。他多少是有些奇怪的,程莉的性子随着时间推移,变得日渐孤僻,早就没有和他一起参与任何同学聚会,更不曾在家里宴客。胡劲松是他好友,与妻子多年在外地打拼,打算移民之际,回老家与亲友道别,他原本是准备邀上另外几个同学找个地方一起吃饭。但是他与程莉的分居从来没有对外公开,既然程莉做好了安排,他只能答应下来,早早便去了南山居,与程莉一起迎客人进门。

当晚老同学们吃饭忆旧,气氛颇为融洽,一向清冷少话的程莉都表现得完全是热情待客的主人,添菜、倒酒、准备餐后水果、送上各种佐酒小食,而刘亚威满腹心事,不知不觉便喝多了。

"那天晚上我和同学吃完饭后,到院子花园里继续聊天喝酒,一直到将近午夜,中间接过一个工作上的电话,但肯定没给李洛……王嘉珞发过短信,更没有接到回复。"

陆晋注意到,和周知扬、刘铮一样,刘亚威对于把李洛确认为王嘉珞这件事,也表现出某种无法最终接受。

"短信记录是可以从手机上删除的,有谁能拿到你的手机?"

刘亚威张张嘴,沮丧地摇头:"你们别问我这个问题,我不知道。"

"你儿子刘铮当时在家吗?"

"他出门和朋友玩了,第二天才回来。"

这一点与陆晋事先掌握的情况相符。当日聚会的全是刘亚威的老同学,并没人参与过他的个人生活。闲聊间隙,他是有时间发出短信而不被人察觉的,如果他确实没发,而刘铮又不在家,那么就剩程莉有这个可能了。让他去直接指证哪怕早已分居的妻子,他没法讲出口来。

"那天晚上聚会结束后你去了哪里?"

"我喝了酒没法开车,送走同学之后,就住在南山居一楼客房。"

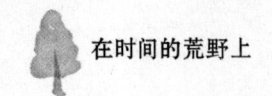

"那么程莉呢?"

"她在二楼主卧。"

"你们可以为对方做证当晚都没有出门吗?"

"我喝多了,当晚甚至没有洗澡,倒下就睡了。程莉多年失眠,一向睡得很浅,非常容易惊醒,我如果出门,她肯定知道。"

程莉再度被带到公安局,由老齐负责讯问,但这一次不管问她什么,她都一言不发。没过一会儿,刘铮匆匆赶来,他直接闯入陆晋的办公室,一眼看到仍坐在那里的刘亚威,一怔之下,上去抓住他大叫:"你为什么要回来?你跟警察说了什么?凭什么把一切事都推到妈妈身上?"

刘亚威任凭儿子推搡吼叫,一言不发,陆晋上去,强力分开他们,将刘铮拉到一边:"请你冷静下来。你父亲并没有指证你母亲任何事情,我们现在需要向她问清楚几个问题,但她不肯配合。"

刘铮指向刘亚威:"他最清楚发生了什么事,你们问他。我妈妈身体不好,你们为什么要三番两次把她弄过来?出了事你们能负责吗?"

"请放心,我们特意请了专科医生过来,随时监控她的身体状况。"

听到这个措施,刘亚威和刘铮一齐吃惊:"她怎么了?"

陆晋同样有点吃惊,看看他们两人:"你们知道她的病情吗?"

"她常年神经衰弱、失眠,还有慢性胃炎。"

陆晋摇头:"上次带她来公安局时,我请法医看过她服用的药物,确认是放疗的辅助药物。随后我去做了调查,她去年做过乳腺癌手术,术后一直在做放疗。你们是她家人,怎么可能不知道?"

然而刘亚威早已搬出南山居,他看向刘铮,刘铮面如死灰:"去年?去年9月,她说去欧洲旅游,去了将近一个月才回来。可她一个字也没跟我说是动手术了。"

"那她可能是不希望你们担心,乳腺癌不转移的话,术后存活率还是很高的。"

刘铮突然跳起来:"她都得癌症了,你们还关着她干什么,快放她回家。"

"但那笔钱是经你母亲交出去的,你父亲并没经手。"

"我知道这件事,我可以讲。讲完了你们放了我妈妈。"

第九章

陆晋有些意外,刘亚威当然更加愕然:"小铮,不要胡说。"

"我没胡说,5月22日,就是我临去日本的头一天,本来想跟几个朋友去道个别吃个饭,开车出去,又觉得心烦,谁都不想见,索性掉头回来了,结果听到妈妈在讲电话,说的就是给钱的事。"

"怎么说的?"

"她说:这是最后一笔钱,拿到以后就两不相扰,绝对不许再来打搅,然后她就出门。她告诉过我,已经谈好拿钱打发李洛,当时我满心不是滋味,突然发了狠,就悄悄开车跟着她的车出去,想见到李洛当面质问她,为什么要这么做?就是为了敲诈我家吗?"

陆晋吃惊,追问:"你见到王嘉珞了?看到她从你妈妈那里拿钱了?"

刘铮摇头:"妈妈去了华山路,把车停在那里,我怕她看到我,停在离她二十多米的地方,下车贴着路边人行道走过去,但还没走到,就看到一个男的穿过马路来敲妈妈车窗,妈妈降下车窗,他拿出手机给妈妈看下,妈妈就把一个大信封递给他,然后开车就走了。"

原本呆坐一边沉默不语的刘亚威这时突然站起来:"刘铮,什么也不要说了。"

他声音低沉,目光严厉,刘铮吓了一跳,看着父亲,完全摸不着头脑:"怎么了?"

陆晋也站起来:"刘先生,你不能干扰我们办案。"

刘亚威丝毫也不退让,说:"你不能这么利用我儿子的幼稚。"

然而"幼稚"这个词一下激怒了刘铮,他怒视父亲:"我幼稚?那你呢,你做的事就叫成熟吗?"

陆晋眼见父子居然在这个当口吵架,只得说:"刘先生,麻烦你先去外面等着。"

刘亚威一脸痛苦之色,却没有动,依然直视儿子,轻声说:"刘铮,我不想你以后为此后悔,一个字也别说了,相信我,这不是为了我,是为了你妈妈。"

可是刘铮从小到大活得顺风顺水,心思直接,从不去揣摩他人言下之意,一时之间根本无法领会父亲为什么会这样拦阻,加上认定母亲是被父亲连累,冷笑道:"你这么自私一个人,巴不得妈妈被留在这里,什么也不说,替你承担一切吧?"

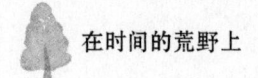

陆晋马上说："我们都希望把问题弄清楚，让你妈妈去好好接受治疗。后来呢？"

"我回家问妈妈，到底怎么回事？那男的是谁？妈妈说是李洛让那男的来拿钱的，钱已经结清了，我只管好好去留学，不用再想这件事，也不要跟任何人提起。"

陆晋从抽屉里取出几张照片，摊到刘铮面前，"拿钱的那个男人在这几个人里面吗？"

刘铮一一细看照片，手指指到一个人上面："应该是他。"

他指的正是谭耀松。

刘亚威缓缓坐下，闭上眼睛，如同万念俱灰。刘铮不免有些惴惴："你怎么了？我又没说你什么。"

"唉，你该长大了，小铮。"

"你认识这个人？"

刘亚威这才睁开眼睛，一脸惨淡，完全不想说话，然而又不得不说："不认识。可是你想想，李洛如果和你妈妈达成协议，同意拿钱走开，她有什么必要叫别人来取钱，你妈妈又凭什么信任这个人，连车都不用下，只说几句话就把钱交给了他。"

刘铮一脸茫然。刘亚威知道，儿子仍没转过弯来，弄清其中利害关系，只能无力地挥挥手："你妈妈不会怪你的，但你以后……真的要学会用脑子了。"

陆晋无心理会他们父子之间的纠结，将他们安置到接待室等候，马上去跟李队长汇报，几个审讯室内同步进行审讯，陆晋重新提审了谭耀松，当他提到华山路的那次会面，谭耀松顿时沮丧地抱住了头。

而与此同时，陈小东终于扛不住压力，也开始交代。

5

一个小小的人儿在院子里跳舞，穿着短短肥肥的上衣，双手举起，无声旋转，落叶在她脚下发出清晰的沙沙响声，可她的面孔却是模糊的，仿佛突然起

第九章

了风沙……

　　风沙飞扬弥漫在山间小路上，天色晦暗，前面同学越走越远，只有背后那个绿色书包在视线以内有规律地上下晃动，提示着方向……

　　在沙沙的响声中，她长大了，身姿挺拔轻盈，白色纱裙轻盈蓬起，脚尖笔直绷着，手臂划过，带着美丽弧线，一个回眸，突然她急速缩小，荒野向四面八方蔓延，铺天盖地淹没了她……

　　喧闹的集市，草草搭就的简陋舞台上有劲歌热舞，观众仰头鼓掌，看不清演员的面目……

　　是的我爱她，无论她是谁，为什么来……

　　你是一只小白兔……

　　汽车带着尖啸声刹停，一个人飞了出去，先很慢，看得清濒死的脸被夺走所有表情，然后是一个加速，躯干飞快崩解开来……

　　晃动的斧头倒垂着，还滴着血，一滴一滴落在尘土里……

　　一个粗大、关节突出的手捏住另一只纤细的手，枪口如同黑洞一般巨大，对准的是她，而她一动不动，只能呆呆看着……

　　昏黄灯光映照，雪粒纷纷扬扬飘下，冰凉透心……

　　枪声响起，但并不是响过即停，而是带着不绝的回响，如同午夜钟声，突然一切都在消散之中，楼房在沙化坍缩，花开始急速凋零，人影缓缓没入黑暗……

　　程嘉璎霍地翻身坐起，天光大亮，而她枕边的手机仍然响着。

　　她茫然四顾，高高的天花板，简单的旧五斗衣柜，展开的木制屏风上油漆剥落，她身下是铺着白色床单的木架床……她没流落到任何地方，这里仍是站北村临塘三路27号周家私宅的客房，窗外传来人声，显然正常的生活正在一天天重复着。

　　手机继续响着。

　　她看看手表，时间是下午四点。

　　头天晚上，她给刘亚威打了长长一个电话，直到凌晨才躺下，辗转良久，根本无法入睡。天亮之后她爬起来，强打精神去公司，办理离职需要的一系列手续，公司同事全都是一片不解，她当然也不想解释。

在时间的荒野上

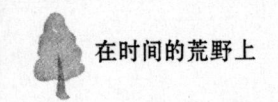

从公司出来后,她本打算去公安局,但一晚没睡的后果是头痛欲裂,只得回来躺下,陷于一种似睡非睡的状态之中,一个接一个的梦,浓缩而紧凑,急剧跳转,不止不休,几乎没给她一丁点喘息时间。以至于她现在比整晚无眠更觉疲惫,全身都是疼痛的。

而且,这是她回来之后首次重新梦见王嘉珞。意识到这一点,她全身冰凉。

铃声只停了一会儿,重新响起,程嘉璎仍在恍惚之中,拿起来看看,是一个座机号码。她按了接听,传来的竟然是王水生的声音:"英子,你怎么好多天没有过来?"

"我……"她讷讷地,无法在一片混沌里顺利组织起字句来。

"你该拿这个月生活费过来了。"

"哦哦……好的。"

"今天你妈妈又跑去公安局了,也没人做饭,你下班过来的时候顺便买点菜,再给明明买点吃的。"

电话挂断。程嘉璎瞪着手机,几乎有些不相信自己的耳朵。自从读完那篇报道之后,她忙于处理一系列事情,而且也提不起勇气过去,可是王水生这个电话来得理直气壮,不容拒绝,倒是顺利将她带出了沉重的梦魇。

她匆忙整理一下,跟张翠霞打个招呼出门,赶到化工厂这边,先去超市,买齐了给王嘉明的零食,再到路边菜市场买好菜,走进小屋,看到她手上拎的东西,王嘉明脸上马上绽开了笑,眼睛放着光,一样一样专心看着。他的快乐来得如此简单,如果她的心情没这么沉重,几乎也会牵动嘴角笑出来。她再从钱包里拿出2000块钱交给王水生:"我身上只有这么多了。"

王水生数着钱,嘀咕着:"嘉珞每次都给3000的。"

"好,我明天去取了拿过来。"

王水生小心地将钱放进贴身口袋,她忍不住问:"您不担心嘉珞?"

"担心什么,她十几岁就跑出去,一点消息没有,不是过得好好的,后来照样寄钱回家。你妈是瞎操心。"

她无言以对。

"你存了多少钱?我看你比嘉珞过得有数,一定存了不少。"

她只能据实告诉他:"我工作不久,还没什么积蓄。"至于要另外找工作

第九章

这件事,她决定还是不说。

"不管存了多少,都拿给我。我看明明身体好了不少,可以回老家,把房子翻新,修个二层楼,就能给他娶个媳妇了。"

她看看专注吃着薯片、发出"咔咔"声音的弟弟,再看看父亲,突然一下笑了出来。

"你笑啥?"

"没什么。我去做饭。"

厨房虽然小而简陋,一个装在窗子上的抽风机代替了油烟机,但东西还是齐全的,程嘉璎淘好米,将电饭煲插上电,切好肉丝,加生抽拌好,再开始择洗青菜。

王水生要钱要得固然直截了当,而目的是想给儿子娶媳妇,简直有些荒谬。但程嘉璎根本没有难过或者生气的感觉,她意识到,一切事实到他这里都很简单,他确实拿她跟王嘉珞一样看待,她们都是他的女儿,根本不需要额外付出温情,只要负责拿钱养家就行。她看完报道后心里百转千回,不知道以后该怎么面对他,其实完全是多余的,这甚至让她感到释然。

她唯一无法面对的,是总站在这个厨房同样位置的母亲。

王水生突然走过来,伸手关了水龙头,不满地说:"太浪费了,洗个菜用不着这么不停冲。"

她也不分辩,将青菜放在水池上沥水,开始切西红柿。

"你读的是好大学,又出去留过洋,工资一定不少吧?"

她怔一下,停下刀:"妈妈告诉您的?"

"她才不会跟我说。嘉珞跟她讲的,我听到了。"

"什么时候说的?"

"她把我们带到汉江那年,就说你在汉江大学读书,快毕业了。"

她不知道母亲听到她就读自己永远错失的学校会是什么感受,声音不由自主紧张起来:"妈妈怎么说?"

"她什么也没说。"

"哦。"

"我说既然你要毕业了,就能工作赚钱了,不如带回来见见面,好帮着一

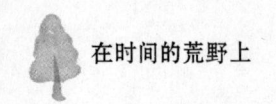

起养家。"

离开王家洼村之后，平时王水生并没人可以对话，王嘉明听不懂，王嘉珞要么调侃，要么不耐烦听，程虹从一开始就明确表现为对一切都没有兴趣，邻居弄不明白他的方言。而程嘉璎看起来很有倾听的兴趣，他突然变得健谈起来："你妈说什么也不干，还跟我翻脸，发话说不许去找你。后来我再问嘉珞你的事，她就打岔，不让嘉珞跟我说。我要问她，她就装听不见。"

她只能苦笑一下，心想，这倒是很像妈妈的反应。

"不知道她犟的啥，叫我说，应该拦着你，不要出国。姑娘家念这么久书干什么，浪费钱，不如早点上班，早点嫁人，白耽搁几年时间。"

她以为她在这个家是不存在的，没想到也会被他们谈论到，一时不知道说什么好，只能重新开始切菜。

"说到嫁人，照道理讲，你要嫁的那家人无论如何都要给我们一笔彩礼的。数目嘛，可以商量。我又不是那种乱开口的人。"

她右手菜刀一滑，切到左手食指，幸好收得及时，只是划出一个小口子，血珠涌出来。不过她还真不是因为王水生提到彩礼吃惊，一边开水冲洗，一边问："我结婚的事，也是嘉珞说的吧？"

"是啊，听到我说应该要彩礼，她马上说对啊应该要，还说你要嫁的男人家里有钱得很，她带我过去的话，肯定可以要一大笔钱。"

哗哗水流声中，程嘉璎忍不住再度笑出来。不知道为什么，王水生的叙述显得如此生动，仿佛王嘉珞此刻就站在这间小小厨房里，一边斜睨着她，一边讲这话，脸上带着一个既有点恶狠狠，却又嘴角上扬，如同恶作剧开玩笑般的神情，样子如此鲜活，几乎伸手便可触及，是最近两个月来的头一次。

"要不是你妈妈跟她吵，我肯定叫她带我去的。"

王水生将她带回现实之中，她捏住仍在沁血的食指回身："她们吵什么？"

他仍是一脸不赞成地摇头，先去关上水龙头，才回答说："两个人后来关着门吵了半天。我进去的时候，只听到你妈说什么：她活的就是我本来要活的一生，我不许谁去打扰她。"

这句话听起来有些拗口费解，然而程嘉璎心头猛一震，意识到妈妈口中的那个"她"也许是自己。

"嘉珞气得跟什么似的，摔上门走了，后来再没过来。你看，明明就是跟你妈生气吧。"

她呆立着，完全没有听到父亲接下来絮絮说的什么，直到他叫她的名字，她才回过神来。

"什么？"

"我是问你，你妈说的是什么你的她的？女人一生怎么活都不过是嫁人生孩子。难道城里人养姑娘就不收彩礼吗？那不白养了，拿啥给儿子娶媳妇。"

她看着父亲，一时百感交集。

"你看你大姑妈，贴补了家里多少年。你男人家大方不？以后会不会不让你给我们这边家用？"

"这些您别操心了。"

她的心神仍处于动荡之中，并不打算告诉父亲她已经决意离婚，那显然在他的理解范围以外。她拿了一张纸巾出来裹住食指，开始炒菜。

她先做了一个西红柿鸡蛋汤，再开大火，倒油热锅，肉丝放进去"滋滋"作响，正拿锅铲翻动，听到外面的门被大力敲响，而王嘉明跟每次听到她敲门一样，抢着去开门，同时喊着："姐姐来了，姐姐来了。"她明白，这个家里以前会敲门进来的大概只有王嘉珞一人，不论她来多少次，王嘉明也不会去想，为什么来的人是她，而王嘉珞没来，对他来说，他对姐姐的期待是永远的。

冲进厨房来的人是徐子桓。他一把拉住她："快，跟我走。"

她正要将芹菜香干倒进去："你怎么来这里了？等我把这个菜炒好。"

徐子桓急促地说："我妈接到伍局长的电话，已经带记者去了公安局，她让我接你过去。我去站北村找你，才知道你在这里，快走。"

她一怔，锅内冒出油烟焦味，她匆忙关火，跟王水生说有急事，跟着徐子桓跑出来上了他的车。

徐子桓专注开车，而程嘉璎也一直沉默着，心底有一点点小的希冀，可更多是无名的恐惧，突然徐子桓瞥向她："你的手在出血。"

刚才在厨房时出血已经止住，她抬起左手一看，纸巾不知道什么时候掉落，伤口崩开来，血流得满掌都是。她竟然毫无疼痛感，只是呆呆瞪着血迹。

"怎么了？我先送你去医院包扎一下。"

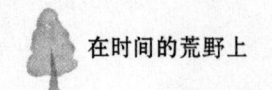

她勉强摇头："没事的，切菜不小心。"

"怎么会流这么多血？"他腾出一只手，拿出手帕递给她，"包好，小心感染。"

她用洁净的手帕裹好手指，满嘴都是苦腥味道，突然觉得，那一点小希冀来得何其可笑。

到达公安局后，已经过了下班时间，大厅空空荡荡，他们上楼，只见程虹、刘亚威、刘铮都在接待室内，三人散开坐着，谁也不接近谁，全都面无表情，保持着沉默。

程嘉璎站在门口，不祥的预感越来越强，觉得一旦进去，恐怕会被这种死寂吞没，徐子桓说："我去找我妈，她应该知道消息。"

他走开一些打电话。一男一女两名年轻人大步过来，背着双肩包，带着相机，样子十分精干，同样在门口站住，小声交谈着："这次报道一定很震撼。"

"别的报社都还没来，搞不好是独家哦。"

"对。里面应该就是受害者家属，你上，我去找角度拍照。"

她耳中嗡地一响，心直直下坠，再只看得到他们两个人的嘴巴一开一合，听不清他们对话的内容。两人看她一眼，从她身边走过进了接待室，男生调整着相机，女生径直走到程虹面前蹲下，一脸的和颜悦色，似乎跟她说着什么，程虹先是如石像一般毫无反应，那女生再说一句什么，她猛烈摇头，张开了嘴——

一声凄厉的叫刺入程嘉璎的耳膜，她冲进去，一把推开那个女记者，那名女记者被推得踉跄一下，生气地说："你干什么。"

那名男记者镜头已经牢牢对准程虹的脸，接连按下快门，闪光灯一下下亮着，程嘉璎抬手想去打落相机，男记者本能闪避推挡着她，而此时程虹从椅子上滑落下来，跪倒在地，头猛地撞向前排椅背，一下又一下，发出沉重的"咚咚"响声，程嘉璎冲过去，强行挡到椅背前，程虹仍机械地向前冲撞着，一下下撞到她身上，她伸手紧紧抱住程虹，程虹在她怀里盲目地挣扎着，含糊喊叫，推搡着她。她不放手，一直说："妈妈，妈妈，别动，就今天，别推开我。"

不知道是听到了她的话，还是已经耗尽了力气，程虹终于没有再叫，瘫软下去，头抵在程嘉璎怀中，程嘉璎抱紧她孱弱的身体，短暂静默之后，感到母亲在向下滑。她低头一看，程虹的额头已经撞破，血正顺着面颊流到她的身

第九章

上,她一下尖叫出来。

房间里所有人都吓呆了,刘亚威先清醒过来,站起身向外跑,一边叫道:"来人啊,来人啊,有医生吗?"

最先跑来的是徐子桓,他一眼看到程嘉璎满身是血,正拿手帕捂住母亲的伤口,同时努力试图抱着她站起来,顿时惊呆了:"你怎么了?"

"我没事,快送我妈妈去医院。"

他上前抱起已经昏迷过去的程虹向外跑,这时刘亚威带着陆晋赶来。陆晋马上转身,说:"我去开车。"

赶到医院挂了急诊之后,程虹被送进急诊室,医生简单处理伤口后,立刻安排做检查拍片。程嘉璎坐在外面,她面色惨白,身上血迹斑斑,手里那条手帕更是染成了红色。徐子桓买来牛奶给她,她摇头不接,他试图拿走那条手帕扔掉,可是她紧紧握着,仿佛握住的是唯一能让她不至沉溺的那根稻草,不肯放手。他只能无可奈何地在她旁边坐下。

陆晋交费之后过来,看着这一幕,心内不忍。

陈小东最初的交代并不出乎陆晋和老齐的意料,他强调他对秦波开枪是被孙刚林逼迫的,而且,"我只开了一枪,没打他要害,杀了他的是王嘉珞,一枪爆了他的头,马上断气"。

但对于其他问题,他仍旧吞吞吐吐,真正谈及王嘉珞的下落,还是在陆晋将谭耀松给出的口供拍到他面前之后。

寻找王嘉珞,当然是孙刚林指使的,他一向有着近乎变态的报复心和控制欲,办理保外就医出来之后,马上吩咐陈小东,一定要找到王嘉珞:"我要看着这女人死。"

陈小东本能地想退缩,然而孙刚林说:"不要以为你坐完牢就没事了。我们进去,肯定是那女人告的密。她是知道你身上有人命的,说不定什么时候讲出来,到时候就没有只坐三年牢这种好事了,弄不好就是死刑。"

"可她也动了手……"

"她动了手还敢出卖我,你能指望她以后什么也不说?秦波的命案一直没结,谁能保证她不会为了立功脱罪,往死了整你。你不听我的做掉她,到时候别怪我不给你做证说是她杀的秦波。"

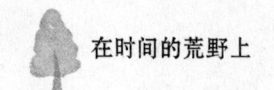

在孙刚林的威逼之下，他只得横下心来，自我安慰说做最后一票就好。

而谭耀松在跟踪王嘉珞的第四天，便用手机拍到她与刘亚威在会所地下车库拥抱，等他拿出单反相机，他们已经上车开走。后来他用相机拍了其他照片，一并交给程莉看，程莉马上从那个像素模糊的手机照片里认出了丈夫和他的车，但她完全不动声色，只是马上拿钱了结调查，并要求他彻底删除照片。谭耀松见惯各种偷情事件，并不以为意，拿到比预期多的钱之后，当然就照办了。

4月17日那天，周知扬与来会所闹事的刘铮打了起来，连同王嘉珞一起被带到派出所，谭耀松并没像他自称的那样避开，而是跟到了派出所。他当时想到的是也许可以用这个线索再找程莉要笔钱，不过没想到的是程莉接到儿子电话匆匆赶来，与他撞个正着，她马上追问他是不是在跟踪她，是谁让他跟踪的，是不是收了李洛的钱反过来想害她。谭耀松害怕惊动里面的民警，情急之下，拔腿便走。

然而程莉固执多疑得出乎他的意料，第二天来到他的公司，直接闯入办公室，然而当时陈小东就坐办公室他的椅子上，正在问他是否查清头一天发生了什么事。

尽管谭耀松强拉程莉去了隔壁，但听到程莉气冲冲提及李洛这个名字，陈小东一下便警觉了。等程莉被打发走，他二话不说就动手暴打谭耀松，谭耀松只得把受程莉之托调查王嘉珞的事告诉他，陈小东觉得他一直都在半吞半吐，还有隐瞒，当然不肯就此罢休。

他拿到谭耀松给的程莉地址，也去跟踪了两天，意外看到程莉约出来在咖啡馆见面的人居然是王嘉珞。那个时候他已经租住在站北村临塘三路，天天看着王嘉珞从对面周家出入，但王嘉珞是认识他的，他深怕被她看到，一直深居简出，隔着窗子用望远镜监视她，就算这样小心，王嘉珞却有着小动物般的机警，也觉察到了某些不对劲，突然开始与周知扬同出同入，规律的作息，再加上站北村人口稠密的居住环境，陈小东竟然完全找不到动手的机会。

时间一天天过去，孙刚林不停催促他，他越来越焦躁。而此时谭耀松山穷水尽之余，居然主动找到他，提出可以做一个交易。他负责说服程莉将王嘉珞单独约出来，交给陈小东，条件是免除赌债。

陈小东一口答应下来。不过谭耀松既然动了恶念，当然不止图免除债务。

第九章

他决定要做就做一票大的，于是找到一直纠缠盘问他的程莉家中，直接说他知道程莉视李洛为眼中钉，而他已经了解到，李洛的真实姓名是王嘉珞，长期与黑道人物厮混，不择手段接近富裕人家，不榨干钱财绝不放手，他可以提供一个彻底解决的方案，代价是一百万人民币。

程莉被王嘉珞这个名字惊呆了，她不相信只是重名那么简单。

她跟谭耀松说需要考虑一下，然后约见了王嘉珞，终于得到确认，这美丽的女孩子确实是妹妹程虹的小女儿。她把这个消息告诉丈夫，同时决心，一定要了结这件事。

她最初的想法当然只是打算故伎重演，砸出一笔数目无法拒绝的钱，让王嘉珞自动消失，可是王嘉珞听到金额，冷笑之后，毫不客气地拒绝了。眼看程嘉璎婚礼在即，程莉深信她会借机大闹一场，让所有人颜面扫地。

想到谭耀松所说的"彻底解决"，程莉动心了。然而她疑心极重，反复盘问他的解决方案。为了取信于她，谭耀松跟她讲了老四说的那个版本，强调有人一心想让王嘉珞消失，而她要做的只是把王嘉珞约出来。

程莉考虑了两天，同意了。

被捕之后，无论怎么审问，程莉始终一言不发，没人知道她做出这个决定的心路历程。

陆晋推测，她长年生活在焦虑抑郁之中，已经了无生趣，再加上术后放疗是个痛苦的过程，癌症已经出现扩散的迹象，儿子又因为听到她与刘亚威的争吵，得知自己倾慕的人不仅是表姐，而且与父亲有着不可告人的关系，陷入狂躁之中。她决定不再顾忌什么。

按照谭耀松的交代，程莉预付他三十万，两人约定，王嘉珞消失之后，她付二十万，余款则在三个月之后一次付清。

5月21日这天，她特意安排刘铮出去与朋友聚会，然后通知刘亚威回家招待老同学吃饭。大家相谈正欢之间，她悄悄拿谭耀松交给她的手机卡，给王嘉珞打了电话，想约她见面，但王嘉珞根本不想再见她。她只得偷拿刘亚威的手机，给王嘉珞发了短信，要求现在在近郊一个会所见面，王嘉珞很快回复过来：好，我马上去。

等在那里的是孙刚林和陈小东。

在时间的荒野上

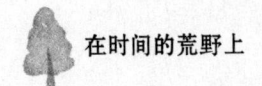

在孙刚林看来，王嘉珞的姐姐早就逃往国外，一名举目无亲的外来女子在这个大城市里消失，是一件没人会持续关心的事情，房东甚至都不会多事去报失踪。

一个多月过去，看上去确实风平浪静。然而，警方突然上门，询问他与王嘉珞失踪的关系。他强作镇定推脱之后，开始苦思到底是哪一个环节出了问题。他并不怀疑陈小东会走漏风声，那么唯一的可能就是约王嘉珞出来的那个人。

陈小东再次找到谭耀松，谭耀松惊恐之余，当然指天誓日："我疯了也不会去干这种事啊，对我有什么好处？对了，那个程莉看上去神经兮兮的，莫非是她那边出了问题？"

于是陈小东决定铤而走险，夜闯南山居，封住程莉的嘴。但程莉长期的疑心病倒救了她，她送走儿子，便搬去了市区刘亚威的公寓，让陈小东扑了个空。

无计可施之下，他们达成的共识是，咬牙不说，时间越久，警方越难以找到证据。

然而，事情并不像他们预料的那样发展。缺口一个个打开，就算孙刚林仍旧什么都不肯招认，也无力回天了。

在陈小东交代的郊外藏尸地点，警察挖出了一具女尸，深挖下去，又发现早已经成为白骨的另一具男尸，同时运回法医中心等待鉴定。

尾 声

从前在王家洼村时，程嘉璎看过村民出殡。

在寂静的乡村，丧葬与婚娶一样，是需要倾力操办的大事。而办丧事甚至是一个更为冗长、烦琐、充满各种仪式的过程。所有子女后代都会穿上粗布衣服，披麻戴孝，在灵前长跪痛哭。男性一般比较克制，那些成年女性往往号啕得痛不欲生，且哭且诉，细听的话，她们诉说的其实是自己生活中的苦楚，与死者并没有太大关系。

也许那是在贫瘠的深山中苦苦生存唯一可以放纵情绪的时刻。

来到汉江市后，程嘉璎参加的第一场葬礼是在12岁那年，外祖母去世了。

失去最爱的小女儿，漫长无望地寻找，找回之后却再度失去她，丈夫骤然辞世……一个个打击缓慢而彻底地拖垮了刘淑贞的身体，她走时只有63岁，与程永和合葬在同一块墓地。从墓园回来，程军给程虹写了一封信，把墓园地址、墓地编号告诉了她，心中怀着一点点希冀，也许她有一天会回来看望他们。

程虹没有回信。

王嘉珞的墓地离他们不远，一条松柏小道下去，遥遥相望。

墓地是程虹四年前买下的。返回汉江市安顿下来后，她便来看望父母，陪她来的是王嘉珞。

她一向沉默寡言。但那天在墓地，她说了很多话。

她说：我没想过还有回来的一天，但回来又怎么样？我永远也不可能看到父母了。

她说：我唯一的心愿是埋在离父母不远的地方，永远陪着他们。

在时间的荒野上

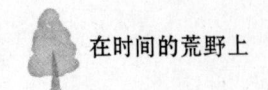

她说：等你父亲死后，把他送回王家洼村，埋进他家祖坟吧。但我不会回去了，也绝对不会和他埋在一起。

她还说：照顾好你弟弟，别让人欺负他，别让他挨饿，死在他后面，把他的骨灰和我的放在一起，这样他就一直不会孤单了。

讲那些话时，她很平静。父母都过世得早，她想，以她的身体，也不可能高寿，王水生是她必须忍受的现实，儿子是她唯一放心不下的人。

王嘉珞也没什么伤感表情，点了点头。

一直以来，她们之间，更像母亲的那个人是王嘉珞。程虹可以不加思索将一切托付给她，她解决了家里的温饱，把她永远带离了王家洼村，回了这座已经变得陌生的城市，在离她出生之地不远的地方给她找到住处，跟她说：有她在，不必接受任何人的施舍。

而现在，她躺进了这座程虹为自己买下的墓中。

程虹控制不住地想要扑倒，一双手及时扶住了她，她不必回头，也知道是她的大女儿程嘉璎。

已经进入秋天，风中有着初生的凉意，跟所有面向大众的墓园一样，这里的规划充分利用每一寸空间，一排排墓地之间，是狭窄的通道，参与葬礼的人无法在墓前并立，只能分散着站成一排。

程嘉璎的目光一个个掠过他们。

站在她身边的程虹头发已经全白了，在风里飘萧着，再度从外地赶回来的程军站在另一侧，也同样显得苍老。

王水生拉着王嘉明的手，木然看着前方，王嘉明显然不能理解葬礼的含义，不知道他再也见不到他听见敲门就期待的姐姐了，不时扭动着身体四下张望。

林曦与徐子桓站在一起，徐子桓穿着黑色西装，扶持着母亲的胳膊，两个人神情都是肃穆的。

张翠霞一直担忧地看着周知扬，从来到这里，周知扬一个字也没说，陆晋轻轻摇头，示意她也不必说什么。

吴家明独自站着，就像他曾经独自承受那份无望的爱一样，没人可以安慰他，然而他也不再需要空泛的安慰。

尾 声

所有人都沉默站立着。程嘉璎想,难道这就是妹妹短暂一生拥有的全部?

程莉的乳腺癌已经大范围转移扩散,对她批捕都失去了意义,陪着她做治疗的人是刘铮。

刘亚威申请去非洲工作,他这个层级的人根本不需要亲自去艰苦的地方开疆拓土,更不用说他早被视作下一任董事长的人选。但他去意坚决,得到董事会批准,已经启程,登机时甚至没有回望一眼。

石碑上镶了王嘉珞的照片,一张明艳年轻的脸,下面刻着她的生卒年月:1988年11月4日——2012年5月21日。

程嘉璎仍旧无法相信,一条鲜活的生命,死后会被收纳进那个小小的盒中,从此永远隔绝。恍惚之间,她看到那个跳舞的女孩,踩着落叶旋转,如同在梦境之中。

她们的道路有十余年不曾交会。

她在校园里远远看到一个高个子男孩,开始最初的恋慕。

她随着流动歌舞团开始奔走于一个又一个乡镇之间,见识人世最残酷的一面。

对于那数年生活,王嘉珞只几句话带过,再不提起。程嘉璎想,她没有讲给任何人听过。而她曾悄悄上网搜索关键词,点开其中一个结果,几分钟后,她关掉窗口,止不住发抖。

再后来,王嘉珞是怎么脱离歌舞团来到汉江的?也许只是听到某个陌生地名,想起那是母亲出生的地方,于是辗转而来。

这个城市对她而言,并不比那一个个风沙弥漫的小镇来得温和。

她遇上了生命里最大的劫难,再也没能绕过。

程嘉璎想起那晚与身在香港的刘亚威长达一个多小时的通话,有一句话深深刻进她的心里。

她跟我说,不如我们走吧,丢开一切,去没有人认识我们的地方,过没有将来的日子。

她像是在开玩笑,可哪怕只是一个玩笑,我都后悔没有马上点头。如果我能少点世俗贪恋,一切都会不一样了。刘亚威这样说。

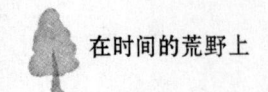

然而，世人谁无贪恋，贪嗔爱欲，百般纠缠。程嘉璎想，在背负了一家人那么长久之后，她也累了，贪恋一点伦常之外的温暖，渴望远方没有羁绊的自由。可是她始终没能挣脱，反而永远停留下来。

就像哪吒，那个暴烈决绝的孩子。

她们童年时无数次展开翻看那本破旧的《哪吒闹海》，程嘉璎丢弃在新房里，王嘉珞捡去，而那是她人生的最后一晚。

后来，程嘉璎在公安局证物室看到了那本薄薄连环画的残片。它在王嘉珞的背包里，被丢弃在离犯罪现场不远的地方，经证物人员逐寸搜索案发地点发现，带回实验室细心拼接，只能勉强看出一点图案。

她一直努力保持的镇定，在那一刻崩塌了。

凡人之躯，脆弱如纸，并不能经受割肉剔骨再劫后重生。

程嘉璎的床头，放着一本大约六成新的《哪吒闹海》，是徐子桓前几天出差北京回来后送给她的。

"谈完合同后，陪外国客户在潘家园闲逛，突然看到这本连环画。"

他们在德国初次在一起的那夜过后，他醒来，看到她坐在窗边的椅子上，正在翻看那本残破的小书，他问她，这个故事对她有什么特别，她说，童年留下的记忆才是最特别的。

他从来没想过，她的记忆那么沉重，远远不是薄薄一本连环画所能承载的。

他提出取消婚礼之后，她离开了，他看到她居然丢弃了那本书，这个举动比任何一去不回头的言辞都更决绝。而她突然冒出来的妹妹捡起书，怔怔出神。她们长得并没多少一眼可见的共同之处，性格更是相差甚远。但那一刻，他突然在那张明丽的脸上清晰地看到另一个人。

"忍不住买下来，可是送给你之前还是有一点矛盾，怕你看到会更难过。"

她手指抚过微微发黄的书页，抬起头："不会的，我喜欢这份礼物。"

是的，她不可能更难过了，现在她宁可相信，她至少找回了妹妹那个任性流落的灵魂，王嘉珞终于获得了最终的自由，能够放下一切，超脱于时间之外，去所有那些没有伤害，未曾抵达的地方。

而她也放下了从她放弃王英那个名字，离开王家洼村那一天起，在近二十年时间里无时无刻不积压在她心头的重负。

尾 声

　　命运总会出现无数个歧路转折，血脉之间的联系，几乎是每个人的另一种命运。她的母亲程虹没能走出来，后来，又轮到了她妹妹。她们的迷失，用尽了一生。

　　七岁那年，她已经有了挣脱的勇气。她不能再放任自己，为难自己，一直彷徨陷落于这种宿命之中。

　　落叶沙沙作响，王嘉珞的身影在旋转中渐渐远去。
　　程虹的手仍握在程嘉璎的手中，她凝视妹妹，像完成某种交接。
　　时间像一条河，滔滔逝水，急急流年，奔流不舍昼夜，带走所有爱与恨，理解与背弃，眷恋与追悔。
　　生命中所有的真实与幻象，终将一去不回。
　　时间更像一片无垠的荒野，死生契阔，聚散无常。
　　在时间的荒野上，在茫茫人海之中，每一个相遇，每一个遗忘，是缘还是劫，转折都只在一个瞬间，而转瞬已经一生。

——全文终——

图书在版编目（CIP）数据

在时间的荒野上 / 青衫落拓著 . —武汉：长江文艺出版社，2017.10（2017.11 重印）

ISBN 978-7-5354-9969-1

Ⅰ. ①在… Ⅱ. ①青… Ⅲ. ①长篇小说–中国–当代 Ⅳ. ①I247.5

中国版本图书馆 CIP 数据核字（2017）第 234796 号

在时间的荒野上

青衫落拓 著

选题产品策划生产机构	北京长江新世纪文化传媒有限公司
选题策划	金丽红　黎　波　安波舜
策划编辑	朱　鸿
责任编辑	罗小洁　　装帧设计	郭　璐　　媒体运营	张　坚　符青秧
助理编辑	张晶晶　　内文制作	姜　华　　责任印制	张志杰　王会利
法律顾问	张艳萍　　封面绘图	画　措
总　发行	北京长江新世纪文化传媒有限公司
电　　话	010-58678881　　　　传　真	010-58677346
地　　址	北京市朝阳区曙光西里甲 6 号时间国际大厦 A 座 1905 室
邮　　编	100028
出　　版	长江出版传媒　长江文艺出版社
地　　址	湖北省武汉市雄楚大街 268 号湖北出版文化城 B 座 9-11 楼
邮　　编	430070
印　　刷	三河市百盛印装有限公司
开　　本	710 毫米×1000 毫米　1/16　　印　张	19.75
版　　次	2017 年 10 月第 1 版　　　　　印　次	2017 年 11 月第 2 次印刷
字　　数	320 千字
定　　价	36.00 元

盗版必究（举报电话：010-58678881）

（图书如出现印装质量问题，请与选题产品策划生产机构联系调换）